DUMONT

Es wird Frühling auf Kilhallon: Nach einem heftigen Sturm kehrt langsam wieder der Alltag ein. Demi und Cal geben alles, damit ihre frisch renovierte Ferienanlage weiterhin viele Gäste anzieht. Ihr kleines Café am Meer läuft fantastisch. Auch ihre Beziehung wird zunehmend enger und vertrauter, obwohl es für die beiden nicht immer leicht ist, die Vergangenheit hinter sich zu lassen. Derweil steht ein besonderes Fest ins Haus: Die Schauspieler Lily und Ben wollen ihre Hochzeit in Kilhallon feiern – eine große Chance für Demi und Cal, diesen Ort noch bekannter und erfolgreicher zu machen. Als endlich der Tag aller Tage vor der Tür steht, kommt allerdings alles anders als geplant …
Phillipa Ashleys ›Hochzeit im Café am Meer‹ ist die perfekte Urlaubslektüre – unterhaltend, vergnüglich und voller Herzenswärme.

Phillipa Ashley studierte Anglistik und arbeitete als Werbetexterin und Journalistin. Seit 2005 veröffentlicht sie Romane und wurde dafür mit dem ›Romantic Novelists' Association New Writers‹-Award ausgezeichnet. Sie lebt mit ihrer Familie in Staffordshire. Bei DuMont erschienen zuletzt die Romane ›Hinter dem Café das Meer‹ und ›Weihnachten im Café am Meer‹ (beide 2017).

Phillipa Ashley

Hochzeit im Café am Meer

Roman

Aus dem Englischen
von Marion Herbert

DUMONT

Von Phillipa Ashley sind bei DuMont außerdem erschienen:
Hinter dem Café das Meer
Weihnachten im Café am Meer

FSC
www.fsc.org
MIX
Papier aus verantwortungsvollen Quellen
FSC® C083411

Deutsche Erstausgabe
Juni 2018
DuMont Buchverlag, Köln

Die englische Originalausgabe erschien 2017 unter dem Titel
›Confetti at the Cornish Café‹ bei Maze, London.

Übersetzung: Marion Herbert
Umschlaggestaltung: Lübbeke Naumann Thoben, Köln
Umschlagabbildung: Meer: ©AL Hedderly / Gettyimages;
Haus: © xxsalguodxx – Fotolia.com; Sonnenschirme: © eyetronic – Fotolia.com
Satz: Angelika Kudella, Köln
Gesetzt aus der Elzevir
Druck und Verarbeitung: CPI books GmbH, Leck
Gedruckt auf säurefreiem und chlorfrei gebleichtem Papier
Printed in Germany
ISBN 978-3-8321-6443-0

www.dumont-buchverlag.de

Für John,
alles Liebe zum 30. Hochzeitstag

»Mein Herz gehört dir und wird immer dir gehören.«

Sinn und Sinnlichkeit

Prolog

Kilhallon Park, Cornwall
Ende Februar
Demi

»Guten Morgen und …«

Ich strecke die Hand nach dem Radiowecker aus, treffe aber etwas anderes. Nicht das kalte Plastik des Radios, sondern warme Haut … *behaarte* Haut … und ich weiß, dass es nicht mein Hund Mitch ist, denn diese Haut fühlt sich menschlich an.

»Demi, bist du wach?«

Beim Klang von Cals Stimme öffne ich die Augen, und nach einem kurzen Moment gelingt es mir, im trüben Licht dieses Februarmorgens sein Gesicht auszumachen. Auf einen Ellbogen gestützt lächelt er zu mir herunter, während ich langsam aus einem tiefen Schlaf in unserem Bett erwache. Ja, *unserem* Bett. Cals und meinem. Ich bin vor mehr als acht Wochen zu ihm ins Haupthaus der Farm gezogen. Kaum zu glauben, was alles passiert ist, seit ich letztes Jahr an Ostern in Kilhallon Park ankam.

Cal Penwith war – und ist – mein Chef, aber jetzt ist er auch mein … »Freund«? Das klingt, als wären wir noch in der Schule, und »Partner« hört sich an, als würden wir gemeinsam in einer Kanzlei arbeiten. »Liebhaber«? Definitiv, aber auch noch viel mehr. Ich schätze, wir sind »offiziell ein Paar«. Weihnachten war der Wendepunkt in unserer Beziehung, und jetzt teilen wir uns nicht nur ein Bett, sondern auch ein Zuhause und vielleicht einige Hoffnungen und Sorgen.

»Hast du geträumt?«, fragt Cal mit einem amüsierten Glitzern in seinen dunkelbraunen Augen. Der Blick mag ihn charmant und verführerisch erscheinen lassen, aber ich weiß, wie gefährlich Cal Penwith in Wirklichkeit ist. Wer glaubt, er würde keinen Ärger bedeuten, kann sich wohl genauso wenig vorstellen, dass sich an einem Sommertag die sanften Wellen der Kilhallon-Bucht, in der man eben noch gebadet hat, erheben und einen gegen die Felsen schleudern.

»Ähm, ich dachte, ich wäre im Cottage und der Wecker hätte geklingelt.«

Er grinst. »Tja, dein Wecker bin jetzt ich.« Seine Finger wandern ans obere Ende meiner Decke. »Und mit mir aufzuwachen macht viel mehr Spaß als mit Radio St Trenyan.«

Ich schnaube und zögere mit meiner Antwort, um ihn zu ärgern, obwohl er weiß, dass *ich* weiß, dass er absolut recht hat. »Hmm. Vielleicht. Ein kleines bisschen.«

»Mehr als ein kleines bisschen, hoffe ich.« Cal schiebt die Decke zurück und drückt mir einen Kuss auf die Schulter. Ich spüre gleichzeitig die Wärme seiner Lippen und wie kühle Luft meine Haut trifft. Das Farmhaus stammt aus dem siebzehnten Jahrhundert, und die Zentralheizung wurde seit dreißig Jahren nicht auf Vordermann gebracht, weil Cal alles Geld, das er zusammenkratzen konnte, investiert hat, um Kilhallon von einem schäbigen alten Campingplatz in ein »schickes Öko-Ferienresort« zu verwandeln. Unsere Gäste laufen auf ihrer Fußbodenheizung barfuß, wir dagegen holen uns nachts noch eine zusätzliche Decke ins Bett, aber das ist okay für mich. Das Geschäft geht vor, und mir macht das nichts aus, vor allem, wenn ich Cal hier neben mir habe.

»Brrr.«

Schneeregen prasselt gegen das Schiebefenster, der Wind treibt ihn direkt vom Atlantischen Ozean herüber. Dass ich zittere, liegt aber vielleicht nicht *ausschließlich* an den Minusgraden draußen. Ich ziehe mir die Decke bis ans Kinn.

»Wenn du willst, wärme ich dich«, sagt Cal mit einem durchtriebenen Grinsen und schiebt die Decke wieder weg. Er zieht die Augenbrauen hoch angesichts dessen, was zum Vorschein kommt, und mein Körper fängt an zu kribbeln, während meine Augen sich ans Wachsein gewöhnen und ich Cal ausgiebig betrachte. Selbst mitten im Winter ist er am Hals und den Armen noch gebräunt, und auf seiner Haut schimmert ein Hauch sommerliches Gold. Er verbringt die meiste Zeit im Freien und arbeitet bei jedem Wetter an den Cottages und dem Zeltplatz. *Natürlich* will ich, dass er mich wärmt. Mein Bett und Cal zurückzulassen, um in den Winterschneeregen hinauszugehen, ist etwa so verlockend, wie den Stall von Cals »lebhaftem« Pferd Dexter auszumisten, aber die Arbeit geht vor, oder?

»Wir haben eine Menge zu tun. Hast du etwa vergessen, dass heute ein superwichtiger Tag für Kilhallon Park und Demelza's Café ist?«

Bei dem Gedanken an unseren großen – besser gesagt: gigantischen – Tag läuft mir ein Schauer über den Rücken. Für Demelza's Café bin ich verantwortlich: Es war meine Idee. Das Café liegt direkt am Küstenpfad, der nach Kilhallon führt, Cals neuer, schicker Ferienanlage an der Westküste Cornwalls. Cal hat einen Batzen Geld hineingesteckt und es nach mir benannt. Was mich natürlich überhaupt nicht unter Druck setzt … Aber das Café zu führen macht mir mehr Spaß als alles, was ich je in meinem Leben getan habe.

Wir haben letztes Jahr ein paar heftigen Stürmen standgehalten und mussten ziemlich darum kämpfen, die Anlage und das Café aufzubauen. Manchmal, wenn ich hinter der Theke stehe und mir bewusst wird, dass ich die Managerin meines eigenen Cafés bin, kann ich es immer noch nicht fassen. Als ich Cal kennenlernte, hatte ich gerade meinen Job in einem Café in St Trenyan, der nächstgelegenen Stadt, verloren. Ich hatte keine Arbeit, kein Zuhause, keinen Kontakt mehr zu meiner Familie und keine Ahnung, was ich tun sollte, aber dann hörte ich von einer Stelle als »Assistentin« in einer neuen Ferienanlage an der Küste …

Und jetzt bin ich hier, weniger als ein Jahr später, und soll zwei berühmten Schauspielern Kilhallon als »alternative Hochzeitslocation« präsentieren.

Ich hole tief Luft. »Unsere VIP-Gäste kommen und ich will, dass alles perfekt ist. Nenn mich verrückt, aber ich werde Himmel und Hölle in Bewegung setzen, damit alles gut läuft.«

Cal streicht mir über die Wange. »Ich weiß. Ich weiß, wie viel Demelza's dir bedeutet und wie hart du für den Erfolg gearbeitet hast, aber wir haben noch ewig Zeit, bis sie kommen, und ich werde sie mit dir zusammen begrüßen.«

»Eigentlich bist sowieso du für sie verantwortlich«, necke ich ihn. »Lily Craig und Ben Trevone sind Freunde von Isla.«

Cal brummt und streicht mit den Fingern über meinen Oberkörper. »Mit Isla hat das hier nichts zu tun«, sagt er und schiebt den Gedanken an seine Exfreundin damit beiseite. Cals Geschichte ist kompliziert. Er war früher Krisenhelfer in Syrien und ist letztes Jahr an Ostern nach einer Reihe traumatischer Ereignisse nach Kilhallon Park zurückgekehrt. Er war am Boden zerstört, als er erfuhr, dass Isla sich mit Luke verlobt hatte, aber er hat mir geschworen, dass er jetzt über sie hinweg ist, und ich denke, ich glaube ihm. Isla ist Fernsehproduzentin und hat ihre Schauspielerfreunde Ben und Lily überredet, ihre Hochzeit in Kilhallon Park zu feiern, um uns bekannter zu machen. Sie waren so sehr mit ihren Filmen und Interviews beschäftigt, dass sie bisher noch keine Zeit hatten, Kilhallon zu besuchen oder den Hochzeitstermin endgültig zu bestätigen. Aber ich hoffe sehr, dass sie das heute tun. Es ist unser erstes Event dieser Art und wird das Prestige der Anlage und des Cafés wahnsinnig steigern, *falls* alles gut geht.

»Wie gesagt, ich werde die beiden mit dir zusammen begrüßen. Du machst dir viel zu viele Sorgen, und außerdem ist nichts so wichtig, wie deinen Chef bei Laune zu halten«, sagt Cal frech.

»Du hast versprochen, bei mir nie einen auf Chef zu machen.«

»Nicht öfter als unbedingt notwendig.« Er schiebt mir eine Haarsträhne aus dem Gesicht. Ich werfe einen Blick in den rostfleckigen Spiegel auf dem Frisiertisch. Ich habe auf jeden Fall eine Bettfrisur.

»Hab ich dir schon mal gesagt, dass du unheimlich süß aussiehst, wenn du gerade aufgewacht bist? Irgendwie verknittert und wild und …« Er lässt meine Haare los und küsst mich in die Kuhle über meinem Brustbein.

»Du sagst solche Sachen nur, wenn du was vorhast …«, murmele ich und schaffe es nicht, stillzuhalten. »Mitch muss bestimmt gleich raus …«

Cal streicht mit seiner warmen Zunge auf meiner Brust nach unten. »Ein Grund mehr, die Feste zu feiern, wie sie fallen …«

»Noch gibt es kein Fest«, protestiere ich schwach.

Das Kratzen und Winseln vor der Tür sagt mir, dass Mitch wach und schon ungeduldig ist. Krähen krächzen laut in den Bäumen hinter dem Farmhaus, wie um mich zu warnen. Cal verschwindet unter die Decke. »Mitch passiert schon nichts, und was die Sache mit dem Feiern angeht«, murmelt er mit gedämpfter Stimme, während ich unter seinen Berührungen erschaudere, »werde ich schon dafür sorgen, dass hier eine Party steigt.«

Also ignoriere ich meinen Hund und die Tatsache, dass wir uns für einen Meilenstein in der Geschichte Kilhallons bereit machen müssen, und gebe mich dieser Privatparty hin. Schließlich bin ich auch nur ein Mensch, und ich habe ja gesagt, Cal ist gefährlich.

1

»He! Demi! Ich glaube, sie kommen!«, ruft Polly, als ich gerade versuche, im Schlafzimmer des Farmhauses eine Kingsize-Bettdecke in einen Bezug zu stopfen. Unser Mädchen für alles arbeitet seit Jahrzehnten für die Penwiths und wohnt in einem Cottage hinter dem Haupthaus. Jetzt ist es fast zehn Uhr vormittags, und ich bin seit sieben auf, um meine ellenlange To-do-Liste abzuarbeiten – abgesehen von der ersten halben Stunde heute Morgen, die Cal und ich anders genutzt haben.

»Demi! Komm schnell her!«

Die Tür knallt gegen den Eichenrahmen, sodass ich vor Schreck zusammenzucke. Pollys Stimme kann zwar Mauern erschüttern, die seit dreihundert Jahren stehen, aber ich glaube nicht, dass sie diesen Luftzug verursacht hat. Ich lasse die Decke fallen – vor lauter Nervosität hatte ich sie sowieso verkehrt herum bezogen – und eile über den Treppenabsatz ins Gästezimmer. Das Fenster steht weit offen, und Polly beugt sich mit einem Fernglas hinaus. Offensichtlich hat sie nicht bemerkt, dass der Wind ums Haus faucht und Schneeregen aufs Fensterbrett weht.

Ich stelle mich zitternd neben sie. »Was machst du da?«

»Nach *ihnen* Ausschau halten. Was du auch tun solltest.«

»*Sie* sollten noch lange nicht hier sein, und es ist eiskalt hier.«

Polly lässt das Fernglas sinken, das um ihre Augen rote Abdrücke hinterlassen hat. »Die Jugend von heute. Alle aus Zucker. Was seid ihr empfindlich.«

»Gib mir mal das Fernglas. *Bitte.*« Ich nehme es Polly ab und riskiere, zu einem Eiszapfen zu erstarren, als ich mich aus dem Fenster lehne, um besser sehen zu können.

»Ach du Sch…«

»Was hab ich dir gesagt?«, höre ich Polly hinter mir.

Ein großer, schwarzer Pick-up mit verdunkelten Scheiben schaukelt über den Weg, der von der Hauptstraße herunter nach Kilhallon Park führt. Zum Glück ist es kein protziger Sportwagen, also wird er wohl nicht in dem riesigen Schlagloch stecken bleiben, das die Überschwemmungen um Weihnachten herum hinterlassen haben. Cal hatte immer noch keine Zeit, es aufzufüllen … Ich muss ihm Bescheid sagen, dass unser Hochzeitspaar früh dran ist.

»Das müssen sie sein: *Bonnie und Clyde*«, sagt Polly. Sie benutzt die Decknamen, die sie sich für Lily und Ben überlegt hat.

Mein Herz schlägt schneller. »Noch nicht. Ich bin noch nicht fertig.« Durch das Fernglas kann ich das Nummernschild und den Fahrer erkennen. Er trägt einen Bürstenschnitt, hat den Körperbau eines Rugby-Spielers und ist definitiv nicht Ben. Der Beifahrersitz ist leer, und durch die hinteren Fenster kann man nicht durchgucken, aber dort müssen die Stars sitzen. Das Auto gehört keinem unserer Winterferiengäste, und mein Café, Demelza's, hat heute offiziell nicht geöffnet. Später erwarte ich zwar eine Lieferung gefrorener Meeresfrüchte, aber ich glaube eher nicht, dass der Fischhändler seinen Van gegen einen BMW-Geländewagen eingetauscht hat.

Ich lasse das Fernglas sinken und versuche, meine Aufregung unter Kontrolle zu bringen, aber mein Magen verknotet sich. »Vielleicht ist es ein Geschäftspartner oder ein potenzieller Gast, der sich einmal umschauen will. Ich kenne das Auto nicht.«

Polly schnaubt. »Ich wette mit dir um einen Zehner, dass es Bonnie und Clyde sind.«

»Wenn wir unter uns sind, musst du sie nicht Bonnie und Clyde nennen. Du kannst ihre richtigen Namen benutzen.«

Polly stemmt die Hände in die Hüften. Sie ist nicht besonders groß, und ihr aschblonder Bob macht sie jünger als ihre sechsundfünfzig Jahre. Wenn man sie nicht kennt, kann ihre schroffe Art einschüchternd wirken. Wenn man sie kennt, übrigens auch. »Für mich bleiben sie Bonnie und Clyde«, erklärt sie. »Ich kann sie nicht mehr anders nennen – und warum sie hier ihre Hochzeit feiern wollen, ist mir unbegreiflich. Bei diesem Wetter werden sie nur einen Blick auf Kilhallon werfen und dann direkt wieder umkehren und zurück nach London fahren.«

»Danke, dass du an uns glaubst.«

»Ich sage nur, was ich denke.«

»Es ist ja keine *richtige* Hochzeit, sondern ein keltisches Hochzeitsritual. Lily und Ben nennen es ›Handfasting‹. Wir dürfen in Kilhallon keine standesamtlichen Trauungen durchführen. Wenn der ganze Medienrummel abgeebbt ist, werden die beiden an ihrem Wohnort offiziell heiraten.«

»Hmm. Eine ziemlich seltsame Art, die Dinge anzugehen, wenn du mich fragst.« Polly grummelt weiter vor sich hin, während sie versucht, bei dem Sturm das Fenster zu schließen. Sie ist fleißig und macht sich um alles und jeden viel zu viele Gedanken.

Leider auch um Cal und mich, was ein bisschen anstrengend sein kann. Außerdem hat sie kein Problem damit, ihre Meinung zu sagen, ob es uns passt oder nicht.

Der heulende Wind lässt nach, und Polly wirft mir ein grimmiges, aber ermutigendes Lächeln zu, als würde mir meine Hinrichtung bevorstehen. »Dann geh ihnen besser mal entgegen, aber bring sie lieber nicht zur Rezeption. Die streunende Katze, die immer hier herumläuft, hat vorhin auf den Fußboden gemacht, und ich bin noch nicht zum Putzen gekommen, weil ich ja nach diesen Schauspielern Ausschau halten musste.«

Ich verziehe das Gesicht. »Hast du eine Ahnung, wo Cal steckt?«

Polly wirft mir einen durchdringenden Blick zu. »Nein. Ich hab ihn seit gestern Abend nicht mehr gesehen. Eigentlich solltest du besser wissen als ich, wo er sich herumtreibt …«

Dazu muss ich anmerken, dass Polly mit der Beziehung zwischen Cal und mir nicht ganz einverstanden ist. Was, glaube ich, nicht daran liegt, dass er mein Chef und der Besitzer von Kilhallon ist. Oder daran, dass sie moralische Bedenken hätte. Aber sie ist anscheinend fest davon überzeugt, dass »es« – also *das mit uns* – eines Tages böse enden wird. Außerdem fühlt sie sich mitunter dazu berufen, sich wie Cals Mum aufzuführen. Seine Mutter ist vor einigen Jahren gestorben. Und in gewisser Weise ist Polly auch für mich zu einer Art Ersatzmutter geworden, obwohl ich sie nicht darum gebeten habe. Meine Mum lebt ebenfalls nicht mehr, und ich hatte eine Weile keinen Kontakt zum Rest meiner Familie. Ich weiß, dass Polly es nur gut meint, aber …

Vielleicht wird es böse enden, vielleicht auch nicht. Cal und ich reden nicht über die Zukunft. Wir haben beide im Leben schon Erfahrungen gemacht, die uns gelehrt haben, lieber nicht zu weit vorauszuplanen und keine Versprechen zu geben, die wir nicht halten können.

Und im Moment läuft alles gut.

Zumindest wird alles gut laufen, wenn ich ihn finde.

»Seit er nach dem Frühstück zur Mülldeponie gefahren ist, hab ich ihn nicht mehr gesehen. Er hat versprochen, wieder in Kilhallon zu sein, bis Bonnie und Clyde ankommen – ach, ich meine Lily und Ben, jetzt hast du mich auch schon angesteckt.«

Polly grinst zufrieden über meinen Versprecher.

»Kannst du bitte aufpassen, dass Mitch im Farmhaus bleibt, während ich Lily und Ben begrüße?«, frage ich und versuche meinen Ärger über Cal und mich selbst zu unterdrücken. »Er hatte schon Auslauf und Frühstück, also kann er schön im Warmen warten, bis sie wieder weg sind.«

Nicht jeder mag Hunde, und ich will nicht, dass Mitch unsere Gäste allzu »überschwänglich« begrüßt oder verloren geht wie in dem Nebel letzten Herbst. Das war schrecklich, und am Ende sind Mitch und ich in eins der alten Minenlöcher an den Klippen gefallen. Zum Glück haben wir uns beide jeweils nur am Bein verletzt, aber es hätte viel schlimmer kommen können.

»Ich kann wohl ein Auge auf den Köter haben, während ich meine übrigen Aufgaben erledige«, brummt Polly.

»Danke!«

Während Polly weiter über »verwöhnte Schoßhündchen und Möchtegern-Promis« vor sich hin schimpft, laufe ich die Treppe hinunter und schnappe mir eine alte Wachsjacke aus der Diele. Ich eile durch die Rezeption hinaus auf den Parkplatz, um unsere Gäste zu empfangen. Der Wind pfeift ums Farmhaus und lässt mich frösteln. Auf dem Kies haben sich kleine Pfützen Schneematsch gebildet, und Hagelkörner prasseln auf die alten Farmgebäude, die wir jetzt als Lagerräume nutzen. Es würde mich nicht wundern, wenn Pollys Hühner Thermounterwäsche tragen würden. Lily und Ben hätten sich kaum einen ungünstigeren Zeitpunkt für ihren Besuch aussuchen können. Ich hoffe nur, sie haben viel Fantasie.

Während ich darauf warte, dass sie auf den Parkplatz fahren, sehe ich mich kurz im Hof um. Cal muss irgendwo in der Nähe sein, denn sein verbeulter, alter Land Rover steht auf seinem üblichen Platz vor der Scheune, die uns als Werkstatt dient. Aber ich habe den Verdacht, dass er diesem Treffen absichtlich aus dem Weg geht. Promis und ihr Leben findet er etwa so spannend wie ich einen Traktormotor. Ich meine, ist es denn zu fassen, dass er von Lily Craig und Ben Trevone noch nicht mal *gehört* hatte?

Allerdings hat Cal in den letzten Jahren auch nicht viel Fernsehen oder Filme gesehen. Er war in Syrien in sein eigenes Drama verwickelt, das für seine gute Freundin Soraya und ihre Tochter Esme tragisch endete. An Weihnachten erzählte Cal mir schließlich von den schrecklichen Ereignissen, die zu Sorayas Tod und Esmes Verschwinden während des Kriegs führten. Ich war schockiert, aber ich glaube, wir sind einander auch nähergekommen dadurch, dass er seine Last mit mir geteilt hat.

Tatsächlich mussten in der Zeit um Weihnachten und Neujahr alle in und um Kilhallon zusammenrücken, nachdem eine Sturmflut viele Häuser in St Trenyan zerstört hatte. Wir haben einige der obdachlosen Familien kurzzeitig hier aufgenommen, auch meinen Dad und seine Frau Rachel und ihr neugeborenes Baby Freya. Im Moment wohnen sie in einer Mietwohnung in St Trenyan, während ihr Haus nach der Überschwemmung renoviert wird.

Das Gute an der schrecklichen Katastrophe war, dass ich dadurch wieder mit meinem Vater in Kontakt gekommen bin. Seither hat Freya uns allen viel Anlass geboten, uns zu treffen und Differenzen zu überbrücken. Sie ist zum Anbeißen, und es ist seltsam – auf eine positive Art – zu sehen, wie vernarrt mein Dad in sie ist. Ich frage mich, ob es mit ihm und mir auch mal so war, bevor alles den Bach runterging. Und ich habe mich auch bei meinem großen Bruder Kyle gemeldet. Er ist in der Army, und ich hatte ihn seit Ewigkeiten nicht gesehen, aber inzwischen haben wir einander ein paar E-Mails geschrieben, also ist das Eis gebrochen.

Im Lauf des Winters haben wir auch in anderen Bereichen Fortschritte gemacht. Cal hat die Renovierung unserer letzten Cottages abgeschlossen, also haben wir jetzt insgesamt acht, plus acht Jurten, die wir vor der Saisoneröffnung zu Ostern wieder auf unserem Komfort-Zeltplatz aufstellen werden. Der Hauptzeltplatz hat weitere dreißig Plätze und wird ebenfalls ab Ostern geöffnet sein. Es kommt mir komisch vor, das Cottage, in dem ich gewohnt habe, umgestaltet zu sehen. Der Stil ist schlicht, aber modern. Die Blümchentapete aus den Siebzigern wurde in neutralen Farben überstrichen und die knarrenden Möbel wurden durch tintenblaue Sofas und praktisches Holzinventar ersetzt. Cal hat trotz knappem Budget großartige Arbeit geleistet, aber ich finde dennoch, dass ein bisschen zu viel des schrulligen Charmes meines ersten Zuhauses nach Jahren verschwunden ist. Es zu verlassen und zu Cal ins Farmhaus zu ziehen war ein großer Schritt für mich, weil ich dabei einen Teil meiner schwer erarbeiteten Unabhängigkeit aufgeben musste.

Der BMW fährt auf den Parkplatz. Cal lässt sich immer noch nicht blicken und antwortet nicht auf meine hektischen Textnachrichten. Zum Glück weiß ich, dass Nina, eine meiner Mitarbeiterinnen, schon früh ins Café gekommen ist, um mit den Getränken zu helfen, damit Cal und ich uns auf Ben und Lily konzentrieren können. Ich habe ihr geschrieben, um sie zu warnen, dass sie früh dran sind, also sollten wir ihnen wenigstens im Demelza's ein gemütliches Willkommen bereiten können.

Immer noch keine Spur von Cal, also bin ich wohl auf mich allein gestellt – mal wieder. *Atmen.*

Der glänzende BMW hält neben Cals ramponiertem Defender. Ich setze mein fröhlichstes, strahlendstes Lächeln auf und marschiere los, während sich ein Berg von einem Mann aus dem Fahrersitz erhebt und aussteigt.

Er öffnet die hintere Tür und tritt zur Seite.

Zwei lange, schlanke Beine in einer schwarzen Skinny-Jeans kommen zum Vorschein, dann springt ein Typ, der nur wenige Jahre älter ist als ich, lässig grinsend auf den Kies. Er trägt eine schwarze Lederjacke über einem schwarzen Pulli und hat Stan Smiths an den Füßen, die fast so weiß sind wie seine Zähne. Er sieht sich um. Seine Pilotenbrille verdeckt seine Augen, zeigt mir aber dafür mein eigenes Spiegelbild: Mein Gesicht ist leichenblass und meine Haare fliegen völlig zerzaust um den Pelzrand meiner Kapuze.

Ich schiebe mir die Kapuze vom Kopf und stehe Ben Trevone gegenüber, dem unfassbar gut aussehenden Actionhelden aus *Knife Edge,* Mädchenschwarm aus *Desperate Poets* und Sprecher eines tapferen Seeotters in dem oscarnominierten Animationsfilm *Ocean Furries.* Im Gegensatz zu Cal gehe ich schon mit Freunden ins Kino, aber ich gebe zu, dass ich mir *Ocean Furries* von einem der Kinder, die nach den Weihnachtsüberschwemmungen hier untergebracht waren, geliehen habe, um über Ben Trevones neusten Film Bescheid zu wissen.

Mit einem Lächeln, von dem mir der Kiefer schmerzt, strecke ich Ben die Hand entgegen. »Willkommen in Kilhallon!«

Er ignoriert meine Hand und schaut sich weiter um. Seine blendend weißen Zähne strahlen neben einer Bräune, die definitiv nicht von einem Strand in Cornwall stammt. Er *sieht* sehr gut aus, auf eine glatte »Boyband«-Art, nicht ganz so attraktiv wie in *Knife Edge*. Andererseits bin ich froh, nicht damit rechnen zu müssen, dass er gleich sein AK-47 zieht.

»Das hier isses also, was?«, fragt er mit einem Akzent, in dem sich seine Herkunft aus Cornwall mit einem amerikanischen Näseln mischt – was man nicht oft zu hören bekommt, erst recht nicht in St Trenyan.

Ich werde leicht panisch und schiebe die Hände in die Taschen. »Na ja, ähm … also, *ja*.«

Er richtet seine Aufmerksamkeit von mir auf das Farmhaus, dann auf die Scheune und Cals Land Rover. Wir haben an Kilhallon *vieles* verschönert, aber auf einmal sticht mir jedes schiefe Brett, moosbewachsene Dach und rostige Blechteil ins Auge.

»Aha«, sagt er.

»Ben, sind wir schon da?«, meldet sich eine piepsige Stimme von der Rückbank. Oh, dann ist Lily Craig vielleicht doch nicht mitgekommen, sondern er hat seine kleine Schwester mitgebracht.

»Sieht so aus«, antwortet er, ohne sich umzudrehen, während der Aufpasser mit seinem Bikerstiefel an einer Pfütze herumpatscht.

»Kann ich dann jetzt aussteigen?«, ruft das zarte Stimmchen aus den Tiefen des Autos.

»Wenn du willst, Babe, aber es ist arschkalt«, ruft Ben zurück und reckt den Hals, um an mir vorbei aufs Meer zu schauen.

»Heute ist es sehr kalt. Aber im Sommer ist es hier oben wunderschön, und bei eurer Hochzeit wird das Wetter sicher fantastisch sein.«

»Handfasting«, spuckt Ben mit seiner *Knife-Edge*-Stimme aus. Was ich etwas verstörend finde, immerhin hat er einen roboterhaften Ex-Soldaten gespielt, der darauf programmiert war, sich an seinen Feinden zu rächen.

»Handfasting. Natürlich. Aber lasst uns das doch im Demelza's besprechen, das ist unser Café hier auf dem Gelände. Hier draußen ist es doch ... ein bisschen kühl«, schlage ich vor. »Mein Team hat schon heiße Schokolade und Kuchen vorbereitet.«

»Sag ihr, dass ich keine Milchprodukte vertrage«, meldet sich die Stimme wieder.

Oh Gott, es *muss* Lily sein.

»Lily verträgt keine Milchprodukte«, wiederholt Ben eindringlich.

»Ich weiß, das habe ich schon berücksichtigt. Es gibt eine große Auswahl an laktosefreier Kost im Café, und wir können dort in Ruhe über die Speisen und die Dekoration für eure Feier sprechen. Dort haben wir es viel gemütlicher. Ihr müsst noch nicht mal aus dem Auto steigen, ich zeige euch den Weg«, rufe ich laut gegen einen erneuten Windstoß, damit mich auch die zarte Stimme hört.

Ben blickt über meinen Kopf hinweg in Richtung des Wegs, der zum Demelza's hinunterführt, und dann zu seinem Aufpasser.

»Ist das okay, Harry?«

Harry nickt langsam. Sein Schädel ist rasiert wie Jake Gyllenhaals in *Jarhead,* aber er ist mindestens einen Kopf größer und schätzungsweise zwanzig Kilo schwerer, als Jake es wahrscheinlich ist. Der Stoff seines langärmeligen grauen Shirts spannt sich über seinem riesigen Bizeps, als hätte er dort eine Grapefruit hineingesteckt. Neben ihm wirkt Ben wie ein Zwerg.

»Okay, Leute, packen wir's an«, sagt Ben, als müsste er sich nun den Mächten der Dunkelheit stellen, nicht einer heißen Schokolade und einem meiner Scones.

Ben steigt wieder in den BMW, und Harry schließt die Tür hinter ihm, sodass ich bibbernd auf dem Hof zurückbleibe. Dann öffnet Harry die Beifahrertür. Er sagt nichts, sondern wendet mir nur sein schwarzes Sonnenbrillengesicht zu und nickt. So richtig viel sieht er durch die Brille wohl nicht, der Winter in Cornwall ist ziemlich dunkel. Aber wer weiß, vielleicht versteckt er dahinter ja Eyeliner und falsche Wimpern, das wäre schon sehr, sehr lustig.

Ich unterdrücke ein Kichern, das auf jeden Fall mehr von Nervosität als von Freude zeugt, folge seiner Aufforderung und steige in den BMW. Während ich in den Ledersitz sinke, deutet Harry mit einem Finger auf den Weg, der vom Parkplatz hinunter zum Café führt. Warum sagt er nichts? Vielleicht kann er nicht sprechen? Für den Fall, dass er wirklich stumm ist, nicke ich energisch und deute in dieselbe Richtung.

Und schon schaukeln wir sanft den kurzen Pfad zum Café entlang. Niemand sagt etwas, aber innerlich schreie ich. Erstens: Wenn Cal nicht bald auftaucht, bringe ich ihn um. Und zweitens: Wenn er auftaucht, bringe ich ihn trotzdem um, weil er uns diese bescheuerte Hochzeit aufgehalst hat.

Ich drücke alle Daumen, Zehen und Sonstiges und tröste mich damit, dass es nach diesem Anfang nur besser werden kann. Demelza's war ein paar Tage lang geschlossen, weil um diese Jahreszeit wenig los ist. Zum Glück habe ich die Hochzeitspräsentation schon gestern Abend fertig gemacht und nicht erst heute. Jetzt kann ich nur noch hoffen, dass Nina und Shamia Zeit hatten, die Sachen vorzubereiten, die ich unseren Gästen versprochen habe.

Lichter leuchten einladend in den Fenstern des Cafés, das letzten Sommer noch eine alte Lagerscheune war. Die starken Steinmauern trotzen den schäumenden Wellen und dem wilden Tosen des Atlantiks, der direkt davorliegt. Harry stoppt den Wagen und springt hinaus. Er hält einen riesigen Regenschirm über Ben und Lily, während sie im heftigen Schneeregen vom Auto zum Café laufen. Ich hoffe, Demelza's kann unser frostiges Paar verzaubern wie schon so viele Leute, aber ich fürchte, diese beiden sind eine *ziemlich* harte Nuss.

2

»Bitte macht es euch gemütlich. Der Kaffee und die anderen Getränke sind sofort fertig. Tut mir leid, wir haben euch nicht ganz so früh erwartet, aber wir kriegen das schon hin. Wir freuen uns, dass ihr es überhaupt einrichten konntet, Isla hat uns schon erzählt, wie beschäftigt ihr seid.« Ja, ich weiß, dass ich wirr vor mich hin plappere, um meine Nervosität zu überspielen, als wir das Café betreten, aber das Treffen hat nicht gerade optimal begonnen – *und wo zum Teufel bleibt Cal?*

»Sonst kommen wir immer zu spät, stimmt's, Babe?«, meint Ben und lässt Lily den Vortritt. Sie ist vielleicht eins fünfundfünfzig groß, und ihr dicker, silberner Puffa-Mantel reicht ihr bis an die Zehen. Mit ihren zierlichen spitzen Stiefeln wirkt sie wie eine sehr glamouröse Elfe. Ihre pelzbesetzte Kapuze verdeckt ihre Gesichtszüge, aber sie lächelt auf jeden Fall.

»Immer«, kichert sie. »Wir sind berüchtigt dafür, aber wir dachten uns, heute überraschen wir mal alle.«

Na toll, denke ich. Aber irgendwie mag ich Lilys Humor, denn er macht mir Hoffnung, dass sie vielleicht doch aus Fleisch und Blut ist wie wir anderen auch.

Wie gesagt, Demelza's ist mein Café, aber auch nach sechs Monaten kommt mir dieser Ort immer noch besonders vor, es ist so gemütlich hier, man fühlt sich direkt wohl. Wir haben alles gegeben, damit es an diesem kalten Wintermorgen möglichst einladend ist, in Tonkrügen auf den Fenstersimsen stehen für ein paar Tupfen gelben Sonnenschein sogar frühe Narzissen. Bunte Freesien schmücken alle Tische, und wir haben die Plätze direkt am Fenster mit dem Vintage-Porzellan gedeckt, das ich letzten Sommer im Farmhaus gefunden habe. Von den Fenstertischen aus sollten Lily und Ben den Meerblick genießen können. Die Kaffeemaschine gurgelt schon, und der Raum ist erfüllt vom Duft frischen Gebäcks. Im Hintergrund spielt leise Folkmusik aus Cornwall. Ich bin sehr gespannt und hoffe, es gefällt ihnen.

Ben lässt sich auf eine Bank fallen und greift nach einer Tasse, als hätte er so etwas noch nie gesehen. Lily bleibt in der Mitte des Raums stehen. Sie streift sich die Kapuze ab, und ihre glänzende, rote Mähne fällt ihr über den Rücken. Obwohl sie kaum Make-up trägt und in dem schimmernden Mantel fast verschwindet, ist sie dennoch atemberaubend. Als wäre sie kein richtiger Mensch, sondern eine Fee in einem Kinderbuch. Sie dreht sich langsam um sich selbst und hebt die Arme, als würde sich das Café mitdrehen, wenn sie es nur befiehlt.

Ich halte den Atem an. Sie könnte sich ganz einfach in diesem Moment gegen Kilhallon entscheiden, und das wär's. Denn das Café und diese Anlage sind nicht besonders glamourös, selbst wenn wir uns kaputtschuften und unser Bestes geben. Letztendlich ist das hier nur ein Ort zum Wohlfühlen im wilden, schönen Cornwall.

Lily seufzt tief, als hätte sie gerade eine besonders anstrengende Yogastunde beendet. Mein Herz rast. Ich kämpfe gegen den Drang an, mir die schwitzigen Hände an der Jeans abzuwischen, während ich das Urteil dieses großen Stars über mein kleines Café abwarte.

Lily sieht mich direkt an, mit einem traurigen, aber liebenswürdigen Lächeln.

»Dieser Ort hat etwas … *Beruhigendes.* Es ist, als würde man in eine dicke, kuschelige Decke gehüllt werden. Sehr authentisch. Ja, es gefällt mir hier. Es gefällt mir sehr.«

Ich würde am liebsten einen tiefen Seufzer der Erleichterung ausstoßen, auch wenn sich ein Teil von mir wünscht, Lily, Ben und Harry würden sofort wieder in ihr »Schauspielermobil« steigen und aus Kilhallon verschwinden. Ja, es ist aufregend, dass sie hier sind, und es wäre eine tolle Reklame für die Anlage und das Café, aber ich habe jetzt schon genug von der Anspannung bei dem Versuch, ihren Erwartungen gerecht zu werden. *Beruhige dich,* würde Cal sagen, *sei einfach du selbst.*

Aber er ist ja nicht hier, oder?

Lily setzt sich neben Ben auf eine unserer alten Eichenbänke. Sie nimmt sich ein Vintage-Gobelinkissen, das ich aus dem Farmhaus »recycelt« habe, und drückt es an sich. Ben beschäftigt sich mit seinem Handy. Harry hat sich mit verschränkten Armen an einem Tisch in der Nähe niedergelassen. Wenn er auf einem Stuhl sitzt, wirkt der wie ein Kindergartenmöbelstück.

»Was dürfen wir euch allen denn bringen, bevor wir über die Menüs und das Essen sprechen? Ich dachte, wir wärmen uns erst mal hier auf und drehen später eine Runde durch die restliche Anlage und zum Ort der Hochzeitsfei …«

»Handfasting«, murmelt Ben, ohne von seinem Handy aufzuschauen. »Den offiziellen Teil machen wir ein paar Wochen später im Standesamt bei uns zu Hause. Das wird niemanden mehr interessieren, nachdem wir hier groß gefeiert haben.«

»Isla hat gesagt, ihr wollt eine einfache Zeremonie, so ganz ungekünstelt?«, taste ich mich heran.

»Oh ja, wir wollen nichts Großes, stimmt's, Ben? Ich finde diese Hochzeiten mit zigtausend Leuten ganz schrecklich, bei denen Braut und Bräutigam auf Thronstühlen sitzen und alle im Hubschrauber anreisen.«

»Gibt es einen Hubschrauberlandeplatz?«, wirft Ben ein.

»Nein, tut mir leid. Es gibt ein Feld, das Rettungsdienste zur Not nutzen können, aber keinen Hubschrauberlandeplatz.«

»Oh.« Er schaut wieder auf sein Handy.

Lily streicht sich über den Rock. »Isla hat gesagt, einen schöneren Ort könnten wir nicht finden, vor allem, wenn die Sonne scheint.«

»Ich hoffe, dass sie scheint. Aber wir werden ein Zelt haben, also sind wir für alle Eventualitäten gerüstet.« Wenn wir Glück haben, denke ich und erinnere mich daran, wie Islas Verlobungsparty fast einem Sommergewitter zum Opfer fiel. Diesen Tag werde ich aus diversen Gründen nicht vergessen; zum Schluss musste ich Cal aus dem Ozean retten, denn er hatte den Anblick, wie Isla und sein bester Freund Luke ihr Glück feierten, nur mit reichlich Alkohol ertragen können. Das ist jetzt gerade mal acht Monate her, und so vieles hat sich verändert. Ich glaube wirklich, dass Cal inzwischen über Isla hinweg ist, obwohl er gesagt hat, er könne sich niemals »entlieben«.

Nina wartet hinter der Theke und starrt zu den Gästen, als glaubte sie zu träumen.

»Also, was darf ich euch zum Trinken anbieten?«, frage ich lächelnd. Am liebsten würde ich noch mal versuchen, Cal zu erreichen, aber ich will mir vor unseren Gästen nicht anmerken lassen, dass ich ganz leicht panisch bin.

Lily bestellt einen Kamillentee und Ben einen doppelten Espresso.

»Was ist mit dir, Harry?«, frage ich. Jetzt muss er etwas sagen, er *muss*.

Er brummt.

»Er nimmt einen Earl Grey mit Zitrone. Ohne Milch«, antwortet Ben, der immer noch auf seinem Handy herumtippt.

»Oh … Okaaay.« Ich bin überrascht, dass Harry keine geschmolzenen Stahlträger trinkt. »Nina? Würdest du dich bitte um die Bestellung kümmern?«

Nina wirkt noch eine Sekunde lang wie erstarrt und macht sich dann eilig hinter der Theke zu schaffen. Sie dreht die Musik etwas lauter, und das, zusammen mit dem Zischen und Blubbern der Kaffeemaschine, führt dazu, dass es sich fast nach einem ganz »normalen« Café-Tag anfühlt.

Ich unterhalte mich mit Lily über die Fahrt hierher, während sich Ben weiter auf sein Handy konzentriert und Harry ein Lifestylemagazin aus Cornwall durchblättert. Harry war mit dem Auto vorausgefahren, um die beiden heute Morgen am Flughafen Newquay abzuholen, aber sie sind nicht mit Flybe oder einer anderen gewöhnlichen Airline geflogen. Sie haben einen Privatjet von einem Flugplatz in den Cotswolds gechartert, wo sie laut Lily ein »niedliches kleines Cottage« mieten, das ihrer Beschreibung nach aber eher wie ein Mini-Landschloss klingt. Sie scheint sich für das Kochbuch mit Hundeleckerli zu interessieren, das ich diesen Winter geschrieben habe – allerdings hatte ich gar nicht so viel damit zu tun, denn den Großteil des Schreibens haben meine Co-Autorin Eva Spero und ihr Team übernommen. Lily war schon mal in Evas Restaurant in Brighton und wirkt beeindruckt, dass ich einen Promi kenne. Außerdem hat sie auch einen Hund, eine französische Bulldogge namens Louie.

Ich weiß nicht, wie viel von Lilys heiterem Geplauder echt ist und wie viel nur Fassade. Sie hat einen Instagramaccount mit Hunderttausenden Followern. Ihre Finger schweben über einem strassbesetzten iPhone. Bestimmt kann sie es gerade gar nicht erwarten, irgendetwas Neues zu posten, also entschuldige ich mich und helfe Nina, die Getränke und das Gebäck zu servieren.

Sobald ich mit einer beladenen Etagere an den Tisch zurückkehre, legt Lily ihr Handy weg. »Das hier ist eine Auswahl von Mini-Gebäckstücken und Kuchen. Natürlich bekommt ihr an dem Tag ein Menü ganz nach euren Wünschen, und wir können mit einer Cateringfirma aus der Region zusammenarbeiten. Aber ich dachte mir, heute habt ihr vielleicht Lust auf einige unserer besten hausgebackenen Spezialitäten.«

Harry nimmt sich eine Scheibe mit Zucker bestreutes Rosinengebäck. Er beäugt es und zieht die Nase kraus, als würde er den Geruch testen. Aber er wird doch wohl nicht im Ernst das Essen unserer Gäste vorkosten … oder? Er beißt ein Stück ab, kaut, schluckt es hinunter und seufzt genüsslich.

»Dürfte ich vielleicht erfahren, was das ist? Es schmeckt köstlich«, sagt er in einem sehr vornehmen Tonfall.

Ich bin so erstaunt, dass er überhaupt eine Stimme hat, und dann auch noch eine solche, dass ich bei meiner Antwort ins Stocken gerate. »Ähm … das ist Figgy ’obbin.«

»Foggy *was?*«

»Figgy 'obbin – hauchzarter Blätterteig mit saftigen Rosinen, Zitronensaft und Zucker. Das ist das traditionelle Rezept, aber ich habe noch ein paar getrocknete Cranberrys hinzugefügt, um es interessanter zu machen. Genau das Richtige für den Winter in Cornwall.«

»In der Tat. Vorzüglich. Erinnert mich an den Strudel, den es früher bei meiner Großmutter gab.«

»Hat sie viel gebacken?«, frage ich immer noch verblüfft angesichts seines Akzents. Genauso reden die feinen Damen und Herren in Pollys Lieblingsserie *Downton Abbey.*

Er lacht. »Ach Gott, meine Großmutter hat nie gebacken. Sie hat sich selten in die Küchen gewagt, wahrscheinlich wusste sie nicht mal, was ein Ofen ist. Für so etwas hatte sie eine Köchin und eine Haushälterin. Nein, unser Kindermädchen hat an Feiertagen und in den Schulferien für uns gebacken. Sie kam aus Salzburg und war eine fantastische Bäckerin. Ihren Strudel mochte ich immer am liebsten, aber so schmeckt er auch sehr lecker.«

Harry nimmt die Sonnenbrille ab. Er braucht keine künstlichen Wimpern oder Eyeliner. Seine Augen sind schon beeindruckend genug: meeresgrün mit traumhaften natürlichen Wimpern. Wow. Ich überlege fieberhaft, warum jemand, der einmal ein Kindermädchen hatte, wohl jetzt als Bodyguard für ein Promipärchen arbeitet.

»Dürfte ich bitte noch ein Stück haben?«

Ich mag ihn jetzt schon. »Natürlich«, antworte ich und reiche ihm noch einen Teller.

Während Harry sich den Figgy 'obbin schmecken lässt, knabbert Lily an einem Stückchen eines Mini-Zimt-Scones. Ich halte den Atem an und warte auf ihr Urteil. Sie legt den Rest auf ihren

Teller und schiebt ihn von sich weg, als könnte er sie zurückbeißen. Oh je, das sieht nicht gut aus. Doch nachdem sie sich mit einer Serviette den Mund abgetupft hat, lächelt sie.

»Mmm. Das war köstlich, aber ich darf nicht noch mehr essen. Ich nehme so schnell zu, nicht wahr, Ben?«

»Keine Ahnung. Musst du wissen.« Ben beißt in einen Fairing, ohne von seinem Bildschirm aufzuschauen.

»Möchtest du den Rest von diesem leckeren Scone, Harry?«

Harry hält den Griff seiner Tasse mit gekrümmtem kleinen Finger und nippt an seinem Tee. »Danke.«

Lily bringt ihm den Teller und stellt ihn vor ihn hin. »Du kannst es dir ja erlauben, was?«

Harry setzt sich die Sonnenbrille wieder auf. »Du musst dir auch keine Sorgen machen«, murmelt er und studiert eine Demelza's-Speisekarte, während er den Scone mit einem einzigen Bissen hinunterschluckt.

Ben wischt immer noch über sein Handy. Ich hoffe, er ist gerade bei Instagram, nicht auf Tinder.

Nina nimmt ihren Mut zusammen und kommt hinter der Theke hervor, um sich mit Lily zu unterhalten, die ihr vorschlägt, mit ihr und Ben ein Selfie zu machen. Ich nutze die Gelegenheit, um nach draußen zu verschwinden und noch mal bei Cal anzurufen. In Kilhallon hat man nicht überall Empfang, also bin ich nicht überrascht, als sich seine Mailbox meldet. Nicht überrascht, aber sauer.

»Mein Partner Cal muss gerade etwas Dringendes erledigen, aber er kommt so bald wie möglich nach. Er kann es gar nicht erwarten, euch den wunderbaren Platz für eure Zeremonie zu zeigen. Ich glaube, der Regen hört langsam auf. Möchtet ihr vielleicht schon mal ein paar Menü-Ideen durchsprechen, während wir auf

Cal und die Sonne warten? Bei eurem nächsten Besuch machen wir dann ein Probeessen, und es wird Frühling sein.«

»Das klingt wunderbar, nicht wahr, Ben?«

Endlich legt Ben sein Handy weg, beugt sich zu Lily und drückt ihr einen Kuss auf den Kopf. »Was immer du möchtest, Babe. Harry, kannst du Lilys Schal aus dem Auto holen? Ich will ja nicht, dass sie friert, wenn wir rausgehen, was, Babe?«

»Es geht schon, Ben, wirklich.«

»Harry macht das nichts aus. Dafür ist er doch da«, sagt Ben.

Wortlos verlässt Harry das Café mit dem Rest eines Figgy 'obbin in seiner riesigen Hand.

»Harry war früher beim Militär. Fallschirmjäger. Seine Familie hat mal einen riesigen Schuppen in den Cotswolds besessen, aber dann ging's bergab und sie mussten verkaufen«, erzählt mir Ben.

Lily runzelt die Stirn. »Keinen Schuppen. Ein schönes altes Herrenhaus.«

»Ja, aber jetzt gehört es ihnen nicht mehr, oder? Sie konnten es nicht mehr halten«, erklärt Ben. »Wie auch immer, kann ich noch Kaffee haben?« Er hält seine Tasse hoch.

»Natürlich.« Ich springe auf und bin froh, mich nützlich machen zu können. Trotzdem tut Harry mir leid, weil er das Zuhause seiner Familie verloren hat und jetzt Ben und Lily bedienen muss. Ehrlich gesagt frage ich mich, wie er es erträgt, sich von Ben herumkommandieren zu lassen.

»Also, was für Essen hättet ihr denn gern beim Empfang nach der Zeremonie?«

Während wir die Menüs durchsprechen, kehrt Harry zurück, postiert sich in einer Ecke und blättert einen Cornwall-Reiseführer für Hundebesitzer durch. Jetzt sind Lily und Ben schon eine halbe Stunde hier, und ich hoffe, Cal taucht bald auf. Er behauptet zwar, er sei nicht der PR-Typ, aber er kann seinen Charme spielen lassen, wenn er will, und oft springen die Leute darauf an. Ich hoffe, er kann zumindest Lily bezaubern, wenn auch nicht Ben.

Cal lässt sich immer noch nicht blicken, aber immerhin ist die Sonne herausgekommen und scheint nun direkt durch die Fenster des Cafés. Wir haben zwar erst Februar, doch die Sonnenstrahlen scheinen schon etwas Kraft zu haben. Die Wolken haben sich verzogen, um die Leute weiter im Osten zu belästigen, und uns einen schönen vergissmeinnichtblauen Himmel hinterlassen. Cal oder kein Cal, ich weiß, dass ich diesen Moment nutzen muss, um für Kilhallon zu werben. Ich hoffe, wenigstens Lily wird sich von der Umgebung begeistern lassen, so anspruchsvoll sie auch ist. Bei Ben bin ich mir nicht sicher, aber ich schätze, er ist mit allem einverstanden, was sie will, und das macht es mir auf jeden Fall einfacher.

»Soll ich euch jetzt die Aussicht von der Caféterrasse zeigen, wo der Regen aufgehört und der Wind ein bisschen nachgelassen hat?«

Lily klatscht begeistert. »Oh ja, sehr gerne.«

Harry hat noch immer ihren Schal in der Hand und bietet ihn ihr an. Sie bindet ihn sich um und steckt ihn unter ihren Mantelkragen. Auch ich ziehe den Reißverschluss meiner Jacke zu. Wir bedanken uns bei Nina und verabschieden uns bis zum Mittagessen. Harry und Ben wagen sich ohne zusätzliche Kleidungsschichten ins Freie. Aber ich nehme mal an, nicht einmal ein Sturm hier in Cornwall könnte Harry umhauen.

Wir treten hinaus auf die Terrasse des Cafés und stellen uns der Atlantik-Brise. Die schweren Tische und Stühle haben den Winter überlebt und sehen allmählich etwas verwittert aus, aber das ist nichts Schlechtes. Wir gehen durch die Öffnung in der niedrigen Steinmauer, die die Terrasse einfasst, und stellen uns auf den Grasstreifen zwischen dem Grundstück Kilhallon und dem Küstenpfad. Dicke, blassgraue Wolken jagen über den Himmel. Lily fliegen die Haare ins Gesicht, und sie streicht sich die Strähnen aus den Augen. Ich schmecke das Salz auf meinen Lippen.

»Wow.«

Lily holt tief Luft wie vorhin, als sie Demelza's betreten hat.

»Das ist eine wundervolle Aussicht. Ich mag auch den Ausblick aus dem Haus von Bens Eltern über die Mount's Bay, aber der Nordwesten ist so herrlich wild.«

»Schwer zu sagen, was schöner ist«, erwidere ich, weil Ben neben uns steht, aber es scheint ihn sowieso nicht besonders zu interessieren, denn er spielt wieder mit seinem Handy.

»Gibt es hier oben kein Netz?«, fragt er und hält das Gerät hoch.

»Nur stellenweise«, gebe ich zu. »Aber es gibt WLAN im Café und in den Cottages. Vor eurer Hochzeit wollen wir noch den ganzen Zeltplatz und den Eventbereich daran anschließen.«

Er antwortet nicht, sondern brummt nur und steckt das Handy in seine Jackentasche. Dann folgt er Lily, die die paar Meter von unserem Grundstück bis zum Küstenpfad gegangen ist. Es ist immer noch windig, aber es geht einigermaßen.

»Hier sieht es aus wie in einer Szene aus *Die Geliebte des französischen Leutnants,* findest du nicht, Ben?«

»Ja«, antwortet er, stellt sich hinter sie und legt die Arme um ihre Taille.

»Das sagt mir gar nichts«, gestehe ich.

»Das ist ein Buch, das vor Ewigkeiten mal verfilmt wurde. Isla will eine Neuverfilmung machen, aber es spielt in Lyme Regis, nicht in Cornwall. In einer Szene steht die Heldin im tosenden Sturm und wird fast von der Hafenmauer geweht. Ich hoffe, Ben wird darin ihren Helden spielen.«

Wow. Ich glaube, Ben könnte tatsächlich gelächelt haben. Vielleicht hat er nur so miese Laune, weil er nervös ist wegen der Hochzeit oder im Job so viel Druck bekommt. Ich würde nicht so unter dem Mikroskop leben wollen wie er und Lily, auch wenn die Publicity natürlich gut für sie ist. Bestimmt müssen sie auch eine Menge Sachen machen, auf die sie keine Lust haben.

Der Verlag unseres Hunde-Kochbuchs möchte, dass meine Co-Autorin Eva Spero und ich ein paar Radio- und Fernsehtermine wahrnehmen, wenn es später dieses Jahr erscheint. Ehrlich gesagt bekomme ich schon bei dem Gedanken weiche Knie, aber ich werde mich wohl daran gewöhnen. Cal und ich sind immer noch ganz baff, dass wir im Herbst in der Sonntagsbeilage einer Zeitung vorgestellt wurden – dank Eva, die letztes Jahr zur Eröffnungsparty von Kilhallon gekommen und von unserer Arbeit beeindruckt gewesen war.

»Sollen wir zur Hochzeitswiese gehen? Dort unten ist es geschützter«, frage ich, als ich Ben in der Meeresbrise zittern sehe.

Lily hakt sich bei ihm unter. »Ist dir kalt?«

»Ich frier mir die Eier ab«, murmelt Ben.

»Kommt weg aus dem Wind«, sage ich und wünschte, Ben hätte sich dem Wetter entsprechend angezogen.

Auf dem Weg zur Wiese läuft Harry links, ein wenig hinter uns, und schaut sich immer wieder um. Vielleicht denkt er, ein Attentäter könnte sich hinter den Mülltonnen des Cafés oder den hohen Hecken verstecken, die den Campingplatz zumindest ein bisschen vor den Atlantikstürmen schützen.

Gruppen von Schneeglöckchen schütteln ihre zarten Köpfchen in der Brise, und frühe Primeln blühen entlang des Wegs zu den Cottages und am Rand des Wäldchens. Ich liebe die ersten Anzeichen des Frühlings. Als ich eine Weile keinen festen Wohnsitz hatte, ging es mir immer nur darum, einen geschützten Unterschlupf zu finden, aber jetzt habe ich das Glück, den Wechsel der Jahreszeiten von einem warmen Bett und einem Zuhause aus genießen zu können.

Plötzlich springt ein Junge mit einem Plastiksäbel aus dem Wäldchen neben uns auf den Weg.

»Hey hoooo! Achtung! Ich bin ein Pirat!«

»Gott! Was zum …« Ben stützt Lily, als der Junge sie am Arm berührt.

»Verzeihung!«, ruft der Junge, rennt aber säbelschwingend weiter den Abhang hinunter zur Jurtenwiese. Obwohl er einen Piratenhut und eine Augenklappe trägt, kommt er mir irgendwie bekannt vor.

»Alles in Ordnung, Baby?«, fragt Ben Lily.

Lily lächelt. »Ja, nichts passiert.«

»Schnell! Schwarzbart ist hinter uns her!« Ein kleines Mädchen in einem Piratenkostüm stürmt aus dem Wäldchen und streift Ben. Er versucht das Gleichgewicht zu behalten, rutscht aber auf der feuchten Erde aus und landet mit dem Hintern mitten in einer Pfütze.

Das Mädchen ruft ebenfalls »Verzeihung!« und ist sofort weg. Es rast seinem Piratenfreund hinterher den Abhang hinunter.

»Scheiße«, knurrt Ben und versucht, sich aus der Pfütze aufzurappeln. »Ihr kleinen Mistkerle!«, ruft er ihnen nach.

»Alles okay, Ben?« Lily streckt ihm eine Hand entgegen, um ihm hochzuhelfen.

Er winkt ab. »Meine Jeans ist ruiniert. Die kleinen Scheißer hätten mich ernsthaft verletzen können.«

Ich sehe ihn betroffen an. »Das tut mir leid. Es war bestimmt ein Versehen.«

»Wessen Kinder sind das?«, fragt er schroff.

»Sie sind aus St Trenyan.« Ich überlege verzweifelt, warum sie hier sind, und bin ehrlich gesagt ziemlich verärgert darüber, wie Ben über die Kinder gesprochen hat. Inzwischen habe ich sie auch erkannt: Sie gehören zu einer der Familien, die nach der Überschwemmung um Weihnachten herum hier untergebracht waren. Letzten Monat haben sie Kilhallon verlassen und sind in Übergangswohnungen gezogen, also habe ich keine Ahnung, warum sie heute als Piraten verkleidet durch die Anlage rennen.

»Sie haben das nicht mit Absicht gemacht, Schatz«, sagt Lily und stützt Ben am Arm, während er aufsteht. Ich schlucke. Seine Designerjeans ist matschbeschmiert, die Stan Smiths ruiniert. Und wo zum Teufel steckt Cal?

Die Antwort darauf erhalte ich einen Sekundenbruchteil später, als Schwarzbart persönlich, mit Dreispitz und Augenklappe, aus dem Wäldchen herausläuft und ruft: »Kommt her, ihr räudigen Schiffsratten. Ich lass euch über die Planke gehen!«

3

»Tut mir leid, Kumpel!«

Cal kommt nur wenige Zentimeter vor Ben zum Stehen. Lily stößt ein Kichern aus, aber Ben funkelt ihn mit offener Verachtung an.

»Sind das deine Kinder? Pass auf die kleinen Drecksäcke mal besser auf«, schimpft er.

Cals Lächeln verschwindet, und er schiebt sich die Augenklappe auf die Stirn. »Das sind keine kleinen Drecksäcke. Sie spielen Piraten.«

Ben schnaubt. »Piraten? Ich hätte mir den Hals brechen können. Und schau dir meine Jeans an. Die hat der Designer speziell für mich hergestellt. Das ist ein Unikat.«

»Tja, spätestens jetzt ist es das auf jeden Fall, Kumpel.« Cal blickt finster auf die schlammbespritzte Hose, und ich sterbe fast vor Scham. »Und das sind nicht meine Kinder, aber ich werde deine Erziehungsratschläge an ihre Eltern weitergeben. Die werden sie sicher *zu schätzen wissen*.«

»Cal!«, unterbreche ich ihn. Bei der unverhohlenen Drohung in seiner Stimme würde ich am liebsten im Erdboden versinken. »Das sind Ben Trevone und Lily Craig. Unsere Gäste.«

Cal blickt von Ben zu Lily und holt dann tief Luft, bevor er ihnen seine erdverschmierte Hand entgegenstreckt. »Oh, ach so. Na dann, freut mich, euch kennenzulernen. Tut mir leid, dass die Kinder bei ihrem Piratenüberfall ein bisschen überschwänglich waren.«

Ben ignoriert Cals Hand und schnaubt. »Überschwänglich? Sie haben meine Jeans ruiniert und dafür gesorgt, dass ich mit dem Arsch im Matsch gelandet bin, was mir natürlich egal ist, aber sie hätten auch Lily fast umgerannt.«

»Haben sie aber nicht. Mir ist nichts passiert und dir auch nicht. Die Jeans wird's überleben. Mir hat sie sowieso nie gefallen«, widerspricht Lily. »Du bist also Cal. Warum bist du als Pirat verkleidet?«, fragt sie ihn sichtlich fasziniert.

»Ich hatte den Kindern versprochen, dass sie nach Kilhallon

kommen und Piraten spielen dürfen. Ich wusste nur nicht, dass sie heute auftauchen würden.«

Ben ist erfreulicherweise sprachlos, und Cal schenkt Lily ein herzerweichendes Lächeln. »Tut mir leid, dass ich nicht früher da war. Die Kinder haben jetzt Ferien und sind spontan zu Besuch gekommen, und ich habe völlig die Zeit vergessen. Sie sind ein bisschen wild, aber sie haben eine schwere Zeit hinter sich – über Weihnachten hat eine Sturmflut ihr Zuhause überschwemmt.«

Lily zieht die Nase kraus. »Oh Gott. Wie schrecklich für sie. Wir haben davon gehört. Ben ist in Penzance zur Schule gegangen. Das wisst ihr wahrscheinlich, oder?«

»Ja«, sage ich. »Da kann er sicher nachvollziehen, wie schlimm der Sturm für die Region war.«

»Wir haben es in den Nachrichten gesehen, nicht wahr, Ben? Meine Cousins wohnen auch in der Gegend und mussten ihr Haus verlassen, und Ben hat ihnen ein paar Wochen lang ein Hotel bezahlt. Er ist sehr fürsorglich, nicht wahr, Ben?«

Ben ringt sich zu einem Lächeln durch und legt Lily einen Arm um die Schultern. »Für dich tue ich alles.«

»Polly würde dir bestimmt die Jeans waschen, Kumpel, und du könntest dir so lange eine alte von mir leihen«, schlägt Cal vor.

Ben verzieht das Gesicht. »Danke, aber nicht nötig.«

»Wir haben Sachen zum Wechseln im Auto«, erklärt Lily. »Von hier aus fahren wir weiter zu Bens Mum in Penzance. Einer der Gründe, weshalb wir in Kilhallon feiern wollen, ist, dass Bens Familie in der Nähe wohnt und meine im Südwesten verstreut ist, also haben sie es nicht sehr weit.«

Sie küsst Ben, und er brummt.

»Willst du ins Haus gehen, um dich umzuziehen?«, frage ich ihn.

»Nein. Ich behalte die Sachen lieber an, bis wir auf diesem Acker fertig sind … falls mich sonst noch jemand umrennen will«, antwortet er.

»Wahrscheinlich eine kluge Entscheidung«, sagt Cal. »Soll ich euch Gummistiefel holen?«, wendet er sich an beide.

»Ich brauche keine«, erwidert Lily mit einem Lächeln, das das härteste Herz zum Schmelzen bringen würde und vermutlich sogar Cals erweicht. Ihre schwarzen Lederstiefel sollten die Nässe abhalten.

»Ich bleibe, wie ich bin«, sagt Ben, der wahrscheinlich lieber von einer Klippe springen würde, als sich in Gummistiefeln blicken zu lassen.

Lily hakt sich bei ihm unter und küsst ihn. »Mir gefällst du so matschig und nass.«

Endlich lächelt Ben.

»Deine Augenklappe ist verrutscht«, flüstere ich Cal zu, während Ben Lily hilft, den rutschigen Abhang zum »Festplatz« hinunterzugehen.

Cal nimmt den Dreispitz ab und schiebt sich die Augenklappe vom Kopf, bevor er mir ein Küsschen auf die Wange drückt. »Tut mir leid, dass ich so spät dran bin. Du bist bestimmt fast durchgedreht, weil du dich allein um die beiden da kümmern musstest.«

»Ich hab gar nicht gemerkt, dass du nicht da warst.«

»So schlimm?«, fragt Cal besorgt. »Ich wusste nicht, dass die Kinder heute kommen; ihre Eltern haben sie hergebracht. Sie wollten sich bedanken, und ich konnte sie nicht wegschicken. Dann bin ich irgendwie in einen Piratenüberfall geraten und habe ganz die Zeit aus den Augen verloren.«

»Einen Piratenüberfall? Na toll. Schön, dass du dir über deine Prioritäten im Klaren bist.«

Er grinst. »Du bist aber nicht *wirklich* sauer, oder?«

Während ich fassungslos den Kopf schüttele, muss ich lächeln. Cal mag Kinder, was wohl daran liegt, dass er innerlich selbst ungefähr zwölf ist. Auch während seiner Zeit als Krisenhelfer in Syrien hat er viele Kinder betreut. Vor allem ein Mädchen namens Esme und ihre Mutter Soraya sind ihm dabei ans Herz gewachsen. Sorayas Tod bei einem Angriff auf die Stadt hat Cal stark zugesetzt, und ich weiß, dass er sich zum Teil schuldig fühlt. Seit er mir an Weihnachten davon erzählt hat, haben wir nicht mehr darüber gesprochen, aber ich weiß, dass er ständig an Esme denkt und sich fragt, ob sie überlebt hat.

Wir gesellen uns wieder zu Lily und Ben und bleiben in der Mitte des sanften Abhangs stehen, der zu einer runden Grasfläche führt. Links grenzt sie an das Wäldchen, wo wir in der Campingsaison die Jurten aufbauen. Die kleinen Piraten sitzen jetzt weiter unten auf einer der Bänke aus Baumstämmen, die wir auf unsere »Hochzeitswiese« gestellt haben. Die Fläche kann von den Gästen in den Zelten und Wohnmobilen genutzt werden, wenn sie nicht für eine Hochzeit oder Party gebucht ist.

»Dies ist der Ort, wo ihr eure … ähm … Handfasting-Zeremonie abhalten werdet.« Cal hält sich eine Hand ans Ohr. »Psst. Hört mal.«

Der Wind hat nun so weit nachgelassen, dass das schwache Rauschen der Wellen, die sich an den Felsen unter den Klippen brechen, bis zu uns dringt. Möwen kreisen über uns, segeln durch die Luft und kreischen in den Frühlingshimmel.

»Stellt euch das alles an einem strahlenden Sommertag vor – dort in der Senke würde die Zeremonie stattfinden«, sage ich erleichtert, dass Kilhallon endlich etwas von seiner Schönheit erkennen lässt. »Für den Fall, dass es nachts etwas kühler werden sollte, wollen wir ein schickes Zelt aufstellen«, fahre ich bei dem Gedanken an den Sturm letzten Juni fort. »Ihr könnt draußen in der Sonne Getränke servieren lassen, und am Abend können wir Kohlenbecken aufstellen oder Lagerfeuer anzünden. Das Zelt und den Ort der Trauung dekorieren wir ganz nach euren Wünschen ... mit Lampions, als Feengrotte, im marokkanischen Stil ...«

»Das klingt traumhaft«, seufzt Lily.

»Schau es dir mal genauer an«, schlägt Cal vor und führt sie hinunter in die Mitte der Senke. Sogar ich bin immer wieder beeindruckt davon, was wir aus Kilhallon machen können, und ich weiß noch, wie wundervoll die Jurten an unserem Eröffnungstag letzten September aussahen. Jetzt, nachdem die Sonne herausgekommen und Cal hier ist, bin ich zuversichtlicher, dass wir etwas auf die Beine stellen werden, was sogar Ben gefallen könnte. Hoffentlich bekommen wir bald Hilfe von einer Hochzeitsplanerin, sodass ich mich auf das Catering konzentrieren kann. Als wir uns den Kindern nähern, laufen sie johlend in das Wäldchen, was wohl für alle besser so ist.

Ben und ich folgen Cal und Lily. Cal setzt sich mit ihr auf eine Holzbank, und sie unterhalten sich über eine Produktion, bei der sie mit Isla zusammengearbeitet hat.

»Habt ihr schon Ideen für ein Motto?«, frage ich Ben, der immer wieder auf sein Handy schaut.

»Keine Ahnung. So was überlasse ich Lily.«

Er verzieht das Gesicht und umrundet eine Pfütze.

»Okay. Wenn wir wieder im Café sind, können wir noch mal darüber reden. Ich denke, wir sollten mit der Planung beginnen, denn der Hochzeitstermin, den ihr anpeilt, ist der letzte Samstag im Mai – das ist schon recht bald.« Ich hoffe nur, dass sie nicht irgendwas Ausgefallenes wollen, was man Jahre im Voraus buchen muss.

»Harry wird mit euch über die Sicherheitsvorkehrungen sprechen«, bemerkt Ben.

»Oh, ja. Natürlich«, erwidere ich. Darüber hatte ich noch gar nicht nachgedacht. Zum Glück haben wir bereits das ganze Maiwochenende für Ben und Lily reserviert, und sie zahlen sehr gut, also ist das kein Problem. Ich werde dann das Café schließen müssen, vielleicht auch schon ein paar Tage vorher.

Nachdem wir ihnen den Veranstaltungsort gezeigt haben, machen wir einen kleinen Spaziergang bis zum Rand der Ferienanlage. Hin und wieder bleiben wir stehen, um die Aussicht zu genießen. Die Campingwiese ist natürlich leer und kahl nach dem Winter. Die Hecken bestehen noch aus nackten Ästen, aber ein paar grüne Knospen sprießen schon zwischen all dem Braun. Hinter den Steinmauern glitzert das Meer im Sonnenlicht. Von hier oben wirken die Wellen wie zart gekräuselte Rüschen, aber man sieht, dass die Strömung stark ist. Jedenfalls wäre ich heute nicht gern draußen auf dem Wasser.

»Wir können euch eine freiberufliche Hochzeitsplanerin empfehlen, aber ich vermute, ihr habt schon jemanden?«, frage ich Lily, als wir die Lichtung erreichen, wo die Jurten aufgestellt werden.

»Nein, wir verlassen uns gern auf euch.« Sie strahlt. »Ihr habt bestimmt jemand absolut Großartiges an der Hand.«

Mir läuft ein richtiger Schauder über den Rücken. Wir müssen eine Hochzeitsplanerin finden, und zwar schnell. »Hast du schon eine Idee für euer Motto?«, frage ich, damit sie sich nicht nach dem Namen dieser absolut großartigen Person erkundigt.

»Na ja …« Sie schaut kurz zu Ben. »Wir stellen uns eine wilde, windumtoste Landhochzeit vor, aber nicht zu windumtost, hoffe ich«, sagt sie, als eine Windbö ihr die langen roten Haare ums Gesicht peitscht. »Die Feier soll bodenständig sein, ganz entspannt, als wären wir einfach mit einem Haufen Freunde hier hereingeschneit und hätten ganz spontan entschieden zu heiraten und alle würden mithelfen und etwas improvisieren.«

Ich setze ein Lächeln auf, während mein Magen sich dreht wie ein Küchenmixer. »Improvisieren? Oh, ich glaube, das kriegen wir hin.«

»Sehr schön. Weißt du, wir möchten, dass es so wirkt, als hätte ich einfach einen Strauß hübsche Wildblumen gepflückt und sie mit einem Band zusammengebunden und mir daraus einen Haarkranz geflochten. Und die Mädchen hätten auch alle Blumen gepflückt für die Dekoration, und die Jungen hätten aus Ästen, die sie im Wald gefunden haben, einen schönen Hochzeitsbogen gebunden. Und alle hätten etwas zu essen mitgebracht: du weißt schon, gesunde Sachen und dazu eine Menge raffinierte Leckereien wie in altmodischen Teestuben. Und es kann auch Cider geben, neben dem Champagner natürlich ...« Lily seufzt. »Also etwas total Schlichtes, Unkompliziertes und gar nicht Abgehobenes.«

»Unkompliziert ... kein Problem«, erwidere ich mit erstickter Stimme. »Ähm. Eine Landhochzeit ... Man könnte Strohballen zum Sitzen nehmen und am Abend ein Lagerfeuer anzünden, und das Abendessen könnte man in Weidenkörben als Picknick im Freien servieren, wenn das Wetter schön ist. Was es natürlich sein wird«, sage ich und spule alle möglichen Ideen ab, die ich bei Pinterest und auf Hochzeits-Websites gefunden habe. »In diesem Wäldchen wären Laternen in der Form von Waldtieren perfekt: Igel, Kaninchen, Dachse ... Ich habe so was schon im Internet gesehen.«

Lily jauchzt begeistert. »Igellaternen? Wie süß. Das klingt toll.«

»Warum nicht gleich echte Tiere?«, wirft Cal ein. »Ihr könntet euch doch von einer Eule die Ringe bringen lassen.«

Wir starren ihn alle entgeistert an.

»Von einer *Eule?* Du meinst, eine richtige, fliegende Eule soll uns die Eheringe bringen?«, wiederholt Ben.

»Das ist eine sehr originelle Idee ...«, stammele ich.

»Völlig durchgeknallt«, sagt Ben.

»Oh. Aber nein ...«, zwitschert Lily. »Nein, ist es *nicht.* Ich habe über so was tatsächlich schon mal in einer Zeitschrift gelesen. Oh ja. Das wäre großartig. Stellt euch vor, eine echte Eule würde hier durch das Wäldchen fliegen und auf Bens Arm landen.«

»Auf keinen Fall. Ich lass doch keinen Vogel auf mir landen, mit Krallen und Schnabel und allem.« Ben schüttelt sich.

»Ach, Ben, es würde dir gefallen, wenn du dich drauf einlassen würdest. Bitte, können wir eine Eule haben, mir zuliebe?« Lily hängt sich an Bens Arm. »Bitte. Das wäre *so* perfekt.«

Ich suche Cals Blick und funkele ihn an. Er flüstert »Sorry« und zuckt die Achseln.

Lily küsst Ben, woraufhin er sich zu einem flüchtigen Lächeln durchringt. »Mal schauen. Wie gesagt, für dich tue ich alles, Babe.«

»Komm sofort zurück, du Monster!«

Die Eule ist vergessen. Wir starren alle zu Polly, die schreiend auf uns zueilt. Mitch läuft vor ihr den Abhang herunter, und, oh Gott, er rast geradewegs auf Ben und Lily zu.

»Mitch! Bei Fuß!«

Ich renne auf ihn zu, um ihn abzufangen, bevor er an Ben hochspringen und seine Designerklamotten vollsabbern kann. Sabber steht niemandem gut. Zum Glück ändert Mitch im letzten Moment den Kurs und bleibt mit hängender Zunge neben mir stehen.

»Braver Junge. Braver Junge«, sage ich und streichele ihn, halte ihn dabei aber fest am Halsband.

»Ach, was für ein niedlicher Hund«, ruft Lily und geht auf Mitch zu. »Er tut doch nichts?«

»Nein, er ist ein ganz Lieber.«

»Mein Louie ist auch ein echter Schatz. Aber ich kann ihn leider nicht immer mitnehmen, also passt meine Mum für mich auf ihn auf.« Lily bückt sich und krault Mitch, der sofort hin und weg ist. Er rollt sich auf den Rücken und lädt sie zum Bauchstreicheln ein, ein sicheres Zeichen, dass er jemanden mag.

Polly ist weniger begeistert, ihren zusammengepressten Lippen nach zu urteilen. Sie kommt mit der Leine in der Hand schnaufend auf uns zu. »Er ist abgehauen. Ich hab versucht, ihn drinnen zu halten, aber kaum hatte ich die Tür aufgemacht, ist er wie eine Gewehrkugel davongeschossen. Du Biest!«, ruft sie Mitch zu, der genüsslich knurrt, während Lily ihn am Bauch kitzelt.

»Ich liebe Louie«, sagt Lily zu Cal. »Ben ist kein Hundemensch, aber bei Louie macht er eine Ausnahme, stimmt's, Ben?«

»Für dich tue ich alles, Baby.«

Harry bückt sich, um Mitch an den Ohren zu kraulen, und Mitch leckt ihm über die Hand. »Du bist ein ganz feiner Kerl, nicht wahr?«, sagt er auf eine Weise, die mich an die kauzigeren Teilnehmer bei *University Challenge* erinnert. Nicht, dass ich das oft gucken würde, aber Polly ist ein großer Fan dieser Fernsehquizsendungen, und es läuft oft im Hintergrund.

»Tut mir leid, dass er entwischt ist«, sagt Polly zu mir.

»Schon okay. Er stört nicht. Lily hat selbst einen Hund.«

Polly ist rot im Gesicht. »Das heißt aber nicht, dass der an ihr hochspringen darf.«

»Das hätte uns nichts ausgemacht, oder, Ben?«

»Bei mir wäre es auch schon egal«, sagt er und deutet auf seine schmutzige Jeans.

Polly starrt auf seine Hose. »Was um Himmels willen ist denn mit dir passiert?«

»Ein paar Kinder haben mich umgerannt«, erklärt Ben.

»Kinder? Doch nicht dieser Teufelsbraten, der immer meine Hühner quält? Max? Als Abkürzung für Maximalen Ärger?«

»Ja, es waren Max und seine Schwester Laura«, wirft Cal ein. »Und wir haben uns schon entschuldigt, aber Ben hat keine Schäden davongetragen, oder? Polly, das sind Lily Craig und Ben Trevone … unsere ganz besonderen Hochzeitsgäste.«

Polly runzelt die Stirn, dann formt ihr Mund ein »o«, als ihr verspätet klar wird, mit wem sie gesprochen hat. »Oh … ähm. Aha. Freut mich, euch kennenzulernen … ähm … Ich wollte nur kurz mit Cal und Demi sprechen. Verzeihung.«

Sie kehrt den Stars vor ihrer Nase den Rücken zu und nimmt mich beiseite. Cal redet mit Ben, während Lily und Mitch mit einem Stock Tauziehen spielen. Harry steht ein paar Schritte entfernt neben einem Granitdenkmal.

Polly führt mich außer Hörweite. »Wir haben Besuch«, flüstert sie.

»Okay …« Also hat Polly wohl eine Ausrede gebraucht, um unser Treffen mit Ben und Lily zu unterbrechen. Sie hätte sich keine Sorgen machen müssen, ich hätte ihr die beiden sowieso vorgestellt. »Kommst du klar? Wir sind gerade ein bisschen beschäftigt damit, Bonnie und …, ich meine, unsere Gäste herumzuführen.«

»Na ja, ich komme schon klar, wenn du willst, aber das wirst du nicht wollen«, sagt sie.

»Warum nicht? Wer ist zu wichtig, um mit dir zu sprechen?«

»Sie.« Polly dreht sich um und deutet auf die Spitze der Anhöhe, wo gerade eine kleine, aber sehr energische Gestalt erschienen ist; ihre Silhouette zeichnet sich vor dem Himmel ab. »Ich hab der unverschämten Hexe gesagt, dass sie an der Rezeption warten soll, aber du weißt ja, wie sie ist. Sie meint, hier würde alles ihr gehören. Hätte es ja auch fast.«

Ich folge Pollys Blick zu der Frau, die in Leopardenprint-Stiefeln und einem schwarzen Ledermini den matschigen Weg herunterkommt. Mein Magen schlägt Purzelbäume.

Warum, warum, *warum* muss sie jetzt auftauchen? Nach all unseren Sorgen in den letzten zehn Monaten hatte ich gehofft, wir wären ein für alle Mal fertig mit Mawgan Cade.

4

»Was will sie?«, wispere ich Polly ins Ohr, während die anderen von Mitchs wildem Gebell abgelenkt werden. »Hast du ihr gesagt, dass Ben und Lily hier sind?«

»Wofür hältst du mich denn?«, empört sich Polly in einem nicht-besonders-geflüsterten Flüstern, sodass ich einen besorgten Blick auf unsere Gäste werfe, um zu sehen, ob sie etwas mitbekommen haben. Zum Glück spricht Cal gerade mit ihnen, aber ich glaube, er hat Mawgan selbst noch gar nicht bemerkt. Schluck.

»Okay. Tut mir leid, aber es kann wohl kein Zufall sein, dass sie in exakt diesem Moment auftaucht, nachdem sie sich monatelang nicht mehr hat blicken lassen.«

»Ich habe keiner Menschenseele ein Sterbenswörtchen verraten, und ich habe keine Ahnung, was die Schlange will. Sie hat behauptet, sie müsste mit Cal und dir etwas klären, und als ich ihr gesagt habe, dass ihr beschäftigt seid und sie sich einen Termin geben lassen soll, hat sich die unverschämte Tante in der Rezeption breitgemacht und erklärt, sie würde warten. Ich hätte nicht gedacht, dass sie die Frechheit besitzt, einfach alleine loszustiefeln, aber dann war sie verschwunden. Und als ich das gemerkt habe, musste ich euch suchen, denn per Handy habe ich weder Cal noch dich erreicht. Was der einfällt!«

»Bei Mawgan wundert mich nichts mehr«, murmele ich, aber ich bin doch erstaunt, dass sie genau jetzt in Kilhallon auftaucht. Es kann wohl kaum Zufall sein, dass unsere VIPs auch gerade hier sind, aber andererseits konnte Mawgan *auf keinen Fall* wissen, dass sie kommen würden. Also *muss* es doch einfach ein schrecklicher Zufall sein … Oder vielleicht ist einem der Café-Mitarbeiter rausgerutscht, dass sie heute hier sind. Hoffentlich nicht, aber ich werde es herausfinden müssen. Ben hat ja gesagt, dass wir uns um die Sicherheit bei der Veranstaltung kümmern müssen, und es macht keinen guten Eindruck, wenn wir in diesem frühen Stadium schon etwas vermasseln.

Cal schaut zu mir. Als er Mawgan schließlich auch entdeckt, klappt ihm die Kinnlade herunter und er fragt lautlos: »Was?«

Mawgan stöckelt winkend auf uns zu.

Was um alles in der Welt ist hier los?

»Kannst du Mitch wieder ins Haus bringen?«, frage ich Polly. »Ich möchte nicht, dass der Tag noch komplizierter wird, als er schon ist.«

Zu spät. Mitch hat Mawgan bereits erkannt und stößt ein tiefes, heiseres Knurren aus.

»Ach je«, sagt Lily. »Haben wir ihn verärgert?«

Ben macht einen großen Schritt von ihm weg.

Cal packt Mitch am Halsband. »Er knurrt nur vor Freude«, sagt er und nimmt Mitch an die Leine.

»Vielleicht könntest du ihn zurück ins Haus bringen, bevor er allzu *übermütig* wird?«, frage ich Polly verzweifelt.

Sie nickt grimmig und muss Mitch praktisch von Mawgan wegzerren. Er will sich die Gelegenheit nicht entgehen lassen, Mawgan zu »begrüßen«, hat aber auch Angst vor Polly und letztendlich keine andere Wahl, als ihr zu folgen.

Cal lächelt Lily und Ben zu. »Anscheinend ist eine unserer Besucherinnen falsch abgebogen und hat sich verlaufen. Ich werde ihr helfen, den Weg zurück zur Rezeption zu finden. Lasst euch doch von Demi das Maschinenhaus zeigen, und dann könnt ihr über den Küstenpfad zurück zum Café gehen und etwas zu Mittag essen.«

Lily kuschelt sich in ihren Mantel. »Klingt super.«

»Gute Idee«, sagt Ben und schiebt die Hände in die Taschen seiner Jeans.

»Ist der Pfad sicher?«, fragt Harry.

»Ja«, antworte ich, denn Mawgan ist nur noch zwanzig Meter entfernt. »Kommt mit.«

»Huhu! Ben!«

Ben dreht sich um. Mawgan nähert sich jetzt im Laufschritt und stolpert fast in ihrer Eile, uns zu erreichen. Sie ist doch wohl kein Fan von Ben?

»Hallooo!«, ruft Mawgan und winkt aufgeregt, während sie durch das feuchte Gras stakst. Jetzt können wir ihr nicht mehr ausweichen. »Ist das ein Fan? Sie scheint ja ganz aus dem Häuschen zu sein«, bemerkt Lily, während Harry sich diskret zwischen Mawgan, Ben und sie stellt.

»Hoffentlich nicht«, erwidert Ben.

»Ich habe alles unter Kontrolle«, sagt Harry.

»Schon okay. Ich weiß genau, wer das ist«, werfe ich ein. »Cal wird sich um sie kümmern.«

Cal erreicht Mawgan im selben Moment, in dem Ben plötzlich anfängt zu grinsen. Jetzt ist sie nur noch wenige Meter von ihm entfernt.

»Mawgan? Mawgan Cade? *Tatsächlich.*«

Ben läuft die restlichen paar Schritte auf Mawgan zu und schließt sie in die Arme. Ich weiß nicht, wer erstaunter ist: Cal, Lily oder ich. Wobei »entsetzt« es bei Cal und mir wohl eher trifft.

Ben lässt sie los. Mawgan strahlt über ihr dauergebräuntes Gesicht. Ihre Fellstiefel mit Leopardenprint sind erdverkrustet, und sie keucht heftig, aber sie grinst auch vom einen Ohr bis zum anderen.

Ben schüttelt den Kopf und lacht laut. »Gott. Was machst du denn hier in der Pampa, Mawgs?«

Mawgan gibt ihm spielerisch einen Klaps auf den Arm. »Ich habe gehört, dass du hier bist, und hatte sowieso einen Geschäftstermin in der Nähe, also musste ich einfach vorbeikommen. Ich konnte mir doch diese Gelegenheit, meinen alten Freund Ben wiederzusehen, unmöglich entgehen lassen, oder?«

Cal wirft mir einen verzweifelten Blick zu, bevor Lily sich zu Wort meldet. »Also bist du eine Freundin von Ben? Wie schön. Willst du uns einander nicht vorstellen, Ben?«

»Ja.«

»Die Welt ist klein«, kommentiere ich zähneknirschend.

»In der Tat. Mawgan ist eine gute Freundin von mir – oder war es zumindest, bis wir uns aus den Augen verloren haben.«

Mawgans Pferdeschwanz hat sich aufgelöst, aber das scheint ihr nichts auszumachen.

Sie ignoriert Cal, Harry und mich, lässt Ben los und schenkt Lily ein entwaffnendes Lächeln. »Hallo, wie schön, dich kennenzulernen.«

»Ihre Tante Georgina hat in Penzance neben uns gewohnt. Mawgan ist oft zu Besuch gekommen. Wir hatten eine gute Zeit, was?«, sagt Ben.

Mawgan zwinkert. »Die beste. Tante Georgie wohnt immer noch in Penzance, Ben. Sie sieht deine Mum jeden Tag und meint, sie würde ununterbrochen von dir reden. Die beiden halten mich immer auf dem Laufenden, aber ich hätte mir auch sonst alle deine Filme angeschaut. Ich finde, für *Knife Edge* hättest du einen Oscar verdient. Es ist ein Skandal, dass du nicht mal nominiert wurdest.«

»Du standst schon immer auf Actionfilme, Mawgan«, lacht Ben. »Mawgan wollte immer die Böse spielen: Catwoman, Poison Ivy.« Ben prustet los, und Mawgan lächelt mit mehr echter Freude, als ich sie es je habe tun sehen. Seltsamerweise hat sich auch Bens Akzent verändert und klingt jetzt nur noch nach Cornwall, ohne den transatlantischen Einschlag. Das passt viel besser zu ihm, muss ich zugeben, auch wenn die Veränderung durch Mawgan hervorgerufen wurde.

»Übrigens hat deine Mum Tante Georgie auch erzählt, dass du Kilhallon besuchst, um es dir als Veranstaltungsort für deine Hochzeit anzusehen.«

»Handfasting«, korrigiere ich. »Und was für ein Zufall, dass du gerade in der Nähe warst, Mawgan.«

»Ja, nicht wahr? Aber ich muss schon sagen, ich war sehr überrascht zu hören, dass so große Stars wie Ben Trevone und Lily Craig hier feiern wollen. Es ist ja *so* ab vom Schuss.«

»Das ist einer der Gründe, weshalb wir uns dafür entschieden haben«, sagt Lily. »So haben wir mehr Ruhe.«

Mawgan wirft ihr ein zuckersüßes Lächeln zu. »Natürlich. Ich fand nur, es ist ein bisschen wild und einsam.«

»Auch das mögen wir sehr. Wir wollen nicht die Mega-Glamour-Party, die alle erwarten. Lieber etwas Bodenständiges in der Nähe unserer echten Heimat, wo wir den Menschen etwas zurückgeben können. Wir wollen einfach so feiern, wie man es in Cornwall tut. Und wenn wir das mit Leuten aus der Region organisieren, ist es viel authentischer, und das ist sooo wichtig. Ben und ich sind für unsere Natürlichkeit bekannt. Stimmt's, Ben?«

»Was? Ja. Wir sind total authentisch.«

»Als Isla uns von Kilhallon erzählt hat, konnten wir nicht widerstehen.«

»Ah. *Isla* hat Kilhallon vorgeschlagen? Das kann ich mir schon eher vorstellen, als dass ihr selbst auf diesen Ort gekommen wärt«, sagt Mawgan.

»Du kennst Isla?«, fragt Lily.

»Wir waren zusammen in der Schule. Isla, ihr Verlobter Luke, ich – und Cal, natürlich.«

»Übrigens«, wirft Cal ein, »Kilhallon ist zwar wild und einsam, aber es ist ein wunderbarer Ort für eine Feier.«

Mawgan lacht. »Wenn es nicht regnet oder ein Sturm alles wegfegt. Weißt du nicht mehr, wie dieses Unwetter letzten Sommer fast das Farmhaus hier niedergerissen hat, sodass Islas Verlobungsparty beinahe geplatzt wäre?«

»Oh Gott! Tatsächlich?«, ruft Lily.

»Es ist nur ein Fenster kaputt gegangen, das wir dann ersetzt haben«, korrigiert Cal, ohne zu erwähnen, dass eine Eiche durch die Wand gekracht ist und uns beide fast erschlagen hätte.

»Und Isla und Luke hatten eine wunderschöne Party«, füge ich hinzu. »Alles sah toll aus, es war kaum zu glauben, dass es in der Nacht zuvor gestürmt hatte. Aber so etwas passiert bestimmt nicht noch mal.«

Ben schnaubt. »Hoffentlich nicht, aber ihr wisst ja, wie das Wetter hier unten ist. Wir sollten einen Plan B haben, falls es ganz beschissen wird.«

»Daran arbeiten wir«, versichert Cal, woraufhin ich Schweißausbrüche bekomme. *Noch* haben wir definitiv keinen Plan B.

»Ja, da gibt es eine Reihe von Optionen«, sage ich. »Aber das Wetter wird es sicher gut mit uns meinen.«

Lily wirkt beruhigt, und Ben grinst immer noch, weil er seine alte Freundin wiedergetroffen hat.

»Wir sollten alle zusammen was trinken gehen, meinst du nicht, Babe?«, fragt er Lily.

»Oh ja. Und essen. Wir laden euch ein.«

Mawgans Augen glänzen vor Freude. »Das wäre fantastisch.«

»Bring Mr Cade mit«, fordert Ben sie auf. »Falls es einen gibt.«

Mawgan lächelt weiter. Es wundert mich, dass ihr Kiefer noch nicht zersprungen ist. »Es gibt keinen Mr Cade, bis auf meinen Dad. Noch nicht.«

»Nicht? Möchtest du sonst jemanden einladen?«, fragt Lily und legt einen Arm um Ben.

»Was ist mit deiner Schwester?«, erkundigt sich Ben. »Wie geht's ihr? Macht sie noch immer einen auf große Künstlerin?«

»Ja.« Mawgans Lächeln erstarrt. »Sie hat eine feste Beziehung und wohnt in einer unserer Wohnungen bei Truro.«

»Sie hat sich also einen Kerl geschnappt, während du noch jung und ungebunden bist, was? Woran das wohl liegen mag, Mawgs?«

Ein Teil von mir genießt es, Mawgan unter Bens Fragen leiden zu sehen.

Mawgan zwingt sich, weiter zu lächeln. »Andi hat eine feste Beziehung mit einem Mädchen, um genau zu sein.«

»Sie wohnt mit meiner Cousine Robyn zusammen«, erklärt Cal mit einem noch angestrengteren Lächeln als Mawgan. Obwohl Mawgan über Weihnachten mit Robyn und Andi bei ihrer Mutter in Australien war, ist es ihr offensichtlich nach wie vor unangenehm, dass ihre Schwester mit einer Frau zusammen ist, und auch noch ausgerechnet mit einer Penwith.

Mawgan hasst Cal aus diversen Gründen, aber hauptsächlich, weil Cals Vater eine Affäre mit Mawgans Mum hatte. In Mawgans Augen hat das die Ehe ihrer Eltern zerstört und dazu geführt, dass Mrs Cade nach Australien ausgewandert ist. Und dann ist da noch die nicht ganz unbedeutende Kleinigkeit, dass Cal Mawgan mal hat abblitzen lassen. Okay. Ich kann ja nachvollziehen, dass Mawgan unter der Trennung gelitten hat und ihre Mum vermisst, aber Cal und ich haben auch beide in jungen Jahren unsere Mütter verloren. Wir alle müssen mit Kummer und Verlust fertigwerden, aber nur Mawgan hat es sich zum Ziel gesetzt, auch den Menschen um sie herum das Leben zur Hölle zu machen. Ich frage mich, wie viel von dieser Geschichte Ben wohl kennt … Er scheint sehr viel von Mawgan zu halten.

»Hast du gesagt, Andi und Robyn wären in *eine* eurer Wohnungen gezogen?«, fragt er beeindruckt.

Mawgan grinst. »Ja, Cade Developments ist inzwischen sehr gut im Geschäft, wie Demi und Cal dir sicher bestätigen können.« Offensichtlich fühlt sie sich viel wohler dabei, mit ihrem Businessimperium anzugeben, als über die Freundin ihrer Schwester zu sprechen.

Ben pfeift anerkennend. »Ich wusste immer, dass du es weit bringen würdest, Mawgs. Als wir klein waren, hast du dir auch nie etwas gefallen lassen.«

»Und ich wusste immer, dass du ein großer Star werden würdest«, säuselt Mawgan. »Tante Georgie hat uns in den Schulferien immer zu seinen Theateraufführungen in der Umgebung mitgenommen«, erzählt sie Lily.

»Oh, da hätte ich ihn auch gerne gesehen, er ist ein Naturtalent. Mit etwa zehn hat er mal eine Werbung für einen Schokoriegel gedreht. Sie wurde neulich wieder in einer Show herausgekramt, und Ben war soooo süß. Bestimmt könntest du mir eine Menge über ihn erzählen. Wie er früher so war.«

Mawgan lächelt. »Ich wüsste da schon ein paar Anekdoten.«

»Fang bloß nicht damit an, Mawgan«, stöhnt Ben. »Wir haben beide ein paar Geheimnisse, die wir lieber für uns behalten würden.«

»Mawgan ist die Verschwiegenheit in Person«, sagt Cal galant.

Mawgan grinst. »Wie du ja weißt, Cal.« Sie wendet sich wieder an Ben und Lily. »Wenn wir essen gehen, können wir uns über die alten Zeiten unterhalten. Und ich kann es gar nicht erwarten, den ganzen Promi-Tratsch von euch zu erfahren, aber ich bin nicht sicher, ob sich mein Dad dafür interessiert.«

Lily lacht. »Wie schade, aber wir können es uns auch zu fünft schön machen. Ich hatte ja keine Ahnung, dass ihr euch alle so gut versteht, und du musst selbstverständlich zur Hochzeit kommen. Wie toll, dass du auch Cal und Demi kennst! Und ich werde nächstes Mal auf jeden Fall Louie mitbringen. Diese Hochzeit und alles drum herum wird einfach *fantastisch*.«

5

Zwei Wochen später – zweite Märzwoche
Cal

»Echt ätzend, dass wir wegen Lily und Ben so tun müssen, als wäre Mawgan unsere beste Freundin«, schimpft Demi in der Farmhausküche. Bens und Lilys Besuch ist jetzt über zwei Wochen her, und sie ist offensichtlich immer noch sauer, weil die beiden unsere Erzfeindin eingeladen haben, mit ihnen und uns gemeinsam zu Mittag zu essen. Das verstehe ich, aber es gibt Schlimmeres.

Demi klatscht ein Stück Teig auf die Arbeitsplatte und fängt an, es durchzukneten, als könnte es jeden Moment lebendig werden und sich auf sie stürzen. Mehlwolken steigen auf, während sie erbarmungslos darauf einschlägt.

Sie bemerkt, dass ich lächele. »Was ist?«

»Nichts. Ich bin nur heilfroh, dass ich nicht dieser Teig bin.«

»Tja«, sagt sie und drückt die Fingerknöchel in die klebrige Masse, »ich wünschte, es wäre Mawgan Cade. Unglaublich, dass sie Ben Trevone kennt. Und dass sie es gewagt hat, herzukommen und sich aufzudrängen, als die beiden hier waren. Ich wünschte, wir könnten ihr verbieten, zur Hochzeit zu kommen.«

»Handfasting …«

»Dann eben Handfasting. Mir doch egal. Ich will nicht, dass uns Mawgan mit ihren Fünfzehn-Zentimeter-Leopardenstiefeln da hineinstöckelt.«

»Ich kann unseren Gästen nicht vorschreiben, wen sie einladen dürfen – außer natürlich, es handelt sich um irre Psychopathen … wobei das auf Mawgan allerdings zutrifft.«

»Ja.« Klatsch. »Das.« Rums. »Stimmt.« Knall.

Wow, sie nimmt sich den Teig aber *ordentlich* vor. Das erinnert mich an meine Mum. Das Brotbacken war für sie eine Art Therapie, wenn sie sauer auf meinen Dad war. Und so ist es auch seltsam beruhigend zuzusehen, wie Demi den Teig vermöbelt. Ich war immer fasziniert davon, wie Mum aus einer Tüte Mehl, etwas Wasser und ein bisschen Hefe leichte, luftige Laibe gezaubert hat. Wenn ich an den Duft des Brots im Ofen denke, läuft mir jetzt noch das Wasser im Mund zusammen. Wir haben es dann getoastet und dick mit Butter und selbstgemachter Himbeermarmelade aus ihrem Küchengarten bestrichen. Manchmal haben wir auch Brombeer-Crumble mit Beeren gegessen, die ich von den Hecken hier draußen gepflückt hatte. Isla, Luke und ich … Das waren glücklichere, einfachere Zeiten.

Wir haben in der Schule einmal ein Buch gelesen, in dem jemand sagte, die Vergangenheit sei ein anderes Land – oder so etwas Ähnliches. Mir kommt es wirklich so vor, besonders, wenn ich daran denke, was in Syrien mit Soraya und Esme passiert ist. Ich frage mich, wo Esme ist und ob sie in dieser Welt überhaupt noch existiert. Um nicht trübsinnig zu werden, schüttele ich diesen Gedanken ab und kehre in die Gegenwart zurück.

»Vielleicht können wir die Eule durch einen riesigen Adler ersetzen, der herunterstößt und sich Mawgan krallt, statt die Ringe abzuliefern …«, sage ich, um die Stimmung aufzulockern, ebenso Demi wie mir selbst zuliebe.

»Hör mir bloß mit der verdammten Eule auf. Wo soll ich denn eine Eule herkriegen?«, fragt sie und haut noch fester auf den Teig.

»Aus einem Eulenzentrum?«

Sie schaut auf und pustet sich eine Haarsträhne, die sich aus ihrem Pferdeschwanz gelöst hat, aus dem Gesicht. »Ha ha! Andererseits, keine schlechte Idee … hmm. Es gibt ein Raubvogelzentrum bei St. Ives. Dort könnte ich mal nachfragen. Warum musstest du das überhaupt vorschlagen? Ich werde schon genug Schwierigkeiten damit haben, diesen ›total natürlichen und in letzter Minute improvisierten‹ Hochzeitsbogen und die Blumendeko zu organisieren. Eigentlich will Lily nur, dass es natürlich *aussieht.* Sie verlangt, dass wir ihre Fantasien wie für ein Modemagazin-Shooting nachbilden! Allerdings …« Ihre Stimme bekommt einen listigen Unterton. »Weil das mit der Eule ja *deine* Idee war und du auch der handwerklich Begabte bist, finde ich, *du* solltest dich um die wilden Tiere und die Bogenkonstruktion kümmern.«

»Vielen Dank.«

»Bitte sehr.« Grinsend macht sie sich mit neuer Energie daran, weiterzukneten und sich über Mawgan und Eulen zu beschweren. Wenn sie von der Arbeitsplatte aufschauen würde, könnte sie mich lächeln sehen. Ich liebe es, wie sie jede Aufgabe mit einer so glühenden Begeisterung angeht, dass es gleichzeitig ein bisschen komisch und doch auch rührend ist. Ich liebe es, wie sich ihre Brüste unter dem alten Shirt abzeichnen. Gott, ich bin oberflächlich, aber ich bin auch nur ein Mann, und am liebsten würde ich sie jetzt beim Brotbacken unterbrechen und mit nach oben ins Bett zerren.

Mit diesem Gedanken wende ich mich wieder meinem Laptop zu und will gerade den Browser schließen, als mein Blick auf eine neue E-Mail in meinem Postfach fällt. Dort, zwischen den Nachrichten über Haftpflichtversicherungen, Gassicherheitsprüfungen für die Cottages (gähn) und der Mail eines Unbekannten, der mich fragt, ob ich gerne eine deutlich größere Erektion hätte (ich glaube nicht, dass ich meine aktuelle noch verbessern könnte, *aber* …), sticht mir eine Betreffzeile ins Auge. Sie ist in Großbuchstaben geschrieben und lässt mich erstarren.

BITTE MACH DIR KEINE GROSSEN HOFFNUNGEN …

Sie stammt von jemandem, von dem ich in letzter Zeit selten höre: von einer guten Freundin, die weiß, dass jede E-Mail von ihr Erinnerungen wecken kann, mit denen ich inzwischen hätte abschließen sollen. Einer lieben, mutigen Freundin, die mir nie eine Nachricht mit dem Wort »Hoffnung« darin schickt, wenn davor nicht auch »absolut keine« steht.

Deshalb lässt eine E-Mail mit dem Betreff »Bitte mach dir keine großen Hoffnungen« mein Herz rasen, meinen Mund trocken werden und meine Hoffnungen höher fliegen als eine Möwe über den Klippen von Kilhallon.

Demis Klatschen und Trommeln auf dem Teig tritt in den Hintergrund, als ich die E-Mail öffne und die Worte von Carolyn lese, der Leiterin des Übersee-Hilfswerks, bei dem ich früher gearbeitet habe.

Hi Cal,
wie geht's dir? Kämpfst du immer noch damit, Kilhallon wieder aufzubauen, oder läuft inzwischen schon alles?
Ich hoffe es. Als wir uns letzten Herbst in London getroffen haben, hatte ich den Eindruck, dass es dir gut damit geht, wenn ich das sagen darf. Okay. Ich schätze, nachdem du eben den Betreff dieser Mail gelesen hast, sitzt du jetzt auf glühenden Kohlen und würdest am liebsten sofort nach unten scrollen, auf der Suche nach dem, worauf du hoffst.
Aber, Cal, lass mich diesem Bruchstück einer Info dieselbe Warnung voranstellen wie im Betreff, denn ich kenne dich zu gut.

*Also: *BITTE* mach dir keine großen Hoffnungen. Versprochen?*

Nein, antworte ich lautlos. Nein, wenn es um Esme geht, kann ich gar nichts versprechen.

Okay. Nachdem ich jetzt den Teil mit der Warnung hinter mich gebracht habe – obwohl ich weiß, dass du sie wahrscheinlich sowieso nicht beherzigen wirst –, lass uns zur Sache kommen. Es ist nur eine Kleinigkeit und bedeutet vielleicht gar nichts, aber wie du möglicherweise gehört hast, konnten wir wieder näher an die Stadt heran, wo Soraya getötet und Esme zuletzt gesehen wurde. Das Flüchtlingscamp wächst weiter, täglich kommen neue Leute aus anderen Regionen an, es sind aber auch noch einige da, die schon hier waren, bevor wir uns zurückgezogen haben. Einer meiner neuen Kollegen hat einen jungen Mann mit Verletzungen von Granatsplittern behandelt und mich um eine zweite Meinung gebeten. Mir kam der Mann bekannt vor, und als ich mit ihm sprach, wurde mir klar, dass es Jaz war, ein Verwandter von Soraya. Vielleicht erinnerst du dich an ihn, er hatte damals schon seitlich im Gesicht eine lange Narbe von einer Granatsplitterwunde.

Er war sehr dankbar und hat von dir gesprochen und nach dir gefragt. Ich weiß, dass du dir die Schuld an Sorayas Schicksal gibst, aber ihre Verwandten sehen das anscheinend anders.

Jaz hat gesagt, sie danken dir, weil du versucht hast, ihnen zu helfen. Für sie ist Soraya eine Märtyrerin und Heldin, was dich, wie ich weiß, wohl nicht tröstet …

Mein Magen verkrampft sich. Soraya war eine Freundin von mir, eine syrische Krankenschwester, die mir und meinen Kollegen bei der Arbeit in einem Flüchtlingscamp nahe der Front geholfen hat. Dann wurde sie durch mich in den Schmuggel von medizinischem Material und Waffen an die einheimischen Rebellen verwickelt. Als eine Folge meiner Handlungen landete sie zur falschen Zeit am falschen Ort und kam ums Leben. Ich fiel Aufständischen in die Hände, und Sorayas kleine Tochter Esme verschwand im Chaos der eroberten Stadt. Schweiß rinnt mir über den Rücken, und ich muss unter dem Tisch die Hände falten, damit sie nicht zittern. An Weihnachten habe ich Demi endlich meine Erlebnisse anvertraut, und seither bemühe ich mich sehr, darüber hinwegzukommen und mich auf mein Leben in Kilhallon zu konzentrieren. Aber ich glaube, wir wissen beide, dass ich nie ganz darüber hinwegkommen kann, solange ich nicht weiß, was mit Esme geschehen ist.

Als ich mich wieder Carolyns E-Mail zuwende, ist mir richtig schlecht vor Schuldgefühlen, Hoffnung und Angst.

*Ich habe die Gelegenheit genutzt, um ihn zu fragen, ob er Esme gesehen hat, und Jaz verneinte. Er sagte, auch ihre Großeltern hätten sie seit jenem Tag nicht mehr gesehen, und jeder in ihrer engeren Familie würde glauben, dass sie tot ist. Aber dann fügte Jaz hinzu, er hätte von Freunden seiner Eltern gehört, die die Familie kannten, und er meinte auch, Esme *könnte* von Nachbarn aufgenommen worden sein, die in die Türkei aufbrechen wollten und hofften, Griechenland zu erreichen.*
Sicher hast du die sozialen Netzwerke und Online-Suchdienste nach Esme durchkämmt. Ich habe auch kurz recherchiert, aber ich bin so beschäftigt und habe nichts über sie rausgefunden.

Carolyn hat recht, ich habe in jeder freien Minute das Internet nach Hinweisen abgesucht, aber ich wollte nicht, dass Demi es mitbekommt. Sie würde sich nur Sorgen um mich machen, und es scheint mir nicht fair, mich auf ein verlorenes Mädchen zu konzentrieren, statt mit dem Kopf hundert Prozent bei unserem Unternehmen und bei ihr zu sein. Aber ich kann nicht anders. Wenn es irgendeine Chance gibt, Esme zu finden, muss ich sie ergreifen.

Demi bearbeitet immer noch den Teig und summt dabei zu Radio St Trenyan. Ich überfliege den Rest der E-Mail.

Cal, ich weiß, dass du jetzt gedanklich wahrscheinlich schon deine Sachen packst, um nach London oder noch weiter zu reisen, aber bitte, bitte tu das nicht. Lass mich versuchen, noch mehr herauszufinden, und ich verspreche dir, ich schicke dir alle Neuigkeiten – gute oder schlechte –, sobald ich sie erfahre. FALLS ich überhaupt etwas höre, denn das hier könnte wieder eine falsche Fährte sein und zu nichts führen. Tausende – Millionen – Menschen sind auf der Flucht, und es herrscht weiterhin überall Chaos. Esme zu suchen ist, wie darauf zu hoffen, die berühmte Nadel in einem von tausend Heuhaufen zu finden … aber ich wollte dich wissen lassen, dass es noch ein Fünkchen Hoffnung gibt.
Ich muss aufhören. Es war schön, dir zu schreiben und an zu Hause denken zu können. Ich glaube, wenn mein Einsatz hier beendet ist, komme ich vielleicht auch zurück.
Bis dahin pass auf dich auf,
alles Liebe, Carolyn x

Es dauert bestimmt eine Minute, bis ich meine Augen von der E-Mail losreißen kann. Ich lasse die Worte auf mich wirken, bevor mich Demis Stimme schließlich wieder in den Raum zurückholt.

»Sie haben mit allem viel zu lange gewartet, und außerdem habe ich nicht damit gerechnet, dass sie alles vor Ort organisieren lassen wollen. Ich dachte, sie haben eine eigene Hochzeitsplanerin und ein ganzes Heer von Stylisten …«

»Sorry?«

Demi sieht mich durchdringend an. Ich fühle mich schuldig, weil ich nicht zugehört habe. Diese Hochzeit wirkt vielleicht banal im Vergleich zu dem, was ich gerade gelesen habe, aber sie bedeutet viel für sie – für Kilhallon – und damit auch für mich. Nur kann ich im Moment nicht die erforderliche Begeisterung aufbringen.

Demi legt den Teig in eine Schüssel und schabt sich ein paar Reste von den Fingern.

»Du hast nicht zugehört, stimmt's?« Sie deckt den Teig mit einem Geschirrtuch ab. Ihre Hände sind noch klebrig, und da ist ein mehliger Fleck an der Spitze ihrer hübschen Nase. Sie seufzt. »Kann ich verstehen. Ich musste das alles nur mal loswerden.«

Am liebsten würde ich die E-Mail noch mal genauer lesen, aber ich klappe den Laptop zu. Ich schiebe Demi eine Strähne ihrer kastanienbraunen Haare aus dem Gesicht und sehe ihr in die Augen. Sie erwidert meinen Blick mit einer Mischung aus Verzweiflung und Verlangen. Zumindest hoffe ich, es ist Verlangen und nicht Wut darüber, dass ich nicht zugehört habe.

»Du hast Mehl auf der Nase«, sage ich.

»Ach ja?«

»Ja.«

»Ich kann nichts machen, solange ich mir nicht die Hände gewaschen habe. Ich bin vollkommen hilflos.«

»Warte mal.« Ich reibe ihr über die Nasenspitze. »Und du, Demi Jones, bist nie hilflos und wirst es auch nie sein.«

»Manchmal ist es aber doch vielleicht ganz angenehm.«

»Ja. Kann sein. Allerdings bin ich hier der Hilflose.«

Ich umfange mit der Hand ihr Kinn, es ist wie eine zarte Porzellantasse. Demi ist so zerbrechlich und doch so stark. Sie hält ihre teigverklebten Hände ein Stück vom Körper weg. Ich ziehe sie an mich, küsse sie und versuche, durch den Geschmack ihres Mundes alle Gedanken an die E-Mail und die Erinnerungen, die sie weckt, auszulöschen. Demi verdient etwas Besseres als einen Mann, der an etwas anderes denkt als an sie.

»Hey. Ich kriege kaum noch Luft.«

Sie unterbricht den Kuss, aber ihre Augen glänzen vor Genuss.

»Tut mir leid.«

Ich lockere meinen Griff, spüre aber ihre Hände auf meinem Po, die mich wieder an sie ziehen, nur nicht ganz so eng.

Sie sieht mich besorgt an. »Alles okay? Du wolltest mich ja gar nicht mehr loslassen.«

»Brauche ich dafür einen Grund?«

Obwohl ich versprochen habe, meine Sorgen in Zukunft mit Demi zu teilen, will ich sie nicht mit dieser neuen Nachricht belasten, wenn sie vielleicht gar nichts bedeutet. Demi hat schon genug zu tun damit, das Café zu führen und die Hochzeit zu planen und mit Eva Spero zusammen ihr Kochbuch zu schreiben – ganz zu schweigen davon, dass es auch in ihrer Familie große Veränderungen gab. Die Versöhnung mit ihrem Bruder, ihrem Dad und seiner Partnerin ist noch frisch, und kurz nach Weihnachten wurde Demis kleine Schwester geboren.

Ich küsse sie wieder. »Ich brauche keinen Grund, um dich in meiner Nähe haben zu wollen.«

Demi kichert. »Dein Hintern ist voller Mehl.«

Ich befreie mich aus ihren Händen. Als ich die Rückseite meiner Jeans abklopfe, steigt eine Mehlwolke auf, und ich stelle fest, dass winzige Stückchen Teig am Stoff und nun auch an meinen Fingern kleben.

»Du kleines Biest!«

Sie grinst. »Das hast du davon, wenn du dich mehr für deinen Laptop interessierst als für mich.«

»Glaub mir, ich würde mich viel lieber auf dich konzentrieren«, sage ich. »Aber die Buchhaltung für die Anlage will erledigt werden. Die Steuerberaterin hat mir eingeschärft, dass ich ihr die Zahlen früh schicken muss, und bei den Familienfinanzen hat so viele Jahre ein solches Chaos geherrscht, dass ich der Frau nicht noch mehr zumuten will. Polly hat immer ihr Bestes gegeben, aber wir müssen einfach aufs Geld achten. Vielleicht müssen wir uns für die Verwaltung Hilfe holen. Polly hat mit den Buchungen und Endreinigungen und Gästewünschen schon genug zu tun. In der Nebensaison kommen wir klar, aber ab Ostern werden wir mehr Leute dafür brauchen. Für den Zeltplatz und das Café auch.«

»In ein paar Wochen führe ich Vorstellungsgespräche mit Saisonaushilfen für Demelza's. Und ich muss diese Hochzeit organisiert bekommen. Ich gehe bald auf eine Hochzeitsmesse, aber ich muss schon vorher anfangen. Wir brauchen einen Fotografen, einen Floristen, einen Tortenbäcker, Dekorationen und eine Band … Manche Spezialisten sind Jahre im Voraus ausgebucht, und wir haben nur ein paar Monate.«

»Ich weiß, dass du das schaffst«, ermutige ich sie. Ihr fehlt es immer noch an Selbstvertrauen, obwohl ich überzeugt bin, sie könnte

UN-Generalsekretärin, Fußballtrainerin von England oder Präsidentin der Vereinigten Staaten sein, wenn sie das wollte. Sie würde den jeweiligen Job jedenfalls besser machen als alle aktuellen Amtsinhaber. »Du hast ein Café eröffnet und Menschen nach einer Flutkatastrophe geholfen, da sollte eine Hochzeit ein Kinderspiel sein.«

»Ich glaube, eine Hochzeit zu organisieren könnte schlimmer sein als beides zusammen. Lily hat mir die Gästeliste geschickt, und jetzt bin ich vollends davon überzeugt, dass wir eine professionelle Hochzeitsplanerin brauchen, sonst raste ich vor dem großen Tag noch komplett aus.«

»Dann besorgen wir uns eine.«

»Theoretisch ja, aber ich habe es schon bei über einem Dutzend hier in der Grafschaft bis nach Devon versucht, und fast alle waren ausgebucht. Ich hatte letzte Woche einen Termin mit einer, aber sie hat sehr unerfahren gewirkt. Sie meinte, sie hätte schon geholfen, die Hochzeiten von ein paar Freunden zu organisieren, aber sie hatte keine Website und hat mich die ganze Zeit über das Hochzeitspaar ausgefragt. Ich verrate niemandem, dass es Ben und Lily sind, solange ich nicht sicher bin, dass die Person diskret ist. Im Gespräch kam mir sogar der Verdacht, dass die Frau schon Bescheid weiß. Auch wenn ich keine Ahnung habe, wie sie davon Wind bekommen hat.«

»Ich wüsste da ein paar Quellen …«

Demi verdreht die Augen. »Gehört Mawgan Cade dazu?«

»Kann gut sein, obwohl es mich wundern würde, wenn sie es jetzt schon herumerzählt, weil sie sich ja offensichtlich mit Ben und Lily gut stellen will. Aber einige Leute wissen davon – Polly, Jez, die Mädchen aus dem Café. Auch deine Lieferanten werden es mitbekommen. In ein paar Wochen ist es wahrscheinlich das am schlechtesten gehütete Geheimnis von ganz Cornwall, und diese Fans finden ohnehin Wege, alles über ihre Stars zu erfahren.«

»Schon klar.« Sie seufzt. »Nächste Woche treffe ich noch ein paar Hochzeitsplanerinnen, also« – sie drückt die Daumen – »hoffen wir mal, dass eine davon infrage kommt, sonst muss ich meinen Suchradius noch mehr vergrößern … Ich kann mich erst nach Freyas Taufe am Sonntag richtig damit beschäftigen.«

»Die wird viel weniger aufwendig als die Hochzeit. Kann ich dir dabei noch irgendwie helfen?«

»Im Moment nicht, danke. Ich glaube, dafür bin ich bereit – oder zumindest Demelza's ist bereit. Wir haben an dem Tag geschlossen, das ist schon mal gut. Um diese Jahreszeit ist sowieso nicht viel los, also wird uns wohl nicht viel Kundschaft entgehen. Robyn und Polly bauen das Buffet auf, während wir in der Kirche sind, damit alles fertig ist, wenn wir zurückkommen, und sie bleiben auch zum Aufräumen. Ich habe Quiches und Kuchen gebacken und Rachels Freundin die Torte. Hoffentlich geht alles gut. Es wäre mir verrückt vorgekommen, Dad und Rachel einen Pub oder ein Café reservieren zu lassen, wenn wir sie im Demelza's genauso gut bewirten können.«

»Sie werden sogar noch viel besser bewirtet als woanders. Und ich bin da, um bei was auch immer einzuspringen. Ich ziehe mir gern die Schürze und die Gummihandschuhe an.«

Sie lächelt. »Beim Spülen brauche ich keine Hilfe – ich denke da eher an moralische Unterstützung, obwohl ich Dad und Rachel jetzt so viel besser kenne. Ich bin froh, dass du in der Kirche dabei bist.«

»Natürlich bin ich dabei. Ich werde nicht plötzlich abhauen und dich im Stich lassen.«

Sie lächelt erleichtert. »Ich weiß, dass du keine Lust auf große, formelle Familienfeiern hast. Diese wird wohl gar nicht so groß und formell, aber ich muss allen meinen Verwandten gegenübertreten. Einige von ihnen haben mir nicht verziehen, dass ich ›meinen Vater im Stich gelassen und wie eine Landstreicherin gelebt‹ habe, wie meine schreckliche Tante Serena es ausdrückt.«

»Ich werde sie von dir fernhalten.« Ich umarme Demi und versuche, sie von der bevorstehenden Feuerprobe abzulenken. »Wie viele Leute musst du verpflegen?«

»Ich glaube, es werden insgesamt ungefähr zwanzig, also wir, natürlich mein Bruder Kyle, ein paar Freunde und andere Verwandte von beiden Seiten. Dad und Rachel wollten, dass die Taufe während Kyles Urlaubs von der Army stattfindet. Ich freue mich, ihn zu sehen, bin aber auch nervös, weil das letzte Mal schon ein paar Jahre her ist. Wir standen uns früher nicht besonders nahe. Ich gewöhne mich langsam an den Gedanken, dass wir wieder eine Familie sind, aber es wird sicher nicht leicht … Vor allem nicht mit Serena.«

Demi tut so, als würde sie sich zwei Finger in den Hals stecken, und verdreht die Augen. Sie hat mein volles Mitgefühl, was ihre Familie angeht, aber ich muss ein Lächeln unterdrücken. Sogar voller Mehlstaub und Grimassen schneidend schafft sie es noch, absolut unwiderstehlich auszusehen. Ich ziehe sie sanft auf meinen Schoß, und sie wehrt sich nicht. »Demi, Demi, um nichts in der Welt würde ich die Taufe deiner kleinen Schwester verpassen oder dich an dem Tag allein lassen. Ich bin für dich da, also stress dich bitte nicht und genieß die Feier.«

»Hmm«, brummt sie wenig überzeugt, und das verstehe ich gut. Ihre Beziehung zu ihrer Familie ist noch in einem frühen Stadium, aber ich weiß, dass sie das Baby liebt und gerade Rachel besser kennenlernt und den Kontakt zu ihrem Vater wieder aufbaut. Ich sehe ein, dass ihr eine Familienfeier Angst macht. Einige meiner Verwandten waren auch nicht gerade begeistert darüber, dass ich die letzten Jahre über fast ständig im Ausland war, aber das ist mir egal. Sie kennen nicht die ganze Geschichte.

»Rachel und Gary sind bestimmt froh, dass du dich um das Catering kümmerst.«

Ihre Miene hellt sich auf. »Ich denke schon. Die beiden sind gerade erst wieder in ihr Cottage in der Bucht gezogen, und es ist viel zu klein für eine solche Feier.«

»Wenn man bedenkt, dass es an Weihnachten überschwemmt wurde, haben sie wirklich Glück, dass sie so früh schon zurückkonnten«, erinnere ich uns beide an die Verwüstung, die die Sturmflut am Tag vor Heiligabend in St Trenyan und an der umliegenden Küste angerichtet hat.

»Der Schaden war nicht ganz so groß wie befürchtet, und ihre Versicherung war eine derjenigen, die schnell gezahlt haben, im Gegensatz zu anderen.« Sie streicht mir gedankenverloren über den Arm und hinterlässt leichte Mehlspuren auf meinem Baumwollhemd. »Danke, dass du dir die Zeit genommen hast, bei den Reparaturen zu helfen. Es hat ihnen viel bedeutet, aus der Wohnung von Rachels Cousine aus- und wieder in ihr eigenes Heim ziehen zu können. Jetzt fangen sie endlich an, das Leben mit Freya zu genießen.«

»Gern geschehen. Zum Glück ist dein Dad Elektriker und hat viele Handwerkerfreunde, die mit anpacken konnten.«

»Gott sei Dank trinkt er nicht mehr wie nach dem Tod meiner Mutter. Dass er sich selbstständig gemacht hat, tut ihm wirklich gut …« Demi spielt mit dem obersten Knopf meines Hemds und öffnet ihn geistesabwesend, aber ich werde kribbelig. Wenn das so weitergeht, endet dieses Gespräch damit, dass wir beide im Bett landen. Das würde uns sicher guttun, auch wenn ich keinen Grund brauche, um wann immer mit ihr zu schlafen. »Inzwischen habe ich mit ihnen allen mehr Zeit verbracht, und es läuft gut mit meinem Dad, aber ich bin trotzdem nervös, wenn ich an Sonntag denke.«

»Mach dir keine Sorgen. Es ist schwer, Beziehungen zu Familienmitgliedern wieder aufzubauen, von denen man dachte, man würde sie nie wiedersehen, aber Demelza's ist ein neutrales Territorium, und ihr könnt neu anfangen.« Ich streiche ihr mit einer Hand über den Schenkel und genieße das Gefühl ihres wohlgeformten Pos auf meinem Schoß. »Und sieh's positiv: Eine Feier ohne Mawgan Cade kann nur gut werden.«

6

Zwei Wochen später
Demi

»Kommt rein, draußen ist es bitterkalt. Kaum zu glauben, dass heute der erste Frühlingstag ist. Ach, lasst mich mal die Kleine sehen. So ein süßes Ding! Übrigens ein sehr hübscher Name. Klassisch … nichts so Verrücktes oder Albernes, wie es jetzt Mode ist, und das Tauftuch ist wunderschön. Erinnert mich an das, das meine Oma damals für mich gemacht hat.«

Rachel strahlt vor Stolz, während Polly Freya Penelope bestaunt, die tief schläft. Ihr rosa Gesichtchen ist von feiner Wolle umgeben, nur eine Hand schaut aus dem Bündel heraus, und ihre winzigen Finger halten einen Zipfel des Tuchs fest, als wüsste sie, dass es eigens für sie gestrickt wurde, und wollte es nie mehr loslassen.

Cal hatte recht. Ich fühle mich wohler, als ich erwartet hatte, was nicht nur daran liegt, dass Mawgan Cade bei dieser Feier nicht dabei ist. Zwar hat sich die Hauptperson des Tages als eine ziemliche Dramaqueen herausgestellt, als ihr Bev, die Pfarrerin von St Trenyan, Wasser über den Kopf goss. Aber jemand von den Taufgästen hat mir erzählt, es soll Glück bringen, wenn das Baby in jenem Moment schreit. Wenn das stimmt, müsste Freya später mehrfach im Lotto gewinnen.

»Man hat ihr Gebrüll bestimmt bis zum Hafen gehört«, flüstere ich Cal zu, während ich der Taufgesellschaft aus dem kühlen Märznachmittag in die Wärme vom Demelza's folge. Der Wind ist schneidend, trotzdem fühlt es sich an, als wäre Kilhallon seit Bens und Lilys Besuch vor ein paar Wochen ein wenig zum Leben erwacht. An den sonniger gelegenen Hecken blühen schon gelbe Primeln, und das Wäldchen ist mit kleinen weißen Blumen übersät, die laut Polly Buschwindröschen heißen.

Freyas Taufpaten sind Rachels Schwester, eine Cousine von ihr und mein Bruder Kyle. Mir macht es nichts aus, dass ich nicht gefragt wurde. Ich bin nicht religiös, und wahrscheinlich wusste mein Dad auch, dass ich ungern so im Mittelpunkt stehen würde. Mir ist es viel lieber, mich um das Essen und den Rahmen der Feier zu kümmern – und vor allem bin ich einfach glücklich, Freyas große Schwester zu sein.

Ich habe in stiller Bewunderung zugesehen, wie Kyle die Rolle des Taufpaten übernahm. Unser letztes Treffen ist fast drei Jahre her, und er ist in die Höhe geschossen: Jetzt ist er um einiges größer als Dad und sogar ein bisschen größer als Cal. Obwohl er einen Anzug trägt, merkt man, dass er in der Army ist, weil er so aufrecht, mit den Schultern nach hinten dasteht. Sein dunkelblondes Haar ist ganz kurz geschnitten, er ist braun gebrannt und trainiert. Und ich habe ihn noch nie mit so glänzenden Schuhen gesehen: Mum hat früher ständig erfolglos versucht, ihm seine abgewetzten alten Converse und Sportschuhe auszureden.

Wir hatten in der Kirche nicht viel Zeit zum Reden, weil wir etwas spät dran waren, aber als Fotos gemacht wurden, konnten wir ein paar Worte wechseln und einander umarmen. Ich hoffe, jetzt im Café kann ich mich etwas länger mit Kyle unterhalten.

Cal nimmt den Leuten die Mäntel ab, und ich eile in die Küche, um mich zu vergewissern, dass Polly und Robyn mit den Buffetvorbereitungen klarkommen. Das übrige Personal hat heute Nachmittag frei.

Polly scheucht mich praktisch sofort wieder aus der Küche hinaus. »Nein, Demi, heute hast du hier nichts zu suchen.«

»Polly hat recht«, fügt Robyn hinzu – das hört man nicht oft von ihr, denn im Allgemeinen ist sie nicht der größte Fan unserer resoluten Assistentin. »Du entspannst dich und genießt die Feier. Bestimmt siehst du viele der Leute nicht oft, vor allem Kyle. Er ist ganz süß, wenn er mein Typ wäre, meine ich.«

»Ha ha«, erwidere ich. »Seid ihr sicher, dass ich euch nicht mit dem Tee und Kaffee helfen kann? Hat es mit den Öfen geklappt? Ich dachte, ihr habt vielleicht Schwierigkeiten mit der Temperatureinstellung. Die Dinger funktionieren ganz anders als der Herd im Farmhaus.«

»Demi. Raus hier!«, befehlen Polly und Robyn einstimmig, und Robyn schiebt mich mit sanfter Gewalt zurück in den Gästebereich. In Wahrheit fühle ich mich viel wohler in der Küche oder hinter der Theke als beim Small Talk mit Familienmitgliedern, mit denen ich ewig nicht gesprochen habe. Ein paar haben mir in der Kirche zugenickt, und eine Tante von Dads Seite hat mich umarmt, aber ich denke die ganze Zeit, dass sie über mich tuscheln.

Schließlich *habe* ich Dad ja verlassen und mich zeitweise wochenlang nicht mal gemeldet, um ihm zu sagen, dass ich in Sicherheit bin. Ich muss ihm viel Kummer bereitet haben. Aber ich war damals, als wir beide um meine Mum trauerten, verletzt und fühlte mich von ihm ignoriert. Einige meiner Verwandten kommen möglicherweise nicht damit klar, jemanden in der Familie zu haben, der freiwillig eine Weile obdachlos war.

Mit Cals Hilfe bringen Polly und Robyn die Tabletts mit dem Essen herüber und fangen an, Wein und heiße Getränke auszuschenken. Ich fühle mich fehl am Platz, weil ich zusehen muss, wie andere meinen Job machen, und nicht weiß, wie ich mit den Leuten hier reden soll. Das gilt natürlich nicht für Freya, aber sie schläft gerade in ihrem Kinderwagen, also kann ich nicht mal zu ihr gehen und sie knuddeln.

Ich nehme einen großen Schluck Wein und überlege, mich wieder in die Küche zu schleichen, als Rachel geradewegs auf mich zukommt. Sie trägt ein hübsches Etuikleid und einen pinkfarbenen Cardigan, sodass ihre schlanke Silhouette zur Geltung kommt. Aus der Nähe wirkt sie müde, trotz des Make-ups, aber das ist ja kein Wunder: Sie zieht gerade um und muss sich auch noch um Freya kümmern. Sie ist Ende dreißig, aber ihre Kleidung und ihre ganze Aufmachung lassen sie jünger erscheinen. Sie ist gut zehn Jahre jünger als mein Dad und kannte ihn und mich schon, bevor ich ausgezogen bin.

Ehrlich gesagt war Rachel einer der Gründe, weshalb ich abgehauen bin. Wir haben uns früher nicht besonders gut verstanden, aber seit Weihnachten gibt sie sich Mühe, mir entgegenzukommen. Ich muss zugeben, dass ich gar nicht weiß, was ich damals so sehr an ihr gehasst habe außer der Tatsache, dass sie nicht meine Mum war. Als Dad sie bei uns einziehen ließ, war für mich das

Maß voll, und ich packte meine Sachen. Rachel muss das persönlich genommen haben, aber eigentlich lag das Problem vor allem bei meinem Dad und mir. Der Bruch war schon da, lange bevor Rachel auf der Bildfläche erschien. Ich bin entschlossen, die bösen Erinnerungen heute ruhen zu lassen, und auch wenn ich nicht vergessen kann, wie ich früher zu ihr stand, weil sie »Mums Platz eingenommen« hatte, würde ich ihren und Freyas Tag niemals zerstören wollen.

Rachel stellt sich neben mich. »Demi, das Essen ist großartig. Vielen Dank für alles. Ich hätte diese Meute im Cottage niemals verköstigen können. Es ist toll, wenn sich jemand so professionell um alles kümmert.«

»Danke. Ich habe das Menü nur geplant und vorbereitet; Polly und Robyn haben viel gearbeitet, während wir in der Kirche waren.«

»Das hier ist bestimmt nicht leicht für dich«, fügt sie leise hinzu. »Wir lernen uns ja gerade erst wieder kennen, und schon stehen wir bei dieser Feier unter allgemeiner Beobachtung. Ich weiß, dass dein Dad nervös war, und ich war es ehrlich gesagt auch.«

»Wirklich?« Ich nehme noch einen Schluck Wein.

»Ich würde mir auch Mut antrinken, wenn ich Freya nicht stillen würde.«

Ich lache. »Schon okay. Bisher war es nicht so schlimm, wie ich dachte. Ach Mist. Damit wollte ich nicht sagen, dass ich dachte, es würde *schlimm* werden, ich wusste nur nicht, wie ich mit einem richtigen Familientreffen klarkommen würde. Verdammt. Jetzt hab ich's schon vermasselt.«

Sie lächelt. »Hey, ich verrate dir was. Einige von meinen und den Verwandten deines Vaters sind nicht gerade begeistert, dass ich angeblich in die Fußstapfen deiner Mutter getreten, mit einem älteren Mann zusammengezogen bin und mit ihm ein Kind bekommen habe. Deine Tante Serena hat kein Geheimnis daraus gemacht, dass sie mich für ein ziemliches Flittchen hält.«

»Tante Serena war schon immer eine echte Giftspritze«, sage ich und werfe einen Blick zu der krähenartigen Frau, die wie für eine Beerdigung gekleidet ist und misstrauisch an einem meiner herzhaften Rosmarin-Scones schnüffelt. »Sie scheint auf jeden neidisch zu sein, der glücklich oder erfolgreich ist. Mum konnte sie auch nicht ausstehen.«

»Leider mussten wir sie einladen, weil sie ja die Großtante deiner Mum ist.«

»Kein Problem. Es ist dein – Freyas – Tag, und ich halte mich einfach von Serena fern.« Nicht, dass mir ein Smoothie oder ein Glas Wein »aus der Hand rutscht« wie schon mal bei Mawgan Cade, denke ich.

»Komm und lass uns mit Kyle und Freya ein Foto machen, jetzt sind wir ja im Warmen. Es wäre toll, wenn wir ein Bild von euch dreien zusammen hätten.«

Ich bin Rachel dankbar, dass sie sich so bemüht, damit ich mich wohlfühle, und geselle mich für ein Familienfoto zu Kyle, Rachel und Dad, auch wenn ich mir ein wenig wie ein Kuckuckskind vorkomme. So etwas hätte ich mir vor sechs Monaten im Traum nicht vorstellen können.

Als ich höre, wie die Leute das Café und das Buffet loben, glühe ich innerlich vor Stolz. Ich bin froh, dass ich Demelza's für die Tauffeier vorgeschlagen habe. Wir posieren für ein paar Fotos neben der Torte, die Rachels Cousine gebacken hat. Schließlich wird Freya vom Korkenknallen an der Theke geweckt. Sie streckt die kleinen Ärmchen aus und öffnet für ein paar Sekunden ihre riesigen blauen Augen. Ihr Mund geht auf, und alle halten den Atem an in der Erwartung, dass sie anfängt zu schreien, aber dann versinkt sie wieder in einen wohligen Schlummer. Rachel legt sie in ihren Tragekorb, während Cal Gläser mit Prosecco verteilt und Robyn die Torte anschneidet.

»Ich fange einfach mal an – lasst uns alle auf Freya Penelope anstoßen«, verkündet Cal und hebt sein Glas. »Auf ein langes und sehr glückliches Leben!«

Alle wiederholen seine Worte und heben ebenfalls die Gläser. Sogar Tante Serena schafft es, ihr Glas Orangensaft ein paar Zentimeter in die Höhe zu bewegen.

»Und ich möchte ihren Eltern Gary und Rachel zu einer so schönen Tochter gratulieren und Demi und Kyle zu ihrer kleinen Schwester. Herzlichen Glückwunsch«, fügt Cal hinzu.

Wieder heben die Leute ihre Gläser. Mein Dad tritt vor und wiegt sich nervös hin und her. Er räuspert sich, und es legt sich eine erwartungsvolle Stille über den Raum. Ich glaube, ich habe Dad noch nie eine Rede halten gehört, und meine Handflächen werden feucht vor Aufregung beim Gedanken an das, was er sagen könnte.

»Danke für die lieben Worte, Cal. Und ich danke euch allen, dass ihr gekommen seid, um Freya auf der Welt zu begrüßen. Sie hat sich für einen dramatischen Auftritt entschieden: gleich nach dem zweiten Weihnachtstag, während der gewaltigen Flut, die so viel Leid verursacht und unser Cottage überschwemmt hat. Ich weiß, dass mir viele Einwohner von St Trenyan jetzt wohl widersprechen würden, aber jedes Unglück hat auch sein Gutes. Wenn die Sturmflut nicht gewesen wäre, würden wir jetzt nicht hier stehen und dieses fantastische Buffet und Demis und Cals Gastfreundschaft genießen.«

Ich kriege Gänsehaut unter meinem Cardigan. Dad *wird* etwas sagen … über mich – das weiß ich, aber ich weiß nicht, ob ich damit klarkomme.

7

»Demi wird mich wahrscheinlich dafür hassen, dass ich die Aufmerksamkeit so auf sie lenke, und, Liebes«, er sieht mich direkt an, »es fällt mir auch nicht leicht, das zu sagen, aber was dieser Sturm gebracht hat, gehört zu den besten Dingen, die mir in letzter Zeit passiert sind. Ich sage es ganz direkt: Es ist in meiner Familie nicht alles glatt gelaufen, seit Penny gestorben ist …«

Rachel hakt sich bei Dad unter. Er macht eine Pause und fährt dann mit brüchiger Stimme fort.

»Doch dann habe ich Rachel kennengelernt, und sie hat mir geholfen, wieder Licht in mein Leben zu bringen.«

Man hört ein paar »Oh«s und zustimmendes Gemurmel von meinen Cousins und einem Freund der Familie. Kyles Haltung wird noch aufrechter, und er presst die Lippen aufeinander, als würde er versuchen, seine Gefühle unter Kontrolle zu halten.

Eine Hand legt sich sanft auf meinen Rücken. Cal merkt, wie schwer diese Situation für mich ist. Ich habe keine Ahnung, was ich manchmal ohne Cal tun würde, und mir wird klar, wie verletzlich mich das macht. Mich zu öffnen und mir zu erlauben, wieder etwas für andere zu empfinden, ist bisweilen regelrecht Furcht einflößend. Es ist, als würde ich von einer Strömung mitgerissen und könnte nicht anhalten, selbst wenn ich es wollte.

»Wie ihr wisst, hat die Überschwemmung Rachel, Freya und mich an Weihnachten aus unserem Cottage vertrieben«, spricht Dad weiter. »Wir haben im Gemeindezentrum auf dem Fußboden geschlafen; aufgrund der Umstände konnten wir nirgends unterkommen. Man könnte sagen, wir waren obdachlos. Obwohl wir wussten, dass es vorübergehen würde, haben wir erlebt, wie sich das anfühlt, und würden diese Erfahrung ungern wiederholen. Wir hatten uns darauf eingestellt, Weihnachten dort auf dem Fußboden zu verbringen.«

Rachel schaut zu Boden. Als sie wieder aufblickt, glänzen ihre Augen verdächtig.

»Aber dann hat uns das Schicksal zu Demi und Cal geführt, und, um es kurz zu machen: Sie haben uns hier in Kilhallon untergebracht, wie ihr wisst. Der Familienfrieden ist manchmal eine heikle Sache, vorsichtig ausgedrückt. Wir sind gegen mehr als einen Felsen gefahren. Ich war nicht immer der beste Kapitän, um bei den Seefahrer-Metaphern zu bleiben. Ich habe mein Schiff in der Vergangenheit zum Kentern gebracht, und meine Crew hat gelitten.«

Ein paar Leute lächeln mitfühlend, aber ich bohre mir die Fingernägel in die Handflächen. Cals Hand liegt nun auf meiner Taille. Ich umklammere den Stiel meines Glases. Die Leute vor mir verschwimmen. Meine Nase juckt, aber ich darf nicht weinen.

»Aber jetzt ist der Hafen wieder in Sicht«, fährt Dad fort. »Wir sind in Sicherheit und in unserem Zuhause, und dank der Überschwemmung habe ich zum ersten Mal seit viel zu langer Zeit alle meine Mädchen und meinen Sohn bei mir. Dafür bin ich dankbar ...« Die Nervosität überwältigt ihn, und er spricht immer schneller. Ich wünschte, seine Rede wäre schon vorbei, aber ich weiß, dass er diese Worte sagen und ich sie hören muss.

Er hebt sein Glas und verkündet: »Auf meine Familie. Rachel, Demi, Kyle und Freya. Ich danke euch und wünsche euch allen viel Glück und beste Gesundheit.«

Er nippt nur ganz kurz an seinem Glas und stellt es dann wieder auf den Tisch. Während alle uns zuprosten, setzt sich Dad, und Rachel gibt ihm einen Kuss.

»Alles in Ordnung?«, flüstert Cal.

»Hmmghh.« Mehr kriege ich nicht heraus.

Auf einmal gähnt Freya laut, und alle kichern.

»Das hält sie also von meiner Rede«, sagt Dad. »Gut, dass ich schon aufgehört habe.«

Die Leute lachen gelöst und unterhalten sich wieder wie zuvor.

Kyle kommt zu uns. »Ich bin froh, dass wir alle zusammen hier sind, auch wenn es nicht einfach ist. Es wäre schön, wenn wir uns noch mal in Ruhe treffen könnten, solange ich Urlaub habe.«

»Wie lange bist du hier?«

»Nur diese Woche. Dann geht es für meine Einheit zurück nach Catterick, bevor wir für sechs Monate auf Zypern stationiert sind. Ich bin jetzt Unteroffizier«, erzählt er stolz.

»Wow, du hast es weit gebracht. Dad hat gesagt, dass du in den letzten Jahren zweimal in Afghanistan warst. Das muss hart gewesen sein.«

»Es war kein Kinderspiel, aber meine Kameraden waren für mich da.«

Ich weiß, dass er herunterspielt, wie schrecklich es gewesen sein muss ... und gefährlich. Mich schaudert. »Ich wünschte, ich hätte gewusst, wo du warst. Dann hätte ich dich angerufen und dir geschrieben.«

»Nein, es war besser so. Dad hat sich schon genug Sorgen um mich gemacht, da hättest nicht auch du noch Tag und Nacht um mich zittern müssen. Das ist jetzt Geschichte, und ich werde bald Ausbilder, also werde ich in absehbarer Zukunft zumindest für länger hier ins Land zurückkehren.« Er zögert. »Es tut mir leid, dass ich mich zur Army verdrückt und dich und Dad allein gelassen habe. Das war feige von mir, aber ich wusste nicht, wie ich damit umgehen sollte, dass Mum nicht mehr da war, und ich bin definitiv nicht mit Dads Reaktion darauf klargekommen. Ich weiß, dass du darunter gelitten hast und mich gebraucht hättest. Und ich habe dich im Stich gelassen. Das tut mir leid.«

»Das ist jetzt Schnee von gestern. Wir mussten alle irgendwie weitermachen.«

Er lächelt mich an. »Das hat Mum auch immer gesagt.«

»Was?«

»Schnee von gestern. Du hast es genauso gesagt wie sie.«

»Das war mir gar nicht bewusst.« Meine Stimme bricht.

»Na komm, kein Grund, gefühlsduselig zu werden. Und du hast auch viel geschafft. Schau dir das hier an. Das ist echt cool. Rachel hat gesagt, du hast das Café selbst aufgebaut und zum Laufen gebracht.«

Ich lache. »Nicht mit bloßen Händen. Cal hat das Geld bereitgestellt, aber bei der Gestaltung und dem Geschäftskonzept hat er mir freie Hand gelassen.«

»Es ist super. Aber das hier …«, sagt er und lässt den Blick durch den Raum schweifen, »… ist schon seltsam, oder? Dass die Jones wieder als Familie zusammenkommen, nach allem, was passiert ist.«

»Total seltsam.«

Er legt einen Arm um mich und drückt mich kurz, dann schaltet er wieder in den Kyle-Modus, den ich kenne. »Also, ich bin am Verhungern. Glaubst du, es ist okay, wenn ich noch ein Bier trinke und mir einen Nachschlag hole? Bei der Army kriegen wir kaum was zu essen.«

»Ach ja? Ich hab gehört, ihr esst den ganzen Tag. Aber ja, greif zu.«

Ich hole tief Luft vor Erleichterung, dass es mit Kyle so gut geklappt hat. Cal macht ihm ein Bier auf, und sie fangen an zu reden. Tante Serena beendet ihren Pflichtbesuch und verabschiedet sich an der Tür von meinem Dad, wir können uns also jetzt alle entspannen. Ich nippe an meinem Wein, und die Anspannung schwindet langsam aus meinem Körper. Ich habe den heutigen Tag überstanden, und es gibt Hoffnung. Die Wolken über dem Meer verziehen sich, und der Frühling ist eindeutig im Anmarsch.

»Die Aussicht hier ist ein Traum. Heute kann ich sie richtig genießen. Als wir zum Weihnachtsessen hier waren, hatte ich andere Dinge im Kopf.« Rachel lächelt.

»Es war gemütlich an Weihnachten, aber ich finde, Demelza's ist an einem sonnigen Tag wie heute am schönsten«, sage ich und trete mit ihr ans Fenster. Auch einige andere von unseren Freunden und Familienmitgliedern genießen den Ausblick, und manche haben sich sogar hinausgewagt, gut eingepackt gegen den Wind. Es herrscht hoher Seegang, und der Atlantik ist mit weißen Schaumkronen übersät, aber die Sonne ist herausgekommen, und das Versprechen des Frühlings liegt in der Luft. »Die Lage ist unser größter Pluspunkt. Obwohl wir nicht so leicht zu erreichen sind, machen sich die Leute die Mühe, für die Aussicht hierherzukommen. Den Gästen gefällt es sogar, wenn es stürmt. Vor allem, wenn es stürmt.« Ich verziehe schuldbewusst das Gesicht. »Tut mir leid. Ich wollte damit nicht sagen, dass Stürme gut fürs Geschäft sind.«

Sie lacht. »Wir wissen beide, dass sie nun mal dazugehören, wenn man hier wohnt. Du hast doch mitbekommen, dass wir, nachdem wir Kilhallon verlassen haben, eine Weile in Porthleven gewohnt haben? An manchen Tagen waren die Wellen so hoch wie der Kirchturm. Die Leute, die zum Gasthaus am Rand des Hafens wollten, mussten genau timen, wann sie zwischen den gigantischen Brechern durchhuschen konnten. Es ist ein Wunder, dass niemand weggespült wurde, aber klatschnass geworden sind sie alle.«

Ich schüttele mich. »Wie laufen die Reparaturen in eurem Haus?«

»Es wird wieder, dank Garys Kumpels und Cals Hilfe. Wir können uns unten erst wieder richtig einrichten, wenn der Putz etwas besser getrocknet ist, aber oben ist es okay, und wir halten uns vor allem dort auf. Wir sind wieder in unseren eigenen vier Wänden, das ist das Wichtigste. Nicht, dass ich nicht dankbar wäre für die zeitweise Unterkunft hier und für die Wohnung, die meine Cousine uns überlassen hatte, aber du weißt ja, wie das ist … Zu Hause ist es doch am besten. Ich könnte nicht lange obdachlos sein.« Sie lacht verlegen und schlägt sich mit der Hand gegen die Stirn. »Jetzt bin ich ins Fettnäpfchen getreten.«

Es ist schon fast lustig, wie wir umeinander herumtanzen, um ja nichts Falsches zu sagen. Jetzt, da ich Rachel besser kenne, kann ich sie mir immer besser an Dads Seite vorstellen. Als sie damals in sein Leben trat, war sie eigentlich nicht besonders gemein zu mir, aber wir haben uns beide gegenseitig provoziert. Es kann nicht leicht für sie gewesen sein, eine Jugendliche im Haus zu haben, die sie hasste und dachte, sie hätte sich den Platz ihrer Mutter einnehmen wollen.

»Jetzt habe ich auf jeden Fall mein eigenes Zuhause, und es ist toll!« Ich werde rot bei der Erinnerung daran, was ich alles zu meinem Dad über Rachel gesagt habe. »Und ich genieße es, hier zu arbeiten und mein eigenes Unternehmen zu führen. Ich habe vom Verlag einen Vorschuss für mein Kochbuch bekommen, und das Geld investiere ich ins Café.«

»Dein Dad hat mir von deinem Buch erzählt. Das ist ein großartiger Erfolg.«

»Ich habe es noch nicht fertig geschrieben. Viele der Rezepte stammen zwar von mir, aber Eva Spero und ihr Team entwickeln sie weiter und verfeinern sie. Ich habe keine Zeit, die Rezepte auszuformulieren. Der Verlag kümmert sich auch um die Fotos.«

»Du solltest trotzdem stolz auf das sein, was du erreicht hast, wie dein Dad sagt. Ich muss auch früher oder später wieder anfangen zu arbeiten. Wir brauchen das Geld, vor allem jetzt mit Freya und weil die Versicherung nicht alle Schäden abdeckt. Es sind noch andere Kosten angefallen, die wir selbst begleichen mussten, aber ich will mich nicht beklagen.«

»Kehrst du zurück zu deinem alten Job auf dem Anwesen der Trevarrians?«

Rachel presst die Lippen aufeinander. »Eher nicht. Ich habe gern dort gearbeitet, aber dein Dad und ich haben beschlossen, dass Freyas Geburt für uns beide einen Neustart bedeuten kann. Mir macht viel Arbeit nichts aus, aber ich wäre gern flexibler, sodass Gary und ich uns die Kinderbetreuung teilen können, mit der Hilfe meiner Eltern. Außerdem trauc ich mir mehr zu, als bis an mein Lebensende in der Verwaltung zu arbeiten.«

Ich muss zugeben, der Gedanke, dass mein Dad sich zur Hälfte um sein Baby kümmern soll, ist nicht leicht zu verdauen.

»Was schwebt dir vor?«

Sie wirkt etwas verlegen. »Ich hatte überlegt, Firmen meine Dienste als virtuelle Assistentin anzubieten. Viele kleine Unternehmen können es sich nicht leisten, eine Vollzeitkraft zu beschäftigen, und ich habe eine Menge Erfahrung gesammelt, während ich das Büro des Anwesens geführt habe. Trevarrian wirkt nach außen wie ein vornehmer Herrensitz, und die Besitzer sind nett, aber sie sind auch völlig abgedreht und exzentrisch. Am Schluss habe ich mich vor allem darum gekümmert, dass das Dach nicht einstürzt, und zwischendurch Tontaubenschießen und Geschäftsessen organisiert.«

»Das klingt nach sehr viel Arbeit.«

»Ich hatte immer viele Überstunden, und die Bezahlung war nicht gerade prickelnd, aber es hat Spaß gemacht, für Lord Trevarrian zu arbeiten. Wenn ich ein paar gute Kunden hätte, könnte ich wohl fast genauso viel verdienen und mehr Zeit mit Freya verbringen.« Sie drückt die Daumen. »Vielleicht kann ich auch freiberuflich für Trevarrian weiterarbeiten, aber ich brauche noch andere Kunden. Wer weiß, vielleicht wird auch nichts daraus, aber was du und Cal in Kilhallon macht, hat mich inspiriert.«

»Ich? Habe dich inspiriert?«

»Ja. Du hast mir gezeigt, dass man seine Ziele verfolgen soll.«

Rachel umarmt mich kurz, aber herzlich, und meine Kehle wird ganz rau.

Aus Freyas Tragekorb ertönt ein Aufheulen. Sie ist ganz rot im Gesicht und ballt die Fäuste. Und sie tut, was Oma Demelza »grummeln« genannt hätte. Ich glaube, sie wacht gleich auf – und macht ein *Riesengeschrei.*

Rachel verzieht das Gesicht. »Ach herrje. Ich fürchte, sie macht ihre Windel voll.«

Ich werfe einen Blick auf meinen herzhaften Scone mit regionalem Schinken und eingelegtem Senfgemüse, aber mir ist der Appetit vergangen.

»Ich muss sie wickeln. Kann ich die Gästetoilette benutzen?«

»Klar. Warte, ich helfe dir.«

Rachel zieht die Nase kraus. »Bist du sicher? Freyas schmutzige Windel in einem engen Raum ist keine besonders schöne Angelegenheit.«

»Ich halte mir die Nase zu, außerdem ist sie meine Schwester, also sollte ich mich daran gewöhnen zu helfen, wenn ich die Gelegenheit habe.«

»Deine Entscheidung«, erwidert Rachel lachend. »Hoffentlich benimmt sie sich einigermaßen.«

»Ich komme schon klar.« In meinem Kopf reift eine Idee heran. Ich schnappe mir Freyas Wickeltasche und folge Rachel in die Toilette.

Während ich Rachel helfe, spreche ich sie noch einmal auf ihre beruflichen Pläne an.

»Du sagst, du hast für die Trevarrians auch Veranstaltungen organisiert?«

»Ja, ein paar. Viele Firmenfeiern mit Tontaubenschießen, ein paar Geländewagen-›Safaris‹ rund um das Anwesen, eine Menge Unternehmensessen und ab und zu Wohltätigkeitsbälle.«

»Ähm … hast du auch schon mal eine Hochzeit organisiert?«

Rachel reicht mir einen Windelbeutel mit Duft. »Nicht offiziell.« Sie lächelt. »Die Trevarrians waren gerade erst ins Hochzeitsgeschäft eingestiegen, als ich aufgehört habe, aber ich habe mich ein paarmal mit ihrer professionellen Hochzeitsplanerin getroffen. Warum?«

Ich werfe die Windel in unseren Mülleimer.

»Ach, ich hab mich nur gefragt, ob so was schwierig zu organisieren ist, das ist alles.«

»Wie gesagt, ich war nie allein dafür verantwortlich, aber nach dem, was ich von der Arbeit mit der Planerin und dem Kontakt mit den Bräuten und ihren Müttern mitbekommen habe, kann so was *sehr* anstrengend sein. Genauso anstrengend oder sogar noch anstrengender als eine Firmen- oder Geschäftsveranstaltung, denn man hat es nicht mit Profis zu tun, und es sind so viele Emotionen im Spiel. Die Hochzeitsplanerin meinte mal zu mir, man ist dafür verantwortlich, jemandem seine Träume zu erfüllen, oder zumindest das, was derjenige für seine Träume hält. Es ist verdammt harte Arbeit, aber es kann auch viel Spaß machen. Wenn man es schafft. Wehe, wenn nicht, also *muss* man einfach dafür sorgen, dass man es schafft, und auf alles vorbereitet sein.«

»Ähm. Glaubst du, da kann *viel* schiefgehen?«

Rachel knuddelt Freya, die an ihrer kleinen Faust nagt.

»Wenn du mich fragst: Eine Hochzeit folgt Murphys Gesetz. Alles, was schiefgehen kann, wird auch schiefgehen.«

8

Uff ... alle sind weg – fast alle. Meine Familie, Freya, die Freunde und alle anderen Taufgäste. Sogar Polly ist in eins der Cottages gegangen, um einem Gast bei einem Heizungsproblem zu helfen.

Cal bringt den Müll weg, während Robyn und ich das übrig gebliebene Essen mit Frischhaltefolie überziehen und die Spülmaschine ausräumen.

»Na, das ist ja noch mal gut gegangen«, bemerkt Robyn grinsend. »Ich meine, es ist *wirklich* gut gegangen.«

»Viel besser, als ich dachte. Ich habe mir solche Sorgen gemacht, und jetzt weiß ich eigentlich gar nicht mehr, warum. Danke, dass du heute geholfen hast«, sage ich.

»Kein Problem. Es hat Spaß gemacht, nur diese krähenartige Frau hat mich immer so komisch angeschaut. Ich weiß wirklich nicht, warum.«

»Ich auch nicht«, erwidere ich und muss lächeln, als ich mir vorstelle, was Serena angesichts Robyns Emo-Kleidung, ihrer lila Haare und ihrer gepiercten Nase gedacht haben muss.

»Was sie wohl machen würde, wenn sie wüsste, dass ich mit einem Mädchen zusammen bin?«

»Wahrscheinlich einen Herzinfarkt kriegen. Hättest du es ihr mal gesagt!«

»Hmm.« Robyn lehnt sich gegen die Arbeitsplatte und dreht ihre Stiefelspitze auf dem Fußboden. »Sie würde auf jeden Fall umkippen, wenn sie wüsste, was ich für Neuigkeiten habe.«

»Was denn?«

»Andi und ich haben uns verlobt. Wir heiraten.«

»Wow! Tatsächlich? Wie schön. Herzlichen Glückwunsch … Darf ich es Cal erzählen?«

»Klar. Ich hab es vorhin nur nicht erwähnt, weil ich dir und Freya nicht die Schau stehlen wollte, außerdem ist es noch geheim.«

»Du meinst, Mawgan weiß nichts davon?«

Cal kommt zu uns. »Wovon weiß Mawgan nichts?«

»Andi und Robyn heiraten.«

Cal grinst. »Wow. Das ist ein großer Schritt. Wann?«

»Keine Ahnung. Vielleicht Anfang nächsten Jahres, wenn wir mit der Uni fertig sind. Klar, wir haben nicht viel Geld und wohnen zur Miete in einem von Mawgans Häusern. Aber wir dachten uns: Warum warten? Wir lieben uns.«

»Weiß dein Dad es schon?«, fragt Cal. »Machst du dir Sorgen, was er sagen wird? Ich bin sicher, er freut sich für euch.«

»Nicht die Reaktion von meinem Dad macht mir Sorgen, sondern Mawgans und die von Andis Vater. Sie kommen ja kaum damit klar, dass wir zusammenwohnen.«

Cal umarmt sie. »Tut mir leid, dass sie immer noch so drauf sind. Hat sich das nicht während des Besuchs bei Andis Mum wenigstens ein bisschen geändert?«

»Wir haben seitdem noch nicht richtig miteinander gesprochen. In gewisser Weise tut mir Mawgan leid. Sie hatte nie eine Beziehung, die länger als ein paar Monate gehalten hat. Mrs Cade ist jetzt glücklich mit ihrem Partner in Australien, und obwohl sich Mawgan über Weihnachten vorbildlich verhalten hat, war ihr anzumerken, dass es ihr nicht gefallen hat, die beiden zusammen zu sehen. Sie kann es anscheinend einfach nicht ertragen, wenn andere glücklich sind. Andi macht sich Sorgen um Mawgan, obwohl sie sie manchmal auch hasst. Mawgan hängt insgeheim sehr an ihrer Mutter; sie war so traurig und wütend, weil Mrs Cade nach Australien ausgewandert ist. Ich konnte es kaum glauben, als sie sich dazu entschieden hatte, mit uns hinzufliegen.«

»Wir haben uns schon gefragt, wie ihr alle klargekommen seid. Dann gab es also keinen Streit?«

»Nein. Mawgan hatte sich ein schickes Hotel in der Nähe gebucht, und wir haben bei Mrs Cade und ihrem Partner gewohnt. Und Mawgan ist natürlich Businessclass gereist, also mussten wir sie während des Flugs nicht ertragen.«

Ich verdrehe die Augen, und Robyn seufzt tief. »Puh, stell dir vor, wir hätten sechsundzwanzig Stunden neben ihr sitzen müssen! Jedenfalls war es okay, und Mrs Cade hat sich sehr gefreut, dass wir einmal da waren. Aber Andi meint, Mawgan würde sich seltsam verhalten, seit wir alle wieder in Cornwall sind. Ihr Dad hat eine neue Freundin, die viel zu nett für ihn ist und offensichtlich auch ihn etwas menschlicher macht. Für mich sieht es nach was Ernstem aus, und es würde mich nicht wundern, wenn Mr Cades Freundin bald bei ihm einzieht. Dann wäre Mawgan nicht mehr die First Lady im Haus. Im Prinzip ist sie allein, und alle um sie herum sind glücklich.«

»Daran ist nur sie selbst schuld.« Cal spricht aus, was ich denke.

Robyn zuckt mit den Schultern. »Ja, ich weiß, aber ich glaube, wenn wir unsere Verlobung jetzt bekannt geben, könnte Mawgan durchdrehen.«

»Ihr könnt euer Glück nicht jemand anderem zuliebe verstecken«, sage ich.

»Stimmt, aber zuerst brauchen wir Zeit, um es zu genießen und Pläne zu schmieden, dann tasten wir uns bei Andis Dad vor und sagen es meiner Mum und, vielleicht, meinem Dad. Warum muss es so schwierig sein? Wir tun niemandem weh, wir wollen nur glücklich sein.«

»Keine Ahnung. Das Leben und die Liebe sind kompliziert …« Ich werfe einen Blick zu Cal. »Was soll ich sagen?«

»Nichts. Es war toll, die Neuigkeit mit jemandem zu teilen. Ich weiß, dass ich euch beiden vertrauen kann und ihr das Geheimnis für euch behaltet. Danke.« Robyn grinst. »Es wird spät. Ich sollte Ruby aus deinem Stall holen, Cal, und mich auf den Heimweg machen. In letzter Zeit reite ich nicht oft genug mit ihr aus, das war heute eine gute Gelegenheit. Andi holt mich nachher bei Dad ab, und dann fahren wir zu uns nach Hause.«

»Soll ich mit dir zu deinem Dad zurückreiten? Es wird dunkel, und Dexter braucht auch Bewegung. Ich kann Demi nicht dazu überreden, auf ihm zu reiten, sosehr ich es auch versuche.«

Ich strecke die Zunge heraus, und sie lachen beide. Sie wissen, dass ich Pferde nicht mag und immer noch Angst vor Dexter habe, obwohl Cal behauptet, sein Pferd sei »lammfromm«. Ich würde lieber auf einem Lamm reiten, so viel steht fest.

Nachdem ich Robyn umarmt und ihr für ihre Hilfe gedankt habe, schließe ich das Café ab, während die beiden zusammen davonreiten. In unseren schwersten Zeiten und als ich neu war in Kilhallon, war Robyn immer nett und freundlich zu mir, und Cal mag sie sehr. Mawgan hat schon einmal versucht, dem Glück ihrer

Schwester im Weg zu stehen, und ich bin froh, dass ich ein wenig dazu beitragen konnte, sie so weit zu bringen, dass sie die Beziehung ihrer Schwester mit einer Penwith zumindest toleriert. Ich glaube nicht, dass Mawgan jetzt noch ernste Probleme machen würde. Aber wer weiß? Wenn sie verbittert und gekränkt ist – und einsam und verletzt, weil alle um sie herum glücklich sind –, ist sie zu allem fähig. Hoffentlich täusche ich mich.

9

Es ist Montag, der Nachmittag nach der Taufe. Ich sitze in der winzigen Küche von Rachels und Dads Cottage und spiele mit Freya. Ein Flaschensterilisator und anderes Babyzubehör nehmen fast den ganzen Platz auf den Arbeitsflächen ein, aber die neu eingebauten Küchenschränke, die Fliesen und der Herd glänzen. Nur an den kahlen Wänden erkennt man, dass das gesamte Erdgeschoss des Cottages komplett renoviert werden musste. Durch das Küchenfenster sieht man die Wellen sanft an die Helling gegenüber schwappen. Kaum zu glauben, dass das Wasser über den ganzen Hafen und bis ins Haus gekommen ist.

Rachel stellt ein Glas kühlen Saft und einen Teller mit Keksen vor mich. »Bitte. Tut mir leid, dass sie nicht selbstgebacken sind wie deine.«

Ich lache. »Sie sehen auf jeden Fall lecker aus. Ich nehme mir einen, wenn ich mit Freya fertig bin. Übrigens: Das Cottage sieht gut aus. Die neuen Küchenschränke sind echt toll.«

Rachel trinkt einen Schluck Saft und sieht sich stolz um. »Ja, es tut so gut, dass wieder einigermaßen Normalität herrscht.«

Freya gurgelt, und ich lache. »Danke, dass du dir Zeit genommen hast, dich heute mit mir zu treffen.«

»Kein Problem, es freut mich, dich so bald wiederzusehen, aber ich platze fast vor Neugier, was dieser ›streng geheim zu haltende Vorschlag‹ ist. Seit du mir heute Morgen geschrieben hast, kann ich an nichts anderes mehr denken. Ich hoffe, es ist alles in Ordnung?«

»Ja. Ich wollte mit dir nur persönlich darüber sprechen. Als du mir gestern erzählt hast, dass du dich selbstständig machen willst, kam mir eine Idee, aber ich war nicht sicher, ob ich dir davon erzählen soll. Nicht, weil ich es dir nicht zutraue, sondern weil ich dich nicht unter Druck setzen will.«

Sie stellt ihr Glas ab und runzelt die Stirn. »Wieso unter Druck setzen?«

»Wegen der Sache, von der ich dir erzählen will, denn ich weiß, dass du gerade viel um die Ohren hast, und es könnte zu früh sein, oder du könntest dich verpflichtet fühlen, und ich plappere schon wieder viel zu viel, stimmt's?«

Rachel stöhnt. »Demi, bitte, spuck's einfach aus.«

»Okay. Ich hab mich nur gefragt, ob du, ähm, Lily Craigs und Ben Trevones Hochzeit organisieren willst. Sie feiern in Kilhallon, aber das ist im Moment noch *top secret.*«

Rachel macht große Augen. »Lily Craig und Ben Trevone kommen nach Kilhallon? Oh Gott.«

»Ja. Ich kann es selbst kaum glauben. Cals Freundin Isla, die Produzentin, hat sie uns vermittelt.«

»Wow, das ist ja fantastisch, aber *ich?* Ich soll eine Hochzeit für zwei Filmstars organisieren?«

»Na ja, ich könnte stattdessen auch Freya fragen, wenn du meinst.« Wie aufs Stichwort schnieft und kräht Freya leise. »Ich glaube, sie würde es machen, oder?«

Freya seufzt zufrieden, aber Rachel ist immer noch baff. »Weiß Cal, dass du mich gefragt hast?«, bringt sie schließlich heraus.

»Ähm. Noch nicht, aber er wird auf jeden Fall überglücklich sein, wenn wir professionelle Hilfe bekommen.«

»Vielleicht ist er aber nicht mehr ganz so begeistert, wenn du ihm sagst, dass es dabei um mich geht. Und streng genommen bin ich kein Profi. Es ist ein unglaubliches Angebot, und ich habe dir ja gesagt, dass ich schon viele Veranstaltungen organisiert habe, aber eine große Promihochzeit? Traust du mir das zu?«

Ich fühle mich ein bisschen schlecht, weil ich Rachel in eine schwierige Situation gebracht habe, aber jetzt ist es zu spät, um einen Rückzieher zu machen, und ich weiß, dass sie es kann. Wenn ich mir allerdings die Menge an Babyausstattung um mich herum ansehe, könnte ich *leicht* unterschätzt haben, wie viel Arbeit es bedeutet, sich um Freya zu kümmern. »Sonst würde ich dich nicht fragen. Für uns ist es auch das erste Mal.«

»Deshalb sollte es jemand machen, der wirklich Erfahrung hat, obwohl es mich schon sehr reizt, um ehrlich zu sein.«

»Du *hast* aber eine Menge Erfahrung, und ich glaube nicht, dass wir mit dir ein Risiko eingehen. Du hast selbst gesagt, dass du nicht mehr nur Verwalterin sein willst, und für mich klingt es so, als wärst du bei den Trevarrians sowieso schon für die Veranstaltungsorganisation zuständig gewesen. Ich hatte gehofft, dass du es schaffst, dich in den nächsten Monaten um die Hochzeitsplanung zu kümmern, und am Tag der Feier selbst könnten wir dir alle helfen. Aber wenn es dir zu stressig ist und du es lieber nicht machen willst, verstehe ich das absolut. Ich habe die Arbeit, die du mit Freya hast, vielleicht nicht ganz so stark berücksichtigt, wie ich das hätte tun sollen.«

Freya schnauft und brabbelt. Rachel lacht auf. »Ja, der Freya-

Faktor ist ein Problem.« Sie spielt mit einem Keks, als wüsste sie nicht recht, was sie damit anfangen sollte, und ich könnte mir in den Hintern beißen, dass ich so naiv war, was die Sache mit Freya betrifft.

»Wow. Es wäre *sicher* stressig für mich, aber auch eine großartige Erfahrung. Aber selbst wenn ich es machen wollte, müsste ich zuerst mit deinem Dad und meinen Eltern sprechen, denn sie müssten dann oft als Babysitter einspringen.«

»Tut mir leid. Ich hab das alles nicht durchdacht.«

»Ach, ich würde es wahnsinnig gern machen. Auch wenn ich vielleicht noch bereue, dass ich das gerade gesagt habe … Pass auf, lass mich in den nächsten Tagen darüber nachdenken und mit Gary und meinen Eltern sprechen. Wenn ich Ja sage, muss ich sicher sein, dass ich das durchziehen kann und dich nicht später im Stich lasse. Ist das okay?«

»Klar. Mehr als okay. Mach dir bitte keine Gedanken, falls es nicht geht.«

Erleichterung durchströmt mich. Ich hatte lange hin und her überlegt, ob ich sie fragen soll, und wenn ich ehrlich bin, gehe ich damit schon ein Risiko ein. Aber im Moment erscheint es mir als die beste Lösung. »Ich vertraue dir mehr als den Hochzeitsplanerinnen, mit denen ich gesprochen habe«, sage ich, ohne zu erwähnen, dass die meisten bereits ausgebucht sind. »Du kennst uns und Kilhallon besser als sie alle. Du hast Kontakte von deinem Job und musst dir wegen des Budgets keine großen Sorgen machen. Und es wäre für dich ein toller Start in die Selbstständigkeit. Stell dir vor, wie bekannt du wirst, wenn du Lily Craigs und Ben Trevones Hochzeit organisierst.«

Sie verzieht das Gesicht. »Ja. Oh Mann, es klingt aufregend, aber auch *beängstigend*.«

Freya starrt mich verwundert an … Ich lächle ihr zu und schicke ihr ein Luftküsschen.

»Ja, ganz deiner Meinung. Aber ohne jemanden wie dich am Steuer, jemanden, auf den wir uns verlassen können, wird es *auf jeden Fall* eine Katastrophe werden.«

»Wie auch immer ich mich entscheide – ich danke dir für das Vertrauen.«

Freya gurgelt, aber ich bin nicht sicher, ob es von ihrer Seite ein Ja oder ein Nein ist.

»Cal hat mir Vertrauen geschenkt. Auch Eva und Isla haben das getan. Mir macht das jedes Mal Angst, aber wenn jemand einem eine Chance bietet, muss man sie ergreifen. Und außerdem«, sage ich und küsse Freya auf ihre niedliche Stupsnase, »sind wir jetzt eine Familie, Rachel. Es tut mir leid, dass ich es dir damals so schwer gemacht habe.«

»Das ist vorbei.«

»Ich weiß, aber ich musste das loswerden. Dank Kilhallon ist mein Leben jetzt anders, aber ich verstehe auch besser, wie es ist, wenn man starke Gefühle für jemanden hat. Ich konnte damals nicht glauben, dass du wirklich etwas für Dad empfindest und er dir so viel bedeutet.«

»Ich liebe ihn.« Sie lächelt. »Schwer zu glauben, aber es stimmt.«

»Ich weiß.«

»Und du liebst Cal auch sehr, oder?«

Wenn ich an Cal denke, breitet sich ein ganz warmes Gefühl in mir aus. »Ja, aber sag ihm nicht, wie sehr.«

»Weil du Angst hast?«

»Ja, und es ist alles noch frisch, und ich weiß nicht, wie es weitergeht.«

»Wer weiß das schon?« Sie blickt auf die nackten Wände und

frisch gestrichenen Türen um sie herum. »Hätte die Überschwemmung unser Haus nicht beschädigt, hätten wir auch nie Weihnachten bei euch in Kilhallon verbracht, und du hättest dich vielleicht nie mit deinem Dad versöhnt. Und – uff – ich wäre *definitiv* nie gebeten worden, eine Promihochzeit zu organisieren.«

10

Ein Dienstagmittag war der einzige Termin, den Lily und Ben für unser »gemütliches Essen« frei hatten, aber das passt mir ganz gut, denn dienstags ist das Café sowieso geschlossen. Das Lokal, das Lily ausgesucht hat, nennt sich ebenfalls »Café«, das ist aber auch das Einzige, was es mit Demelza's gemeinsam hat. Es ist auf Meeresfrüchte spezialisiert, hat schon einige Preise gewonnen und mehrere Sterne inne und wird von einem Promikoch geführt, von dem ich schon gehört habe, weil er mit Eva Spero befreundet ist. Es liegt an einem schönen, aber auch sehr bekannten Strand in einem exklusiven Resort, aber an diesem windigen Märztag unter der Woche spazieren nur eine Handvoll Leute mit ihren Hunden über den Sand.

Ich parke den ramponierten alten Land Rover zwischen einem Bentley-Cabrio und einem Range Rover mit personalisiertem Kennzeichen, als Harry den BMW auf den Parkplatz fährt.

Cal dreht sich zu mir. »Bist du bereit?«

»Du etwa?«

»Was denkst du?«

»Dass ich, wenn ich nicht fahren würde, mehrere sehr große Gläser Wein trinken würde.«

»Betrachte es als Recherche«, sagt er grinsend. »Du hättest auch in einem solchen Restaurant in Brighton arbeiten können, statt Rentnern Pasteten zu servieren.«

»Jetzt gerade wäre ich wirklich gern zweihundert Meilen weit entfernt.«

Wir steigen aus und gesellen uns zu Mawgan, die Lily und Ben umarmt und mit Küsschen begrüßt.

»Wie läuft es mit den Hochzeitsvorbereitungen? Ich kann es gar nicht erwarten, Rachel kennenzulernen«, sagt Lily.

»Gut, alles in trockenen Tüchern.«

Ich versuche so zu klingen, als wäre Rachel die Profi-Hochzeitsplanerin, die wir von Anfang an vorgesehen hatten, nicht eine völlig überrumpelte, die erst vor ein paar Tagen zugesagt hat. Sie und mein Dad kamen an einem frühen Abend mit Freya vorbei, um uns die gute Nachricht zu überbringen. Rachels Eltern sind im Ruhestand und freuen sich darauf, ihre Enkeltochter öfter zu sehen, und Dad hat versprochen, wenn nötig ebenfalls einzuspringen, also klappt es. Ich habe vor Erleichterung fast einen Freudentanz aufgeführt. Es kann immer noch eine Menge schiefgehen, aber wenn wir alle mit anpacken, werden wir es irgendwie schaffen. Was natürlich nicht heißt, dass ich Lily meine »Wir schauen dann mal«-Strategie verraten werde …

Rachel hat schon mit ihr telefoniert, und wir haben für nächsten Monat ein Treffen im Demelza's vereinbart. Eigentlich würde ich lieber nicht vor Mawgan über unsere Pläne sprechen, aber ich kann mich nicht weigern, Lilys Fragen zu beantworten.

Mawgan lächelt. »Hallo«, sagt sie, und zu meinem Erstaunen und Entsetzen küsst sie erst Cal und dann mich auf beide Wangen, als wären wir alte Freunde. Ich bin nicht der Typ für Küsschen und Umarmungen, aber wie ich sehe, tun das schicke Leute die ganze

Zeit mit Leuten, die sie kaum kennen. Als mich Mawgans Lippen treffen, fühle ich mich, als würde ich mich in Stein verwandeln.

Cal ist fassungslos. Mawgan hat ihm einen Schmatz auf die Wange gedrückt, bevor er ausweichen konnte, und seine Arme hängen schlaff herab. Vielleicht hat sie ihn tatsächlich bewegungsunfähig gemacht.

»Mwah, mwah. Ist das nicht fan-tas-tisch? Wer hätte gedacht, dass wir alle einmal hier zusammenkommen würden?«

Zähneknirschend sehe ich zu, wie Mawgan Ben und Lily anhimmelt.

Lily setzt Louie auf den asphaltierten Parkplatz. Mawgan bückt sich, um ihn zu streicheln, und nach einem kurzen Knurren erlaubt er ihr, ihn zu berühren.

Sie lacht. »Ist der süß. Ich überlege, mir auch einen Hund anzuschaffen«, sagt sie.

Ich schaffe es gerade noch, nicht empört nach Luft zu schnappen, denn Mawgan hasst Hunde und hat dafür gesorgt, dass ich letztes Jahr nach einem »Vorfall« mit Mitch gefeuert wurde. Aber da sie Bens neue *BFF* ist, bin ich entschlossen, mich von meiner besten Seite zu zeigen und nicht zu fragen, ob sie sich einen Pitbull wünscht.

Louie hat jedenfalls genug von ihren »Liebkosungen« und zerrt an seiner Leine, weil er fremde Gerüche wittert.

Lily wird von Louie mitgerissen, der überraschend stark ist für einen so kleinen Hund. »Wie schön, dass wir uns alle mal in Ruhe unterhalten können«, sagt sie und lässt ihn den Parkplatz erkunden. »Schade, dass Isla nicht auch kommen konnte, aber sie dreht gerade in Schottland, und Luke ist mit seinem neuen Unternehmen in London beschäftigt. Aber wir werden es uns auch zu sechst schön machen.«

»Zu sechst? Kommt Harry auch mit?«, frage ich, während wir die Stufen zum Restaurant hinaufgehen.

Ben schnaubt. »Lily meint uns fünf und Louie. Harry isst nie mit uns. Darauf hat er keinen Bock. Außerdem ist er viel zu beschäftigt damit, für uns die Lage im Blick zu behalten.«

»Harry ist ziemlich schüchtern. Er mischt sich nicht gern in unser Privatleben ein«, erklärt Lily und wirft einen Blick auf Harry, der gerade die Hecktür des BMW schließt.

»Er kann Louie zum Scheißen ausführen«, sagt Ben.

»Ben!« Lily haut ihm auf den Arm.

Ben grinst. »Stimmt doch. Der Hund muss raus. Du kannst nicht erwarten, dass er die ganze Zeit im Restaurant sitzt.«

Zugegeben, Louie zieht tatsächlich sehr an seiner Leine, und ich weiß, dass er viel lieber über den flachen Sand rennen und Wellen jagen würde, als sich in einem schicken Lokal zu benehmen.

»Ich könnte jetzt einen kurzen Spaziergang mit ihm machen«, schlage ich vor, denn auch ich würde viel lieber am Strand Gassi gehen, als mit Ben und Mawgan Small Talk zu führen. Lily ist toll, und sie ist ein Star, aber …

»Danke, aber Harry soll ihn ausführen und zum Essen zurückbringen. Wenn er danach noch mal rausmuss«, drückt sich Lily bewusst weniger drastisch aus als Ben, »gehe ich selbst mit ihm. Ich verbringe viel zu wenig Zeit mit ihm, und das hier ist ein sehr schöner Strand. Harry!«, ruft sie.

Er eilt sofort zu ihr.

»Würde es dir sehr viel ausmachen, mit Louie eine Runde zu drehen und ihn, wenn er genug hat, bitte hinauf ins Restaurant zu bringen?«

»Kein Problem«, antwortet Harry.

Lily senkt die Stimme. »Hast du welche von diesen kleinen parfümierten Tüten für Du-weißt-schon-was?«

Harry klopft auf seine Tasche. »Immer griffbereit.«

Ben schüttelt sich angewidert. »Nie im Leben würde ich mit einer parfümierten Tüte Hundescheiße aufsammeln. Wenn das ein Paparazzo sehen würde!«

Gerade noch rechtzeitig unterdrücke ich ein Lachen. »Dann könnte man dich für einen verantwortungsbewussten Hundebesitzer halten.«

Lily jedoch lacht ihn aus. »Genau! Aber es sind hoffentlich keine Paparazzi in der Nähe. Niemand weiß, dass wir hier sind.«

»Können wir jetzt ins Restaurant gehen?«, bettelt Ben, legt dann einen Arm um Lily und ignoriert Harry. »Du bist bestimmt ganz durchgefroren, Babe.«

»Louie ist so süß. Was für ein fröhlicher kleiner Hund«, sage ich auf dem Weg ins Restaurant zu Lily.

»Oh. Danke. Ich liebe ihn über alles. Sogar noch mehr als Ben.« Sie kichert. »Kleiner Scherz.«

»Ach, ich weiß genau, was du meinst. Wenn in Kilhallon ein Feuer ausbrechen würde, könnte ich mich nicht entscheiden, wen ich zuerst retten würde: Cal oder Mitch.«

»Hoffentlich müssen wir niemals wählen.«

Wir lachen beide. Ben starrt uns an und runzelt die Stirn über unser Gekicher. »Was ist denn so lustig?«

»Nichts«, antworten wir einstimmig.

Mawgans angewidertem Gesichtsausdruck zufolge gefällt es auch ihr nicht, dass Lily und ich uns so gut verstehen, aber sie hat sich schnell wieder unter Kontrolle. »Ich liebe das Rockpool«, sagt sie, um das Gespräch wieder auf sich zu lenken. »Das ist mein absolutes Lieblingsrestaurant in Cornwall. Wir führen unsere Kunden natürlich ständig hierhin aus und würden noch öfter herkommen, wenn es näher an St Trenyan wäre. Schaut mal, da ist Carlos, der Oberkellner.«

Lächelnd begrüßt uns Carlos an der Tür und führt uns rasch in einen privaten Bereich mit Blick über den Strand. Während er sich um Ben und Lily kümmert, wirkt es nicht so, als würde er Mawgan kennen; nicht einmal, als er unsere Getränkebestellungen aufnimmt. Unsere Nische – eigentlich ein kleiner Nebenraum – hat eine traumhafte Aussicht auf die Wellen, die über den Sand heranrollen. Newport ist eine aufstrebende Gegend mit einer trendigen Surferszene, in der viele ehemalige Hotels zu teuren Apartmenthäusern umgebaut wurden. Gerade herrscht Ebbe, und die Wellen scheinen auf dem riesigen flachen Strand meilenweit entfernt zu sein. Die Brecher wirken von hier aus winzig, aber ich weiß, dass sie heftig sind. Wenn man die Ohren spitzt, kann man das dumpfe, aber konstante Grollen hören, mit dem sie an den Strand donnern.

Ich halte Ausschau nach Louie und Harry und wünschte, ich wäre mit ihnen draußen auf dem Sand.

Mawgan unterhält sich mit Ben und Cal darüber, was sie in ihrer Kindheit so »gespielt« haben. Gegen eine Art Schutzgeld hat Mawgan damals wohl dafür gesorgt, dass niemand den jüngeren Kindern etwas tat. Ben prahlt, er habe einmal versucht, mit Pfeil und Bogen eine Möwe abzuschießen, was Mawgan anscheinend wahnsinnig lustig findet.

Cal ist schweigsam und sichtlich genervt, aber er reißt sich Lily, mir und unserem Unternehmen zuliebe zusammen. Wenn man ein Café und eine Ferienanlage führt, muss man mit allen möglichen Leuten und ihren unterschiedlichen Ansichten klarkommen, und ich habe gelernt, alles zu überhören, was harmlos und nicht beleidigend ist. Cal ist leicht reizbar und hat damit viel mehr

Schwierigkeiten als ich. Ich weiß nicht, wie lange er es mit Mawgan und Ben aushalten wird, ohne etwas zu sagen oder zu tun, was er hinterher bereut, aber da muss er jetzt durch.

Mir hingegen wird Lily immer sympathischer. Sie ist fasziniert vom Blick auf den Strand und den weiten Himmel. Die schiefergrauen Wolken am Horizont machen die Szene nur noch romantischer. Ich muss mich immer wieder daran erinnern, dass dieser Anblick, mit dem ich ja lebe, etwas Besonderes ist, aber auf viele Besucher, die in Dörfern und Städten meilenweit vom Meer entfernt wohnen, hat er eine magische Wirkung.

Lily schiebt ihren Stuhl zurück. »Was für eine Aussicht. Ich glaube, ich gehe mit meinem Getränk hinaus, bis das Mittagessen kommt.«

»Es ist eiskalt da draußen, Babe«, wendet Ben ein, der sich einen Augenblick von Mawgan losreißt.

»Das macht mir nichts aus«, entgegnet Lily bestimmt.

»Ich komme mit«, sage ich und nutze die Gelegenheit, Mawgan wenigstens für ein paar Minuten zu entkommen. Cal muss für sich selbst sorgen. Dies ist meine Chance, mit Lily über die Hochzeit zu sprechen, ohne dass Mawgan alles mitbekommt und sich einmischt.

Nachdem wir vom Oberkellner unsere Mäntel zurückbekommen haben, treten wir auf den Balkon hinaus, der an den Seiten verglast ist, sodass man die Aussicht uneingeschränkt genießen kann. Lily lehnt sich auf das Metallgeländer und schirmt die Augen gegen das Licht ab, das auf dem silbrigen Sand und dem Meer glitzert. Sie streicht sich die roten Haare aus dem Gesicht und atmet die salzige Luft tief ein. »Ach, das ist wunderschön, ich hoffe nur, Louie friert nicht zu sehr. Ich wollte Harry noch bitten, ihm seine Jacke anzuziehen – ah, wie ich sehe, hat er das getan.« Sie zeigt auf den großen Mann, der am Strand mit dem winzigen Hund spielt.

Harry benutzt eine Schleuder, um für Louie einen Ball zu werfen, und die kleine Französische Bulldogge rennt ihm nach.

Ich lächele. »Er scheint richtig Spaß zu haben.«

»Den haben sie beide«, sagt Lily. »Harry liebt Louie. Ich wünschte, Ben könnte das auch, aber er ist allergisch gegen Hunde. Er akzeptiert Louie nur mir zuliebe. Weißt du was, ich mache später auf jeden Fall auch einen Strandspaziergang. Wenn ich mir Harrys Mütze und Bens dunkle Sonnenbrille aufsetze, bemerkt mich niemand, oder?«

»Um diese Jahreszeit ist es sehr ruhig. Ich glaube, du kannst unbesorgt sein.«

»Dann mache ich das nach dem Mittagessen. Mir doch egal, ob mich jemand sieht«, erklärt sie, obwohl ich glaube, sie will eher sich selbst überzeugen als mich. Sie seufzt. »Manchmal wäre ich lieber nicht berühmt. Ich weiß, dass ich es unglaublich gut habe, aber ich fühle mich, als wäre ich in einen Strudel geraten, aus dem ich nicht entkommen kann. Zumindest nicht, bis ich alt und hässlich und nicht mehr berühmt bin.«

»Das wird nicht passieren.«

»Doch. So läuft es eben. Ich bin keine brillante Schauspielerin und werde nie große Charakterrollen spielen können, die meine Karriere am Laufen halten.«

»Sag nicht so was. Ich bin sicher, du könntest das.«

Sie lächelt. »Das ist sehr lieb von dir, aber ich bin nur realistisch … In ein paar Jahren werde ich dreißig, und Tausende hübsche junge Schauspielerinnen warten nur darauf, meinen Platz einzunehmen.« Sie blickt zu Ben, der laut über eine von Mawgans Geschichten lacht. »Ben wird viel länger gefragt sein. Er kann sich noch Jahrzehnte halten, wenn sein Agent ihm hilft, seine Rollen klug auszuwählen, und wenn er Glück hat, natürlich. Wir müssen in diesem Geschäft beide auf unser Glück hoffen und darauf, dass unsere Projekte Erfolg haben, sonst können wir es im Prinzip vergessen.«

Wenn mir jemand gesagt hätte, dass mir eine reiche, berühmte, schöne Schauspielerin einmal leidtun könnte, hätte ich das nie geglaubt, aber in Lilys Fall stimmt es. Ich bin glücklich, dass ich mein »eigenes kleines Reich« führen kann, wie Cal es nennt. Ich bin dankbar, dass ich meine Freunde und jetzt auch meine Familie um mich habe und natürlich Cal. Keine Ahnung, was ich ohne Demelza's machen würde – oder ohne ihn. Ich bin froh, dass er bei mir in Kilhallon in Sicherheit ist und nicht nach Syrien zurückkehren muss.

Lilys zarte Finger liegen auf meinem Arm. »Demi? Alles in Ordnung?«

»Ja. Klar. Tut mir leid, ich war gerade ganz woanders. Wenn wir später allein sind – ich meine, du, Ben und ich –, können wir einen Termin festlegen, um mit Rachel zusammen über die Hochzeitsvorbereitungen zu sprechen. Du hast ja gesagt, dass du nächste Woche vielleicht für ein paar Stunden nach Kilhallon kommen kannst, und ich fände es wirklich wichtig, dass du Rachel persönlich triffst. Sie möchte ein Gefühl dafür bekommen, was für eine Feier du dir genau vorstellst, und die Details klären. Sie hat eine Menge Ideen, aber wir müssen beide deine Meinung dazu hören. Es ist *dein* Tag. Und Bens natürlich.«

»Selbstverständlich. Wir kommen auf jeden Fall vorbei, oder zumindest ich. Ben muss seinen neuen Film nachbearbeiten. Ich werde meine Assistentin Jade bitten, noch mal in meinen Terminkalender zu schauen, aber hoffentlich finde ich ein paar Stunden

Zeit, um nächste Woche herzufliegen. Oh, schau mal! Louie ist im Meer! Eigentlich ist er sehr wasserscheu …«

»Es scheint ihm richtig Spaß zu machen, den Wellen nachzujagen«, sage ich. »Hör mal, wie er bellt. Er liebt den Strand, genau wie Mitch.«

Harry wirft den Ball am Rand des Wassers entlang, damit der kleine Hund sich nicht komplett in die Fluten stürzen muss. Louie springt hierhin und dorthin, kläfft die Wellen an, schnappt sich den Ball und neckt Harry damit. Harry ruft Louie Kommandos zu, und der Hund bellt aus purer Freude.

Lily lehnt sich aufs Balkongeländer. »Es ist so schön, ihnen beim Rumtollen zuzusehen. Wie gesagt, Ben hat keinen Bezug zu Tieren. Ich glaube nicht, dass er das mit der Eule macht.«

»Vielleicht kannst du die Eule auf Harrys Arm landen lassen – oder auf dem des Trauzeugen, und dann kann der euch die Ringe geben.«

»Oh. Ja, das ist eine Idee … ja, ich frage Ben mal.«

Ben streckt den Kopf durch die Tür und verzieht das Gesicht. »Was willst du Ben fragen?«

»Ob das Mittagessen schon da ist«, antwortet Lily wie aus der Pistole geschossen. Sie weiß, wie sie mit ihm umgehen muss, auch wenn mir ein Rätsel ist, was sie an ihm findet. Außer natürlich, dass er wie sie ein reicher, begehrter Filmstar ist.

»Die Antwort lautet ›Ja‹, und Lily, deine Haare sehen in diesem Wind echt übel aus. Mir ist das ja egal, aber was ist, wenn uns ein Paparazzo entdeckt?«

Er schließt die Tür, und Lily verdreht die Augen. »Na komm, dann lass uns essen.«

11

Dass das Essen großartig ist, lässt sich nicht leugnen. Es ist toll angerichtet, aromatisch, und man schmeckt wirklich jede Zutat heraus. Manche Ideen würde ich gerne im Demelza's ausprobieren, aber ich bin keine Profiköchin, und Demelza's ist *wirklich* ein Café und kein ultracooles Restaurant.

Aber nicht das Essen beschäftigt mich. Sondern Mawgan – und zwar aus anderen Gründen als erwartet. Ich habe sie noch nie so zurückhaltend und höflich erlebt – im Prinzip relativ »normal« –, und das beunruhigt mich. Man könnte ja meinen, dass der Besuch bei ihrer Mum in Australien sie glücklich gemacht und entspannt hätte. Andi und Robyn haben erzählt, sie sei dort überraschend friedfertig gewesen.

Aber … sie ist und bleibt nun mal Mawgan, und ich kann nicht vergessen, wie verbissen sie im letzten Jahr versucht hat, Cals Pläne zu durchkreuzen und ihm zu schaden.

»Wie war's bei deiner Mum in Australien?«, fragt Ben sie.

Mawgan will gerade eine geschälte Garnele aufspießen und hält inne. Ich erstarre, und sogar Cal spitzt die Ohren.

Sie lächelt. »Sydney war natürlich ein Traum. Unser Weihnachtsessen fand auf einer schicken Yacht im Hafen statt.«

»Cool. Wie geht's deiner Mum? Ich mochte sie immer. Schade, dass sie und dein Dad sich getrennt haben.« Oh Gott, merkt Ben denn gar nicht, dass er sich auf dünnem Eis bewegt?

Mawgan lächelt und sticht in die Garnele. »Ihr geht's ganz gut.«

»Ist sie immer noch mit ihrem neuen Kerl zusammen?«

Cal wirft mir einen Blick zu, aber ich presse die Lippen aufeinander. Wir wissen beide, dass der neue Partner ihrer Mutter (übrigens genauso wie ihre Affäre mit Mr Penwith) für Mawgan immer noch ein Reizthema ist. Sie könnte jeden Moment aus der Haut fahren.

Die Garnele zittert auf den Zinken ihrer Gabel. »Sie haben ein tolles Haus mit Blick auf den Manly Beach. Ich habe schon überlegt, in eine Immobilie dort zu investieren. Wart ihr schon mal in Sydney? Wir haben uns das Silvesterfeuerwerk aus dem besten Hotel in den Rocks angesehen. Du warst bestimmt schon mal da, Ben?«

»Ja. Ein paarmal, und in Neuseeland. Ein Teil von *Knife Edge* wurde dort gedreht. Das war toll.«

Mawgan steckt sich die Garnele schließlich in den Mund, und Ben beginnt, uns von seinem Fitnessprogramm für *Knife Edge* zu erzählen. Nachdem Mawgan das Gespräch von ihrer Mum weggelenkt hat, bessert sich ihre Laune. Sie scheint sich viel wohler dabei zu fühlen, Anekdoten aus ihrer Kindheit mit Ben zu erzählen. Einige davon sind so Mawgan-typisch, dass ich aus den falschen Gründen lachen muss. Aber bisher hat sie weder Cal noch mir gegenüber eine spitze Bemerkung gemacht. Als sie sich mit Cal über Kilhallon unterhalten hat, klang sie so begeistert angesichts unserer »Erfolge« – sie bot sogar an, bei der Organisation der Hochzeit zu helfen –, dass man sie für unsere beste Freundin hätte halten können. Bestimmt ist das alles Show für Lily und Ben, aber für einen Sekundenbruchteil frage sogar ich mich, ob Mawgan wirklich eine andere geworden ist.

Dann komme ich zur Besinnung.

Meine Hoffnung, ohne Mawgan über die Hochzeitsplanung diskutieren zu können, war vergeblich, denn Lily und Ben wollen über ihre Ideen sprechen. Das ist wenig überraschend, ihre Zeit ist kostbar, also beiße ich in den sauren Apfel, mache mir Notizen und vereinbare für Lily ein Treffen mit Rachel im Café. Mawgan hört aufmerksam zu, steuert aber kaum eigene Vorschläge bei, wofür ich dankbar sein sollte. Schließlich sind wir alle mit unserem fantastischen Nachtisch fertig, eine Kombination mehrerer Cremes. Eine davon ist eine Crème brûlée mit Lavendelaroma, die ich in einer einfacheren Variante unheimlich gern mal in Kilhallon ausprobieren würde. Lily hat natürlich kein Dessert bestellt, und Mawgan schwor zwar, sie könne »unmöglich noch einen Bissen runterkriegen«, aber hat ihren Teller so blank hinterlassen, wie Mitch es mit seinem Fressnapf zu tun pflegt.

Während die Bedienung Kaffee und für Lily einen Kamillentee serviert, erscheint ein schlanker Typ in Kochuniform und mit einem beeindruckenden roten Bart an unserem Tisch – Nathan Trevallion, der Chefkoch und Besitzer des »Cafés«. Er taucht regelmäßig in diversen Lifestyle-Magazinen aus Cornwall und im Lokalfernsehen auf. So, wie Mawgan ihn anguckt, hätte sie wahrscheinlich nichts dagegen, *ihn* zum Dessert zu verspeisen.

»Wie hat es euch geschmeckt?«, fragt er.

»Wunderbar. Die Meerfenchelbutter auf dem Seebarsch war köstlich, findest du nicht, Ben?«

»Ja. Muss ich mal zu Hause ausprobieren«, sagt Ben.

»Du bist bestimmt ein großartiger Koch«, bemerkt Mawgan ehrfürchtig gegenüber Ben.

»Die meiste Zeit lassen wir uns bekochen«, erklärt Ben. »Aber einen Sonntagsbraten kriege ich hin.«

»Er macht einen großartigen Braten, mit allem Drum und Dran. Nicht, dass ich davon allzu viel essen könnte, aber wenn wir Freunde zu Besuch haben, sind sie immer begeistert.«

»Klingt doch super. Einen guten Braten für die Familie sollte jeder hinbekommen. Wer hat dir das beigebracht? Deine Mum?«, fragt Nathan.

Ben schnaubt. »Nein. Unser Bodyguard, Harry.«

»Harry kocht gern?«, frage ich.

»Ja – und er bäckt. Er und sein Partner Giles machen das ständig. Sie sind wie Mary Berry und Paul Hollywood«, prustet Ben los.

Lily gibt ihm einen Klaps. »Sei nicht so gemein. Dir hat es Spaß gemacht zu lernen, wie man Roastbeef und Brathähnchen macht. Und als du diesen Brombeer-Apfel-Crumble gebacken hast, hast du die Sache auch sehr ernst genommen.« Lily streicht sich über ihren flachen Bauch. »Nicht, dass ich mehr als einen Bissen davon gekostet hätte, natürlich.«

»Gratuliere, Kumpel. Crumbles sind ein super Nachtisch. Was ist mit dir?«, fragt mich Nathan, während Ben die Arme verschränkt und sich offensichtlich schämt, dass er als Crumble-Experte geoutet wurde.

»Also ich fand das ganze Essen toll, vor allem das Seehecht-Curry.«

Nathan lächelt mich an. »Ach ja? Das ist eins der Gerichte, für die wir berühmt sind.«

»Es war wahnsinnig lecker. Ich habe es schon mit Seeteufel versucht, aber nicht mit Seehecht. Aber es passt wirklich wunderbar zusammen! Die Konsistenz und der Geschmack waren fantastisch.«

»Man kann jeden festen weißen Fisch nehmen. Was genau in das Curry hineinkommt, und auch, wie der Rest des Tagesmenüs aussieht, entscheiden wir, wenn wir den besten Fisch gesehen haben, der am Morgen gefangen wurde.«

»Genau. Ich versuche auch, möglichst viele frische Produkte aus der Region zu benutzen«, sage ich und verstumme dann, weil ich nicht anmaßend sein will. Ein Spitzenkoch wie Nathan wird sich nicht für die Arbeitsweise einer Teestube interessieren.

»Demi hat ein eigenes Café«, erklärt Lily, bevor ich das Thema wechseln kann.

»Tatsächlich? Wo denn?«, fragt Nathan mit echtem Interesse in der Stimme.

Ich schaue zu Mawgan und erwarte ein hämisches Lachen, aber sie hat den Gesichtsausdruck eines Engels. Mir hingegen ist das Ganze höchst unangenehm. Ich bin zwar stolz auf Demelza's, aber ich würde es niemals mit dem Rockpool Café vergleichen.

»Ähm. Am Küstenpfad in Kilhallon Park. Es heißt Demelza's.«

Nathan runzelt die Stirn und lächelt dann. »Ach ja, ich habe schon davon gehört.«

»Wirklich?« Ich falle vor Staunen fast vom Stuhl.

»Klar. Dann bist du wohl Demelza persönlich?«

»Ja … und das hier ist mein Partner. Mein Geschäftspartner, Cal, dem Kilhallon gehört.«

»Für das Café ist allein Demi zuständig. Das ist ihr Erfolg«, sagt Cal.

»Freut mich, dich kennenzulernen, Kumpel. Du hast Glück, dass Demi dein Café führt. Ich habe von meiner Freundin Eva viel Gutes über sie gehört. Du hättest dich vorstellen sollen, als du reingekommen bist«, sagt er zu mir.

»Oh Gott. Ich kann nicht fassen, dass Eva dir von mir erzählt hat.«

Er lacht. »Warum nicht? Sie hat von eurem gemeinsamen Hunde-Kochbuch gesprochen, als ich vor ein paar Wochen in London mit ihr zu Mittag essen war. Sie hat gefragt, ob ich Interesse habe, eure Hundeleckerli anzubieten, wenn sie in die Produktion gehen. Das ist eine gute Idee, viele Hundebesitzer nutzen die Strandbar und das Café unten, also melde ich mich dann wahrscheinlich.«

»Wow. Danke. Bei uns sind die Hundeleckerli sehr beliebt.«

»Ich wusste gar nicht, dass du ein Hundemenü hast! Louie würde es lieben. Warum laden wir nicht auch Hunde zur Hochzeit ein? Louie könnte einen Mini-Smoking tragen und dein Mitch eine Fliege. Das wäre toll!«

Bens Gesichtsausdruck ist unbeschreiblich, und Mawgan kneift kurz die Augen zusammen, aber Nathan wirkt begeistert.

»Dann versuche ich es auf jeden Fall mal mit diesen Leckerli. Ich melde mich!«

Er wendet sich den richtigen Stars zu und fängt ein Gespräch mit Ben und Lily an. Sie posieren für Fotos mit ihm, und er spricht kurz mit Mawgan, die vom Essen schwärmt. Heute wirkt sie, als ob sie kein Wässerchen trüben könnte, aber ich lasse mich nicht täuschen. Sie führt etwas im Schilde, darauf würde ich das Café verwetten.

Nachdem die Sache mit den Fotos erledigt ist, ist es Zeit zu gehen. Lily ruft Harry an und verabredet einen Treffpunkt am Strand. Die Sonne ist herausgekommen, und im Licht liegt die blendende Helligkeit des Frühlings. Jetzt, wo ich von Nathan weiß, dass Eva mich gelobt hat, fühle ich mich ganz beschwingt. Wir haben wirklich unglaubliches Glück, in Kilhallon eine Promihochzeit veranstalten zu können. Seit Rachel mit an Bord ist, glaube ich viel eher daran, dass alles gut über die Bühne geht. Wenn nur Mawgan nicht dabei wäre, wäre das Leben perfekt.

Wir gehen alle hinunter zum Strand. Louie steckt noch immer voller Energie.

Lily bückt sich, um ihn zu knuddeln. »War er brav? Warst du das, Louie?«

»Er hatte einen Riesenspaß«, sagt Harry. »Ich habe ihm Wasser zu trinken gegeben.«

»Gut. Hat er …?«

»Alles normal«, antwortet Harry nüchtern.

»Mein kleiner Schatz. Ach, Ben, lass uns ein Foto mit Louie hier am Strand machen und es auf seinem Instagramaccount posten.«

»Werden die Leute dann nicht wissen, wo wir sind?«, fragt Ben besorgt.

»Falls sie es rauskriegen. Aber bis dahin sind wir längst weg. Nimm ihm die Leine ab, Ben, und gib ihn mir.«

Seufzend löst Ben Louies Leine vom Geschirr und versucht, ihn hochzunehmen, aber Louie wittert Freiheit und will von Fotos nichts wissen. Er entwindet sich Bens Griff und rennt wie ein Windhund zu den zahlreichen Felsentümpeln am anderen Ende des Strands.

»Hey! Du kleiner Scheißer! Komm zurück.«

»Warum hast du ihn denn weglaufen lassen, Ben?«

»Ich wusste ja nicht, dass er das vorhat! Er ist so ungezogen. Harry – hol ihn zurück.«

»Er wird schon zurückkommen«, sagt Harry und pfeift, um Louie zu rufen, aber der ist zu beschäftigt damit, freudig einen großen Haufen Seegras zu erkunden.

»Louie!«, schreit Lily und läuft ihm nach, aber ihre hochhackigen Stiefel versinken im Sand.

»Ich hole ihn«, sagt Harry und eilt über den Sand zu Louie, der über die Felsen springt, am Rand eines großen Tümpels entlang, zwischendurch an Algen und Muscheln schnüffelt und sich offensichtlich prima amüsiert.

»Louie! Böser Junge!«, ruft Lily, während der kleine Hund in den mit Meerwasser gefüllten Felsspalten planscht. Er achtet auf niemandes Rufe. Mit der Schnauze am Boden klettert er über die Felsen wie eine kleine Bergziege. Das kann ich verstehen;

einen so schönen Ausflug darf er wohl nicht alle Tage unternehmen.

Louie läuft über die Felsen weiter aufs Meer zu. »Gott, wird der stinken auf der Heimfahrt!«, stöhnt Ben.

Wahrscheinlich hat Ben recht, und ich muss unwillkürlich lachen. »Wir könnten ihn unter der Stranddusche waschen. Er kommt sicher bald zurück. Eigentlich müsste er doch längst müde sein, er will wahrscheinlich nur noch nicht nach Hause.«

Ben zieht den Reißverschluss seiner Jacke hoch. »Nein, aber andere hier schon.«

Louie wirkt alles andere als müde. Zehn Minuten später planscht er noch immer in den Felsentümpeln herum und scheint nicht im Entferntesten ans Umkehren zu denken. Ich glaube, er hat beschlossen, für immer in Cornwall zu bleiben.

»Das wird langsam albern«, beschwert sich Ben. Er steht mit verschränkten Armen da, während Cal, Harry und ich versuchen, den Hund mit Stöckchen und seinem Ball zu uns zu locken. Louie ignoriert uns und sogar Lily, die auch zu uns auf die Felsen geklettert ist.

»Sei vorsichtig, Babe!«, ruft Ben, der mit Mawgan unten am Strand bleibt. Ich glaube, er will nicht, dass seine neuen Converse (eine Spezialanfertigung!) nass werden.

»Bleib hier, Lily«, befiehlt Harry. »Ich hole den kleinen Strolch.«

»Ich helfe dir«, sagt Cal, der mit seinen Timberland-Stiefeln als einer der wenigen von uns für das Klettern über spitze Felsen ausgerüstet ist. Harry hat die Verfolgung aufgenommen. Es klingt wirklich lustig, wie er mit seinem vornehmen Akzent nach dem kleinen Hund ruft. Mawgan steht neben Ben und macht besorgte Geräusche, tut aber im Prinzip nichts und genießt insgeheim das Drama, da bin ich mir sicher.

Mir schlägt das Herz bis zum Hals. »Oh Gott, Lily würde es nicht verkraften, wenn Louie etwas passiert.«

Cal schüttelt den Kopf. »Ich gehe zu Harry und versuche, Louie einzufangen oder zu dir zu scheuchen.«

»Sei vorsichtig. Und sag auch Harry, er soll aufpassen.«

»Ja. Wenn der Hund ins Wasser fällt, dürfen wir ihm nicht hinterherspringen. Die Felsen hier sind spitz, und an dieser Seite des Strands gibt es gefährliche Brandungsrückströme, ganz zu schweigen davon, dass es eiskalt sein wird.«

Cal klettert über die Tümpel ans Ende der Felsen zu Harry.

»Kommt die Flut?«, fragt Lily, die jetzt in ihren hohen Stiefeln unsicher auf einem Felsen neben mir balanciert. »Denn einige der Wellen dort sehen sehr groß aus. Nicht, dass Louie sich erschreckt.«

»Ja, aber Louie ist noch weit davon entfernt«, sage ich, obwohl ich mir jetzt auch schon seit ein paar Minuten Sorgen wegen einiger der Brecher mache. Louie ist ganz ans Ende der Felsen gelaufen, und die Flut kommt schnell heran. Ich fürchte weniger, dass er sich vor der Brandung erschreckt, als dass er fortgespült wird. Wir müssen ihn dringend zurückholen.

»Wir kriegen ihn«, versichere ich Lily und mache mich auf den Weg zu Cal. Ich trage Stiefel mit niedrigen Absätzen, die aber auch nicht unbedingt geeignet sind, um algenbedeckte Felsen zu erklimmen.

»Oh, bitte bringt ihn in Sicherheit! Die Wellen könnten ihn leicht mitreißen, und er ist so klein«, fleht Lily verzweifelt, während wir zusehen, wie Cal und Harry versuchen, Louie zu überreden zurückzukommen.

Inzwischen spritzt die Gischt bis über ihre Köpfe, und sie sind sicher vollkommen durchnässt. Sie rufen nach Louie, der auf der

Spitze eines hohen Felsens thront. Ich glaube, er hat sich etwas zu viel zugetraut. Er ist völlig durchnässt und zittert und japst erbärmlich.

»Oh Gott, er weiß nicht, wie er zurückkommt!« Lilys Stimme dringt gerade noch bis zu mir, trotz der tosenden Brandung, die gegen die Felsen kracht. Ein paar Leute sehen uns nun von der Klippe über dem Strand und dem Balkon des Restaurants aus zu. So viel zum Thema Diskretion. Egal, wir müssen Louie kriegen.

Rutschend und schlitternd schaffe ich es, mich Cal und Harry bis auf wenige Meter zu nähern. Sie halten sich an den Felsen fest und versuchen, Louie von seinem Ausguck herunterzulocken, während sich die Wellen direkt vor ihnen brechen.

»Komm schon, alter Junge«, ruft Harry und breitet die Arme aus.

»Du hattest deinen Spaß, komm jetzt zurück«, fügt Cal hinzu. Seine Haare sind nass, und in seiner Stimme schwingt echte Sorge mit.

»Louie!«, fleht Harry und streckt ihm die Arme entgegen.

Louie schüttelt sich auf dem Felsen, kläfft und springt dann zu Harry. Harry geht leicht in die Knie und scheint Louie sicher in den Armen zu halten, aber dann trifft ihn eine Welle, und er taumelt. Louie bellt aufgeregt, Harry schreit etwas, und dann überflutet die mächtige Brandung ihn und den Hund. Lily kreischt. Sekunden später ist dort, wo eben noch Mann und Hund standen, nur noch blubbernder Schaum.

12

Lily schreit wieder. »Louie. Neeeein!«

Als sie gegen meinen Arm stößt und über die Felsen zu Cal und den brodelnden Wellen klettert, stolpere ich, fange mich aber noch mal.

»Warte!«, rufe ich, aber Lily watet schon durch die Felsentümpel und verschwindet fast in der Gischt, während die Brecher gegen die Felsen donnern. Auch Cal schreit, sucht das Meer vor seinen Füßen ab und bemüht sich dabei, den Wellen auszuweichen. Oh Gott, bitte mach, dass er nicht auch im Wasser landet. Ich weiß noch, wie Mitch letzten Sommer ins aufgewühlte Meer geraten und Cal ihm betrunken hinterhergesprungen ist und wir alle fast ertrunken wären. Mich schaudert bei der Erinnerung. Ich hatte wahnsinnige Angst um Cal und Mitch, und damals war Sommer. Dieses Meer ist noch wütender und viel kälter.

»Ruft den Notdienst«, schreie ich zu Ben und Mawgan am Strand. »Holt die Rettungsschwimmer.«

Sie nehmen ihre Handys heraus, aber ich fürchte, bis das Rettungsboot da ist, wird es viel zu spät sein.

»Ich glaube, ich sehe sie. Lily, bleib zurück!«, warnt Cal.

Aber entweder kann Lily ihn nicht hören, oder sie ist zu panisch, um noch irgendetwas wahrzunehmen, während sie weiter über die Felsen zu ihm schlittert. Ich folge ihr und trete dabei selbst in einen Felsentümpel. »Ich darf die beiden nicht verlieren. Ich kann nicht ohne sie. Ich k-k-k-kann nicht. Jemand muss irgendwas *tun*«, schluchzt sie und schwankt am Rand der Felsen.

Cal packt sie am Arm. »Nein. Es wäre Wahnsinn, wenn da noch jemand reinspringen würde. Wir müssen die Rettungsschwimmer ihren Job machen lassen.«

»Wo sind sie? Wo?«

»Ich habe Harry und Louie gerade bei dem großen Felsen dort gesehen. Und die Rettungsstation ist drüben an der anderen Seite des Strands. Sie werden gleich da sein.« Cal klingt verzweifelt. Ich sehe jedenfalls noch kein Rettungsboot losfahren.

Zum Glück scheint Ben mit seinem Handy Hilfe anzufordern. Ein paar Leute versammeln sich um ihn. Aber selbst wenn die Rettungsleute in dieser Sekunde losfahren, wird es noch ein paar Minuten dauern, bis sie hier ankommen. Bis dann könnten Harry und der Hund ertrunken sein. In diesem eiskalten Wasser geht das schnell.

»Schaut mal!«, rufe ich und deute auf einen großen, zerklüfteten Felsen einige Meter vor uns. Für einen Moment sehe ich Harry, der darauf zuschwimmt, aber er wird immer wieder von der Brandung zurückgeworfen. »Da waren Harry und Louie. Ich bin ganz sicher.«

»Wo?«, fragt Cal. Lily heult auf.

Harry ist wieder verschwunden, und ich frage mich, ob ich mir sein Auftauchen nur eingebildet habe.

»Warum hilft ihnen niemand? Warum?«, brüllt Lily Cal an.

Cal zögert. Lily packt ihn am Arm und sieht ihn flehend an. Dann fängt er an, sich die Jacke auszuziehen.

»Nein. Nein, Cal!« Mein Aufschrei lässt ihn innehalten. »Du kannst da nicht reinspringen. Dann wird alles nur noch schlimmer.«

»Da ist Louie!«, kreischt Lily und stürzt sich ohne Vorwarnung von den Felsen in das wütende Meer.

Mir wird schlecht. Jetzt sind sie schon zu dritt im Wasser, und Cal zieht sich trotz meiner Proteste ebenfalls die Stiefel aus. Ich klettere vorwärts, ohne auf die spitzen Felsen und rutschigen Pfützen zu achten, bis ich ihn erreiche. »Spring nicht rein, Cal, *bitte*«, flehe ich.

»Ich *muss* etwas tun.« Er ist völlig außer sich.

»Schau. Das Rettungsboot ist unterwegs!« Ich zeige auf die Rettungsstation am anderen Ende des Strands, wo das orangefarbene Küstenboot nun deutlich auf der Helling zu erkennen ist. »Sie kommen. Bitte spring nicht rein!«

Cal greift sich an den Kopf und brüllt »Scheeeeeeeiße!«, aber er scheint meinen Ratschlag anzunehmen. Ich bin so froh, dass er auf mich hört. Doch meine Erleichterung ist von kurzer Dauer, dann entdecke ich Lily, die in der Brandung treibt und mit den Armen um sich schlägt. Von Harry oder Louie fehlt jede Spur, und langsam befürchte ich das Schlimmste.

»Ich bleibe hier und versuche, sie im Blick zu behalten«, sagt Cal.

»Versprich mir, dass du nichts anderes tust.«

»Ich glaube, ich sehe Harry – und schau mal, dort ist Louie!«, ruft er.

Louie hat es irgendwie auf die Klippe am Rand des Strands geschafft und steht zitternd auf einem schmalen Vorsprung. Wenige Meter entfernt taucht Harrys Kopf auf. Harry schwimmt nun auf Lily zu, die von den Wellen umhergeschleudert wird. Ein hohes Heulen ertönt, als das Rettungsboot durch die Bucht auf uns zurast. Bitte, bitte mach, dass sie rechtzeitig ankommen. *Bitte.*

Cal deutet übers Wasser dorthin, wo Lily gerade noch zu sehen ist, und dirigiert das Boot zu ihr. Wie eine kleine Stoffpuppe wird sie von den Fluten hochgehoben und wieder fallen gelassen, ohne ein Geräusch zu machen. Harry kommt in Sicht. Er hat etwas Rotes im Gesicht – er hat sich geschnitten –, aber irgendwie konnte er sich aus den Strömungen befreien und hat Lily fast erreicht. Auch das Rettungsboot ist inzwischen näher gekommen. »Dort, dort drüben«, ruft Cal und zeigt mit ausgestrecktem Arm auf den Punkt.

Harry kämpft gegen die schäumenden Wellen an, erreicht Lily, dreht sie auf den Rücken und schwimmt Richtung Ufer. Das Rettungsboot ist jetzt fast bei ihnen, aber Harry zieht Lily bereits durch die Brandung. Ben watet ins Wasser, wird aber von einer weiteren riesigen Welle fast umgehauen. Auch Mawgan scheint ein paar Schritte ins Wasser gegangen zu sein. Egal, ich mache mir jetzt vor allem Sorgen um Louie.

»Ich gehe runter zum Strand, um zu helfen«, sagt Cal.

»Und ich versuche Louie zu überreden, dass er bleibt, wo er ist.«

»Okay, aber sei vorsichtig und mach keine Dummheiten«, warnt mich Cal, bevor er über die Felsen wieder zum Strand hinunterklettert.

Auf dem Weg zu Louies Ausguck halte ich mich nahe an den überhängenden Klippen ganz am Rand der Felsen. Die Klippen bröckeln, Gefahrenschilder warnen vor Geröll, aber Louie ist verängstigt, und ich kann ihn nicht allein lassen. Die Gischt der höchsten Wellen spritzt mir ins Gesicht und auf die Haare, also drücke ich mich noch näher an den Klippenrand und schiebe mich vorwärts, um den nassen und zitternden Louie zu erreichen. Ich bin nicht sicher, ob er mich hört, aber ich rufe ihn sanft, locke ihn. Er kriecht an der schmalen Kante entlang auf mich zu und springt dann, zu meiner großen Erleichterung, hinunter auf einen niedrigeren, breiteren Vorsprung. Schließlich läuft er unter der überhängenden Klippe auf mich zu.

Sobald er in meiner Reichweite ist, hebe ich ihn hoch und hülle ihn in meinen Mantel.

»Du hast uns zu Tode erschreckt, Junge«, sage ich, streichle ihn und rubbele ihm durch meinen Mantel über das triefende Fell. Er leckt an meiner Hand. »Aber Hauptsache, du hast's überlebt.«

Am Strand hilft Cal Harry dabei, Lily aus dem Wasser zu tragen. Ein durchnässter Ben liegt auf dem Sand, Mawgan kniet über ihm und scheint ihn zu beatmen. Geht es ihm so schlecht, weil diese eine Welle ihn umgehauen hat? Lily macht mir die größten Sorgen. Zum Glück sind die Rettungsschwimmer aus ihrem Boot gesprungen und übernehmen nun von Cal. Zwei Sanitäter laufen über den Sand auf uns zu. Ich merke, dass ich ebenso zittere wie der kleine Louie, während ich über die Felsen zurück zum Strand klettere.

13

Mehr als eine Stunde später darf ich endlich Lilys Krankenhauszimmer betreten. Sie trägt noch ein Nachthemd, sitzt aber schon mit baumelnden Beinen auf der Bettkante. Nachdem sie von den Ärzten hier, im nächsten großen Krankenhaus, gründlich durchgecheckt wurde, ist sie zwar noch blass und durcheinander, aber es geht ihr besser. Harry wurde bereits entlassen und telefoniert mit Angehörigen von Lily und Ben. Ben sitzt mit einem sauberen Verband auf seiner gebräunten Stirn neben Lilys Bett und hält ihre Hand.

»Wie geht's Louie?«, fragt sie, sobald sie mich sieht.

Ich lächele ihr ermutigend zu. »Gut. Ein Tierarzt hat ihn untersucht, und er ruht sich jetzt mit Cal im Land Rover aus. Cal hat ihn auch gefüttert, mit einer Dose aus dem Supermarkt, nicht seinem speziellen Futter. Ich hoffe, das war okay?«

»Natürlich. Ich bin sooo froh, dass er lebt. Vielen, vielen Dank, dass du ihn gerettet hast. Ich weiß nicht, was ich ohne ihn machen würde.«

»Na ja, eigentlich habe ich ihn nicht gerettet. Er ist am Ende selbst hinuntergeklettert«, sage ich verlegen. »Wie geht es dir und Ben und Harry?«

»Harry telefoniert mit seinem Freund Giles«, sagt Ben und scrollt durch sein Handy. Obwohl er nicht nur von einer Welle umgeworfen wurde, sondern danach auch noch von Mawgan »wiederbelebt« worden ist, hat er sich sehr schnell von seinem »Martyrium« erholt.

»Wir *wissen* nicht, ob sie wirklich ein Paar sind, Ben«, wirft Lily ein.

Ben schnaubt. »Sei nicht naiv, Babe. Sie wohnen schon die ganze Zeit zusammen, seit er für uns arbeitet, und sie sind keine Brüder oder Cousins, so viel steht fest. Sie teilen sich ein Cottage nicht weit von uns in den Cotswolds, und Giles hat einen Regenbogenaufkleber im Auto.«

»Ich finde es nicht richtig, über Harrys Privatleben zu spekulieren.« Lily senkt die Stimme, obwohl sonst niemand da ist. »Harry hat eine tragische Vergangenheit. Bietet Stoff für mehrere Kinofilme. Sein Vater war ein Earl, und früher haben sie in einem riesigen Herrenhaus in Gloucestershire gewohnt. Aber dann hat sein Dad bei einem Bergbauprojekt in Argentinien ein Vermögen verloren und ist bei einem Hubschrauberunfall ums Leben gekommen.«

»Wie schrecklich«, sage ich. Mir entgeht nicht, dass Lily sich detailliert über Harrys persönliche Probleme auslässt, nachdem sie eben noch behauptet hat, seine Privatsphäre schützen zu wollen. Wobei ich natürlich nichts dagegen habe, noch mehr von Harrys Geschichte zu erfahren.

»Harrys Bruder Piers hat den Titel und eine Menge Schulden geerbt, also hat er verkauft, was er konnte, und angefangen, bei einer Investmentbank zu arbeiten. Harry ist offiziell ein Honourable.«

Lily kichert, aber Ben schnaubt. »Er würde dich umbringen, wenn er das hören würde. Er würde sterben vor Scham.«

»Was ist ein Honourable?«, frage ich, denn überraschenderweise bin ich keine Expertin für britische Adelstitel.

»Das ist der jüngere Sohn eines Earls oder Viscounts. Ich musste mich für eine meiner Rollen in den Hochadel einarbeiten«, erklärt Lily und warnt Ben mit einem Blick, sie nicht noch mal zu unterbrechen. »Harrys Mum wohnt immer noch in einem Haus auf dem Grundstück, aber sie muss es von der Technikfirma mieten, die jetzt das große Herrenhaus besitzt. Harry ist zu den Fallschirmjägern gegangen und war Major, bis er bei einer Explosion in Afghanistan verletzt wurde; danach hat er bei einer Personenschutzfirma angefangen. Wir haben Harrys Bruder und seine Mum auf einer Party bei uns in der Gegend kennengelernt, sie haben uns von Harry erzählt, und so kam es, dass er als unser Sicherheitsmann angefangen hat. Er ist wirklich toll. Ich weiß nicht, was wir ohne ihn machen würden. Wie heute.«

Ben scrollt durch sein Handy. »Eigentlich ist er ins Wasser gefallen, Babe. Das ist nicht gerade heldenhaft, und er hat dich in Gefahr gebracht. Warum bist du dem verdammten Köter hinterhergesprungen?«

»Jetzt fang nicht wieder damit an, Ben. Louie bedeutet mir alles.«

Er schaut zu ihr auf. »Alles?«

»Nicht alles. Ihr *alle* bedeutet mir sehr viel. Louie, du und Harry. Ich konnte ihn und Louie nicht ertrinken lassen, auch wenn ich jetzt weiß, dass es dumm war, mich ins Meer zu stürzen.« Lily greift nach seiner Hand, um ihn zu beruhigen.

»Harry und Louie sind klargekommen. Aber wenn ich dich verloren hätte? Was hätten die Leute gesagt? Du hast alle in Gefahr gebracht, und es hätte Gott weiß was passieren können, wenn Mawgan mich nicht rausgezogen hätte, nachdem mich die Wellen gegen diesen Felsen geschleudert haben. *Sie* hat mir das Leben gerettet, vielen Dank auch an deinen geliebten Scheißer Louie.«

Lily zieht ihre Hand von seiner weg. »Manchmal bist du wirklich unausstehlich, Ben Trevone!«

»Ja, aber was hast du dir nur gedacht? Einem Hund hinterherzuspringen!«

»Einem Hund *und* einem Menschen. Vergiss nicht, dass Harry reingefallen ist, weil er versucht hat, Louie zu helfen. Ich war außer mir vor Sorge und habe instinktiv gehandelt.« Sie rollt sich wieder auf dem Bett zusammen und dreht ihm den Rücken zu. »Und ich will nichts mehr davon hören. Ich will nur nach Hause.«

Hmm, denke ich, jetzt ist wohl nicht der beste Zeitpunkt, um über die Hochzeit zu sprechen. Nebenbei bemerkt, hätte ich große Lust, Ben in einen Felsentümpel zu schubsen – und Mawgan gleich mit. »Ähm. Ich glaube, ich lasse euch jetzt besser etwas in Ruhe und schaue mal nach Louie.«

Mit Tränen in den Augen dreht sich Lily wieder zu mir. »Oh, danke, dass du dich um ihn kümmerst. Macht es dir was aus, auf ihn aufzupassen, bis wir ihn mitnehmen können? Ich glaube, ich werde bald entlassen, und unsere Familien sind unterwegs, aber ich möchte, dass er bis dann mit jemandem zusammen ist, den er kennt.«

Lily ist immer noch sehr blass. Sie kann froh sein, dass sie überlebt hat, und ich denke, vielleicht wird ihr die Gefahr jetzt erst langsam richtig bewusst. Ich lächele. »Kein Problem. Louie ist ein Schatz, und ich weiß, dass nicht nur ich, sondern auch Cal ihn gern so lange wie möglich um uns haben würde.«

Na ja, eine kleine Lüge aus Höflichkeit hat noch niemandem wehgetan, wie meine Oma Demelza immer sagte, also wäre sie jetzt wohl stolz auf mich. Als ich wieder beim Land Rover ankomme, sitzt Cal auf dem Fahrersitz und schaut auf sein Handy, steckt es aber weg, sobald er mich sieht. Durchs Seitenfenster erkenne ich Louie, der in eine karierte Decke gehüllt auf dem Beifahrersitz liegt. Wie niedlich er ist, und wie lieb von Cal, dass er ihn zugedeckt hat – ich bin ganz gerührt.

Cal steigt aus. »Wie geht's Lily?«, fragt er.

»Sie ist ziemlich durcheinander, aber vor allem besorgt um ihren Hund. Wie geht es ihm?«

»Er hat noch eine kleine Runde über den Parkplatz gedreht.« Cal verzieht das Gesicht und deutet auf eine kleine Plastiktüte auf dem Beifahrersitz. »Das Bad scheint ihm nicht geschadet zu haben, aber jetzt ist er müde und macht ein Nickerchen. Verständlich. Was für ein Tag.«

»Das kannst du laut sagen.«

»Wie geht es den anderen?«

»Bens kleiner Schnitt am Kopf wurde genäht, und Harry geht's gut. Als ich gegangen bin, hat er gerade im Flur mit seinem Freund Giles telefoniert.«

»Ich hätte gar nicht gedacht, dass ihm neben seiner Arbeit für Ben und Lily noch Freizeit bleibt. Die beiden sind wie kleine Kinder.«

Ich lache. »Harry und Giles wohnen in einem Cottage in der

Nähe von Ben und Lily in den Cotswolds, wenn Harry nicht mit ihnen unterwegs ist. Laut Lily hat er eine tragische Vergangenheit.«

»Willkommen im Club«, bemerkt Cal, zieht mich an sich und drückt mich. »Zur Abwechslung waren mal nicht wir beide im Wasser. Ich bin froh, dass es allen gut geht, und glücklich, dass du unversehrt bist, wenn auch ein bisschen feucht.«

Er zieht die Augenbrauen hoch, und ich schüttele den Kopf angesichts seiner pubertären Anspielung. Dabei fällt mir jedoch auf, dass ich tatsächlich noch nicht trocken bin und anfange, in der kalten Abendluft zu zittern. Ich ziehe eine Grimasse und schaue hinunter auf meine durchweichte Jeans, die hauteng an meinen Schenkeln klebt und mir fast das Blut abschnürt.

»Du bist richtig nass«, murmelt Cal.

»Ich war zu beschäftigt, um etwas dagegen zu tun. Du bist auch ganz durchweicht.«

»Eine der Krankenschwestern hat mir ein Nachthemd angeboten, aber ich habe abgelehnt«, sagt er und schneidet eine Grimasse. »Ich glaube, die anderen Patienten brauchen so was dringender.«

»Komisch. Mir haben die Schwestern keins angeboten.«

»Vielleicht fanden sie die Aussicht, dass du dich vor ihnen ausziehst, weniger verlockend.« Er grinst durchtrieben.

»Glaubst du im Ernst, sie interessieren sich für dich, wenn sie die Chance haben, Ben Trevone in die Finger zu kriegen?«

»Die Hoffnung stirbt zuletzt … Egal, du triefst und hast schon Gänsehaut auf deiner Gänsehaut.« Er nickt zu dem dünnen Top unter meinem Mantel, das sich um meine Brüste und hervortretenden Brustwarzen schmiegt.

»Ich habe jetzt seit Stunden diese klamme Jeans an, sogar meine Unterhose ist nass. Und inzwischen sind alle Läden zu, also kann ich mir nicht mal irgendwo einen hässlichen Badeanzug und ein Paar Crocs kaufen«, sage ich noch immer schlotternd. »Was soll's. Wir können uns auf dem Nachhauseweg im Land Rover aufwärmen.«

»Könnten wir, wenn die Heizung nicht kaputt wäre. Ich wollte sie schon seit einer Weile reparieren. Hmm.« Cal reibt sich nachdenklich übers Gesicht. »Polly hat mich letzte Woche gebeten, ein paar Klamotten von ihr zum Secondhandladen in St Trenyan zu bringen, und ich bin immer noch nicht dazu gekommen. Das ist besser als nichts.«

Leise, um Louie nicht zu wecken, öffnet er die Hecktüren und deutet auf eine Tüte mit dem Logo einer Wohltätigkeitsorganisation. Hoffentlich hat der Luftrettungsdienst hat nichts dagegen, wenn wir uns ein paar Teile leihen.

Ich ziehe eine zerlöcherte Leggings heraus. »Wahrscheinlich tun wir dem Laden sogar einen Gefallen. Hast du diese Sachen gesehen? Die gehören in den Recyclingcontainer.«

»Aber sie sind trocken und werden uns auf dem Rückweg warm halten«, sagt er. »Also spring rein.«

Wir können es nicht vermeiden, ein bisschen Krach zu machen, während wir uns ausziehen und die Tüte durchsuchen, aber Louie ist nach seinem Abenteuer so müde, dass er in seinem improvisierten Hundekorb ruhig weiterdöst.

»Weißt du, was?«, sagt Cal und mustert mich, als ich mich bis auf die Unterhose entkleide. »Warum ziehen wir uns überhaupt wieder an?«

»Wir könnten uns natürlich auch auf eine andere Weise wärmen, aber was ist, wenn Louie aufwacht?«

»Hmm. Dann holen wir das nach, sobald wir zu Hause ankommen.«

Wenn wir es bis dahin schaffen, denke ich und verschlinge Cal förmlich mit den Augen. Er trägt nur noch seine Boxershorts. Gerade fischt er eine alte Hose aus der Tüte. »Gott, ich glaube, die hat meinem Dad gehört.«

Skeptisch streift er sich die abgetragene marineblaue Anzughose über die Waden und Schenkel. Sie ist am Bund zwei Nummern zu groß und unten mehrere Zentimeter zu kurz. Damit sie nicht hinunterrutscht, bindet er sie mit dem Gürtel eines rosa Bademantels fest. Ich kichere, als er dazu ein schmuddeliges olivfarbenes Sweatshirt mit einem verblassten Aufdruck anzieht.

»Sensenfest St Trenyan 1998«, liest er vor. »Das muss Pollys Partner gehört haben. Wer benutzt heute noch eine Sense?«

»Niemand, den ich kenne. Ich finde dich sehr stylisch.« Bevor ich erfriere, schnappe ich mir auch etwas. »Oh Gott, schau dir das an.« Ich halte ein gestreiftes Seidenkleid mit einem Rüschenkragen, Schulterpolstern und einem Bändchen am Hals hoch. »Das war Pollys ›feines Kleid‹, als sie jung war. Sie hatte es sich gekauft, um auf den Straßen von St Trenyan Prinzessin Dianas Hochzeit zu feiern. Angeblich hat sie es bisher nicht übers Herz gebracht, sich davon zu trennen, aber ›weil ja Prinz William bei der Luftrettung gearbeitet hat‹, meinte sie, es würde Ihrer Königlichen Hoheit wohl nichts ausmachen, falls sie zufällig herunterschauen sollte.«

Cal schüttelt ungläubig den Kopf, aber ich bin verzweifelt und kann mich unmöglich wieder in die Jeans quetschen – genauso gut könnte man versuchen, Zahnpasta zurück in die Tube zu drücken. Dazu schnappe ich mir noch eine Kapuzenjacke mit kaputtem Reißverschluss und ziehe sie mir ebenfalls über.

»Wow. Ich kann jetzt schon kaum die Finger von dir lassen, aber ich glaube, du brauchst auch noch diese hier, um das Ensemble abzurunden.«

Cal reicht mir ein Paar Wollsocken mit Löchern an den Zehen.

»Oh, sexy.« Ich ziehe sie mir an und bin froh, wieder warme Füße zu haben. »Deine Hipster-Hose ist übrigens echt cool. Sehr trendy.«

Cal schaut auf seine nackten Knöchel hinunter, die aus der Hose herausschauen. »Ich glaube, wir müssen noch mal ein Modeshooting machen.«

»Unsere nassen Stiefel müssen wir aber doch anziehen, denn ich fahre nicht in Plüschhausschuhen und kaputten Flipflops nach Hause.«

Er zieht mich über dem offenen Kleidersack an sich, der ein leicht muffiges Aroma verbreitet. Louie ist vergessen, als wir von Pollys alter Garderobe umgeben einen wunderbaren, warmen Kuss genießen.

»Warum sollen wir überhaupt warten, bis wir zu Hause sind? Die werden noch ewig brauchen.«

»Weißt du, was? Ich glaube, du hast recht.« Meine Entschlossenheit schmilzt dahin, wobei ich in letzter Zeit, wenn es um Cal geht, sowieso nicht allzu viel davon aufbringe. Wir lassen uns auf den Haufen alter Kleider in den Kofferraum des Land Rovers fallen. Cal zieht an dem Bändchen an meinem Hals und öffnet den keuschen Ausschnitt des Kleids. Ich gleite mit den Händen in seine Hose, was nicht schwierig ist, weil sie ja viel zu groß ist.

»Ich liebe dich«, flüstert Cal. »Selbst wenn du aussiehst wie eine Irre, die den Wohltätigkeitsladen geplündert hat.«

»Ich dich auch«, flüstere ich. Mir wird bereits wärmer. »Selbst wenn du nach Mottenkugeln riechst.«

»Mmm.« Statt mich weiter auszuziehen, zögert er und legt seine Stirn an meine. »Ich muss dir was sagen.«

»Schieß los.«

Schrilles Kläffen lässt uns aufschrecken, und der Land Rover wackelt, als jemand dagegen klopft.

»Louie! Louie! Hast du mich vermisst?«

Wir lösen uns ruckartig voneinander, und ich setze mich auf.

Cal stöhnt und zischt mir zu: »Das ist Lily.«

»Ich weiß«, flüstere ich zurück. »Wir sollten aussteigen.«

»Hallo. Ist da jemand? Oh, ich hoffe, sie haben Louie nicht allein im Auto eingesperrt!«

»Das würden sie sicher nicht machen. Sie müssen da drin sein.« Harrys Stimme ist unverkennbar.

»Sollen wir das Fenster einschlagen?«, fragt Ben.

»Nein, nein, bitte nicht. Wir kommen«, rufe ich.

Cal grunzt verärgert, öffnet aber die Hecktür. Lily, Ben und Harry erscheinen vor uns, mit einigen unbekannten Gesichtern hinter ihnen, die uns alle völlig entsetzt anstarren, als hätten sie zwei Penner in einer Müllkippe entdeckt.

Cal lässt mich los. »Verdammter Mist«, murmelt er.

»Louie!«

»Wuff, wuff, wuff!« Louie klettert über die Lehne des Beifahrersitzes, landet auf einer rosa Jeans und springt dann zu Lily.

Sie knuddelt ihn und sieht uns dann wieder mit großen Augen an.

»Hallo. Wir wollten nur unsere nassen Klamotten loswerden und dachten uns, wir ziehen stattdessen diese alten hier an.«

»Wir hatten nichts anderes da«, fügt Cal hinzu.

»Wer genau sind diese Leute?«, fragt eine kleine Frau mit pechschwarzem Haar, das zu einem Dutt zusammengebunden ist wie ein Donut.

»Das sind die Leute, die die Hochzeit organisieren. Jade, das sind Cal und Demi. Sie haben Louie gerettet.« Lily küsst ihn wieder, und er schließt genüsslich die Augen. Ich wünschte, ich würde mich in Luft auflösen. Ein blasser, junger Typ, der ebenfalls einen Dutt trägt, dazu roten Bartflaum und einen Tweedanzug aus zwei unterschiedlichen Stoffen, starrt an seiner langen Nase vorbei auf uns herab. Irgendwie beschleicht mich das Gefühl, dass er seine Klamotten nicht im Secondhandladen gekauft hat; sein Anzug soll wohl so aussehen.

»Jade ist meine Assistentin und Addison unser Agent«, erklärt Lily und kichert dann. »Super Outfits!«

»*Recycled chic*«, murmele ich und klettere aus dem Auto. Mein Gesicht muss die gleiche Farbe haben wie der Hummer, den Cal zu Mittag gegessen hat. Er steigt neben mir aus und wirkt mit den kurzen Hosenbeinen und Hosenträgern mehr wie ein Hobbit als ein Hipster. Ihm fehlen nur noch behaarte Füße und spitze Ohren.

»Und *ihr* seid die Leute, die dafür zuständig sind, Bens und Lilys Hochzeit zu planen?«, fragt Addison, als hätte er in seinem Quinoasalat eine Nacktschnecke gefunden.

Mawgan drängt sich an die Spitze der Gruppe. »Ach, wenn Demi das Kommando führt, wird es bestimmt ein unvergessliches Ereignis«, sagt sie mit einer Stimme, die nicht zu ihrem Blick passt. »Das sind Demis Auftritte bei Feiern nämlich immer«, fährt sie fort, wobei sie sich auf die Gelegenheiten bezieht, als ich sie – nicht ganz unabsichtlich – mit Essen beworfen und ihr Kleid zerrissen habe. Ach Mist, ich hoffe, sie erzählt den anderen nichts von meinen vergangenen Missgeschicken. Ihre unschuldige Fassade bröckelt bereits.

»Es wird ganz toll«, sagt Lily bestimmt, obwohl ich glaube, sogar ihr fröhliches Vertrauen in uns wankt, ihrem zweifelnden Blick nach zu schließen. Vielleicht ist es bei ihr auch nur der verspätete

Schock, aber ich habe das ungute Gefühl, dass Jade und Addison großen Einfluss auf sie haben.

»Falls ich irgendwie helfen kann, wisst ihr ja, wo ihr mich findet«, meldet sich Mawgan. »Als erfolgreiche Unternehmerin habe ich Erfahrung damit, mehrere Projekte gleichzeitig zu managen, und ich würde meinem alten Freund Ben zu gern helfen – und dir auch, Lily. Es wäre so aufregend, an eurer Feier teilzuhaben.«

Als Mawgan ihr LinkedIn-Profil herunterrasselt, verlässt mich der Mut.

Lily seufzt erschöpft. »Wir gehen jetzt in unser Hotel, um uns heute Abend zu erholen, aber Jade wird sich melden, um den Termin für mein Treffen mit dir und Rachel in Kilhallon zu bestätigen.«

»Natürlich. Ich bin so froh, dass es euch allen gut geht«, sage ich.

»Dank Mawgan«, fügt Ben hinzu.

»Ach, das war gar nichts. Ich hatte nur das Glück, zur richtigen Zeit am richtigen Ort zu sein«, säuselt sie.

»Gott sei Dank ist alles gut gegangen. Sonst wäre das hier ein schwarzer Tag für die Marke Ben und Lily geworden«, kommentiert Addison kalt. Und er und Jade hätten dann ihre Goldesel verloren, denke ich.

»Ja, zum Glück haben sie beide überlebt – und Harry auch«, sagt Cal schroff. »Was du wohl gemeint hast?«

Addison wirft Cal einen vernichtenden Blick zu, aber Jade lächelt. »*Nichts* zählt außer Bens und Lilys Wohlergehen.« Sie betastet ihren Dutt und schiebt eine lose Strähne wieder hinein. »Und nachdem wir jetzt wissen, dass *alle* wohlauf und in Sicherheit sind, können wir die Situation zu unserem Vorteil nutzen. Schließlich könnte die Publicity Ben und Lily tagelang auf den Titelseiten halten. Wochenlang, wenn wir es richtig anstellen. Das Interesse an ihnen hat in letzter Zeit leicht nachgelassen, und diese Story eignet sich wunderbar, um es wieder zu entfachen. Kommt schon, meine Lieben«, sie legt die Arme um Ben und Lily, »jetzt aber schön ins Hotel mit euch beiden, während ich ein paar Interviews arrangiere. Wenn wir schnell sind, schaffen wir es noch in die Zeitungen von morgen.«

»Man könnte meinen, sie hätten das Ganze geplant«, bemerke ich auf dem Nachhauseweg zu Cal.

»Ich glaube, nicht mal Jade und Addison würden so weit gehen, ein Beinahe-Ertrinken herbeizuführen«, sagt er, als er den Land Rover von der Hauptstraße auf den Weg durch das Moor nach Kilhallon lenkt. »Aber ihnen ist alles zuzutrauen. Ihnen geht es nur um Kohle. Ich kann solche Leute nicht ausstehen.«

»Sie verstehen sich wahrscheinlich bestens mit Mawgan«, erwidere ich. »Aber warum mussten sie uns ausgerechnet in diesem Aufzug überraschen?« Ich ziehe die Zipfel meiner schäbigen Kapuzenjacke zusammen, um mich im ungeheizten Land Rover warmzuhalten.

Cals nackte Knöchel leuchten blass im Fußraum, als er die Kupplung durchdrückt. »Wir haben nicht gerade den besten Eindruck bei Bens und Lilys Team hinterlassen. Jetzt gerade ziehen Jade und Addison bestimmt über uns her und mischen sich in die Hochzeitsplanungen ein. Mal schauen, ob es überhaupt noch eine Hochzeit gibt«, sagt er finster.

»Glaubst du, es ist so schlimm? Werden sie absagen und woanders feiern?«

»Keine Ahnung, und irgendwie ist es mir auch egal. Ich mag Lily zwar und Harry und Louie auch. Aber Ben ist ein Vollidiot.«

»Ich dachte, du könntest mit einem Schoßhund wie Louie nichts anfangen.«

»Louie finde ich cool. Ich hätte gar nicht erwartet, dass er so abenteuerlustig ist. Aber dieser ganze Promi-Zirkus interessiert mich eigentlich nicht. Isla wollte uns einen Gefallen damit tun, dass sie ihnen vorgeschlagen hat, hier zu heiraten, aber ich frage mich inzwischen, ob es den Ärger wert ist. Wie auch immer wir es drehen und wenden, Kilhallon ist nun mal ein Campingplatz und kein Ort für Glamour-Hochzeiten. Ich halte nichts davon, dass wir uns als etwas ausgeben, was wir nicht sind.«

»Wir können trotzdem etwas auf die Beine stellen, wenn wir alle mit anpacken. Das weiß ich. Mit Rachels Hilfe werden wir großartige Spezialisten finden, um Lilys Traum zu verwirklichen. Sie hat doch gesagt, sie will kein Bling-Bling und Glitzer … Aber *nie* im Leben werde ich Mawgan Cade erlauben, bei der Planung dieser Hochzeit zu helfen.«

»Hmm. Ich bin nicht sicher, ob die *Schrecklichen Zwei* auf Lily hören, und wenn Mawgan Ben bearbeitet, haben wir vielleicht keine andere Wahl, als sie mit ins Boot zu holen. Wir werden sehen.«

Wir rattern über den Weg auf das Grundstück von Kilhallon. Das neue Schild sieht immer noch toll aus, aber es müsste einmal gründlich gereinigt und poliert werden. Seit den letzten Regengüssen sind ein paar Matschspritzer drauf. Kommen wir mit dieser Hochzeit klar?

»Danke für dein Vertrauen«, murmele ich.

Cal verlangsamt den Wagen. »Tut mir leid. Ich sollte die Sache positiver und konstruktiver angehen, aber ich bin nicht in der richtigen Stimmung. Ich brauche trockene Klamotten. Und zwar meine eigenen, und dazu ein heißes Essen und ein sehr warmes Bett.«

Er parkt vor der Rezeption. »Und vor allem brauche ich dich …« Sein Blick gleitet über mein Retro-Ensemble. »Aber nicht nur, wie du jetzt denkst.«

Die Härchen in meinem Nacken kribbeln, aber auch, weil ich nicht sicher bin, ob mir gefallen wird, was er zu sagen hat. »Ich glaube, du wolltest mir etwas erzählen, bevor Lily uns unterbrochen hat?«

Er seufzt. »Ja. Wollte ich. Werde ich. Komm mit ins Haus, dann gestehe ich alles.«

14

Cal

Demi steht, noch immer in ihrem Secondhand-Outfit, am Küchentisch. Etwas an ihr weckt ganz tiefe Gefühle in mir, und es ist mehr als nur eine körperliche Anziehung. Sie ist unbefangen und warm. Trotz der schweren Zeiten, die sie hinter sich hat, erstaunt sie mich immer wieder mit ihrer Fähigkeit, für andere da zu sein – für Freunde, Fremde, sogar für eine verlorene Seele wie mich.

Sie beißt sich nervös auf die Lippe. Ich muss sie beunruhigt haben. »Geht es um Esme?«, fragt sie und trifft damit ins Schwarze.

»Ja. Sie wurde gesehen. *Möglicherweise* gesehen.«

»Das sind ja großartige Neuigkeiten. Wo ist sie?« Ein Schatten huscht über ihr Gesicht. »Es geht ihr doch gut, oder? Bitte sag, dass sie nicht verletzt ist.«

»Es geht ihr gut. *Wenn* sie es ist. Das ist nicht hundert Prozent sicher. Carolyns Kontaktleute haben in einem Flüchtlingslager ein kleines Mädchen mit dem gleichen Namen und etwa dem richtigen Alter ausfindig gemacht. Das Mädchen weiß nicht genau, wann es Geburtstag hat. Es ist traumatisiert und scheint keine

Verwandten oder Freunde bei sich zu haben, die seine Identität bestätigen könnten. Carolyns Leute müssen das Mädchen erst im Lager wiederfinden und fragen, ob sie ein Foto von ihm machen dürfen, damit wir es sicher identifizieren können.«

»Ich hoffe sehr, dass sie es ist.«

»Ich auch.« Demi nimmt mich in die Arme, und ein paar Sekunden lang finde ich Trost durch die Nähe ihres Körpers.

»Im Internet suche ich schon seit Monaten nach ihr. Das Internationale Rote Kreuz und der Rote Halbmond versuchen Leuten zu helfen, wenn sie den Kontakt zu Angehörigen verloren haben, die durch Europa ziehen. Die Organisationen geben ihr Bestes, aber es ist fast unmöglich, Leute aufzuspüren, wenn sie gerade unterwegs oder nicht registriert sind in dem Land, in dem sie sich aufhalten. Und dann ist da natürlich noch die Sprachbarriere. Die Hilfsorganisation, für die ich gearbeitet habe, ist überlastet, weil die Krise immer schlimmer wird. Die Mitarbeiter müssen sich noch um so viele andere Dinge kümmern. Ich könnte warten, bis sie dieses Mädchen wiederfinden und das Foto mailen, aber …«

»Du willst dich trotzdem mit Carolyn treffen?«

»Ja.«

»Das musst du, Cal. Anders wirst du keine Ruhe finden.« Ihre Stimme klingt entschlossen.

»Ich weiß nicht, wie ich helfen kann, aber ich habe das Gefühl, dass ich persönlich mit ihr und, wenn möglich, auch mit den Leuten im Lager sprechen muss.«

»Wann willst du hinfahren?«

»Bald.«

Sie beißt sich auf die Lippe, und ich frage mich, was jetzt wohl kommt. »Eva hat mir letzte Woche gemailt und meinte, wir müssten ein Treffen vereinbaren, um über *Hundedinner* zu sprechen. Wir könnten zusammen nach London fahren, wenn es zeitlich passt, und ich könnte zum Verlag gehen, während du im Büro der Hilfsorganisation bist. Wenn du mich dabeihaben willst.«

»Natürlich will ich das.« Aber schon während ich das sage, kommen mir Zweifel, ob ich Demi wirklich in meiner Nähe haben will, denn ich bin nicht sicher, ob ich mich zusammenreißen kann, falls es schlechte Nachrichten gibt, und ich will nicht, dass sie mich in einem solchen Zustand sieht. »Natürlich will ich dich dabeihaben«, bekräftige ich, denn wahrscheinlich will *sie* mit mir mitkommen.

Der Besuch in London könnte sich auch als vollkommen vergeblich herausstellen, aber ich fühle mich so verdammt hilflos. Wenn auch nur die geringste Chance besteht, dass diese »gesichtete Person« Esme ist, möchte ich dafür sorgen, dass alle Hebel in Bewegung gesetzt werden, um sie zu finden. Meine ehemaligen Kollegen schaffen es beim besten Willen kaum, sich einigermaßen um die Leute vor Ort zu kümmern, geschweige denn, dass sie Zeit hätten, auch noch die Lager nach einem verlorenen und möglicherweise toten kleinen Mädchen abzusuchen.

»Selbst wenn es sich bei diesem Mädchen nicht um Esme handelt, muss ich die Geschichte selbst hören statt aus vierter oder fünfter Hand. Ich würde gern mit einigen Flüchtlingen und Krisenhelfern im Lager eine Videokonferenz schalten. Wenn ich mit den Leuten dort direkt sprechen kann, bekomme ich vielleicht einen Hinweis darauf, wo sie ist.«

Trotz der Wärme des Ofens zittere ich unwillkürlich und hoffe, dass Demi es nicht merkt.

»Das verstehe ich, und wenn du meinst, es hilft Esme und dir, dann solltest du hinfahren.«

Ich lächele. »Aber zuerst müssen wir raus aus diesen Klamotten.«

»Du bist so vorhersehbar, Cal Penwith.«

»Ich dachte, ich wäre das Gegenteil. Komm her.« Ich drücke sie an mich, wahrscheinlich ein wenig zu fest, aber inzwischen weiß ich, dass sie nicht zerbricht, und ich brauche jetzt ihre Nähe. Wir riechen beide nach Feuchtigkeit und Klamotten, die ein kleines bisschen zu lange in einer Plastiktüte waren, aber das ist mir egal. Während ich Demi küsse, ziehen meine Finger wieder an dem Bändchen an ihrem Kleid und öffnen es, um zu beenden, was ich hinten im Auto angefangen habe. Sie seufzt, als ich ihren nackten Hals mit Küssen bedecke. Dann hebe ich sie auf den Küchentisch, und sie schnappt vor Genuss und Überraschung nach Luft.

»Du siehst so unschuldig aus in diesem Kleid«, sage ich und schiebe den Saum auf ihren Schenkeln weiter nach oben. »Niemand würde auf die Idee kommen, was wirklich in dir steckt.«

»Gott sei Dank seid ihr zurück. Ich habe … oh!«

»Polly!«

Demi reißt die Augen auf. Sie streicht sich hastig übers Kleid und gleitet halb rutschend, halb springend vom Tisch.

»Tut mir leid. Wie ich sehe, störe ich gerade, aber ich habe das Auto gehört und wollte wissen, warum ihr so spät zurückkommt. Per Handy war niemand erreichbar, aber offensichtlich geht es euch ja gut. Ich gehe jetzt ins Bett.«

»Nein, warte. Polly.«

»Tut mir leid, Polly. Ich wollte auf deine SMS antworten, aber es war ein verrückter Tag«, erklärt Demi und wird ganz rot dabei.

»Kann ich mir vorstellen.« Polly mustert mich finster. »Warum trägst du die Hose deines Vaters?«

»Ähm …«

Sie starrt Demi an. »Und was um alles in der Welt machst du in meinem Prinzessin-Diana-Kleid?«

15

Demi

»Tja, so viel dazu, dass diese Hochzeit ein Geheimnis bleiben sollte. Jetzt ist die Katze aus dem Sack.« Am Morgen nach unserem dramatischen Mittagessen mit Ben und Lily breitet Polly ihre Zeitung über zwei Tische in Demelza's Café. Sie ist sofort damit herübergekommen.

»Schau dir das an!« Polly zeigt mit dem Finger auf eine Story, die fast die gesamte Seite drei einnimmt, begleitet von zwei so scharfen Fotos, dass sie entweder aus der Nähe oder mit einem Teleobjektiv aufgenommen sein müssen. Das eine zeigt Mawgan, die Ben zu knutschen scheint, und auf dem anderen sieht man, wie die Rettungsschwimmer Lily aus dem Meer helfen. »Was für ein Geschwätz. Da habt Cal und du mir gestern Abend aber was ganz anderes erzählt.«

Polly setzt sich ihre Brille auf, die an einer Kette um ihren Hals hängt, weil sie es satt hat, sie ständig zu verlieren. Sie liest den Artikel laut vor, während Nina und Shamia so tun, als wären sie hinter der Theke sehr beschäftigt, aber eigentlich nur versuchen, nicht laut loszuprusten.

Am Strand von Newport spielten sich gestern dramatische Szenen ab, als die Filmstars Ben Trevone und Lily Craig sowie ein dritter Mann, bei dem es sich vermutlich um ihren Bodyguard handelt, von Freunden und dem Notdienst aus dem Wasser gerettet werden mussten.

Die Schauspieler, die seit Oktober verlobt sind, waren zu Mittag im exklusiven Rockpool Café essen und gingen danach am Strand spazieren, um Ms Craigs Hund Louie auszuführen. Dabei wagte sich der Hund gefährlich weit auf die Felsenküste hinaus und wurde schließlich ins Meer gespült. Der Bodyguard und Ms Craig sollen ins Wasser gesprungen sein, um ihn zu retten, ertranken jedoch fast.

»Es war surreal«, sagte ein Augenzeuge, der in der Nähe ebenfalls seinen Hund ausführte.

»Hmmpf, ich frage mich, wer dieser Augenzeuge wohl war? Besonders gut scheint er ja nicht beieinander zu sein. Wartet nur.«

Polly liest weiter.

»Ein Typ ist mit einem dieser kleinen Hunde ins Meer gefallen, und dann ist Lily Craig ihm und dem Hund hinterhergesprungen«, kommentierte der Mann. »Ich habe sie alle mit den Fluten kämpfen sehen, dann hat der Typ Lily erreicht. Ein großer Kerl, ich glaube, er ist ihr Bodyguard. Ben Trevone hat sich selbstlos in die Brandung gestürzt, aber die Wellen haben ihn zurückgespült, und eine Frau hat ihn wiederbelebt. Ich glaube, sie hat ihm das Leben gerettet. Jemand anderes hat den Hund gerettet.«

Polly blickt mich über ihre Brille hinweg an. »Nicht gerade die hellste Kerze auf der Torte, dieser ›Augenzeuge‹, was?«

»Wir waren vor allem beschäftigt damit, die Leute vor dem Ertrinken zu retten«, sage ich.

»Recht habt ihr. Es geht übrigens noch weiter.«

Während der Bodyguard des Paars und ein Einheimischer Lily in Sicherheit brachten, wurde Ben von einer Welle erfasst und trieb hilflos in der Brandung, wobei er Berichten zufolge mit dem Kopf gegen einen Felsen stieß. Die Frau, die angeblich mit dem Paar zu Mittag gegessen hatte, begab sich mutig ins Wasser und zog ihn heraus, bevor sie Erste Hilfe leistete.

Bens heldenhafte Retterin ist die Unternehmerin Mawgan Cade, die eine Wohnungsbau- und Verwaltungsfirma in der Region führt. Die zweiunddreißigjährige Ms Cade hatte anscheinend kürzlich mit einigen ihrer Büroangestellten einen Erste-Hilfe-Kurs absolviert. Als sie jedoch zu ihren Lebensretterfähigkeiten befragt wurde, wies die schüchterne Heldin alles Lob von sich.

»An meine eigene Sicherheit dachte ich überhaupt nicht«, so Ms Cade. »Wenn man einen Freund in Gefahr sieht, handelt man einfach instinktiv. Ich bin froh, dass ich Ben in Sicherheit bringen konnte und dass es Lily und allen anderen gut geht.«

Laut Ben Trevone hätte Ms Cade für ihren Mut einen Orden verdient. Die Rettungsdienste lobten nicht nur Ms Cades Bemühungen, sondern auch die des Bodyguards und der anderen Mitglieder der Gruppe, betonten jedoch auch, dass es nur durch Glück kein tragisches Ende gegeben habe und sich niemand bei diesen Witterungsverhältnissen ins Meer wagen solle.

»Hast du schon mal einen solchen Unsinn gehört? Mawgan Cade, die schüchterne und unfreiwillige Heldin? So hat es sich für mich aber nicht angehört. Hat sie Ben wirklich gerettet?«

»Anscheinend ist Ben in der Brandung über einen Felsen gestolpert, und Mawgan hat ihn aus den Wellen gezogen, aber die Zeitung verdreht die Tatsachen schon ein wenig.«

Polly schnaubt. »Ich wette mit dir um was du willst, dass dieser ›Augenzeuge‹ für Mawgan arbeitet oder von ihr bezahlt wurde.«

Ich stimme Polly insgeheim zu, möchte aber nicht vor meinen Mitarbeitern über Mawgan herziehen. Sie können Mawgan zwar auch nicht ausstehen, aber es ist wohl nicht sehr professionell, laut zu lästern, wie gern ich das auch täte.

»Kann ich bitte mal die Zeitung haben?«

Polly schiebt sie zu mir. »Klar. Du und Cal hättet in dem Artikel auch vorkommen sollen.«

»Ach nein, wir haben ja nichts gemacht. Wenn Mawgan die Lorbeeren einheimsen will, bitte schön«, sage ich ruhig, während ich innerlich koche. Mawgan war zur richtigen Zeit am richtigen Ort, und sie hat Ben geholfen, aber ganz offensichtlich hat sie die Dinge so dargestellt, dass es aussieht, als wäre sie die Heldin des Tages. Sie versucht wohl, sich dadurch noch mehr bei Ben und Lily einzuschmeicheln. Wahrscheinlich, um daraus finanziellen Profit zu schlagen oder uns eins auszuwischen oder selbst berühmt zu werden – oder alles zusammen.

»Danke, dass du die Zeitung mitgebracht hast, Polly. Wir öffnen bald, deshalb muss ich jetzt weiterarbeiten, aber wir können uns später im Farmhaus über alles unterhalten. Komm zum Essen vorbei, wenn du nicht zum Zumba gehst«, schlage ich vor.

»Danke, aber heute Abend habe ich Bauchtanz«, antwortet Polly. »Das ist besser als Zumba, und der Lehrer ist zum Anbeißen.«

»Du hast einen männlichen Bauchtanzlehrer?«

»Ja, er – sie – ist transgender und absolut fantastisch. Du solltest mal mitkommen. Da sind Leute von zwanzig bis neunzig, auch ein paar Männer. Wir sind nicht nur ein Haufen Frauen mittleren Alters, die mit dem Po wackeln wie Beyoncé, weißt du.«

»Danke«, sage ich, während in meinem Kopf ein Film mit bauchtanzenden Senioren abläuft. »Ich überleg's mir.«

Nachdem Polly gegangen ist, geht der Alltagsbetrieb los: Zahlreiche Wanderer und Surfer, die die frühe Frühlingssonne und die Wellen genießen, kommen ins Café. Bis ich einen Augenblick Zeit habe, um auf meinem Tablet nach weiteren Berichten über das Drama zu suchen, ist es zwei Uhr nachmittags. Auf einer Website mit Lokalnachrichten finde ich einen Videoclip. Nach Bens und Lilys Streit im Krankenhaus hatte ich mir etwas Sorgen gemacht, dass sie die Hochzeit abblasen könnten, deshalb bin ich erleichtert, sie im Video in trauter Zweisamkeit lächeln zu sehen.

In dem Clip sind sie so eng ineinander verschlungen, dass man sie für siamesische Zwillinge halten könnte. Sie erscheinen im Blitzlichtgewitter am Krankenhauseingang und bedanken sich in einem Statement bei den Ärzten, Rettungsdiensten und »ihren Freunden und Familien«, die an ihrer Rettung beteiligt waren.

Der Reporter beendet das Video mit der Meldung, das Paar habe bereits eine bedeutende Summe an die See- und Luftrettung gespendet. Zum Schluss werden die Stars von Harry in ihrem BMW weggefahren, wobei Lily hinten durch das halb geöffnete Fenster lächelt und mit einer von Louies Pfoten winkt. Natürlich könnte das alles auch nur Show für die Kameras sein. Ich weiß überhaupt nicht mehr, was ich glauben soll.

Und mir gehen Cals Neuigkeiten von Esme nicht mehr aus dem Kopf. Ich bin froh, dass er mir davon erzählt hat, und ich will ihn unterstützen. Hoffentlich stellen sich die Berichte als wahr heraus. Seit ich von seinen Erlebnissen in Syrien erfahren habe, denke auch ich oft an das kleine Mädchen. Wenn ich Freya sehe, wird mir bewusst, wie viel Glück sie hat, in Sicherheit zu sein. Ich kann mir gar nicht vorstellen, was wäre, wenn sie oder sonst jemand von uns einen solchen Albtraum erleben müsste wie Esme und ihre Familie.

Zu Hause stellt Cal eine dampfende Schüssel selbstgekochtes Linsencurry und einen Teller mit Naan-Brot vor mich hin. Es ist toll, wenn nach einem anstrengenden Tag in der Küche des Cafés jemand für mich kocht. Und ich bin ziemlich kaputt. Als wir gestern Abend ins Bett gegangen sind, war es fast Mitternacht. Sogar nachdem Cal und ich endlich beendeten, was wir in der Küche angefangen hatten, konnte ich eine Zeit lang immer noch nicht einschlafen. Ich lag wach und lauschte Cals leisen Atemzügen.

Er setzt sich zu mir an den Tisch, und wir stoßen mit unseren Cider-Flaschen an. Mitch streift um meine Beine in der Hoffnung, dass ich ihm etwas abgebe.

»War heute viel los?«, fragt Cal.

»Ja, das schöne Wetter hat die Wanderer herausgelockt, und am Nachmittag hat sich der Buchclub getroffen. Stell dir vor, wir mussten fast bei einer Diskussion dazwischengehen. Zwei Frauen haben sich gegenseitig angeschrien wegen eines Romans über entführte Kinder. Wie kann man über ein Buch nur so streiten?«

Cal hält inne, bevor er sich noch ein Stück Naan in den Mund steckt. »Frag mich nicht. Ich dachte, in Buchclubs geht es gesittet zu, bei Earl Grey und Kuchen.«

»Heute nicht. Wir mussten die Mitglieder mit einer Extraportion Brownies versorgen, um sie ruhigzustellen. Vorhin habe ich übrigens noch mit Rachel vereinbart, dass sie herkommt und wir einen Kriegsrat abhalten, bevor wir uns wieder mit Ben und Lily treffen.« Ich zögere, aber ich weiß, dass wir auch darüber sprechen müssen, was Cal mir gestern Abend in der Küche über eine mögliche Spur von Esme erzählt hat. »Wie war dein Tag? Gibt es Neuigkeiten von Carolyn?«

»Noch nicht, aber ich habe ihr vorgeschlagen, dass ich nach London komme, und sie wollte sich noch mal melden. Sie hat mir nicht ausdrücklich gesagt, dass ich mich nicht einmischen soll. Heute Vormittag hatte ich übrigens einen Anruf von einer Boulevardzeitung, die wissen wollte, ob wir Lily Craigs und Ben Trevones Hochzeit ausrichten. Ich habe nichts gesagt, weil Jade uns ja eingeschärft hat, keine Kommentare abzugeben.«

»Mist. Ich hatte auch einige unbekannte Anrufe in Abwesenheit auf meinem Handy. Ich dachte, das wären Werbeanrufe, aber sie könnten auch von Zeitungen stammen, auch wenn ich nicht weiß, woher sie meine private Handynummer haben sollten.«

»Hat Mawgan sie?«, fragt Cal.

»Ja … ja, schon seit einer Weile.«

»Dann hast du deine Antwort.«

»Verdammt.«

»Die Publicity ist gut für Kilhallon«, sagt er und krault Mitch an den Ohren.

»Ja, aber wir wollten die Situation unter Kontrolle behalten. Wir wollten, dass die Feier bis ganz kurz vorher geheim bleibt.«

»Ich glaube, daraus wäre sowieso nichts geworden.« Er bringt ein schiefes Lächeln zustande, aber ich sehe ihm an, dass er abgelenkt ist. Die Hochzeitspläne verwöhnter Promis sind im Moment nicht sehr weit oben auf seiner Prioritätenliste, obwohl sie wichtig sind für Kilhallon. Das verstehe ich. »Na ja, wenigstens stehen Ben und Lily im Mittelpunkt, und das wird ihr Team freuen.«

»Aber wir müssen Werbung für die Anlage machen. Früher oder später werden wir verstärkt in die Öffentlichkeit treten müssen, damit weiter Buchungen reinkommen. Wenn *Hundedinner* erscheint, muss ich auch Interviews mit Eva Spero geben.«

»Ich weiß, und das wirst du super hinkriegen. Aber ich wäre froh, wenn ich nie wieder in der Presse erscheinen müsste. Ich will einfach in Frieden weiterleben, Kilhallon leiten und wenn möglich Esme finden. Darüber hinaus wünsche ich mir inzwischen nur noch ein ruhiges Leben mit dir.« Cal nimmt meine Hand. Mit ihm ein ruhiges Leben in Kilhallon zu führen klingt traumhaft, aber ich weiß, dass das nie passieren wird.

»Ich wollte dir zuerst nichts von Carolyns E-Mail sagen, weil sich die Spur als falsch herausstellen könnte«, sagt er leise. »Du hast schon genug Sorgen.«

Ich beuge mich über den Tisch und küsse Cal. Eigentlich meint er wohl, dass er Angst hatte, enttäuscht und verletzt zu werden.

16

Ein paar Tage später stürmt Cal mit einer Zeitung in der Hand ins Café. »Verdammt, hast du das hier schon gesehen?«

»Was?«, frage ich erschrocken. »Geht es wieder um Ben und Lily? Oder um Mawgan?«

»Wenn's nur das wäre. *Schau her.*« Er wirft die Zeitung auf den Tisch und schlägt sie auf. Trotz eines braunen Flecks auf dem Papier sticht mir eine Schlagzeile sofort ins Auge:

(ALB-)TRAUMHOCHZEIT?
Location bereitet Lily Craig »schlaflose Nächte«

Ein paar Sekunden lang ist mein Verstand wie vernebelt. Ich sehe nur ein paar unscharfe Fotos von Schuppen und eine matschige Wiese … dann bekomme ich Magenkrämpfe.

»Oh Gott. Ist das … *Kilhallon?*«

»Ich wünschte, es wäre nicht so, aber leider ja. Polly hat fast einen Herzinfarkt gekriegt, als sie das heute Morgen gesehen hat. Da, wo der Fleck ist, hat sie ihren Tee verschüttet.«

Ich stöhne und nehme meinen Mut zusammen, um mir die Bilder genauer anzusehen, obwohl mir dabei ganz schlecht wird.

Dem Wetter nach zu urteilen, müssen die Fotos von gestern sein. Der düstere Himmel, die Finsternis und der Dauerregen hätten auch die paradiesischste Insel erbärmlich aussehen lassen, aber Kilhallon wirkt auf diesen Bildern wie ein Straflager. Man glaubt kaum, dass der Frühling längst im Anmarsch ist.

»Das ist aber wirklich ein übler Artikel. Ich kann nicht fassen, dass wir den Fotografen, der hier rumgeschlichen sein muss, nicht bemerkt haben.« Es schüttelt mich, als mir das volle Ausmaß dieser Horror-Reportage bewusst wird, die *»online weitere exklusive Fotos der ›originellen Hochzeitslocation‹«* verspricht.

»Über das Grundstück führen öffentliche Wege, und jeder mit einer Kamera hätte diese Bilder wann auch immer machen können. Wir können den Leuten nicht ihre Fotoapparate wegnehmen und ihnen verbieten, auf öffentlichem Boden zu fotografieren.«

»Leider nicht. So ein Mist. Ich hoffe, Lily hat nicht wirklich schlaflose Nächte wegen der Hochzeit. Ach du Schei…« Ich zwinge mich, wieder auf die seitenfüllende Story und die Fotos zu schauen. Da ist Polly, wie sie eine Tasche voller Leergut zu den Tonnen hinter dem Farmhaus schleppt. Außerdem sieht man die frisch aufgestellten Jurten in einem See von Matsch, bevor Cal die Bretter darum herum verlegt hat. Möwen picken auf den Deckeln der großen Mülleimer hinter dem Café herum. Auf einem Foto sieht man einen nassen, stirnrunzelnden Cal, der ein paar neue Sanitäreimer in den Damenwaschraum trägt. Und, oh nein, zu allem Übel ist da auch noch ein großes Bild von Mitch, wie er an einer der Holzbänke auf der Campingwiese, wo Lilys und Bens Zeremonie stattfinden soll, das Bein hebt. Ich könnte schwören, dass über allen Fotos auch noch ein dunkler Filter liegt.

»Das ist so unfair. Sie haben sich den einzigen Winkel vom Demelza's ausgesucht, der nicht hübsch ist, und die Gäste sehen den Abfallbereich gar nicht.«

»Online sind noch schlimmere Bilder.« Cal legt sein Handy auf die Zeitung, aber ich schaffe es nicht, mir noch mehr anzusehen.

»Als würde Kilhallon nur noch ein bisschen Stacheldraht und ein bewaffneter Wachmann zum Hochsicherheitsgefängnis fehlen«, sagt Cal, und er hat recht. Es spielt keine Rolle, dass die Hochzeitsgäste keinen dieser Schandflecke zu Gesicht bekommen würden und zum Fest auch alles andere bereit sein sollte. Der Text ist kurz, aber schmerzlich. Einzelne Wörter springen mir ins Auge: *»Müll«, »See von Matsch«, »einfache Anlagen«* und *»herumstreunende Hunde«.*

»Streunende Hunde? Mitch ist kein Streuner! Und wir wollen doch schicke Klos für die Hochzeit besorgen und ein riesiges Zelt. Und dazu hübsche Dekorationen und Lichter und schöne Blumen. Es könnte sogar die Sonne scheinen!«

Ich schiebe die Zeitung weg und bin den Tränen nahe. Ich habe keine Ahnung, wie wir gegen eine so negative Darstellung vorgehen können.

Cal versucht, mich zu umarmen. »Es ist schlimm, da hast du recht, aber die Leute werden es auch wieder vergessen.«

»Nein, werden sie nicht. Ach, verdammt, ich wette, es gibt schon Leute, die ihren Urlaub bei uns storniert haben, und neue Buchungen bekommen wir wohl erst mal auch nicht. Jade und Addison haben Lily und Ben sicher schon überredet, alles abzusagen. Dahinter steckt bestimmt Mawgan.«

»Vielleicht ja, vielleicht auch nicht. In der Presse gibt es eine Menge Leute, die keine Skrupel hätten, eine solche Story zu stricken. Wahrscheinlich haben sie extra dafür einen Paparazzo hergeschickt.«

»Wir müssen selbstverständlich darauf reagieren«, sage ich zitternd vor Schock und Frust. »Ich rufe Lily jetzt gleich an und spreche mit ihr darüber.«

Cals Handy klingelt. Er schaut aufs Display und verzieht das Gesicht.

»Die Mühe kannst du dir sparen. Das ist sie. Willst du jetzt rangehen oder warten, bis wir Zeit hatten, uns eine Strategie zu überlegen?« Er hält sein wütend summendes Handy hoch.

Ich hole tief Luft. »Bringen wir's hinter uns. Ich hoffe, ich kann besser schauspielern als Ben.«

»Das dürfte nicht schwer sein«, bemerkt Cal und reicht mir das Handy.

Lily zu beruhigen stellt sich als mein geringstes Problem heraus. Bis zum frühen Nachmittag ruft eine Reihe besorgter Leute an, um ihre Buchungen für die Cottages und Jurten zu stornieren. Es gelingt uns, einigen klarzumachen, dass die Fotos ein vollkommen verzerrtes Bild von Kilhallon zeigen und es hier in Wirklichkeit sehr schön ist, aber viele sagen trotzdem ab.

Ein paar Leute wollen wissen, ob Lily und Ben tatsächlich hier heiraten, aber das dürfen wir nicht beantworten. Das offizielle Statement, das Lilys Assistentin uns aufgedrückt hat, lautet: »Wir geben keinerlei Auskunft über die Pläne unserer Gäste.« Als Reaktion auf den Artikel in der Klatschzeitung hat sich nun auch die Lokalpresse bei uns gemeldet und verlangt nach der ganzen Geschichte. Es ist schwierig, höflich zu bleiben, schließlich wollen wir ja unsere gute Beziehung zu den Reportern nicht gefährden, und gleichzeitig unsere Pläne geheim zu halten. Polly und Cal finden das Ganze noch anstrengender als ich. Cal hasst es, anderen etwas vorzumachen – obwohl auch er Geheimnisse hat –, und Polly ist einfach … Polly.

Mit großer Erleichterung öffne ich Rachel am späten Nachmittag die Tür. Kurz nachdem ich den Artikel gesehen hatte, hinterließ sie eine Nachricht auf meinem Handy und bot an vorbeizukommen. Es ist schon nach Feierabend, und ich hatte einen anstrengenden Tag mit dem ganzen Pressetrubel und einer unangemeldeten Hygieneüberprüfung, aber ich bin so froh, sie zu sehen, dass ich weinen könnte. Bei meinem Telefonat mit Lily bin ich, um sie zu beruhigen, ein wenig zu weit vorgeprescht und habe ihr gesagt, Rachel habe mir schon ihre »absolut umwerfenden« Pläne für die Hochzeit präsentiert, und es sei alles unter Dach und Fach.

Ich gehe im Café auf und ab, um eine müde und quengelnde Freya zu besänftigen, während Rachel ihren Laptop anschließt. Freya steckt sich meinen kleinen Finger in den Mund und nuckelt mit fest geschlossenen Augen daran wie ein Knabberfisch. Wenigstens sie ist jetzt glücklich.

Schließlich schläft sie ein, und wir legen sie ganz, ganz vorsichtig in ihren Tragekorb. Rachel ist verständlicherweise besorgt aufgrund der negativen Schlagzeilen, macht aber gute Miene zum bösen Spiel.

»Okay. Ich finde, wir sollten keine Zeit verlieren und direkt mit der Operation Hochzeitsrettung starten«, beginnt sie. »Hier ist der Plan: Wir müssen das Vertrauen der Leute in Kilhallon wiederherstellen, um den widerlichen Zeitungsfotos etwas entgegenzusetzen. Das ist keine schöne Situation, aber ich habe vor ein paar Jahren schon etwas Ähnliches erlebt, als einige Leute nach einem Wohltätigkeitsdinner auf dem Trevarrian Estate eine Lebensmittelvergiftung hatten.«

Ich atme tief ein und aus. Lebensmittelvergiftungen sind mein schlimmster Albtraum und so etwas würde die Leute garantiert dazu bringen, Demelza's für die nächsten hundert Jahre zu meiden. Gott sei Dank haben wir die Hygieneüberprüfung wieder mit fünf Sternen bestanden.

»Also, ich würde vorschlagen, wir veranstalten hier so bald wie möglich eine Hochzeitsmesse, dekorieren das Café für ein Hochzeitsdinner und zeigen allen, was Kilhallon zu bieten hat. Dafür müsstest du einen deiner Sonntage opfern – Sonntagnachmittag ist die beste Zeit für eine solche Veranstaltung. Abgesehen davon glaube ich, die Leute spüren im Moment, dass der Frühling in der Luft liegt, und sind in der richtigen Stimmung für so etwas. Auch wenn sie nicht alle dieses Jahr heiraten, werden sie Lust haben, sich umzuschauen.«

»Ich kann gern an einem Sonntagnachmittag das Café schließen, aber wo sollen wir Hochzeitsausstatter finden, die so kurzfristig mitmachen?«

»Kilhallons Alleinstellungsmerkmal ist, dass es ausgefallen und unkonventionell ist. Paare, die unbedingt eine traditionelle, förmliche Hochzeit in einem großen Hotel oder Schloss wollen, werdet ihr sowieso nie kriegen. Es ist okay, wenn sich Leute eine solche Zeremonie und Party wünschen, und Kilhallon kann und soll dem keine Konkurrenz machen. Also würde ich vorschlagen, wir konzentrieren uns auf kleinere, ungewöhnlichere Anbieter.«

Rachels Idee gibt mir einen Funken Hoffnung. »Du hast recht. Und das, was wir bisher für Lily und Ben geplant haben, ist wirklich sehr besonders. Du weißt doch, sie wünschen sich ein spezielles Hochzeitsritual. Ich hoffe, es kann im Freien stattfinden, auch wenn die Leute, bei denen wir das Zelt mieten, alles bestimmt wunderschön einrichten. Bei diesem ›Handfasting‹ geht es um die Rückkehr zur Natur. Ich habe recherchiert, dass es da alte heidnische Traditionen gibt, aber Lily und Ben wollen keine heidnische oder sonstige religiöse Zeremonie, sondern sich nur gegenseitig die Hände mit Bändern aneinanderbinden. Und Lily möchte, dass eine Eule die Ringe bringt.«

Rachel reißt die Augen auf. »Eine *Eule?* Okaaaay.«

»Na ja, du hast ja gesagt, wir sollen unkonventionell bleiben. Keine Sorge, Cal kümmert sich um das Federvieh. Er hat bei einem Raubvogelzentrum angerufen, und dort gibt es eine Falknerin namens Holly und eine gelbbraune Eule namens Boris, die Erfahrung mit der Ablieferung von Ringen hat, also habe ich beide gebucht.«

Rachel zieht die Augenbrauen hoch. »Eine Eule namens *Boris?*«

»Nach Boris Johnson. Angeblich steht Hollys Mum auf BoJo, und diese Eule hat einen hellen Federschopf auf dem Kopf.«

Rachel verzieht das Gesicht. »Manchen Leuten ist wirklich nicht zu helfen. Wenigstens müssen wir uns nicht um Eulen kümmern, wenn Cal das übernimmt. Macht ihr das Catering komplett selbst?«

»Nicht komplett; Demelza's kann nicht einen ganzen Tag lang so viele Leute bewirten.«

»Klingt vernünftig. Hast du schon einen Caterer im Auge?«

»Ich habe mit einigen gesprochen … Hoffentlich ist es noch nicht zu spät. Lily und Ben haben sich um nichts weiter gekümmert. Sie sind es offensichtlich gewohnt, dass andere die Dinge für sie erledigen.«

Freya macht unerwartet ein Bäuerchen im Schlaf, und wir lachen beide. »Hmm. Es ist nicht mehr viel Zeit, aber ich werde mich sofort darum kümmern. Mir fallen verschiedene Leute ein, die mal bei einer Veranstaltung auf dem Anwesen das Catering übernommen haben. Ich schaue mal, ob jemand verfügbar ist. Aber lieber nicht die, die für die Lebensmittelvergiftung verantwortlich waren.« Sie verzieht das Gesicht und lächelt dann. »Keine Sorge, ich werde einen tollen Caterer finden. Was für Ideen hattest du sonst noch?«, fragt sie.

»Ich hatte vor, das große Hochzeitsdinner im Zelt zu veranstalten und im Demelza's Nachmittagstee und am Abend Cocktails und Kanapees zu servieren, sodass wir uns nur um eine große Mahlzeit kümmern müssen. Lily sieht sich gerade verschiedene Ideen für Hochzeitsmenüs an, die ich entwickelt habe, und wird sich bei mir melden. Der Caterer sollte sich dann daran orientieren. Und ich glaube, es würde ihr gefallen, wenn die Gäste auf einen Cream Tea und später einen Cocktail hier im Demelza's vorbeischauen könnten.«

»Das klingt perfekt … Übrigens, wie fändest du es, über der Terrasse ein Stoffdach zu befestigen, sodass die Gäste bei jedem Wetter die tolle Aussicht genießen können?«

»Eigentlich wollte ich nur die normalen Sonnenschirme des Cafés benutzen, allerdings sind die schon etwas verwittert.«

»Wenn Lily und Ben bezahlen, könnten wir ein tolles Leinwanddach vom Café aus über den Sitzbereich draußen spannen und uns zusätzliche Tische und Stühle und Dekorationen passend zu Lilys Motto mieten.«

»Hmm. Lily wollte, dass es aussieht, als wäre alles in letzter Minute arrangiert worden.«

Rachel lacht laut auf. »So soll es vielleicht wirken. In Wirklichkeit muss eine derartige Feier monatelang geplant werden. Wir nehmen einfach einen ganz funktionalen Stoff für das Dach, suchen hübsche Deko aus und lassen den Floristen ein paar schlichte Blumenarrangements machen. Hast du schon einen Floristen ausgesucht?«

»Noch nicht.« Meine Hoffnung schwindet. Demelza's zu leiten und die Rezepte für mein Buch zu entwickeln, hat in den letzten Wochen meine ganze Zeit in Anspruch genommen, und nun hat dieser Zeitungsartikel meinem Selbstvertrauen auch noch einen heftigen Dämpfer versetzt.

Rachel schreibt etwas in ihr Notizbuch. »Ich kümmere mich um den Floristen und überschlage mal die Kosten für so ein Dach. Dann schauen wir, ob es sich lohnt, es zu mieten, oder ob ihr es am besten gleich kauft. Vielleicht könntet ihr es auch noch bei zukünftigen Veranstaltungen nutzen?«

»Meinst du, die Firma, bei der wir das Zelt mieten, könnte so was anbieten?«, frage ich.

»Kann sein. Vielleicht sollten wir das Zelt auch für die Hochzeitsmesse mieten? Die Anbieter werden eins brauchen.«

Rachel löchert mich mit Fragen wie ein Moderator, der in einer Talkshow einen Politiker in die Zange nimmt. »Arghh, ich muss noch über so vieles nachdenken.«

Seufzend legt sie ihr Notizbuch auf den Tisch. »Ich weiß. Auf meiner Liste stehen tausende Dinge. Aber wir müssen das Ganze hier nur ein Mal zum ersten Mal machen!« Ihre Miene hellt sich auf. »Wenn wir die erste Hochzeit geschafft haben, wird uns die nächste weniger Angst machen.«

Zuerst müssen wir diese hier ohne größere Katastrophen hinter uns bringen, denke ich, aber ich sehe Rachel zuversichtlich an. »Schon okay. Besser, wir sprechen alles durch, als dass es nachher böse Überraschungen gibt.«

Ich notiere mir auf meinem Tablet, die Leute von der Eventfirma zu fragen, ob sie auch kurzfristig ein Zelt bereitstellen können. Schon möglich, denn es ist noch sehr früh im Jahr. »Wenn ich auf der Messe Erfrischungen aus dem Café anbiete, kann ich vielleicht das Geld wieder reinholen, das ich verliere, weil das Café an dem Nachmittag für andere Kundschaft geschlossen ist«, sage ich.

Rachel lacht. »Denk daran, dass viele Leute nicht zu einer Hochzeitsmesse kommen, weil sie heiraten, sondern einfach, um eine kostenlose Tasse Tee oder einen Sekt zu trinken oder in ihren Märchenfantasien zu schwelgen. Wir haben mal eine Messe auf dem Trevarrian Estate veranstaltet, und die Hochzeitsplanerin hat mir die wildesten Geschichten erzählt.«

»Du meinst, sie haben keine Lust, für ihre Getränke zu bezahlen?«, frage ich.

»Genau. Aber auch wenn einige Besucher vielleicht nicht sofort eine Hochzeit planen, sind sie doch alle potenzielle Kunden für das Café und Interessenten für Urlaube und andere Veranstaltungen hier, also lohnt es sich, den ersten einen Gratistee oder -kaffee und ein Stück Kuchen anzubieten.«

Ich kritzele »Gratistee« auf meinen Block. »Das klingt alles super, aber wie können wir so kurzfristig eine Hochzeitsmesse organisieren?«, frage ich.

»Bei meinen Recherchen habe ich herausgefunden, dass eigentlich in ein paar Wochen in einem Golfclub in der Nähe von St

Trenyan eine Messe stattfinden sollte, aber dort ist ein Feuer ausgebrochen und sie musste kurzfristig abgesagt werden. Ich kenne einige der Unternehmen, die teilnehmen sollten, also dachte ich, wir können sie fragen, ob sie zu günstigen Konditionen auf einer Messe in Kilhallon ausstellen wollen. So können sie sich trotzdem präsentieren und sparen Geld. Kennst du noch jemanden?«

»Vielleicht ein, zwei Leute. Zum Beispiel meine Freundin Tamsin, ihr gehört der Kosmetiksalon in St Trenyan. Sie wollte unseren Gästen im Sommer sowieso ihre Dienste anbieten. Robyn könnte ihren Schmuck ausstellen. Sie will sich selbstständig machen, wenn sie mit der Uni fertig ist. Und sie hat Freunde in einer Folkband, die letzten Sommer schon bei unserer Eröffnung gespielt haben. Die waren ziemlich gut.«

Rachel notiert sich alles. »Du solltest sie mit ins Boot holen. Die Band kann auch während der Hochzeitsmesse spielen.«

»Okay. Ich muss Cal bitten, sich um das Zelt und die Festwiese zu kümmern, sobald der Termin steht – hoffentlich regnet es nicht. Vielleicht könnte er eine der Jurten mit Laternen und Deko herrichten. Das wäre auch schön, falls es tatsächlich regnet. Wir machen es doch noch im April, oder? Das Wetter könnte furchtbar sein.« Ich verziehe das Gesicht. »Jedenfalls müssen wir etwas unternehmen. Die Messe muss noch vor Ostern stattfinden – denn danach sind wir zu beschäftigt mit unseren Gästen und der Eröffnung des Campingplatzes.«

»Wir könnten das Datum nehmen, an dem die abgesagte Messe im Golfclub stattfinden sollte – das wäre der Sonntag vor Ostern«, schlägt Rachel vor.

»Ja … das sollte klappen, denke ich, aber es sind kaum mehr drei Wochen bis dahin.«

»Wir müssen es versuchen«, sagt Rachel entschlossen. »Ich

maile heute Abend alle Aussteller an. Du informierst deine Kontakte und Cal. Kannst du auch die Lokalpresse dazubitten? Du könntest es als eine ›Wie Kilhallon wirklich ist‹-Story verkaufen. Die Presseleute werden alle kommen wollen, weil sie auf Infos über Ben und Lily hoffen. Von den beiden würde wohl niemand dabei sein, oder?«

Ich schüttele den Kopf. »Nein. Auf keinen Fall. Selbst wenn Lily bereit wäre, würden die Schrecklichen Zwei – der Agent und ihre Assistentin – das niemals befürworten. Aber du solltest dich mit ihr treffen. Darum kümmere ich mich.«

Rachel verzieht das Gesicht. »Oh. Jetzt werde sogar ich nervös. Weiß sie, dass ich auf diesem Gebiet eine Anfängerin bin?«

»Ähm. Ich dachte, es ist besser, das nicht zu erwähnen.«

Rachel schluckt. »Gute Idee.«

Ein paar Minuten später hebe ich Freya aus ihrem Tragekorb und schaue aus dem Fenster. Draußen strahlt immer noch die Sonne. Es ist wirklich Frühling.

Freya macht die Augen auf und, huch, grapscht mir direkt in den Ausschnitt. »Ich glaube, sie hat Hunger.«

Rachel lacht. »Sie weiß, was sie will. Ich stille sie besser gleich. Dann können wir weiterplanen. Wir haben keine Zeit zu verlieren.«

Freya fängt an zu schreien. Rachel sieht mich entschuldigend an, dann lachen wir beide. »Okay, okay, du gehst vor. Das wissen wir, meine Kleine.«

Während sie Freya stillt, schenke ich Rachel eine Schorle ein und mache mir eine heiße Schokolade. Ich bin so froh, dass sie mithilft, denn obwohl ich schon eigene Pläne hatte, gibt es noch so viel, woran ich nicht gedacht habe. Zum Beispiel die Elektronik für die Licht- und Tontechnik und andere Dinge, die wir draußen brauchen. Das war auch ein Punkt auf Rachels ewig langer To-do-Liste. Cal mag das vielleicht auf dem Schirm haben, aber er hat bisher nichts davon gesagt, also befasse ich mich besser schnell damit. Rachel meint, mein Dad würde sich gern um die Technik kümmern, hätte mich aber nicht fragen oder gar mit seinem Angebot unter Druck setzen wollen. Ich fühle mich ein wenig schlecht deswegen und nehme mir vor, mich selbst bei ihm zu melden. Das bedeutet, dass wir irgendwie zusammenarbeiten werden, auch wenn Cal natürlich die Hoheit über die technischen Abläufe hier behält.

Rachel nippt an ihrer Schorle, während sie Freya stillt. Wir haben öfter mal stillende Mütter im Café, und alle zwei Wochen trifft sich hier eine Mutter-Kind-Gruppe, also bin ich Babys gewohnt, aber es ist trotzdem seltsam für mich, meine eigene kleine Schwester in meinem Café zu sehen. Seltsam, aber wunderschön. Mir wird innerlich ganz warm vor Freude.

»Bist du sicher, dass du das mit der Planung schaffst, obwohl du Freya versorgen musst? Das ist doch nicht zu viel Stress, oder?«, frage ich Rachel, als mir wieder bewusst wird, wie viel Arbeit so ein kleines Baby macht.

»Vielleicht bereue ich noch, dass ich zugesagt habe. Wahrscheinlich. Aber das weiß ich erst, wenn ich es versucht habe. Gary hilft jetzt schon viel mit, wenn er von der Arbeit nach Hause kommt, und letzte Woche ist meine Mutter vorbeigekommen, um sich um Freya zu kümmern, sodass ich etwas recherchieren konnte. Ich gebe zu, dass ich im Moment ziemlich kaputt bin, aber ich kann mir die Chance, eine Promihochzeit zu organisieren, nicht entgehen lassen. An dem Tag wird bestimmt alles klappen, wenn wir richtig vorbereitet sind.«

Mein Nicken und Lächeln verbirgt meine wahren Gefühle. Ja,

bisher ist in Kilhallon und im Demelza's immer alles gut gegangen. Auch zwischen Cal und mir. Doch das angenehme Kribbeln vor Freude, Freya in »meinem« Café zu sehen, lässt bald nach. Bis zur Hochzeitsmesse sind es nur noch wenige Wochen. Wie sollen wir nur so kurzfristig ein solches Event auf die Beine stellen, egal, was Rachel sagt?

Mir wird außerdem klar, dass ich schon früher als geplant weitere Aushilfskräfte im Café brauchen werde, sonst schaffen wir es nie. Selbst mit einem großartigen Plan und Rachels Hilfe habe ich das ungute Gefühl, dass ich mich dieses Mal überschätzt habe.

17

Kurz darauf muss Rachel aufbrechen, um Freya zu baden und ins Bett zu bringen. Während ich meine kleine Schwester zum Abschied knuddele, packt Rachel ihren Laptop und ihr Notizbuch ein. Ich streiche Freya sanft über den Rücken. Nach ihrer Mahlzeit ist sie schläfrig und sehr zufrieden. So auf meiner Schulter zusammengerollt erinnert sie mich an ein Koalababy. Sie ist unglaublich süß, und ich kann immer noch nicht fassen, dass sie meine Schwester ist. Jedenfalls sehe ich nicht die Ähnlichkeit, auf die Polly mich gelegentlich hinweist – meistens, wenn Freya gerade entweder heult oder in ihre Windel macht.

»Ich hatte ja keine Ahnung, wie kompliziert und stressig Hochzeiten sein können, bevor ich in eine hineingeraten bin«, sage ich. »Wie kann sich jemand freiwillig diesen ganzen Ärger antun?«

Rachel lächelt mir leicht besserwisserisch zu. »Wirklich? Hast du noch nie daran gedacht, selbst zu heiraten?«

»*Ich?* Auf keinen Fall.«

Freya grummelt leise vor Schreck über meinen Ausruf.

»Was ist mit Cal?«, fragt Rachel.

»Der hat auch noch nie daran gedacht zu heiraten. Zumindest nicht mich«, antworte ich leise.

»Ah, verstehe.« Rachel verzieht mitfühlend das Gesicht. »Wunder Punkt?«

»Schon okay. Für mich ist das in Ordnung. Bevor wir uns kennengelernt haben, war er eine Weile mit Isla zusammen. Er ist inzwischen über sie hinweg. *Sagt* er jedenfalls …«

»Aber du bist nicht überzeugt davon, dass Cal wirklich mit seiner Ex abgeschlossen hat?«

»›Nicht überzeugt‹ trifft es nicht ganz. Ehrlich gesagt hat mich die Überschwemmung dazu gebracht, über einiges nachzudenken und schließlich zu Cal zu ziehen. Mir ist klar geworden, dass das der richtige Schritt ist.«

Das stimmt nur zum Teil. Es lag auch an Cals Entscheidung, sich mit seinem Halbbruder Kit Bannen zu versöhnen, und daran, dass er mir letztendlich von seinen Erfahrungen in Syrien erzählt hat. Bis dahin war ich nicht sicher, ob ich je mit einem so undurchsichtigen, unberechenbaren Mann zusammenwohnen könnte.

Kit wohnt in London. Cal wusste nicht mal, dass Kit existiert, bis er im Herbst in Kilhallon aufgetaucht ist. Kit hat uns nicht gesagt, wer er ist, bis die ganze Geschichte beim Hafenlichterfest aufgeflogen ist und für einen Riesenkrach zwischen ihm und Cal – und mir – gesorgt hat.

Cals Vater hatte während seiner Ehe mit Cals Mum eine Menge Affären. Eine davon war Kits Mutter, die als junge Frau hier Urlaub machte. Kit ist das Ergebnis eines »Ferienflirts«, aber Mr Penwith hat sich geweigert, ihn offiziell als seinen Sohn anzuerkennen. Seit Kit noch mal aus London zurückgekommen ist, um nach der Überschwemmung zu helfen, ist quasi Frieden eingekehrt. Kit hat eingesehen, dass er sich, neidisch und rachsüchtig, wie er war, Cal gegenüber falsch verhalten hat, und will das wiedergutmachen. Wir haben seither ein paarmal von ihm gehört, und ich glaube, langsam lernen sie beide, einander zu akzeptieren und zu vertrauen, obwohl sie noch ganz am Anfang stehen.

»Demi?« Rachel hat mir eine Hand auf den Arm gelegt. Ich hatte gar nicht gemerkt, dass ich meilenweit weg war. »Ich will ja nicht neugierig sein, aber es klingt so, als hättest du einen kräftigen Schubs gebraucht, um mit Cal zusammenzuziehen?«

Ich zögere, weil Rachel nicht die ganze Geschichte kennt. »Zuerst musste ich es schaffen, ihm zu vertrauen und meine Unabhängigkeit aufzugeben. Es ist nicht leicht zu lernen, sich auf jemanden zu verlassen, wenn man schon mal verletzt und enttäuscht wurde. Ach Mist. Damit wollte ich nicht sagen, dass du und Dad mich enttäuscht habt.«

»Schon okay. Dein Vater hat dich wirklich enttäuscht. Das weiß er.«

»Wir haben beide Fehler gemacht, aber wir waren so … verloren, nachdem Mum gestorben ist … Es tut mir wirklich leid, dass ich gemein zu dir war.«

Sie zuckt die Achseln. »Ach, Schwamm drüber. Ich habe mich auch nicht gerade vorbildlich verhalten. Aber ich hab mich so unwohl gefühlt in der Rolle der bösen Stiefmutter, und ich wusste, dass du mich hasst, weil ich mich in dein Leben gedrängt und den Platz deiner Mutter eingenommen habe. Das kann ich verstehen, und ich bin zu diesem Zeitpunkt wohl auch nicht besonders sensibel damit umgegangen.«

Ich werde rot, aber ich kann nicht leugnen, dass Rachel recht hat. Sie hat damals ein paar harte Worte zu mir gesagt, auch wenn ich einige davon wahrscheinlich verdient hatte.

»Wir hatten alle auf unsere Weise recht und unrecht. Vergessen wir das Ganze. Jetzt will ich mich auf die Hochzeit konzentrieren, und dabei brauche ich definitiv jede Hilfe, die ich kriegen kann.«

Freya macht noch ein Bäuerchen, und wir lachen beide laut. »Das hält sie also von uns und der Hochzeit.«

Wir schnallen Freya in ihren Kindersitz. »Recht hat sie. Es ist alles ein bisschen verrückt. Ich meine, Eulen, die mit Ringen herumfliegen? Handfasting? Farblich abgestimmte Blumenbögen? Wie sind wir denn hier gelandet?«, frage ich und schneide eine Grimasse, woraufhin Freya mich anlächelt. Entweder das oder sie muss noch mal aufstoßen.

»Eine Hochzeit lässt auch den vernünftigsten Menschen irgendwann völlig durchdrehen. Was wohl der Grund dafür ist, dass dein Dad und ich uns nicht dazu durchgerungen haben.«

»Noch nicht.«

Rachel sieht mich nachdenklich an. »Ja. Hmm. Ich muss zugeben, dass das Planen dieser Hochzeit mich auf den Geschmack bringt. Vielleicht ist es an der Zeit, dass wir selbst einander das Ja-Wort geben, aber zuerst muss ich diese Trauung hier hinter mich bringen!«

Ich lache. »Also eins steht fest. Cal und ich machen das auf keinen Fall. Eher friert die Hölle zu.«

»Was mache ich auf keinen Fall?« Cal tritt hinter der Theke hervor. Er muss durch die Personaltür hereingekommen sein, aber wir haben ihn beide nicht gehört. Vielleicht ist er seit fünf Sekunden da – oder auch seit fünf Minuten. Mir zieht sich der Magen zusammen, als mir bewusst wird, dass er einiges oder vieles von meinem Gespräch mit Rachel gehört haben könnte.

Rachel wirft mir einen Blick zu. »Wir haben übers Heiraten gesprochen.«

Cal verzieht das Gesicht. »Dann gehe ich am besten gleich wieder. Ich habe schon genug von Hochzeiten, vor allem von dieser hier.«

»So ein Theater, und dabei sind nicht mal wir diejenigen, die den Bund der Ehe schließen, was?«

Er lacht. »Genau. Wenn die Hochzeit von anderen Leuten schon so anstrengend ist, stell dir vor, wie schlimm es erst bei deiner eigenen wäre!«

Rachel beobachtet uns schweigend.

Ich glaube, Cal macht Witze, aber man weiß ja nie. Hochzeiten sind nicht sein Ding, und er hat wahnsinnig viel um die Ohren, aber ich würde mich ehrlich gesagt freuen, wenn er den Gedanken an eine Hochzeit nicht ganz so abwegig fände. Aber falls er gehört hat, was ich zu Rachel gesagt habe … *Autsch.* Eigentlich habe ich nicht gemeint, dass eher die Hölle zufrieren würde, als dass ich bereit wäre zu heiraten. Rachel hat mich herausgefordert, wir haben gescherzt, und nachdem ich jetzt weiß, was bei einer Hochzeit alles beachtet werden muss, habe ich wenig Lust auf den ganzen Wirbel und Stress und die öffentliche Aufmerksamkeit …

Mist.

»Rachel hat ein paar super Ideen, wie wir Kilhallons Image retten und die Hochzeit organisieren können. Es wird ganz toll.« Gott, jetzt kann ich mich nicht mal mehr selbst überzeugen.

Cal kitzelt Freya am Bauch, und sie lächelt und macht ein gurgelndes Geräusch vor Freude, das definitiv kein Bäuerchen ist. Falls Cal mitbekommen hat, was ich über uns beide gesagt habe, lässt er sich nichts anmerken. »Ich bin dir sehr dankbar, dass du uns hilfst, Rachel – und Freya auch.«

Als würde sie ihren Namen verstehen, was sie inzwischen vielleicht sogar kann, greift Freya nach Cals Daumen und umklammert ihn mit ihrer puppengroßen Faust.

»Sie ist stark«, sagt er. Cal blickt zu mir. »Wie ihre große Schwester.«

»Lasst uns zum Auto gehen«, sagt Rachel.

Ich trage Freya hinaus. Hoch über uns kreisen und schreien Möwen, und kleinere Vögel zwitschern wie verrückt von den Hecken und Steinmauern neben dem Café. Es ist definitiv Frühling geworden, was mich erneut daran denken lässt, wie wenig Zeit uns bleibt bis zu dem Termin, den wir für die Messe angesetzt haben.

Wir winken Rachel und Freya nach, bis sie außer Sichtweite sind. Dann folgt Cal mir ins Café. Er hat eben noch gelächelt, als wir uns von meiner Stiefmutter und meiner kleinen Schwester verabschiedet haben, und gemeint, er werde sich an die Aufgaben machen, die Rachel und ich ihm für die Hochzeitsmesse aufgetragen haben, aber es liegt eine Spannung in der Luft. Eine Kühle, die nichts mit dem frischen Frühlingsabend zu tun hat. Vielleicht hat er wirklich gehört, dass ich gesagt habe, ich würde niemals heiraten, aber selbst wenn, warum sollte ihm das etwas ausmachen? Ich weiß genau, dass Liebesschwüre und Handfastings nichts für Cal und mich sind. Wir kennen uns noch nicht mal ein Jahr und wohnen noch keine drei Monate zusammen. Im Moment genießen wir einfach unsere Zeit miteinander, und es läuft gut. Was in Ordnung ist. Es ist absolut *in Ordnung.*

»Schon okay. Ich kann zumachen.«

»Ich weiß, aber ich helfe trotzdem.«

Manchmal hat es keinen Zweck, mit Cal zu streiten. Meistens hat es keinen Zweck. Er überprüft die Terrassentüren und wartet vor dem Café, bis ich das Licht ausgeschaltet habe. Ich schließe die

Tür hinter mir ab, dann gehen wir zurück zum Farmhaus und unterhalten uns darüber, dass wir rechtzeitig vor Ostern die Jurten aufstellen müssen.

Die Sonne ist noch hell, aber unter dem klaren Himmel verflüchtigt sich die Wärme schnell, und ich glaube, heute Nacht könnte es sogar Frost geben, selbst hier an der Küste. Cal geht weiter in die Lagerscheune, um Feuerholz zu holen, sodass ich meinen Weg ins Farmhaus allein fortsetze. Er hat recht normal gewirkt, was auch immer bei Cal »normal« ist. Aber warum habe ich dann trotzdem das Gefühl, dass ich ihn irgendwie verletzt habe? Und dass er mir etwas verheimlicht?

18

Cal

Auf der frühen Zugfahrt mit Demi nach London tue ich so, als würde ich meine E-Mails beantworten, den Buchungskalender aktualisieren und Ersatzteile für den Aufsitzmäher bestellen, aber eigentlich habe ich nur zwei Mädchen im Kopf.

Das eine sitzt jetzt neben mir und überarbeitet sein Kochbuch. Demi starrt stirnrunzelnd auf ihren Bildschirm.

Ich schaue aus dem Fenster auf die knospenden Bäume und betrachte den Spätmärz-Sonnenschein, der auf den Wellen glitzert, während wir bei Dawlish an der Küste entlangfahren. Dieser Teil der Strecke musste vor ein paar Jahren nach Überschwemmungen, ähnlich denen, die St Trenyan verwüstet haben, neu gebaut werden. Es ist schön zu sehen, dass er wieder befahren wird und das Dorf langsam auf die Beine kommt. Ich wünschte, mein Privatleben liefe ebenso gut.

Die Küste lenkt mich nur ein paar Sekunden lang ab, bevor mir Demis Worte von letzter Woche im Café wieder einfallen.

»Also eins steht fest. Cal und ich machen das auf keinen Fall. Eher friert die Hölle zu.«

Der Lauscher an der Wand hört seine eigene Schand, hätte meine Mutter gesagt. Die Worte *auf keinen Fall* und *eher friert die Hölle zu* haben sich mir ins Gedächtnis eingebrannt. Ich schiele zu Demi, die auf ihrer Tastatur herumtippt und konzentriert die Zunge herausstreckt. Obwohl der Verlag viel mitgeholfen hat, hat dieses Buch sie sehr gefordert.

Aber ich offensichtlich noch viel mehr.

Wenigstens weiß ich bei Demi, woran ich bin. Und es ist ja nicht so, als würde ich sie nicht verstehen.

Sie ist jung – erst zweiundzwanzig –, und ich bin zehn Jahre älter und trage schwerere Lasten mit mir herum als der Zug von Paddington nach Penzance an einem Feiertag. Ich kann mir vorstellen, dass sie sich noch nicht festlegen will, und außerdem machen sich viele Leute heute sowieso nicht mehr die Mühe zu heiraten.

Aus meinem ersten Versuch in diese Richtung ist nichts geworden. Ich hatte nicht mal die Gelegenheit, Isla einen Antrag zu machen. Was letztendlich gut war …

Wir kommen zu Mittag in Paddington an, und Demi macht sich zu Fuß auf zum Verlagsgebäude, während ich die U-Bahn zum Büro der Hilfsorganisation nehme. Ich habe vorgeschlagen, dass wir uns in einem Pub in der Nähe des Bahnhofs treffen, bevor wir am Abend mit dem Zug nach Cornwall zurückfahren.

Wir verabschieden uns mit einem Kuss voneinander, dann läuft sie mit ihrer Laptoptasche die Straße hinunter und wirkt dabei ganz so, als würde sie hierhergehören. Mir stockt der Atem, wenn ich an das verzweifelte, hungrige Mädchen denke, mit dem ich mich damals in einem Café getroffen habe. Wie weit sie es gebracht hat! Zu sehen, wie Demi sich im Verlauf des letzten Jahres entwickelt hat, gehört zu den schönsten Dingen in meinem Leben: Sie ist mit Kilhallon gewachsen. Ich bilde mir nicht ein, dass ich dazu irgendetwas beigetragen hätte außer, dass ich ihr Chancen eröffnet habe. Als ich aus der U-Bahn herauskomme, biege ich in eine Seitenstraße zu den kleinen Büros ab, die einem größeren Komplex angehören.

Ich klingele und betrete dann den Empfangsbereich, der allem Anschein nach auch als Lagerraum dient. Es herrscht das übliche Chaos; die Mitglieder des kleinen Teams, einige Ausrüstungsgegenstände und das Büromaterial sind in jede verfügbare Ecke gequetscht. Die Geschäftigkeit tut mir gut. Carolyn hatte mir schon früh am Morgen geschrieben, dass sie mit dem Mitarbeiter, der von Esme gehört hat, eine Videokonferenz arrangieren würde. Ich kann es gar nicht erwarten, in ein paar Stunden vielleicht ein Foto von ihr zu haben und zu wissen, was mit ihr passiert ist.

Carolyns Assistent begrüßt mich an der Tür und bittet mich, zu Carolyns »Kabuff« ganz oben im Gebäude hinaufzugehen. Noch bevor ich ihre Tür erreiche, in der Mitte der letzten Treppe, erscheint sie auf dem Treppenabsatz, und ich weiß es. Sie muss gar nichts sagen.

Ein einziger Blick in Carolyns mitleidiges Gesicht genügt – es gibt schlechte Nachrichten. Ich wate durch das Meer, kämpfe gegen die Strömung und die gewaltigen Wellen an. Mir schnürt sich die Brust zusammen, und ich kann nicht atmen.

»Es tut mir leid«, sagt sie und kommt mir auf dem Treppenabsatz entgegen. »Es war nicht Esme. Mein Kollege hat gerade angerufen. Er hätte bis zur Videokonferenz warten können, aber er wollte uns so schnell wie möglich Bescheid geben. Es tut mir leid, dass du den weiten Weg umsonst gemacht hast. Wir haben alle gedacht – gehofft –, dass sie es ist. Das Mädchen ähnelt ihr, hat das richtige Alter und ist aus derselben Region geflohen. Die Geschichte klang so ähnlich, dass wir dachten, es kann kein Zufall sein. Aber dieses Mädchen ist nicht Esme. Ein Mitglied seiner Familie hat einen unserer Krisenhelfer kontaktiert und das Mädchen identifiziert, und die Kleine hat schon per Skype mit der Person gesprochen.«

»Freut mich für sie«, sage ich, obwohl ich die Enttäuschung in allen Knochen spüre und schreien könnte. »Schön, dass wenigstens eine Familie in diesem verdammten, heillosen Chaos eine positive Nachricht erhalten hat.«

Carolyn hält mir ihre Tür auf. »Du bist ein guter Mensch, Cal, auch wenn du das nicht glaubst.«

»Ja, ja. Was auch immer, Chefin.«

»Ich bin nicht mehr deine Chefin, aber komm trotzdem rein, dann gebe ich dir genau dieselben Ratschläge wie meinen Mitarbeitern, ob es dir passt oder nicht.«

Eine halbe Stunde später schenkt mir Carolyn eine zweite Tasse Tee ein. Sie sitzt in einem abgewetzten Lehnstuhl neben meinem. Ihren haben wir immer den »Stuhl des Schicksals« genannt: Von dort aus überbringt sie schlechte Nachrichten und redet ihren Mitarbeitern gut zu. Wir haben oft darüber gescherzt; ich habe ihn auch selbst schon ein paarmal benutzt, um jungen Teammitgliedern Tee und Trost zu spenden.

»Okay?«, fragt sie und streckt mir eine Packung Kekse entgegen.

»Schoko-Hobnobs. Wow.«

»Ich finde, dies ist ein Moment für Schoko-Hobnobs.«

»Statt drei Päckchen Taschentücher?«

»Die meisten Leute hier ziehen Kekse Tempos vor, sogar wenn es welche mit Balsam sind, und du bist nicht nah am Wasser gebaut.«

Nicht in der Öffentlichkeit, denke ich. »Die Leute tun gut daran.« Ich nehme mir einen Keks und tunke ihn in meinen Tee. Nicht, weil ich Lust darauf hätte, sondern um Carolyn das Gefühl zu geben, sie würde mir helfen. Aber vermutlich weiß sie sowieso, dass nichts hilft. Spielen wir dieses Spiel nicht alle mit den Leuten, die wir lieben und die uns etwas bedeuten? Wir machen ihnen vor, es würde uns gut gehen, denn unser Schmerz würde sich nur verdoppeln, nicht halbieren, wenn wir ihn teilen. Ich werde das Spiel später auch mit Demi spielen.

Bei ihrem schicken Verlag bekommt sie sicher edlere Kekse.

Carolyn beugt sich auf ihrem Sitz vor. »Kommst du klar? Oder ist das eine dumme Frage?«

»Ja und ja, aber du kannst nichts dafür. Sondern nur ich.«

»Das Thema hatten wir schon mal. Wir haben dir eine Therapie angeboten. Vielleicht solltest du noch mal darüber nachdenken.«

»In Kilhallon habe ich alles, was ich brauche. Ich komme darüber hinweg. Es war dumm von mir, dass ich mir Hoffnungen gemacht habe. Du hast mich mehrfach gewarnt, dass das hier mit Tränen enden könnte – und mit Keksen.«

»Kilhallon hat dir gut getan – tut dir immer noch gut –, und das hier ist ja nicht das Ende. Es besteht nach wie vor die Möglichkeit, dass Esme lebt und wohlauf ist, auch wenn ich das nicht sagen sollte. Vielleicht finden wir irgendwann etwas auf einer der Seiten der Suchdienste im Internet.«

»Vielleicht ... Du weißt ja, wie verschwindend klein die Chancen sind, dass sie wohlbehalten irgendwo auftaucht. Sie könnte irgendwo in Europa in einem Lager stecken. Oder Menschenhändlern in die Hände gefallen sein … Falls sie es überhaupt aus der Stadt hinausgeschafft hat.« Oder etwas weit Schlimmeres ist ihr passiert, denke ich und schüttele mich.

»Alle diese Szenarien sind möglich. Aber wir haben für nichts davon Beweise. Wir werden weitersuchen und unser Bestes tun, um Esme zu finden. Es tut mir leid, dass wir nicht mehr Zeit und Ressourcen übrig haben.«

»Ich sollte die Zeit übrig haben.«

Sie seufzt. »Nein. Solltest du nicht. Du solltest dein eigenes Leben leben.« Sie macht eine Pause. »Cal. Ich sage das nur ungern, aber ich kann nicht anders. Bist du sicher, dass es bei dieser Suche um Esme geht und nicht um dich?«

»Was meinst du damit?«

»Wie viel von diesen Recherchen beruht auf deinen Schuldgefühlen, weil du sie und Soraya allein gelassen hast? Schuldgefühlen, die du, wie ich betonen möchte, nicht haben musst.«

Manchmal sagen Leute Dinge, auf die man einfach keine Antwort hat.

Ich stelle meine Tasse auf den Tisch. »Ich fahre nach Hause.«

»Cal. Warte. Verschwinde nicht einfach so.«

»Was soll ich denn tun? Ich fühle mich wie der letzte Idiot. Als hätte ich sie – sie beide – noch einmal verloren. Soll ich mit einem fröhlichen Lächeln im Gesicht hinaustanzen?«

Carolyn mustert mich ruhig und wartet.

Ich stöhne. »Tut mir leid. Das hätte ich nicht sagen sollen. Nicht zu dir.«

»Doch. Raus damit. Schimpf und schrei, so viel du willst. Heule und tobe herum. Ich habe schon viel Schlimmeres erlebt.«

»Shit. Ich sage immer genau das Falsche.«

»Du hast schon immer genau das Falsche gesagt, lange bevor du in Gefangenschaft geraten bist. Es liegt in deiner Natur, das Falsche zu sagen und Leute wütend zu machen, ganz egal, ob du sie liebst oder hasst. Aber normalerweise hast du die richtigen Gründe dafür – weil du dich für das einsetzt, woran du glaubst. Weil du tiefe Gefühle hast für die Menschen und Dinge, die du liebst. Dadurch ist es vielleicht nicht leicht, mit dir zusammenzuleben oder zu arbeiten, aber so bist du nun mal. Jetzt setz dich wieder hin. Geh noch nicht. Lass dir noch Zeit.«

»Weil die Zeit alle Wunden heilt?«, frage ich kalt vor Verzweiflung, während mir das Ausmaß meiner Enttäuschung langsam bewusst wird.

»Nein, aber die Zeit gibt uns die Möglichkeit, uns einzureden, es wäre okay. Sie gibt uns Raum zum Atmen. Lass deinen Frust an mir aus und nimm diese Enttäuschung und Wut nicht mit nach Hause zu Demi. Ich weiß, dass ich gesagt habe, es gibt noch Hoffnung, aber manchmal glaube ich, es wäre besser, du würdest die Hoffnung aufgeben. Ich fühle mich schon schlecht genug, weil ich dir überhaupt erlaube zu hoffen, aber ich würde mich noch schlechter fühlen, wenn ich dir die Neuigkeiten verheimlicht hätte.«

»Deshalb darfst du dich niemals schlecht fühlen.«

Sie steht auf und drückt mich. Nur kurz, denn Carolyn ist, bei all ihrem Mitgefühl, nicht der Typ für Umarmungen, nicht mal bei Freunden oder Familienmitgliedern. Ich glaube, sie erlaubt überhaupt niemandem mehr, ihr richtig nahe zu kommen.

Sie lässt mich los, und ich atme tief aus. »Eine Umarmung. Wow. Du musst dir aber große Sorgen um mich machen.«

Sie lächelt. »Nein, ich hab selbst eine gebraucht. Dass es dich trifft, macht mir nichts.«

Ich lache. »Auch wenn ich aussehe wie eine wandelnde Leiche.«

»Von mir gibt's heute keine Komplimente mehr. Jetzt trink endlich den verdammten, widerlichen Tee, heul dich ordentlich aus und dann verpiss dich wieder nach Cornwall, um diese Hochzeit zu veranstalten.«

»Gott. Das. Ich kann nicht …«

»Du kannst. Du musst für deinen Lebensunterhalt und Demis und den eurer Mitarbeiter sorgen. Und dafür, dass die Anlage läuft, denn ich lasse dich garantiert nicht wieder für mich arbeiten.«

»Danke für die Blumen, Chefin.«

Sie streckt mir die Packung Kekse entgegen. »Halt die Klappe und nimm dir noch einen Hobnob. Das ist ein Befehl.«

»Hi, wie war's? Wurde sie gefunden? Ich hab dir geschrieben, aber du hast nicht geantwortet, und ich dachte, vielleicht bist du mit Carolyn beschäftigt oder telefonierst gerade mit Esme oder …«

»Leider war sie es nicht.«

Demis Lächeln verschwindet. Ihre Enttäuschung lässt meine wieder aufleben, und ich spüre sie wie tausend Messerstiche. Demi und ich haben uns in einem Pub in der Nähe des Bahnhofs getroffen. Um halb sechs gibt es hier nur noch Stehplätze, und wir sind umringt von fröhlichen Touristen und Angestellten, die lachen und ihren Feierabend genießen. Selbst wenn ich meine Wut rauslassen wollte, könnte ich es hier nicht, und das ist wahrscheinlich für uns beide besser so.

»Oh nein, Cal. Gibt es gar keine Neuigkeiten?«

»Nein. Das Mädchen, das der Mitarbeiter für Esme hielt, sah ihr nur ähnlich. Das ist alles.«

»Das tut mir wirklich leid. Ich weiß nicht, was ich sagen soll.«

»Es gibt nichts mehr zu sagen. Lass mich dir einen Drink holen, und dann will ich wissen, wie dein Tag beim Verlag war.«

»Meine guten Nachrichten zu dem Buch kommen mir unwichtig vor im Vergleich zu deinen schlechten.«

»So etwas will ich nie wieder von dir hören«, sage ich schroffer als beabsichtigt, denn ich sehe, wie sie zusammenzuckt. Ich bemühe mich, mein tiefgründiges, verführerisches Stirnrunzeln aufzusetzen, auch wenn mir gerade überhaupt nicht danach zumute ist. »Das ist ein Befehl des heißen Vampirs«, fahre ich fort und erinnere sie an den Spitznamen, den sie am Anfang für mich hatte. Sie verdreht die Augen und lächelt dann. »Schau mal, dort in der Ecke ist ein freier Tisch und ein Hocker. Schnapp ihn dir, während ich die Getränke hole.«

Kurz darauf bin ich wieder bei Demi. Der Ansturm ist leicht zurückgegangen, und ich finde einen zweiten freien Hocker.

»Also, wie war's in der glamourösen Verlagswelt?«, frage ich. Ich weiß, dass meine Worte sarkastisch klingen, obwohl ich das eigentlich gar nicht sein will. Ich will mich wirklich für Demis Antwort und ihre überbordende Freude interessieren, ihr und mir selbst zuliebe.

»Wir haben das Cover und ein paar erste Fotos gesehen. Oh Gott. Du musst es dir anschauen – ich kann nicht fassen, wie schön es ist! Ich kann nicht fassen, dass mein Name außen auf dem Buch stehen wird, und, oh Mann, ich hätte fast tatsächlich geheult. Ich musste so tun, als würde ich niesen, denn ich hatte Tränen in den Augen. Die Bilder sind auf meinem Tablet. Willst du sie jetzt sehen oder wenn wir im Zug sind?«

»Jetzt. Ich will nicht bis nachher warten.«

»Okay. Du wirst es nicht glauben.«

Demi zeigt mir das Cover ihres Buchs und die Fotos von einigen Rezepten und Hunden, die der Verlag gemacht hat. Ich könnte auch heulen, weil es tolle Bilder sind, aber vor allem, weil Demi so glücklich und begeistert ist. Wie niedergeschlagen ich auch war, als ich den Pub betreten habe – sie vor Freude fast platzen zu sehen kann ich kaum ertragen, so schön ist es. Ich weiß nicht, was ich gemacht hätte, wenn ich nach der Enttäuschung vorhin allein hier hereingekommen wäre, wenn ich allein nach Kilhallon hätte zurückfahren müssen.

»Was sagst du?«, fragt sie.

»Ich finde die Bilder großartig. Du bist großartig.« Ich beuge mich zu ihr und küsse sie, schmecke Wein auf ihren Lippen und spüre die Erregung in ihrem Körper.

»Eigentlich habe ich gar nicht viel gemacht und komme mir ein bisschen wie eine Betrügerin vor. Ich habe einige der Rezepte für Hunde beigesteuert und fast alle für Menschen, aber Eva hat viele der Texte geschrieben, und der Verlag hat alle Fotos und das Design in Auftrag gegeben. Als Nächstes muss ich ein paar Bilder von Mitch machen lassen, aber dafür kommt der Fotograf nach Cornwall. Und ich habe überlegt, Lily zu fragen, ob sie etwas dagegen hätte, wenn auch Louie in dem Buch vorkommt. Eva und die Lektorin sind fast durchgedreht, als ich das vorgeschlagen habe, und ich habe es schon fast bereut, weil vielleicht nichts daraus werden könnte. Sie wollen, dass ich Lily bitte, ein Vorwort zu verfassen. Das muss ich vor der Hochzeitsmesse noch klären, denn unsere Deadline rückt näher. Also, was hältst du von …«

Demi spricht fröhlich weiter, nippt an ihrem Wein, scrollt durch die Fotos und sprudelt allgemein einfach über wie ein Glas Champagner. Mir selbst ist überhaupt nicht nach Feiern zumute, aber mit ihr hier zu sein ist der beste Trost. Und sie sieht umwerfend aus. In der Jeans kommt ihr Po perfekt zur Geltung, die hochhackigen Stiefel lassen ihre Beine noch länger aussehen, und ihr kastanienbraunes Haar ist auf eine gleichzeitig lässige und verführerische Art hochgebunden, sodass ich mich am liebsten sofort auf sie stürzen würde. Inzwischen ist es Zeit für unseren Zug, aber ich bin nicht sicher, ob der Schaffner begeistert sein wird, wenn ich dieses Vorhaben im Sechs-Uhr-Neununddreißiger nach Penzance in die Tat umsetze.

Es ist dunkel und nieselt, als unser Zug gerade in Penzance einfährt. Meine gesamte linke Körperhälfte ist taub, wo Demi auf meiner Schulter geschlafen hat. Die Stimme des Zugführers erinnert uns daran, alle unsere Sachen mitzunehmen. Zum Glück ist hier die Endstation, sonst hätte ich womöglich über die Spitze von Cornwall hinaus und bis in den Atlantik gedöst und Demi mitgerissen. Ich wecke sie sanft.

»Wir sind zu Hause«, sage ich, und die Worte geben mir ein kleines Hochgefühl, wie der erste Schluck Whisky, wenn die Hitze hinten in der Kehle ankommt und einem den Bauch wärmt. Kilhallon tut mir gut – und Demi auch. Mit meinem Rucksack auf dem Rücken und einer Tüte mit einem Geschenk für Polly gehe ich mit Demi zum Parkplatz. Feiner Regen fegt in grauen Schleiern über den Asphalt. Die orangefarbenen Lampen spiegeln sich in den Pfützen. Ich kann mir kaum vorstellen, dass in ein paar Stunden schon wieder die Sonne aufgeht.

Ich weiß, warum ich nichts sagen konnte, als Carolyn mir vorgeworfen hat, ich würde Esme suchen, um mich von meinen Schuldgefühlen zu befreien. Das war einer jener Momente, in denen man nicht antworten kann, weil man zu wütend ist, dass jemand laut sagt, was man selbst schon erkannt hat und nicht auszusprechen wagt. Einer jener Momente, in denen der andere Worte für den Zweifel findet, der schmerzlich an einem nagt.

»Cal …«

Als wir den Land Rover erreichen, bleibt Demi trotz des Regens stehen und nimmt mich in die Arme. »Es tut mir leid. Es tut mir sehr, sehr leid, was dir heute passiert ist. Das ist scheiße. Das ist total scheiße, und du musst richtig fertig sein.«

Es ist, in der Tat, scheiße. Aber von Demi umarmt zu werden ist nicht scheiße. Sie ist mit Abstand das Beste in meinem Leben. Ich habe Glück, dass ich hier bin und wir uns haben. Großes Glück.

»Ich hätte wissen müssen, dass es mit einer Enttäuschung enden kann. Ich hätte mir keine Hoffnungen machen dürfen. Carolyn hat mich von Anfang an gewarnt, nicht zu optimistisch zu sein. Sie hat gesagt, es gebe nur eine sehr geringe Chance.«

»Du konntest nichts dafür. Gib nicht auf. Noch nicht«, sagt sie. Ich lehne mein Gesicht an ihres.

»Ich glaube, das muss ich.«

Sie flüstert etwas, was ich nicht verstehe. Ich habe sie. Ich bin hier. Es ist an der Zeit, alles, was passiert ist, hinter mir zu lassen und nach vorne zu schauen. Der Regen jagt über den Parkplatz. Demis Haare kleben ihr im Gesicht. Ich schmecke den Regen auf meinen Lippen: kaltes Süßwasser, vielleicht nicht sehr sauber, aber wenigstens weiß ich, dass ich lebe.

»Lass uns nach Hause fahren«, sagt sie.

Ich steige ins Auto und sehe Penzance in einem orangefarbenen Nebel vorbeiziehen, während sie uns nach Hause bringt. Ich sollte dankbar sein für das, was ich habe: Demi, Polly, Robyn, Kilhallon, meine Freunde. Sogar Mawgan Cade, verdammt noch mal, hat es nicht ernsthaft darauf abgesehen, mein Haus zu bombardieren und mich umzubringen. Es ist an der Zeit, mit dem Rest meines Lebens weiterzumachen, wie albern und belanglos der jetzt auch erscheinen mag – und wenn eine völlig durchgeknallte Promihochzeit meine Rettung ist, her damit.

19

Demi

Nach Cals bitterer Enttäuschung letzte Woche in London dachte ich, es würde ihm schwerfallen, auch nur ein bisschen Begeisterung für die Hochzeitsmesse nächsten Sonntag aufzubringen, aber er hat mich mit seinem Eifer überrascht. Er hat schon mit meinem Dad über die Stromversorgung gesprochen und sich mit dessen Freund zusammengesetzt, der sich mit Licht- und Tontechnik bei Musikfestivals auskennt. Außerdem hat er ein paar Entwürfe für den Bogen erstellt und versprochen, sich mit der Floristin auszutauschen, die Rachel für die Hochzeit gebucht und zur Messe eingeladen hat.

Der April scheint alle in Hochzeitsstimmung zu versetzen. Ich habe ein paar Mini-Scones gebacken und versuche gerade, sie auf eine elegante Art mit Marmelade und Clotted Cream und vielleicht einer kleinen Erdbeere anzurichten. Ich will sie perfektionieren, damit ich sie Lily zeigen kann, wenn sie direkt nach der Hochzeitsmesse herfliegt. Ben muss zu Dreharbeiten und schafft es vielleicht nicht, aber Lily hat gerade ein amerikanisches Fernsehdrama abgedreht und kann ein paar Stunden erübrigen, bevor sie einen Film promoten muss.

Als ich gerade versuche, ein winziges Clotted-Cream-Krönchen auf den Scone zu spritzen, der schon mit Pollys hausgemachter Marmelade bestrichen ist, klingelt es an der Rezeption. Ich warte darauf, dass Cal hingeht, denn er arbeitet in seinem Büro. Polly ist beim Zahnarzt.

»Cal!«, rufe ich und setze vorsichtig die obere Hälfte des Scones auf das Clotted-Cream-Krönchen.

Es klingelt noch einmal. Ich stelle den Scone ab, schnappe mir ein Geschirrtuch, um mir die Hände abzuwischen, und laufe zu Cals Arbeitszimmer. »Cal, kannst du mal schauen, wer an der Rezeption ist? Ich backe.« Sein Büro ist leer, und es klingelt schon wieder, also mache ich mich auf, um den Besucher zu begrüßen. Nachdem ich mein »Willkommen in Kilhallon«-Lächeln aufgesetzt habe, öffne ich die Tür zur Rezeption.

Von der anderen Seite der Rezeptionstheke lächelt mich ein großer Mann mit dunkelblondem Haar an, das sich bis zu seinem Kragen lockt. Ein, zwei Momente bin ich sprachlos und traue meinen Augen nicht.

»Kit! Was machst du denn hier?«

Der Letzte, den ich heute erwartet hätte, ist Kit Bannen. Mein erster Gedanke ist: Wie wird Cal wohl reagieren, wenn er seinen Halbbruder hier antrifft? Bis kurz vor Weihnachten wusste Cal nicht mal, dass Kit existiert, und nach einem katastrophalen Start steht ihre Beziehung immer noch auf wackeligen Beinen.

»Was glaubst du denn? Dass ich hier bin, um den Stromzähler abzulesen?«, fragt er und deutet dann auf den Rucksack neben sich auf den Fliesen. »Ich will hier Urlaub machen.«

»Du … aber … Ich wusste gar nicht, dass du gebucht hast … und … *erwarten* wir dich?«

Er lächelt. »Ja und nein. Ich habe vor ein paar Tagen online gebucht, aber ich wollte euch überraschen, deshalb hat eine Freundin von mir in ihrem Namen und mit ihrer Kreditkarte reserviert. Außerdem war ich nicht ganz sicher, ob ich willkommen wäre. Aber jetzt bereue ich das Versteckspiel ein bisschen. Ich hoffe, Cal ist nicht allzu sauer. Und du auch nicht.«

»Nein. Nein, ich glaube nicht. Aber du hättest anrufen sollen. Es, ähm … könnte ein Schock für ihn sein.«

»Tut mir leid. Das verstehe ich, aber ich habe auch erst vor ein paar Tagen beschlossen zu kommen. Ist er da? Wenn ja, bringe ich das Wiedersehen mit ihm lieber gleich hinter mich, damit ich weiß, ob er mich hier wohnen lässt oder mich wieder rausschmeißt.«

»Du weißt genau, dass er dich nicht rausschmeißen wird. Er hat mir gesagt, dass ihr seit Weihnachten ein paarmal telefoniert habt.«

»Ja, ich habe dieses Jahr zweimal angerufen, um zu hören, wie es in der Stadt läuft und ob ich noch irgendwie helfen kann. Er hat verneint, aber es war ein recht höfliches Nein und klang nicht nach ›Verpiss dich, du Vollidiot‹.«

»Was wohl ein großer Fortschritt ist.«

»Hmm. Es lief anfangs nicht gut mit uns, aber das ist doch längst Vergangenheit.« Er streicht sich eine Haarsträhne aus den Augen. Seine Haare sind seit Weihnachten gewachsen, sodass er jetzt noch mehr wie ein lässiger Surfer aussieht. Aber ich weiß, dass er weder lässig noch ein Surfer ist: Er wirkt charmant, ist aber eigentlich genauso reizbar und unberechenbar wie Cal. Ich freue mich zwar, ihn zu sehen, und er scheint seit Weihnachten weiter an sich gearbeitet zu haben, aber ein bisschen argwöhnisch bin ich immer noch, was die Gründe für seinen Besuch in Kilhallon angeht.

»Ja, die gute alte Vergangenheit«, sage ich. Cal hat sich bemüht, sich nichts anmerken zu lassen, aber ich habe mitbekommen, wie er fast den ganzen Rückweg über aus dem Fenster gestarrt hat, als könnte er draußen in der Dunkelheit Esme finden. Cal dachte, dass ich schlafe, aber ich habe den Schmerz in seinen Augen gesehen. Seit er zurück ist, durchkämmt er ständig das Internet in der Hoffnung, etwas über Esme herauszufinden. Ich mache mir Sorgen um ihn, aber mehr kann ich nicht tun.

»Ich muss noch eine Menge Brücken bauen. Und zwar solche,

die mehr aushalten als die Golden Gate, die Brooklyn und die Tower Bridge zusammen. Hat Cal viel von mir gesprochen?«

Meiner Meinung nach wird Cal nie viel von jemandem sprechen, dem er nicht ganz vertrauen kann, aber das behalte ich für mich, denn es ist gut, wenn Kit sich bemüht.

»Nicht viel, sorry, aber das muss nichts heißen, immerhin nennt er dich inzwischen Kit und nicht mehr ›diesen Bannen‹.«

»Dann ist er ja tatsächlich über seinen eigenen Schatten gesprungen.«

»Ja. Dass er ausgiebig über eure Beziehung plaudert, passt auch nicht zu ihm. Cal spricht nicht mehr über seine Gefühle als absolut notwendig. Also, warum bist du hier?«

»Eigentlich aus zwei Gründen. Erstens muss ich die letzten Änderungen an meinem Roman durchgehen, und in Kilhallon ist es dafür schön ruhig. Und zweitens wegen der Überschwemmung. Einer der Redakteure, die ich kenne, hat von der Verwüstung durch die Flutwelle gesprochen, und da habe ich erwähnt, dass ich Verbindungen zu dieser Region habe und auch ein wenig an den Aufräumarbeiten beteiligt war.«

Ich lächele. Cal hat mir erzählt, dass er für Kit einige besonders fiese Aufgaben ausgesucht hat, als sie vor Weihnachten den Leuten geholfen haben, ihre Häuser auszuräumen.

»Jedenfalls habe ich den Redakteur überredet, mich ein Feature darüber schreiben zu lassen, wie die Leute nach der Überschwemmung klarkommen. Ich will zeigen, wie der Ort wieder auf die Beine kommt, und auf einige bestehende Probleme hinweisen. So was eben.«

»Vieles wurde repariert, aber manche Leute sind immer noch nicht wieder in ihren Häusern, weil die Versicherungen nicht zahlen. Manche können vielleicht auch nie zurückkehren. Mein Dad und Rachel sind vor einer Weile wieder in ihr Cottage gezogen, aber sie hatten Glück.«

»Cal hat erzählt, dass sie hier gewohnt haben und das Baby da ist. Herzlichen Glückwunsch. Dann läuft es also gut mit deiner Familie? Beim Hafenlichterfest schien eine Versöhnung nicht gerade wahrscheinlich.«

»Es sah nicht so aus, aber die Dinge haben sich geändert. Ich habe auch meinen Bruder Kyle wiedergetroffen, als er von der Army Urlaub gemacht hat. Dad und ich tasten uns langsam wieder aneinander heran, Rachel und ich verstehen uns viel besser, als ich das je für möglich gehalten hätte, und Freya ist *so* süß. Sie kann mich schon anlächeln, und ich wechsle ihr sogar die Windeln.«

»Du hängst dich ja richtig rein.« Er lächelt. »Freut mich, dass es bei dir gut läuft. Ehrlich. Ich erwarte nicht, dass Cal mich mit offenen Armen empfängt, aber wenn er erfährt, dass ich hier bin, um Gutes zu tun, reagiert er vielleicht etwas freundlicher.«

»Das wirst du gleich rausfinden«, sage ich, denn ich finde, nach seinem Verhalten letztes Jahr verdient er es, noch ein bisschen gequält zu werden. »Schau mal, er kommt über den Hof.«

»Shit«, flüstert Kit fast lautlos, aber dann stellt er sich ein wenig aufrechter hin, um sich für die Begegnung mit Cal zu wappnen. »Ich mache mich auf was gefasst.«

Von ein paar Monaten erst haben Cal und Kit sich fast geprügelt. Kit war aus Enttäuschung gegenüber Cals Vater – seinem und Cals Vater – voller Wut und Rachsucht. Ich bin ziemlich sicher, dass Cal immer noch sehr argwöhnisch ist, was seinen kleinen Bruder angeht, obwohl sie das Kriegsbeil begraben haben, als Kit nach der Überschwemmung zurückgekehrt ist, um zu helfen. Mir zieht sich der Magen zusammen, denn sogar ich fürchte mich ein wenig vor Cals Reaktion. Ich wünschte, Kit hätte uns vorgewarnt, aber es ist zu spät. Gut möglich, dass er einfach nicht wusste, wie er sich verhalten sollte, so wie Cal wahrscheinlich nicht weiß, was er tun soll, wenn er Kit gleich hier sieht.

Cal kommt in der warmen Frühlingssonne auf uns zu. Er trägt ein T-Shirt und hat anscheinend gerade an etwas gearbeitet. Er drückt die Tür auf und bleibt kurz stehen.

Kit wirft ihm ein flüchtiges Lächeln zu. »Hallo, Cal.«

Cal mustert ihn von oben bis unten. Mir stellen sich die Nackenhaare auf. Soll ich mich hinter der Theke in Sicherheit bringen oder hier bleiben und wenn nötig Schiedsrichterin spielen?

»Was willst du hier?«, fragt er.

»Wenn möglich ein paar Wochen bleiben.«

Cal runzelt die Stirn. »In Kilhallon?«

»Ja, wenn ich darf. Ich bin nicht hier, um Ärger zu machen, versprochen. Ich will Gutes tun.«

Cal verschränkt die Arme und sieht Kit finster an. »*Du* und Gutes tun?«

»Es ist vielleicht schwer zu glauben, aber in diesem Fall: ja. Ich habe einen Zeitungsredakteur überredet, dass ich ein Feature darüber machen darf, wie das Dorf nach der Sturmflut zurechtkommt.«

»Wie es zurechtkommt?« Cal schnaubt. »Wenn man bedenkt, was manche Leute durchgemacht haben und wie wenig echte Hilfe von außerhalb der Region kam, haben sie sich großartig geschlagen. Aber es gibt immer noch viel zu tun. Manche Leute fühlen sich von denen da oben im Stich gelassen, und von den Versicherungen will ich gar nicht erst anfangen.«

»Genau deshalb bin ich hier. Demi hat mir eben schon von einigen der Probleme erzählt«, antwortet Kit ruhig.

»Sie hat recht. Die Flut hat vielen riesige Probleme bereitet, die immer noch nicht gelöst sind. Trotzdem wollen wir nicht, dass die Leute denken, hier läge alles in Schutt und Asche. Die Öffentlichkeit soll wissen, dass die Stadt für Touristen offen ist, aber wir immer noch Hilfe brauchen.«

Kit nickt zustimmend. »Ich erkenne das Dilemma, aber ich hoffe, du vertraust darauf, dass ich die Dinge so darstelle, wie sie wirklich sind.«

Cal zögert, bevor ein Lächeln seine Lippen umspielt. »Dafür werde ich sorgen.«

»Wir haben ein Cottage, das in den nächsten Wochen frei ist«, sage ich, ohne Cal gegenüber zu erwähnen, dass Kit schon heimlich gebucht hat. Ich bin erleichtert, dass Cal sich gerade mehr über die Flutschäden als über Kits Auftauchen aufgeregt hat. Kit hat das schlau angefangen: Er muss gewusst haben, dass Cal sich nie eine Chance entgehen lassen würde, seinem Ärger Luft zu machen und zugleich den Leuten im Dorf zu helfen.

»Das trifft sich gut«, bemerkt Cal, und ich *glaube*, dass es nicht sarkastisch gemeint ist.

»Ich hoffe, ich kann hier auch in Ruhe mein Buch überarbeiten«, sagt Kit. »Vielleicht können wir uns mal auf ein Bier oder zwei treffen? Und es wäre toll, wenn du mir ein paar Leute aus dem Ort nennen würdest, mit denen ich sprechen kann. Wenn du nicht zu beschäftigt bist.«

»Ich bin immer beschäftigt«, erwidert Cal brummig. »Aber ja. Ich kann mir Zeit nehmen, um ein Bier zu trinken und mit dir zu reden, wenn es der Gemeinde hilft. Nur jetzt kann ich nicht hierbleiben und quatschen. Ich bin gerade dabei, den Rasenmäher zu reparieren. Demi kann sich sicher um dich kümmern.«

Eigentlich backe ich gerade, denke ich, und ich plane ein Hochzeitsmenü … aber Cal ist schon weg.

Kit sieht ihm nach, wie er über den Parkplatz davoneilt, und dreht sich dann mit hochgezogenen Augenbrauen zu mir. Er seufzt. »Na, das ist ja noch mal gut gegangen.«

Ich lache. »*Gut?* Ich dachte zwischendurch, du fliegst hochkant raus. Komm, ich hole die Schlüssel für das Enys Cottage, dann kannst du dich einrichten, bevor er es sich anders überlegt.«

Später sitze ich mit meinem Laptop im Farmhaus auf dem Sofa und feile noch mal am Text von *Hundedinner.* Wir haben noch Hunde-Popcorn und Muffins in ein paar neuen Geschmacksrichtungen und auch einige Rezepte für Snacks zum Mitnehmen beim Gassigehen hinzugefügt. Cal sitzt mit einem Buch auf dem Schoß im Lehnsessel, aber er liest nicht. Er hält sein Whiskyglas in der Hand und starrt ins Feuer. Er merkt nicht, dass ich ihn beobachte; womöglich merkt er nicht mal, dass ich mich im selben Raum befinde. Es dauert eine halbe Minute, bis er einen Schluck aus seinem Glas nimmt und mich ertappt, wie ich zu ihm schaue.

»Heute Abend bin ich nicht sehr gesprächig, was?«

»Ich muss sowieso arbeiten. Ich muss die Redaktion durchgehen und morgen zurückschicken.«

Er lächelt. »Redaktion? Klingt wichtig.«

»Es ist harte Arbeit. Das hier ist meine letzte Chance, noch etwas am Text des Rezeptbuchs zu ändern. Eva liest es auch gerade und natürlich die Leute im Verlag, aber mir macht der Gedanke Angst, dass es später vielleicht von Tausenden Leuten gelesen wird. Wenn ich irgendwas falsch gemacht habe … nicht, dass Hunde davon krank werden.«

»Wurden nicht alle Rezepte von einem Tierarzt und einem Ernährungswissenschaftler geprüft?«

»Schon, aber …« Ich lege den Laptop weg. »Es ist wieder ein

großer Schritt für Demelza's und mich. Alles geht so schnell, dass ich manchmal das Gefühl habe, mich hat ein Wirbelsturm gepackt und an einem fremden Ort abgesetzt.«

»Ich wohne schon mein ganzes Leben hier und weiß trotzdem manchmal nicht genau, wie ich hier gelandet bin.«

Cal wirkt nachdenklich, und seine Bemerkung tröstet mich nicht. Schon seit ich ihn kenne, habe ich Zweifel, ob er wirklich glücklich damit ist, hier zu sein und Kilhallon zu führen. Am Anfang dachte ich, im Herzen wäre er noch bei Isla, aber in letzter Zeit frage ich mich, ob es nicht der *Ort* ist, an dem es ihm schwerfällt zu bleiben. Wenn er gehen will, kann ich nichts dagegen tun … Mein Magen verkrampft sich. Ich würde darüber hinwegkommen, ich würde weitermachen – ich habe mir schon so oft vorgenommen, meine Hoffnungen und Träume und Zukunftspläne nicht mit seinen zu vermischen.

»Ich bin froh, dass ich weiß, was dir in Syrien passiert ist«, sage ich und gehe damit direkt ans Eingemachte.

»Geteiltes Leid ist doppeltes Leid, es kann zwei Menschen unglücklich machen statt nur einen«, sagt er mit einem bitteren Unterton. »In gewisser Weise bereue ich, dass ich dich damit belastet habe.«

»Du hast mich nicht belastet.«

Er lächelt flüchtig und küsst mich dann. »Vergiss das jetzt. Lass uns über etwas Wichtiges sprechen. Ich habe Boris, die Eule, gebucht, aber die Falknerin meint, er wäre in letzter Zeit nicht gut drauf und sie müsste ihn vielleicht durch eine weibliche Adlereule ersetzen. Und ob du's glaubst oder nicht, sie heißt Theresa.«

»Das denkst du dir doch aus!«

»Ich schwöre es«, sagt er und legt sich eine Hand aufs Herz.

»Im Ernst? Uah. Das ist ja gruselig. Eine Adlereule namens

Theresa? Das klingt ein bisschen riskant. Ben wird es nicht gefallen, wenn ein noch größerer, unheimlicherer Vogel als Boris auf ihm landet.«

Cal lächelt und zwinkert dann.

»Du *hast* es dir ausgedacht. Du Mistkerl.« Ich springe von meinem Platz auf, schnappe mir ein Kissen und haue ihn. Er wehrt mich ab, aber Sekunden später liegen wir beide auf dem Sofa, ich auf ihm. Die Kissen sind vergessen, und wir knutschen, und Boris und die Hochzeit und die ganze Welt kann uns mal.

20

Am nächsten Tag bin ich im Demelza's und genieße es, einen »normalen Arbeitstag« zu verbringen, an dem ich mich auf das Café und die Gäste konzentrieren kann, ohne Hochzeitsdramen oder düstere Gedanken. Gestern Abend haben Cal und ich noch länger zusammengesessen und über Geschäftliches gesprochen – über den aktuellen Stand der Buchungen für Ostern und wie lange wir für die Hochzeit schließen müssen.

Vieles ist jetzt festgelegt. Wir haben vor, die ganze Anlage und das Café von Mittwochabend bis Montag zu schließen. Das wird teuer für Lily und Ben, aber Geld scheint für die beiden keine Rolle zu spielen. Harry hat uns ein Dossier mit dem Sicherheitsplan geschickt und angerufen, um darüber zu sprechen. Addison und Jade melden sich natürlich andauernd telefonisch oder per Mail, um zu prüfen, ob alles »vorangeht«.

Das Geschäft läuft gut, aber nicht großartig an diesem grauen, kühlen Vormittag, sodass ich die Gelegenheit habe, einige der Saisonaushilfe-Bewerbungen durchzugehen und Vorstellungsgespräche zu vereinbaren. Wir brauchen definitiv noch ein paar zusätzliche Leute bei all den Veranstaltungen, die wir planen, und auch generell für die Sommersaison.

Die Krüge mit bonbonfarbenen Tulpen auf allen Tischen machen sich gut im Café, und es ist erfüllt von köstlichen Gerüchen, die Wanderer und Stammgäste herbeigelockt haben müssen. Eine unerschrockene Gruppe von Spaziergängern mit Hunden sitzt sogar in Mäntel und Fleecemützen eingepackt draußen auf der Terrasse und wärmt sich an Tassen mit heißer Schokolade die Hände. Die vierbeinigen Kunden, zwei Labradore und ein quirliger junger Puggle, knabbern mein neues herzhaftes Hunde-Popcorn.

Als ich mich während der Flaute am frühen Nachmittag mit Buchhaltungskram beschäftige, betritt Kit das Café.

»Komme ich zu spät zum Mittagessen? Ich musste erst noch ein Kapitel zu Ende überarbeiten.«

»Du kommst immer zu spät, aber wir können sicher noch ein paar Reste für dich finden.«

Er lächelt. »Die reichen mir. In der Not frisst der Teufel Fliegen.«

»Etwas Besseres habe ich schon noch da.«

Obwohl mir Kit immer noch nicht ganz geheuer ist, wie meine Oma Demelza gesagt hätte, gewähre ich ihm vorerst einen Vertrauensvorschuss.

Ich selbst schnappe mir zum verspäteten Mittagessen einen Kaffee und einen Käse-Scone und setze mich neben ihn, während er sich eine Ofenkartoffel mit Gemüse-Chili und geriebenem Käse aus der Region schmecken lässt.

»Das ist verdammt lecker«, sagt er und lädt sich die Gabel noch mal mit Chili voll. Käsefäden kleben an den Zinken.

»Das ist ein neues Frühlingsrezept. Wir bieten es wahrscheinlich bis Ostern an, bis das Wetter wärmer wird.«

»Dann läuft es also gut?«

»Die miesen Fotos in der Zeitung waren nicht gerade die perfekte Werbung, aber die Stammgäste haben sich davon nicht beeinflussen lassen, und ein paar Leute sind sogar aus Neugier gekommen, um zu sehen, ob es wirklich so schlimm ist, wie es aussah. Zum Glück hatten wir letztes Jahr auch viel positive Presse, mit dem Modeshooting und dem Filmdreh, und bald findet ja die Promihochzeit statt.«

»Miese Fotos? Promihochzeit?«, fragt er, nachdem er einen Mundvoll Chili hinuntergeschluckt hat. »Ich komme nicht mehr mit.«

»Du hast doch sicher von der Hochzeit gehört, über die in den Zeitungen spekuliert wird? Deshalb ist Kilhallon in der Klatschpresse gelandet. Und dann war ein Paparazzo da und hat Fotos gemacht, auf denen alles hier total widerlich aussieht.«

Er atmet tief aus. »Ich bin zwar Journalist, aber ich war völlig in die Überarbeitung und die Vorbereitungen für die Veröffentlichung meines Buchs vertieft. Wenn ich mal Zeitung lese, dann nur Umwelt- und Politikartikel, die damit zu tun haben. Sorry, ich bin nicht auf dem Laufenden in Sachen Promiklatsch.«

»Du *musst* doch von Lily Craig und Ben Trevone gehört haben?«

Er runzelt die Stirn. »Ach, *die* beiden. Ja, ich habe von ihnen gehört. Er hat doch diesen schlechten Actionfilm gemacht, oder? Und ich glaube, sie war ganz okay in so einem Kostümdrama, das einen Preis gewonnen hat?«

»Ja. Lily hat viel Lob bekommen für ihre Rolle in diesem preisgekrönten Kostümdrama von Isla. Ben war mit *Ocean Furries*, einem Animationsfilm, sogar für einen Oscar nominiert. Er war ein Seeotter.«

»Ein Seeotter? Kann ich mir gut vorstellen. Was haben sie mit euch zu tun?«

»Sie heiraten in Kilhallon. Das sollte eigentlich geheim bleiben, aber alle Zeitungen wissen längst davon. Nur Bens und Lilys Team will es nicht offiziell bekannt geben.«

»Weil sie so natürlich sicherstellen, dass die Presse wie besessen auf jeden kleinsten Hinweis lauert und monatelang darüber berichtet? Aber … wow. Kilhallon – ich meine, uns Normalsterblichen gefällt es hier, aber Hollywoodstars?«

»Wir können uns herausputzen, wenn wir wollen«, schieße ich gereizt zurück, weil Kit genau die Bedenken ausspricht, die ich sowieso schon mit mir herumtrage. Dann lenke ich ein. »Du hast recht, und mir macht das auch Sorgen. Sie meinen, sie wollen eine ungezwungene, authentische Hochzeits-Schrägstrich-Handfasting-Party. Es soll so wirken, als hätten wir alles in letzter Minute improvisiert, und genau das müssten wir auch machen, wenn wir Rachel nicht hätten.«

»Ach du Schande.«

»Das hat Cal auch gesagt. Übrigens habe ich noch gar nicht daran gedacht, dass die Geheimniskrämerei zur Publicity beiträgt. Aber wie auch immer. Diese Presse … Du müsstest die Fotos wirklich mal sehen: Sie zeigen unsere Mülltonnen, wie Mitch an eine Holzbank pinkelt und wie Cal ein saures Gesicht zieht, während er zu den Toiletten geht.«

»Cal mit saurem Gesicht? Kann ich mir gar nicht vorstellen.«

»Sehr witzig.«

»Das ist mein Job.« Er grinst. »Fiese Schreiberlinge. Alles Drecksäcke.« Gott, manchmal ist er Cal so ähnlich, dass ich ihn umbringen könnte. Sie müssen dasselbe Gen für Provokation und Sarkasmus geerbt haben.

»Es wundert mich, dass du den Artikel nicht gesehen hast. Die Journalisten, die die Lügen über Kilhallon geschrieben haben, sind wirklich fies. Ehrlich gesagt, ich bereue schon fast, dass ich einen aus dieser Zunft aufgenommen habe«, gebe ich zurück. Ich will nicht zickig klingen, aber ich kann nicht anders, als Kit mit diesem Seitenhieb daran zu erinnern, dass er auch keine ganz reine Weste hat. Immerhin wollte er Cals Arbeit in Syrien mit einem Artikel in den Dreck ziehen – oder eher das, was Cal Kits Ansicht nach in Syrien gemacht hat. Kit kannte damals nämlich nicht die ganze Geschichte.

Kit lächelt mich entschuldigend an. »Ich weiß. Das war ein Scherz.« Er seufzt. »Sorry für die blöden Sprüche. Ich würde euch ja gerne helfen. Aber leider kann ich nicht viel tun, um Kilhallons Image wieder aufzupolieren.«

»Also ich wüsste da schon eine Möglichkeit, wie du Kilhallon, Cal und mir einen großen Gefallen tun könntest.«

Er runzelt die Stirn. »Ach ja?«

»Du könntest am Sonntag bei der Hochzeitsmesse helfen.«

»Ich? Auf einer Hochzeitsmesse?« Er schneidet eine Grimasse. »Habe ich eine andere Wahl?«

»Nein. Betrachte es als Sozialstunden.«

Er seufzt. »Ihr zwei wollt mich wirklich leiden lassen, was?«

»Glaub mir, die Hochzeitsmesse wird nichts sein im Vergleich zu Pollys Reaktion, wenn sie dich sieht.«

Er stöhnt. »Polly. Es tut mir leid, dass ich nicht ehrlich zu ihr war. Sie war so nett zu mir, und ich mag sie wirklich. Sie ist eine gute Seele, und ich habe sie getäuscht ... Ach, verdammt, wie kann ich ihr jetzt noch unter die Augen treten?«

»Mit Ganzkörperpanzerung?«

Er sieht mich gequält an.

»Zu deinem Glück weiß Polly nur, dass Cal und du Halbbrüder seid, aber keine Details. Cal hat ihr zu Beginn des Jahres ein großes Glas seines besten Whiskys eingeschenkt und ihr die Neuigkeit beigebracht. Angeblich war sie danach eine volle Minute sprachlos und ist dann in Tränen ausgebrochen, aber sie meinte, sie hätte sowieso gewusst, dass euer Vater, Mr Penwith, ein ›Schürzenjäger‹ war. Nachdem sie den anfänglichen Schock überwunden hatte, fand sie es ganz logisch. Aber wenn sie wüsste, was alles zwischen dir und Cal und Mawgan gelaufen ist, würde sie dir *nie* verzeihen.«

Er schluckt. »Verständlich. Mir fällt es selbst schwer, mir zu verzeihen. Ich war verbittert und gemein und habe genau das getan, was ein Journalist – ein seriöser, kein Schmierfink – niemals tun sollte: die Situation ohne gründliche Recherche beurteilt und die Story gestrickt, die mir passte, statt der, die tatsächlich stattgefunden hat. Aber ich bin auch nur ein Mensch, und als ich hier ankam, hatte ich sofort den Eindruck, dass Cal mich verabscheut. Ich habe vermutet, dass ihr ein Paar seid, und nachdem ich erfahren habe, was du alles durchgemacht hast, war ich mir sicher, dass er dich nur ausnutzt.«

»Cal hat mich nie ausgenutzt.« Ich senke die Stimme, weil ich merke, dass Shamia uns beobachtet. »Und offiziell waren wir damals kein Paar, aber jetzt sind wir eins. Du weißt wahrscheinlich, dass ich ins Farmhaus gezogen bin.«

»Ah. Das habe ich mir gedacht, als ich gesehen habe, dass dein altes Cottage renoviert wurde. Ich freue mich sehr für euch.« Seine Augen flehen mich an, ihm zu glauben. Das tue ich auch. Das hier ist wirklich ein anderer Kit als der, der letztes Jahr hier aufgetaucht ist. Ich glaube, jetzt macht er uns nichts mehr vor ... oder nur etwas anderes?

»Cal kann sich glücklich schätzen ... aber als ich letzten Herbst hier aufgekreuzt bin und selbst auf Krawall gebürstet war, fand ich ihn einfach nur anstrengend, arrogant, stur und rechthaberisch.«

»Das trifft es ganz gut, aber du hattest trotzdem kein Recht, ihn noch mehr ins Unglück zu stürzen. Er hat dir ja gesagt, was ihm in Syrien passiert ist, richtig? Was ihm *wirklich* passiert ist?«

»Er hat mir erzählt, wie es für ihn war, auch von Soraya und Esme. Eine üble Geschichte. Kein Wunder, dass es ihm schwergefallen ist, sich wieder einzugewöhnen. Vielleicht habe ich eine Chance, mehr zu erfahren, wenn wir über den Artikel sprechen, den ich über die Überschwemmung schreibe.«

Ich zögere mit meiner Antwort. »Kann sein. Manchmal ist es wohl besser, wenn manche Leute nicht alles wissen.«

»Schon möglich, aber wenn er mehr erzählen würde, könnte ich vielleicht helfen«, sagt Kit.

»Das ist seine Entscheidung. Jetzt konzentriere dich erst mal auf die Hochzeitsmesse und den Artikel.«

»Den Artikel kriege ich hin. Die Hochzeitsmesse macht mir Angst. Sag jetzt bitte nicht, ich muss Blumen arrangieren oder in einem Brautkleid über den Laufsteg stöckeln.«

»Keine Panik. Diese beiden Jobs sind eine Nummer zu groß für dich.« Ich tätschle ihm den Arm. »Ich werde etwas weniger Anspruchsvolles für dich finden.«

21

Die Hochzeitsmesse

Noch immer leuchten Primeln auf den sonnenbeschienenen Rasenflächen, und die Vögel singen aus voller Kehle. Es ist der Morgen unserer Hochzeitsmesse, und Tamsin und ich stellen gerade je eine Reihe Hirtenstäbe, an denen Einmachgläser hängen, zu beiden Seiten des Läufers auf, der ins Veranstaltungszelt führt. Inzwischen ist es wirklich Frühling, und die Glockenblumen kommen heraus und mischen ihre hübschen Knospen mit dem Weiß des Bärlauchs im Wäldchen.

Mitch tollt umher, nimmt die unzähligen fremden Gerüche auf und hält alle von der Arbeit ab. Ich trage Secondhand-Hunters und Tamsin Joules-Gummistiefel, denn im frisch gemähten Gras glänzt noch der Tau. Der Wind hat letzte Nacht eine Front über die Halbinsel geweht, und der Morgen ist so frisch und strahlend wie Pollys weiße Wäsche, die hinter dem Farmhaus in der Brise flattert. Die Luft duftet nach feuchtem Gras und Meer in der Kühle des Morgens. Jetzt ist es richtig Frühling, und Kilhallon war nie schöner.

Ich betrachte den Himmel: ein verwaschenes Blau in der Farbe von Cals bestem Hemd. »Polly hat recht mit dem Wetter«, sage ich zu Tamsin.

»Ich weiß ... wow, schau dir *das* mal an!« Tamsin deutet auf Kit, der Cal hilft, den Hochzeitsbogen aus Weidenästen auf der Lichtung in der Mitte des Campingplatzes aufzustellen. Das Ganze geschieht unter dem wachsamen Auge der Floristin Hazel Tremain, die auch einen Stand auf der Messe hat.

»Zwei starke Männer, was?«, fügt sie hinzu.

Cal und Kit tragen beide T-Shirts. Cal ist der Dunklere von ihnen, von seiner Arbeit im Freien ist er das ganze Jahr über gebräunt. Kit ist ein hellerer Typ, aber etwas größer. Seine Arme sind blasser, und er ist nicht ganz so durchtrainiert, aber schlank und kräftig dank seiner Gewohnheit, joggen und ins Fitnessstudio zu gehen.

»Wie konnte ich nur übersehen, dass sie Brüder sind?«, fragt Tamsin. Es besteht keine Gefahr, dass die »starken Männer« unsere Blicke bemerken, denn sie sind zu sehr darauf konzentriert, den Bogen aufzustellen.

»Ich habe es auch nicht gemerkt, aber jetzt, seit ich es weiß, finde ich die Ähnlichkeit ganz offensichtlich, von ihren Gesichtszügen bis zu der Art, wie sie dastehen. Und sie können beide ganz schön kratzbürstig sein, wenn sie wollen, also fast immer.«

»Und verschlossen?«

»Cal bessert sich. Kit kenne ich noch nicht gut genug, um das zu beantworten. Ich weiß nur eins: Er muss einiges wiedergutmachen, vor allem bei Cal.« Tamsin hat mitbekommen, dass es zwischen Cal und Kit Schwierigkeiten gab, aber sie kennt keine Einzelheiten. Sie glaubt, dass ihr Streit nur darauf beruht, dass Cals Vater eine Affäre mit Kits Mutter hatte. Von Cals Erlebnissen in Syrien weiß sie nichts, und ich werde ihr auch nichts davon sagen, wie gut wir uns auch verstehen. Diese Geschichte geht sie nichts an.

»Kit ist anscheinend bereit, Buße zu tun, sonst wäre er nicht hier. Wie es aussieht, kommen die beiden heute Morgen ganz gut miteinander klar. Wahrscheinlich begrüßen sie sich demnächst mit Küsschen zum Frühstück.«

Tamsin bringt mich zum Lachen. »Wer weiß? Vielleicht in hundert Jahren.«

Kit kniet auf dem Boden und hämmert einen Pflock in die Erde, um den Bogen zu befestigen, während Cal, die Hände in die Hüften gestemmt, neben ihm wartet. Dann steht Kit auf, und Hazel kommt zu ihnen und nickt anerkennend. Cal und Kit tauschen einen Blick und lachen beide.

»Sie scheinen wirklich ganz gut miteinander klarzukommen«, sagt Tamsin noch einmal.

»Okay. Vielleicht dauert es nur noch fünfzig Jahre, bis Cal ihm ganz vertraut.«

»Hat Kit eine Freundin?«, fragt Tamsin, während ich ein Glas an meinen Haken hänge. Wenn alle Stäbe sicher befestigt sind, müssen wir die Gläser mit Schnittblumen füllen.

»Er hat nie eine erwähnt.«

Sie ist auf einmal ganz aufgeregt. »Sicher nicht?«

»Nicht dass ich wüsste.« Ich sage ihr nicht, dass ich letztes Jahr dachte, er könnte an mir interessiert sein. Inzwischen glaube ich allerdings, dass es ihm nur darum ging, an Cal ranzukommen.

»Und er wollte ganz sicher nichts von Mawgan? Denn dann hätte er einen miesen Geschmack und null Menschenkenntnis, und ich würde mich gar nicht erst mit ihm aufhalten.«

»Nein. Das war von beiden Seiten nur Kalkül.«

»Wie schrecklich, dass sie zur Hochzeit kommt.«

»Das kannst du laut sagen.« Ich trete ein paar Schritte zurück und betrachte das Gesamtbild.

»Wie findest du das Zelt?«, frage ich Tamsin. Schon die Miete für einen Tag war eine große Investition, also hoffe ich, dass es sich auszahlt. Eigentlich sind es sogar zwei riesige Zelte, die in der Mitte verbunden sind, sodass das Ganze aussieht wie ein Schloss aus Leinen, mit zwei Türmchen und flatternden Fähnchen und allem Drum und Dran. Weil es ein warmer Tag ist, haben wir eine Seite offen gelassen.

»Super. Das ist viel schöner, als wenn die Stände in einem fensterlosen Veranstaltungsraum verteilt sind.«

»Es kommen zwar nicht viele potenzielle Kunden, die das beeindrucken kann. Aber die Leute von den Zeitungen werden tolle Fotos schießen, und die Anbieter müssen nicht fürchten, dass ihre Sachen nass werden oder wegfliegen. Eine weitere Katastrophe ist das Letzte, was wir heute gebrauchen können. Wie gesagt, es kommen einige Regional- und Lokalzeitungen und natürlich die Hochzeitsblogger. Wenn sie auf Lily und Ben hoffen, werden sie enttäuscht sein – Lily ist so beschäftigt, dass sie erst nächste Woche vorbeischaut, wenn sich alles beruhigt hat.«

»Glaubst du, es besteht die Chance, dass sich Lily von mir schminken lassen würde?«

»Tut mir leid, Süße, aber ich weiß schon, dass sie ihre eigene Haar- und Make-up-Stylistin mitbringt. Auch wenn das weniger spannend ist – könntest du am Morgen der Hochzeit vorbeikommen und mich schminken? Ich möchte mich von meiner besten Seite zeigen.«

»Selbstverständlich. Ich würde sowieso gern hier sein und bei allem zuschauen.«

Tamsin hängt ein Glas an den letzten Haken vor dem Eingang des Zelts. »Wir können die Blumen jetzt in die Gläser stellen, und dann sollte ich meinen Stand aufbauen.«

»Brauchst du dabei Hilfe?«

»Danke, aber inzwischen bin ich darin ein Profi. Später kommt auch noch meine Schwester, um mich zu unterstützen, wenn die Besucher da sind. Ob Kit wohl Lust auf eine meiner Bräutigam-Gesichtsbehandlungen oder -Massagen hat?« Sie späht zu ihm hinüber.

Kit betrachtet gerade den Hochzeitsbogen, der vor dem »Altar«

aus Baumstämmen auf der Lichtung steht, und streckt sich den Rücken. Der Bogen sieht toll aus: Die Zweige sind nun mit Rosen und Pfingstrosen in einer Palette von Cremeweiß, Pastell- und Altrosatönen verflochten.

»Frag ihn doch. Er ist wahrscheinlich wirklich nicht so schlimm, wie ich mal dachte.«

»Das finde ich lieber selbst heraus. Hmm. Eine gute Rasur, wobei ich einen Rest sexy Dreitagebart stehen lassen würde, und geformte Augenbrauen könnten bei ihm Wunder bewirken, ganz zu schweigen von einer Tiefenreinigung und regelmäßiger Feuchtigkeitspflege. Und wenn ich ihn für eine Massage auf meinen Behandlungstisch kriege …«

»Ich dachte, du musst bei deinen Kunden streng professionell bleiben?«

»Bin ich auch. Immer.« Sie zeichnet einen Heiligenschein über ihren Kopf in die Luft.

»Schau mal. Er und Cal sind fertig mit dem Bogen. Wie wär's, wenn ich dich Kit vorstelle und wir kurz zusammen etwas trinken, bevor du deinen Stand aufbaust?«

Tamsins Augen funkeln, und sie strahlt. »Das wäre super. Ich biete ihm eine Gratisbehandlung an.«

Unser Plausch mit Cal und Kit hat gerade mal zehn Minuten gedauert, aber so, wie Kit über Tamsins freche Bemerkungen gelacht hat, könnte er sich tatsächlich noch zu einer Gesichtsbehandlung und Massage bereit erklären. Wobei ich jedoch nicht glaube, dass er oder sonst jemand von uns heute darüber nachdenkt, sich mit einer Duftkerze hinzulegen und zu entspannen, denn es gibt so viel zu tun.

Robyn und Andi waren gestern bis Mitternacht hier, um das

Café so zu dekorieren, wie es bei einem Hochzeitsempfang aussehen könnte. Die Tische sind mit neuen Tischdecken und meinem Vintage-Porzellan gedeckt. Als Erfrischungen bieten wir ein begrenztes, aber hübsches Nachmittagstee-Menü an und präsentieren auf einem Tisch weitere Speisen, die wir in petto haben.

Kit und Cal sind gerade damit beschäftigt, gestreifte Liegestühle aufzustellen, die wir von einem Hersteller aus der Gegend gemietet haben. Damit sowie mit den »Kirchenbänken« aus Baumstämmen mit hübschen Retro-Kissen wirkt der Ort langsam eher wie eine Hochzeitslocation und weniger wie das Glastonbury Festival, nachdem die Klos abtransportiert wurden.

Einer nach dem anderen treffen die Aussteller in Kilhallon ein und werden von Rachel eingewiesen, die Freya bei ihrer Mutter gelassen hat. Mein Dad überprüft noch mal die Stromversorgung und die Beleuchtung des Zelts. Außer der Floristin Hazel sind noch zwei sehr unterschiedliche Brautausstatter da, ein Verleih für Bräutigam-Anzüge, ein paar Fotografen, ein Videograf, ein Einladungskartendesigner und ein Oldtimer-Hochzeitsbus, der neben dem Café parkt. Robyn und Andi kommen am späten Vormittag, um Robyns Schmuckdesign-Stand aufzubauen. Tamsins Pop-up-Spa ist bereit, und sie hat Verstärkung von ihrer Schwester bekommen, um zukünftigen Bräuten und ihren Gästen ein Mini-Styling anbieten zu können.

Sogar eine Firma, die Neonschilder mit den Initialen von Braut und Bräutigam sowie Eventbeleuchtung anbietet, ist gekommen. Rachel und ich sehen uns ihren Stand an, nachdem wir im Zelt eine kurze Besprechung abgehalten haben.

»Lily und Ben fänden die Schilder sicher super«, sage ich.

»Wir könnten ein Schild machen lassen, auf dem ihre Namen im Stil des Hollywood-Schriftzugs stehen, als Überraschung, wenn sie am Abend zur Party ins Zelt kommen«, schlägt Rachel vor. »Dein Dad hatte die Idee. Er hat so etwas entdeckt, als er bei einer Designfirma in Plymouth elektrische Leitungen gelegt hat. Sie hatte solche Schilder im Empfangsbereich, und diese Firma bietet sie speziell für Veranstaltungen und Hochzeiten an.«

»Sind sie teuer?«

»Spielt das eine Rolle?«, fragt Rachel zurück.

»Nein, denn ihre Persönliche Assistentin bezahlt alles, aber ich glaube, wir sollten sie vorher fragen. Lily sagt zwar, wir können machen, was wir wollen, aber Addison und Jade mailen mir andauernd wegen irgendwas. Was mich allerdings nicht wundert.«

Rachel zieht die Nase kraus. »Ich habe schon ein paarmal mit ihnen gesprochen. Jade ist echt gruselig, aber wir müssen mit ihnen beiden klarkommen. Hat Jade mittlerweile gesagt, wann wir offiziell verkünden dürfen, dass die Hochzeit hier stattfindet?«

»Heute jedenfalls nicht. Keine Ahnung. Am Anfang meinten Ben und Lily, wir dürften es eine Weile vorher bekanntgeben, aber ich glaube, Jade hat sie dazu gebracht, ihre Meinung zu ändern. Ich fühle mich nicht sehr wohl dabei, dass sie uns nichts sagen lassen, aber ich verstehe, dass sie Sicherheitsbedenken haben.«

Wir wenden uns von den Neonschildern ab und schlendern an den Ständen vorbei zur Ausstellung der Floristin. »Ich glaube, eigentlich weiß es ganz Cornwall. Das ist auch einer der Gründe, weshalb so viele Aussteller zugesagt haben, obwohl ich die Gerüchte weder bestätigen noch leugnen konnte. Die Leute wollen einfach unbedingt mit einer Promihochzeit in Verbindung gebracht werden.«

»Sogar nach den Zeitungsfotos?«, frage ich.

»Ja. Glaub mir« – sie wirft mir ein ermutigendes Lächeln zu –, »heute geht nichts schief. Wir werden sicher viele Besucher haben, selbst wenn sie nur neugierig darauf sind, ob Kilhallon wirklich so schrecklich ist.«

»Mist.«

Sie umarmt mich kurz. »Aber es wird *nicht* schrecklich. Es wird ganz toll, und die Messe wird euch eine Menge Reservierungen einbringen. Ihr müsst euch überlegen, wie viele Hochzeiten ihr schaffen könnt und zu welcher Jahreszeit.«

»Darüber haben wir schon gesprochen. Den Juli und August halten wir ganz für Urlauber frei. Wir wollen nur wenige Hochzeiten pro Jahr veranstalten. Das Geld können wir zwar gut brauchen, aber wir sind hauptsächlich eine Ferienanlage, und ich glaube nicht, dass ich diesen Stress jedes Wochenende ertragen könnte. Hey – Mitch! Nimm deine Schnauze da raus!«

Mitch dreht den Kopf zu mir und überlegt, ob er sich traut, weiter am Stand der Floristin herumzuschnüffeln.

Ich pfeife, und er trottet widerwillig zu mir. Er hat sich ein schickes Halstuch umbinden lassen, auf dem eine Fliege auf einem Stück Smoking abgebildet ist. Ich habe beschlossen, ihn eine Weile dabei sein zu lassen, aber den Großteil des Tages wird er mit ein paar Hundefreunden aus dem Tierheim herumtoben, das Nina mit ihrer Mutter leitet. Sie hat angeboten, sich um ihn zu kümmern, denn bei all den fremden Menschen, Gerüchen und verlockenden Leckerbissen hier könnte er leicht durchdrehen.

»Jetzt dauert es nicht mehr lange«, sagt Rachel und schaut auf die Uhr. »Ein paar Leute kommen sicher früher, deshalb sollte schon vor Beginn jemand an der Einfahrt von Kilhallon stehen.«

Auf einer Bühne in der Ecke des Zelts packt die Studenten-Folkband ihre Instrumente aus. Sie wird Coverversionen traditioneller Folksongs und typischer Hochzeitslieder spielen.

»Ich habe zwei von Robyns Freunden beauftragt, sich ans Tor

zu stellen«, fährt Rachel fort, »wenn sie damit fertig sind, der Band beim Aufbau zu helfen.«

»Ich hatte ja keine Ahnung, was es alles zu tun gibt. Das hier ist noch stressiger als die Eröffnungsfeier«, sage ich und fühle mich bereits, als hätte ich einen Marathon hinter mir.

»Meine Füße bringen mich jetzt schon um, aber es ist eine gute Generalprobe«, erwidert Rachel. »Was einer der Gründe ist, weshalb ich die Messe vorgeschlagen habe! Wie sieht es im Café aus?«

»Gut. Wir sind fast fertig. Zum Glück haben wir das meiste schon gestern Abend vorbereitet. Heute Morgen hatte ich keine Sekunde Zeit, aber ich muss rüberflitzen, sobald die ersten Besucher kommen.«

»Um wie viel Uhr fangt ihr an, den Tee zu servieren?«

»Wir öffnen um halb drei, denn die Leute werden sich wohl erst im Zelt umschauen, bevor sie an eine Pause denken. Bist du sicher, dass du hier klarkommst?«

»Natürlich. Zum Glück konnte meine Mum auf Freya aufpassen, anders wäre das hier nicht möglich gewesen. Es kommt mir komisch vor, Freya abzugeben, aber ich werde sie auch in Zukunft nicht immer zu Meetings und Veranstaltungen mitnehmen können, wenn ich mich selbstständig mache, selbst, wenn ich nur in Teilzeit bin. Obwohl ich weiß, dass sie bei ihrer Oma zufrieden und in Sicherheit ist, bin ich innerlich trotzdem unruhig.«

»Es muss so schwer sein, sich von ihr zu trennen. Sie ist ein echter Schatz.«

»Meistens.« Mit einem Lächeln, das sich in eine Grimasse verwandelt, zieht sich Rachel die Schuhe aus und wackelt mit den Zehen. »Die sehen zwar schick aus, aber vielleicht ziehe ich das nächste Mal doch lieber bequeme, alte Schuhe an.«

Wir warten am Zelteingang, und um Punkt zwei strömen unsere ersten Gäste vom Parkplatz über einen mit Girlanden und geschmückten Bäumchen verzierten Weg zur Lichtung. Wenn man bedenkt, wie kurzfristig die Messe angekündigt wurde, haben wir eine ganz anständige Menge Besucher, von denen einige tatsächlich am Heiraten und nicht nur an einer kostenlosen Tasse Tee interessiert zu sein scheinen.

Rachel, die sich längst wieder die Schuhe angezogen hat, schaltet in den professionellen Modus. »Die Werbung scheint gefruchtet zu haben. Ich wurde sogar kurz bei Radio St Trenyan interviewt. Das war sicher nicht schlecht, auch wenn Greg Stennack vor allem nach Lily und Ben gefragt hat«, flüstert sie mir zu, bevor sie die ersten Besucher mit einem Lächeln begrüßt.

»Am besten tun wir immer so, als wären wir dabei, eine Promihochzeit zu organisieren. Den Leuten ist es anscheinend egal, ob die Gerüchte stimmen oder nicht. Sie wollen einfach spannenden Klatsch hören, den sie weitererzählen können«, antworte ich.

»Solange überhaupt Leute kommen und alles klappt und die Besucher mit dem richtigen Eindruck wieder nach Hause gehen, ist alles in Ordnung«, sagt Rachel lächelnd.

Ich nicke und mache mich auf zum Café. Nach den jüngsten Ereignissen scheint die Chance, dass das alles eintrifft, zwar gering, aber ich kann nur die Daumen drücken und meinen Teil dazu beitragen.

Doch schon innerhalb der ersten zehn Minuten nach Eröffnung der Messe wird mir klar, dass diese Hoffnung vergeblich ist.

22

»Komm schon, Schätzchen. Wann rückt ihr endlich raus damit, dass Lily und Ben in Kilhallon ihre Hochzeit feiern?«

»Soweit ich weiß, feiern sie überhaupt nirgends eine *Hochzeit.*« Der aalglatte Reporter vom *South Western Bugle* schiebt mir sein Handy fast in die Nase. Und streng genommen habe ich nicht gelogen, denn es ist ein Handfasting.

Er schnaubt. »Ach, komm schon, Demi. Jeder weiß, dass sie hier unten heiraten, und ihr wurdet mit ihnen beim Rockpool gesehen. Die ganze Grafschaft redet darüber.«

»Was meinen Sie zu den schrecklichen Fotos, die in der *Daily News* erschienen sind?«, fragt eine Frau vom *St Trenyan Mercury.*

»Schauen Sie sich heute hier um«, antworte ich und muss mich dann räuspern, weil ich so nervös bin. »Sie können selbst sehen, dass Kilhallon eine wunderbare Hochzeitslocation für jedes Paar wäre, das einen besonderen Ort für seine Feier sucht.«

»Also findet die Hochzeit *doch* hier statt!«, wirft Mr Aalglatt ein.

»Wann genau?«

»Hat Lily schon ein Kleid?«

»Wie viel hat es gekostet?«

»Warum haben sie sich Kilhallon ausgesucht? Sie geben doch wohl zu, dass es nicht gerade Hollywood ist.«

Arghh. Die Presseleute stürzen sich mit ihren Fragen auf mich wie ein Schwarm Möwen. Ich war noch nie in einer solchen Situation, und mir wird schlecht. Das letzte Mal war ich so nervös, als ich Mawgan zur Rede stellen musste. Zum Glück greift Rachel ein, bevor mir irgendwas herausrutscht, was Kilhallons Ruf ernsthaft schaden könnte.

»Wenn – und falls – es eine Ankündigung einer Hochzeit gibt, wird sie von Ben und Lily kommen, und bis dahin bitten wir Sie, ihre Privatsphäre zu respektieren«, erklärt sie höflich, aber bestimmt. »Vielen Dank für Ihr Interesse an Kilhallon und Ihr Kommen. Sehen Sie sich jetzt bitte auf der Messe um. Wenn Sie Fragen zum Ort an sich haben, werden Demi, Cal und ich sie gern beantworten. Wir haben unser Statement zu Lily und Ben abgegeben, und mehr gibt es nicht zu sagen.«

»Dann ist es ein Ja«, sagt Mr Aalglatt triumphierend. »Sonst hättet ihr es dementiert. Wehe, wenn sie jetzt doch nicht hier heiraten, dann werdet ihr ganz schön alt aussehen.«

Dieser Typ macht mich rasend. »Möchten Sie sich nicht auf der Hochzeitsmesse umsehen?«, frage ich ihn zuckersüß, aber mit heimlichen Mordgelüsten. »Oder sich vielleicht im Café eine Tasse Tee und einen Scone holen?«

»Nee. Ich muss dieses Video auf unserer Website und Facebook hochladen. Aber danke für das Angebot.« Mit einem zufriedenen Grinsen stolziert er davon und tippt dabei auf seinem Handy herum, und mir wird klar, dass er das Interview mit uns gefilmt hat. Ich muss mich extrem zusammenreißen und daran denken, dass Kundenfreundlichkeit oberstes Gebot ist, um ihm nicht hinterherzubrüllen, dass er sich sein Handy sonst wohin stecken soll. Zum Glück habe ich seit dem letzten Jahr gelernt, ein bisschen weniger impulsiv zu sein.

»Lily und Ben müssen das mit der Hochzeit unbedingt offiziell bekannt geben. Das kann so nicht weitergehen. Mich macht das hier wahnsinnig«, sage ich zu Rachel.

»Solche Leute können einen echt auf die Palme bringen, aber die Geheimnistuerei ist gut fürs Geschäft.«

»Mir macht es keinen Spaß, zu lügen und die ganze Zeit Journalisten abzuwimmeln. Stell dir vor, was sie erst machen würden, wenn sie wüssten, dass Lily nach Ostern herkommt. Wahrscheinlich beobachten sie uns sowieso schon ständig mit Argusaugen.«

Rachel zuckt die Achseln. »Egal, was du ihnen sagst, die Zeitungen drucken doch, was sie wollen.«

»Ich weiß. Die Klatschblätter werden sich wohl sowieso irgendwas ausdenken.«

Ein Paar nähert sich uns und will zu meiner Erleichterung tatsächlich über die Möglichkeit sprechen, nächsten Sommer in Kilhallon Silberhochzeit zu feiern, statt über unsere Promis zu tratschen. Nachdem wir uns kurz darüber unterhalten haben, welche Speisen Demelza's anbieten kann, überlasse ich die beiden Rachel und laufe hinunter zum Café zu Nina. Ich habe sie schon zu lange allein gelassen.

Von den aufdringlichen Reportern einmal abgesehen scheint der Tag wirklich gut zu laufen. Das Wetter ist immer noch schön und trocken. Die Aussteller haben alle Interessenten an ihren Ständen. Die Folkband spielt ihre Versionen beliebter Hochzeitssongs, was zur Atmosphäre beiträgt. Ich würde nicht sagen, dass ich anfange, mich zu entspannen, aber meine Zuversicht kehrt zurück, und ich glaube, dass wir den heutigen Tag ohne größere Katastrophen über die Bühne bringen können.

Der Anblick der Leute auf der Terrasse vor dem Café, eine Mischung von Besuchern der Hochzeitsmesse und anderer Gäste, die aus Neugier vom Küstenpfad herübergekommen sind, lässt mich lächeln. Ich hoffe, wir haben genug Essen ... Vielleicht sollten wir noch mehr Kuchen und Scones aus dem Gefrierschrank holen ...

Als ich beim Café ankomme, entdecke ich Ninas Mutter mit einigen ihrer Tierheimhunde und Mitch. Er bellt freudig, als er mich sieht, und obwohl ich keine Zeit habe, muss ich für ein paar Worte und ein paar Streicheleinheiten hinübergehen.

»Ist er brav?«

»Er amüsiert sich prima. Wir waren vorhin mit den Hunden am Strand.«

Er legt sich mir zu Füßen nieder und schnüffelt fröhlich, bevor er sich auf den Rücken rollt, um sich am Bauch kraulen zu lassen.

»Er wirkt zufrieden. Danke, dass Sie auf ihn aufpassen.«

»Kein Problem. Es macht mir Spaß.«

Mitch springt plötzlich auf und läuft den Pfad entlang.

»Mitch!«

Statt zurückzukommen, schießt er in die Ginsterbüsche, wahrscheinlich, um neuen, unbekannten Gerüchen zu folgen. Ich rufe ihn voller Strenge, aber er hat sich in den Kopf gesetzt, zur Hochzeitsmesse auf dem Campingplatz zu rennen.

»Mitch! Jetzt nicht!«

»Ich hole ihn«, sagt Ninas Mum.

»Danke, aber ich schnappe ihn mir besser selbst. Auf mich hört er vielleicht eher. Ich bin gleich wieder da.«

Zumindest hoffe ich, gleich wieder da zu sein. Ich laufe auf die Hochzeitsmesse zu, Mitch eilt mir mit voller Geschwindigkeit voraus. Ich muss ihn schnell einholen, denn nicht jeder mag Hunde, und das Letzte, was ich gebrauchen kann, ist, dass er im Zelt Amok läuft. Wenn ein überdrehter Mitch sein Unwesen treibt, rechne ich den Blumenarrangements keine großen Chancen aus.

Zu spät. Er rast geradewegs auf die Jurten zu. Köpfe drehen sich, und Leute starren zu mir. Einige drücken ihre Kinder an sich, weil sie offensichtlich fürchten, dass hier ein wilder Streuner frei herumläuft.

»Entschuldigung. Er muss ein Kaninchen gewittert haben«, rufe ich den Leuten zu und schnappe mir Mitch. Aber er reißt sich erneut los und schießt wieder zu den Jurten.

Ich renne ihm nach. Das seriöse »Alles unter Kontrolle«-Image, das wir herüberbringen wollen, lässt sich nicht unbedingt damit unterstreichen, dass wir ein außer Kontrolle geratenes Tier durch den für Hochzeiten bestimmten Teil unserer Anlage jagen. Erst recht nicht eins, das darauf versessen ist, vor den Augen der glücklichen Paare irgendwo ein flauschiges Kaninchen auszubuddeln. Wenn die Leute bisher nicht auf Mitchs Bellen geachtet haben, so tun sie es jetzt. Er bleibt vor einer Jurte stehen und macht einen Höllenlärm. Dann fängt er an, vor dem Eingang zu graben. Erde fliegt durch die Luft.

»Mitch. Was fällt dir ein? In dem Zelt sind keine Kaninchen. Hör auf!«

Als ich seine Leine packen will, bellt er und springt herum. Sein Halstuch ist ebenso schwarz vor Dreck wie seine Schnauze, und er dreht durch. Erneut versuche ich, ihn zu erwischen, aber er knurrt leise und bohrt seine Krallen in den Boden. Er ignoriert mich. Das ist nichts Neues, aber normalerweise knurrt er nicht, wenn er mich nicht vor einer Gefahr warnen oder mir mitteilen will, dass Mawgan in der Nähe ist. Er fängt an, an der Tür der Jurte zu kratzen, und schiebt sich plötzlich unter der lockeren Zeltplane durch.

Mitch kann ein bisschen über die Stränge schlagen, aber er ist kein schlechter Hund, und für sein Verhalten muss es einen guten Grund geben. Ich krieche in die Jurte, und mir stockt der Atem. Mitch liegt mit dem Kopf auf den Pfoten hinter dem Eingang. Ein paar Schritte entfernt hat sich ein kleiner Junge auf den kuscheligen Decken zusammengerollt. Er kann nicht älter als drei oder vier sein, und trotz des Gebells und Mitchs Versuchen, die Jurte niederzureißen, schläft er fest.

Sekunden nachdem ich ihn entdeckt habe, höre ich Stimmen – manche erkenne ich, andere nicht. Da ist Cals Stimme und auch Kits, dann die einer weinenden Frau und die eines Mannes, der fragt: »Ist er das? Keegan?«

»Oh Gott. Geht es ihm gut?«

»Hier ist ein kleiner Junge. Er muss hereingekrabbelt und eingeschlafen sein«, rufe ich und öffne die Plane. Eine tränenüberströmte Frau drängt herein. »Keegan!«

Die Frau, die wahrscheinlich seine Mutter ist, stürzt auf ihn zu, nimmt ihn hoch und drückt ihn ganz fest. »Zu fest, Mami.« Der Anblick seiner völlig aufgelösten Mutter, die ihn an sich presst, und seines Dads, der murmelt: »Er hätte auch von einer Klippe fallen können«, beunruhigt ihn natürlich. Eigentlich ging es ihm nicht schlecht, bis er gesehen hat, wie die Erwachsenen um ihn herum verrücktspielen.

»Will Zelt!«, schreit er, als seine Mum ihn wegträgt. »Wiiiiill Zeeeelt. Mein Zelt!«

Ich folge ihnen aus der Jurte hinaus, und Cal kommt zu mir. Sein Gesicht ist so bleich wie Teig. »Seine Mutter dachte, er wäre entführt worden oder von einer Klippe gestürzt. Anscheinend haben sie schon zwanzig Minuten nach ihm gesucht, und Rachel hat ihn im Zelt ausgerufen. Wir hatten gerade einen Suchtrupp zusammengestellt, um noch mal überall nachzusehen, bevor wir die Polizei rufen wollten.«

»Du bist leichenblass.«

»Ein verlorenes Kind hat uns gerade noch gefehlt.« Er versucht zu scherzen, aber ich sehe ihm an, wie mitgenommen er ist. »Erinnere mich daran, nie selber Kinder zu haben.«

»Das meinst du doch nicht ernst. Du magst Kinder.«

»Manche. Manchmal. Shit. Ich überlasse es dir, die Eltern zu beruhigen. Mir reicht's. Ich bin im Zelt, falls du mich brauchst.« Er krault Mitch an den Ohren. »Danke, Junge. Dafür hast du dir später einen extragroßen Knochen verdient und vielleicht auch ein Stück Steak.«

Mitch schaut nur kurz auf, bevor er weiter seine Weichteile inspiziert.

»Bist du sicher, dass mit dir alles in Ordnung ist?«, frage ich Cal.

»Warum denn nicht?«, entgegnet er scharf. »Ich muss weg, ich habe gerade mit einem Paar über eine Party gesprochen, als das hier losging.«

»Warte, Cal.« Aber er entfernt sich bereits mit schnellen Schritten von mir und den Jurten und läuft durch den Wald. Ich könnte beleidigt sein, weil er so schroff zu mir war, aber er war wirklich erschüttert.

Nachdem ich die Eltern und den kleinen Jungen ins Café verfrachtet, die Erwachsenen mit Tee und Keegan mit einem O-Saft versorgt habe, will ich Cal suchen gehen, aber ein halbes Dutzend Leute erkundigt sich, ob sie hier feiern können und wo die Toiletten sind und ob wir auch Essen an andere Veranstaltungsorte liefern. Ich bemerke, wie Shamia mir nervöse Blicke zuwirft, während ein Paar über sechzigjähriger Hundebesitzer mich fragt, ob wir auch eine Hochzeit zwischen einem Zwergschnauzer und einem Chihuahua ausrichten können. Zwischendurch bleibt mir kaum Zeit, auf die Uhr zu schauen.

Ich mache mir immer noch ein wenig Sorgen um Cal, aber der Vorfall mit der Jurte hat mich auf eine Idee gebracht, wie wir minderjährige Gäste bei Hochzeiten unterhalten können. Ich weiß, dass wir bei Lilys und Bens Feier mindestens ein Dutzend Kinder unter zwölf und ein paar Teenager haben werden. Wir könnten zwei Jurten für sie einrichten. Eine mit DVDs, Büchern und Spielzeug für die Jüngeren und ein »Chill-out«-Zelt mit Spielekonsolen für die Älteren. Wir könnten sogar ein Kindermädchen engagieren, wenn Lily und Ben einverstanden sind.

Bald ist Feierabend, aber das Café ist noch halb voll und ich kann unmöglich verschwinden, um nachzuschauen, was mit Cal nicht stimmt, *falls* überhaupt etwas mit ihm nicht stimmt. Er war so bleich im Gesicht, und ich könnte schwören, dass ihm die Hände gezittert haben.

Seine Bemerkung, dass er keine Kinder will, hat er sicher nicht ernst gemeint – er hat sich so toll um die Kinder gekümmert, die nach der Überschwemmung hier waren, und er führt sich ständig selbst wie ein großes Kind auf. Obwohl er sich für die Hochzeitsmesse ins Zeug gelegt und gesagt hat, er sei mit dem Kopf hier in Kilhallon, weiß ich gerade nicht, was ich denken soll. Es gibt noch viel, was ich nicht über ihn weiß und vielleicht auch nie wissen werde.

23

Gründonnerstag

Schon seit einer Woche ist das Café vom würzigen Duft von Hot-Cross-Buns, traditionellem Safrankuchen und Schokoladen-Cupcakes erfüllt. Cal meinte, man würde es aus hundert Metern Entfernung riechen. Kaum zu glauben, dass ich erst um das letzte Osterfest herum, vor einem Jahr, in Kilhallon angekommen bin. Noch schwerer zu glauben, dass Demelza's jetzt schon seit sechs

Monaten geöffnet ist und das Café und die Ferienanlage vor der ersten regulären Urlaubssaison stehen. Von jetzt bis Ende September öffnen wir von Dienstag bis Sonntag, und wir haben einen zusätzlichen Koch und zwei weitere Bedienungen als Verstärkung eingestellt.

»Erinnert mich daran, dass ich nie wieder ein Schoko-Ei, Häschen oder Osternest sehen will. Von mir aus kann Ostern die nächsten Jahre ausfallen«, sage ich zu Nina und Shamia, als wir nach einem turbulenten Gründonnerstag im Café aufräumen. Polly ist da anderer Meinung – sie hat uns vorhin begeistert erzählt, dass die Queen an diesem Tag ihr Kleingeld an Rentner verteilt, aber ich weiß nur, dass morgen Karfreitag ist und dass das Café heute rappelvoll mit überdrehten Kindern war. Wir haben die Kinder, die nach der Überschwemmung an Weihnachten hier waren, zu einem Osternachmittag eingeladen, und sie hatten einen Riesenspaß dabei, zusammen mit einigen unserer jüngeren Cottage- und Jurtengäste Cupcakes zu dekorieren.

Geschmolzene Schokolade, Rice Krispies und Cornflakes kleben auf den Papier-Tischdecken. Ich hebe ein zerdrücktes Plüschküken vom Fußboden auf und knie mich hin, um einen Schokohasen zu retten, der unter die Heizung gerollt ist und auf den Fliesen zerfließt.

Die Kinder und ihre Familien haben im Rahmen einer Spendenaktion für die Fluthilfe ein paar Stunden lang Osternester gebastelt und Kekse gebacken. Neben den üblichen Spaziergängern und Gästen kamen auch viele Einheimische vorbei, um die Aktion zu unterstützen. Eva hat einige ihrer Kochbücher gespendet, und Tamsin hat zur Tombola einen Spa-Gutschein beigetragen. Es war toll zu sehen, wie viel Spaß alle hatten, aber der Lärm unter den Dachbalken war ohrenbetäubend.

Und was meine anderen Probleme angeht … Kit ist zwischendurch für ein paar Meetings nach London gefahren und ansonsten in Kilhallon geblieben, um an seinen Artikeln und einer neuen Romanidee zu arbeiten. Er hat einen freiberuflichen Fotografen Bilder von einigen der betroffenen Familien machen lassen. Sie haben ihm erzählt, was das Gute an der ganzen Geschichte ist: dass St Trenyan zusammenhält und sich auf die neue Saison vorbereitet; aber auch von den nach wie vor andauernden Schwierigkeiten: dass manche Wohnhäuser und Geschäftsräume aufgrund etwa von Versicherungsstreitigkeiten immer noch nicht nutzbar sind. Außerdem hat er Cal in seiner Rolle als Vizevorsitzender des Flutkomitees interviewt. Die Organisation verwaltet einen Notfallfonds und unterstützt die Leute dabei, sich ihr Leben wieder aufzubauen.

Eine Promihochzeit wirkt im Vergleich dazu unbedeutend, aber es ist für alle gut, wenn wir mit Kilhallon erfolgreich sind, dann können wir Einheimische einstellen und Touristen in die Region holen. Die Hochzeitsmesse war harte Arbeit, sowohl der Auf- als auch der Abbau, aber ich bin froh, dass wir sie veranstaltet haben. Wenigstens sind wir jetzt alle zuversichtlicher, dass wir am großen Tag alles hinkriegen.

Am Tag der Messe haben wir konkrete Anfragen für zwei Hochzeiten bekommen, eine für diesen Herbst und eine für nächsten Frühling, außerdem haben weitere Leute Interesse bekundet. Die Aussteller waren zufrieden. Diese Hochzeiten und auch die Feier von Lily und Ben scheinen noch eine Ewigkeit entfernt zu sein, denn an Ostern herrscht in Kilhallon und im Demelza's Hochbetrieb. Sehr zu unserer Erleichterung war Lily begeistert von den Fotos, die wir ihr von der Messe geschickt haben, und hat schon mit Hazel über die Blumen und die Dekoration bei der

Hochzeit gesprochen. Im Moment scheint sich also alles in die richtige Richtung zu entwickeln.

Es war ein schöner, aber langer Tag im Café, und ich bin froh, als ich am Abend ins Bett gehen kann. Cal kommt ins Schlafzimmer und rubbelt sich nach dem Duschen mit einem Handtuch die Haare trocken, ein weiteres hat er sich um die Hüften gebunden. Ich liege schon unter der Decke, in der idealen Position, um die Show zu genießen. Ich werde mich nie an ihm sattsehen können, und mein Körper reagiert mit dem köstlichsten Kribbeln auf Cals Anblick.

Er wirft beide Handtücher auf einen Stuhl und stellt sich neben das Bett. »Du weißt schon, dass heute ein besonderer Tag ist, oder?«

Schon Cals Nähe macht den Tag besonders. Winzige Wassertropfen glitzern in den krausen Härchen auf seiner Brust. »Besonders? Warum?«

Er zieht die Augenbrauen hoch, als wäre er überrascht, dass ich nicht weiß, was er meint. Natürlich weiß ich das, aber ich werde ihm nicht verraten, dass ich schon den ganzen Tag an »unseren Jahrestag« denke und mich frage, womit ich das alles verdient habe.

»Es ist heute genau ein Jahr her, seit ich dich in Sheilas Strandhäuschen zum ersten Mal gesehen habe«, sagt er.

»Ach, tatsächlich? Dann habe ich vor genau einem Jahr meinen Job verloren. Nicht gerade meine Sternstunde.«

»Und ich bin vor genau einem Jahr wieder in Cornwall angekommen, nach meinem kleinen Syrien-Urlaub. Meine Sternstunde war das auch nicht: Ich hätte dich gegen Mawgan verteidigen sollen, aber ich bin abgehauen. Ich war zu sehr mit meinen eigenen Problemen beschäftigt.«

»Du hattest einiges zu bewältigen. Das weiß ich jetzt, aber damals dachte ich, du wärst so ein Idiot, der sich nur für sich und sein Surfbrett interessiert.«

»Ich hatte nie ein Surfbrett. Ich war nie gut im Surfen.« Er setzt sich nackt auf die Bettkante. »Und jetzt schau uns an.«

»Schau dich an.«

»Hmm. Du hast eine spezielle Wirkung auf mich.« Sein Kuss ist warm, zärtlich, aber selbstsicher. So frisch aus der Dusche riecht Cal toll, und seine Haut ist noch feucht und glüht unter meinen Fingerspitzen. Ich habe mich immer noch nicht daran gewöhnt, jeden Tag neben diesem schlanken, schönen Mann, mit all seinen Macken und Problemen, einzuschlafen und wieder aufzuwachen.

Er steigt ins Bett, legt sich neben mich und streicht mir die Haare aus dem Gesicht. »Wie war dein erstes Jahr? Bereust du, dass du den Job angenommen hast?«

»Und wie, aber ich bin immer noch hier. Wie geht es dir, Cal?«

»Gut.«

»Wirklich? Richtig gut?«

Er runzelt die Stirn. »Warum fragst du?«

Ich würde am liebsten über seine heftige Reaktion sprechen, als der kleine Junge bei der Hochzeitsmesse verschwunden ist, aber etwas an Cals Ton warnt mich, das zu erwähnen.

»Nur so.« Ich lächele.

»Ich fühle mich okay. Die Vergangenheit liegt sozusagen hinter mir«, murmelt er, legt die Hände auf meinen Po und drückt mich an sich. Er küsst mich und erstickt damit ein möglicherweise gefährliches Gespräch. Aber später, als er glaubt, dass ich schlafe, höre ich ihn aus dem Bett aufstehen. Ich beobachte ihn heimlich, wie er aus dem Fenster in die sternenklare Nacht starrt. Ich weiß, dass er nicht hier in Kilhallon ist, sondern Tausende Meilen weit weg, und ich kann nichts dagegen tun. Lange nachdem er sich wieder neben mich gelegt hat und endlich eingeschlafen ist, fasse ich den Entschluss, ihm zu helfen, selbst wenn Cal nicht damit einverstanden wäre. Ich muss es versuchen.

Am Ostermontag kommt Kit ins Café, als wir gerade nach einem hektischen Feiertag schließen. Ich mache ihm selbst einen Kaffee und setze mich zu ihm, während das Personal müde um uns herum aufräumt.

Er nippt nachdenklich an seinem Espresso. »Wow. Ich darf schon wieder nach Feierabend rein. Das bedeutet wohl, dass ich akzeptiert wurde.«

»Hoffentlich nimmt es kein böses Ende. Als du das letzte Mal nach Feierabend reindurftest, sind Mitch und ich in eine Grube gefallen«, erinnere ich ihn an den Abend vor ein paar Monaten, als wir die Weihnachtsdeko aufgehängt haben und Mitch im Nebel verschwunden ist.

Er verzieht das Gesicht. »Ich habe mir solche Vorwürfe gemacht, dass ich die Tür offen gelassen habe, als wir die Stechpalmenzweige hereingeholt haben. Es war meine Schuld.«

»Nein. Ich glaube, ich habe die Tür offen gelassen. Aber das spielt jetzt keine Rolle, es ist ja alles wieder gut.«

»Was nicht mir zu verdanken ist.«

Ich lächele. »Vergiss es. Sogar Cal hat sich mit dir und eurer Vergangenheit arrangiert. Er meinte, dein Artikel würde ganz anständig werden.«

»Wow. Ein hohes Lob.«

Ich lege die Hände um meine Tasse und frage mich, ob ich mich trauen soll, ihm von der Idee zu erzählen, die mir jetzt schon seit Wochen durch den Kopf spukt. »Du könntest mir bei einer weiteren Sache helfen, wenn du noch mehr tun willst, auch wenn das wohl viel schwieriger werden wird als der Artikel über die Überschwemmung …«, sage ich und hoffe, das Richtige zu tun. Kit sieht mich skeptisch an. Wahrscheinlich denkt er, ich wollte ihn zu einem Abendessen mit Tamsin überreden. Sie liegt mir immer noch damit in den Ohren.

Kit trinkt einen Schluck Kaffee und fragt dann argwöhnisch: »Und was wäre das?«

Ich komme direkt zur Sache. Hilf mir, Esme zu finden.«

Er senkt seine Tasse langsam und stellt sie auf die Untertasse.

»Hmm. Das ist allerdings schwierig. Wenn nicht unmöglich …« Er hält inne, und ich wünschte, ich hätte nichts gesagt. »Aber ich könnte ein paar Leute anrufen und anmailen und mich mit ein paar Journalisten-Kollegen treffen, wenn ich wieder zurück in London bin«, fährt er fort. »Ich kenne einige, die Kontakte nach Syrien haben, aber ich kann wahrscheinlich nicht viel mehr erreichen als Cal und die ganzen anderen von der Hilfsorganisation. Wenn jemand etwas herausfinden kann, dann wahrscheinlich die Suchagenturen.«

»Ich weiß, aber einen Versuch ist es wert. Ich werde Cal nicht sagen, dass ich dich gefragt habe.«

»Nein, lieber nicht. Wahrscheinlich wird es sich sowieso als vergeblich herausstellen, aber ich hake mal nach, und falls ich die geringste Spur von Esme oder ihrer Familie finde, melde ich mich sofort bei dir. Dir ist aber schon klar, dass das Mädchen wahrscheinlich gar nicht mehr lebt?«

Mir wird schlecht, als er das laut ausspricht, aber er wiederholt nur Cals Worte. »Ja, darauf bin ich gefasst, deshalb will ich ihm auch lieber nicht sagen, dass ich dich um Hilfe gebeten habe. Er hat schon eine schwere Enttäuschung hinter sich, und ich glaube, er könnte jetzt nicht noch mehr verkraften. Er meinte, ab jetzt will er nichts weiter als ein ruhiges Leben führen.«

»Ein *ruhiges* Leben? Cal?« Kit schnaubt ungläubig. »Dann muss es schlimm um ihn stehen. Wenn ich wieder in London bin, schaue ich mal, was ich tun kann, und sage dir Bescheid, selbst wenn es schlechte Nachrichten sind.«

24

»Oooh, es ist wirklich so hübsch und niedlich, wie ich es in Erinnerung habe!«, ruft Lily und strahlt uns aus der offenen Tür des BMWs an. Es ist der Montag nach den Osterferien und der erste Tag, an dem das Café nach elf Tagen Dauerbetrieb geschlossen ist. Ich habe durchgearbeitet, um das Feriengeschäft bestmöglich zu nutzen, und hoffe nur, ich falle nicht gleich um vor Erschöpfung. Aber wenn ich mir Lily so ansehe, kippt sie wahrscheinlich vor mir aus den Latschen.

Harry hilft ihr hinunter auf den Café-Parkplatz, als wäre sie eine feine Dame, die aus einer Kutsche steigt. Trotz ihrer guten Laune und ihres Lächelns bin ich leicht schockiert. Sie ist noch dünner geworden, und ihre Augen sind aufgequollen und dunkel umrandet, als hätte sie seit Tagen nicht geschlafen.

»Tut mir leid, dass Ben es nicht geschafft hat. Er ist noch mit dem ADR für seinen neusten Film beschäftigt.«

»Ah, verstehe. Glaube ich zumindest«, sage ich, obwohl ich keine Ahnung habe, wovon sie spricht.

Sie lacht. »Das bedeutet, er ist dabei, einige seiner Textzeilen aus dem letzten Film noch mal aufzunehmen. Manchmal ist der

Dialog beim ersten Mal nicht klar verständlich, oder es gibt in letzter Minute Änderungen am Drehbuch, bevor der Film herauskommt. Bald bin auch ich damit an der Reihe.«

Ich grinse Lily zu und begrüße dann ihren Begleiter. »Hi, Harry. Wie geht's?«

»Ausgezeichnet, besten Dank.«

»Rachel ist unterwegs. Kann ich euch beiden schon mal was zu essen und zu trinken bringen?«, frage ich.

»Einen Kamillentee, bitte, und hast du welche von diesen Reiswaffeln mit dunkler Schokolade? Ich weiß, dass ich das nicht tun sollte, aber ich habe Lust, einmal über die Stränge zu schlagen, und Ben ist ja nicht da und sieht es nicht.«

»Er hat doch sicher nichts dagegen, dass du isst?« Ich bin schockiert.

»Nein, natürlich nicht. Ich stehe nicht unter Bens Fuchtel.«

»Du musst bei Kräften bleiben«, sagt Harry und wendet sich dann an mich: »Gibt es heute wieder Figgy 'obbin?«

»Leider nicht, aber ich habe zur Kostprobe ein paar Kanapees vorbereitet, und es gibt Triple-Chocolate-Brownies und Zitronenkuchen. Wie klingt das?«

Er reibt sich die Hände. »Wäre es furchtbar unhöflich von mir, wenn ich von allem ein bisschen probiere?«

»Überhaupt nicht, ich bin gespannt, was du von den Sachen hältst. Lily sagt, du bäckst und kochst selbst gern?«

»Gott, nein. Giles ist der Bäcker. Ich bin eher für das richtige Essen zuständig.«

»Wir sollten ein paar Rezepte austauschen. Ich hole euch eure Getränke und den Kuchen.«

Von Rachel fehlt immer noch jede Spur, auch nachdem ich Lily und Harry bedient habe, also benutze ich den schlechten Handyempfang als Vorwand und gehe hinaus, um sie anzurufen. Es passt nicht zu ihr, mich im Stich zu lassen, und nach den letzten zwei Treffen können wir uns wirklich nicht noch mehr Pannen leisten. Als in diesem Moment ihr Auto auf den Parkplatz des Cafés rollt, seufze ich vor Erleichterung tief auf und eile zu ihr. Mein Blick fällt direkt auf Freya auf dem Beifahrersitz, die sich die Seele aus dem Leib brüllt.

»Tut mir leid! Ich musste Freya mitbringen. Meine Mum ist krank, und so kurzfristig habe ich keinen anderen Babysitter gefunden … Und was glaubst du, was auf dem Weg hierher passiert ist, obwohl ich Freya gerade erst gewickelt hatte, bevor ich losgefahren bin? Schsch. Schsch. Mein Schatz. Ich kümmere mich gleich um dich.«

»Soll ich Cal fragen, ob er auf sie aufpasst?«, schlage ich vor, während Freya ganz Cornwall wissen lässt, wie sie es findet, mit einer vollen Windel im Auto zu liegen.

»Wäre das okay? In diesem Zustand kann ich sie nicht mit hineinnehmen, um ein Promipärchen zu treffen.« Rachel zieht die Nase kraus.

»Ich rufe ihn an, wenn ich ein Netz kriege. Geh du ruhig schon mal rein zu Lily. Ben konnte nicht kommen«, übertöne ich Freyas Geschrei und befreie sie von ihrem Gurt. »Was ich nicht bedaure«, füge ich flüsternd hinzu, als sie einen Augenblick lang still ist.

Rachel schnappt sich ihr Tablet und Freyas Wickeltasche.

»Lass uns nach hinten zum Personaleingang gehen«, sage ich laut, nachdem Freya schon wieder angefangen hat zu brüllen. »Ich kümmere mich um sie, während du mit Lily sprichst.«

»Damit tust du mehr als deine Pflicht«, sagt Rachel.

»Na ja, sie ist schließlich meine Schwester.« Rachel streicht Freya zum Abschied über den Kopf und betritt das Café. Jetzt bin ich gefragt. In diesem Moment kommt wie durch ein Wunder Cal um die Ecke.

»Du bist meine Rettung«, stöhne ich.

Er betrachtet die zeternde Freya und grinst. »Dass ihr Hilfe braucht, war nicht zu überhören. Wenn du möchtest, übernehme ich Prinzessin Freya«, sagt er und lächelt sie an.

Sie heult noch lauter.

Er verzieht das Gesicht. »Anscheinend bin ich nicht mehr so gefragt. Und ich glaube, ich hätte die Ohrenschützer mitbringen sollen, die ich vorhin beim Heckenschneiden getragen habe.«

Nachdem er sich auf der Gästetoilette die Hände gewaschen hat, übergebe ich ihm Freya und atme ein paarmal tief durch, um mich zu beruhigen, bevor ich wieder zu Lily gehe. Schon von der Tür aus sehe ich, dass Rachel alles im Griff hat. Harry sitzt in der Ecke und blättert ein Rezepte-Special in einem Lifestyle-Magazin durch.

»Okay, tut mir leid, ich musste gerade etwas erledigen. Was kann ich euch noch bringen?«

Ich gehe einen Teller mit den Mini-Scones holen, die ich beim Hochzeitstee servieren möchte, und schaue unterwegs auf dem Klo vorbei. Zum Glück hat sich Freya beruhigt, jetzt, wo sie aus der Trage befreit und auf die Wickelauflage gelegt worden ist. Sie sieht sich mit großen Augen um und bestaunt das Mobile, das wir an die Decke über den aufklappbaren Wickeltisch gehängt haben.

Cal öffnet den Deckel des Windeleimers und wirft eine stark parfümierte lila Tüte hinein.

Ich muss kichern.

»Davon sollte ich ein Foto für den Blog machen.«

»Sehr witzig. Aber ich habe schon schlimmere Dinge gesehen, weißt du.« Er dreht sich wieder zu Freya. »Allerdings nicht viele.«

Sie gurgelt und streckt die Ärmchen nach dem Mobile aus, bevor sie Cal ein niedliches Lächeln schenkt. »Na, wie geht's, kleine Miss Heulsuse?«, fragt er und kitzelt sie am Bauch.

»Wie es aussieht, ist sie jetzt keine Miss Heulsuse mehr. Cal, ich bin so froh, dass du da bist! Rachels Mum ist krank, deshalb musste Rachel Freya zu diesem Treffen mitbringen. Sie ist süß, aber wir müssen uns konzentrieren, also – würde es dir etwas ausmachen, eine Stunde lang auf sie aufzupassen?«

»Ich?« Cal wendet sich an Freya. »Würde es dir etwas ausmachen, Freya? Hm?«

Er nimmt sie hoch, und sie lächelt wieder und blubbert fröhlich. Cal lehnt sie an seine Schulter, und ihr Mund geht auf vor Begeisterung über diese neue Perspektive auf die Welt.

»Siehst du, sie mag mich«, sagt er. »Stimmt's, Freya?«

»Du kannst so eingebildet sein, Cal Penwith.«

Er grinst. »Du bist nur neidisch. Ich bringe sie rüber ins Farmhaus. Polly wird ausrasten, wenn sie sie sieht.«

Ich beobachte ihn dabei, wie er damit kämpft, zwei winzigen strampelnden Beinen eine winzige Strumpfhose anzuziehen. Komisch, ich fand Babys nie besonders spannend und hätte früher immer gedacht, Cal sieht das ähnlich. Aber dann habe ich von Esme erfahren und wie gern er mit den Kindern im Lager gearbeitet hat. Ich frage mich, ob er je daran dachte, mit Isla eines Tages eine Familie zu gründen. Und ob er über so etwas in Bezug auf uns beide nachdenkt. Ich kann mir nicht vorstellen, für eine Freya verantwortlich zu sein. Zumindest noch nicht. Aber irgendwann?

Wow. Über etwas so Großes und Beängstigendes kann ich jetzt nicht nachdenken. Ich hole das Tablett und gehe in den Gästebereich, wo Rachel es geschafft hat, Lily zum Lächeln zu bringen.

»Dürfen wir bekannt geben, dass eure Feier hier stattfindet?«

»Ja. Addison und Jade kümmern sich um alles. Wir haben die Rechte für die Berichterstattung exklusiv an *Grapevine!* verkauft. Den Erlös teilen wir gern fünfzig-fünfzig zwischen unserer Wohltätigkeitsorganisation und eurer auf. Habt ihr schon eine im Auge?

»Darüber muss ich mit Cal sprechen.«

Lily verschwindet auf die Toilette. Ich hoffe, es macht ihr nichts aus, dass sie nicht luxuriös ist. Rachel seufzt erleichtert. »Ist mit Freya alles in Ordnung? Ich hab sie weinen gehört und musste Lily von ihr erzählen. Dann war plötzlich alles still.«

»Sobald sie die neue Windel anhatte, war sie zufrieden.«

»Bist du sicher, dass es Cal nichts ausmacht, auf sie aufzupassen?«, fragt Rachel.

»Er kann gut mit Kindern umgehen, auch wenn er wohl noch nicht viele Windeln gewechselt hat. Gerade ist er mit Freya bei Polly. Jetzt kriegst du sie vielleicht nie wieder.«

»Vielen Dank.«

»Wie läuft's mit Lily, was meinst du? Ist sie zufrieden mit den Vorbereitungen?«, frage ich.

»Anscheinend möchte sie gern alles uns überlassen. Sie meinte, Addison und Jade könnten ›sehr kritisch‹ sein, aber es wäre ihre und Bens Entscheidung gewesen, dass die Hochzeit hier stattfindet. Oh, hallo, Lily.«

Lily kommt zurück. Sie ist noch blasser als zuvor.

»Alles in Ordnung?«, frage ich sie.

Lily wiegt den Kopf hin und her. »Mir ist ein bisschen schlecht, um ehrlich zu sein.«

»Kann ich dir ein Glas Wasser holen?«

»Ja, bitte ... das könnte helfen.«

Harry ist augenblicklich an unserem Tisch und beugt sich zu

ihr. »Soll ich einen Arzt rufen?«, fragt er und sieht sie so an wie Mitch mich, wenn ich selbstgebackene Hundeleckerli in der Tasche habe.

Lily lächelt und tätschelt ihm die Hand. »Schon okay. Wirklich.«

»Man kann nicht vorsichtig genug sein. Hast du etwas Schlechtes gegessen? Ist es eine Infektion?«

Oh nein, denke ich, während ich eine Flasche Quellwasser aus Cornwall öffne und etwas davon in ein Glas fülle, bitte mach, dass Lily sich im Demelza's keine Lebensmittelvergiftung geholt hat, auch wenn sie nur an einem Käse-Kanapee mit Cornish Yarg geknabbert hat, und das vor einer halben Stunde.

»Harry. Mir geht's *gut*. Mach dir keine Sorgen. Ich habe in letzter Zeit wenig geschlafen, und wahrscheinlich geht gerade was rum. Irgendwas geht immer rum.«

»Soll ich dich nach Hause bringen?«, fragt er.

Ich reiche Lily das Glas Wasser und den Rest der Flasche. Sie formt ein »Danke« mit den Lippen.

»Ich glaube, wir haben alles besprochen. Den Rest können wir per E-Mail klären, und wir können auch skypen, um Zeit zu sparen.« Rachel lächelt sie an. »Harry hat recht. Du solltest nach Hause fahren und dich ausruhen. Wir kümmern uns hier um alles.«

»Okay. Das könnte mir guttun. Louie vermisst mich bestimmt schon sehr. Ben kommt später auch zurück. Wir verbringen im Alltag nicht so viel Zeit miteinander wie ein normales Paar.«

»Wird Louie bei der Zeremonie auch dabei sein?«, frage ich sie, während Harry ihr in den Mantel hilft.

»Oh, natürlich!« Ihre Miene hellt sich auf. »Ich habe schon einen total niedlichen Smoking für ihn gefunden.«

»Ich dachte, er hätte vielleicht gern ein eigenes Kissen in der ersten Reihe auf einer der Holzbänke«, sage ich.

Lily lächelt. In ihrem riesigen, pelzbesetzten Mantel wirkt sie noch zierlicher als sonst. Ich mag sie wirklich. Schade nur, dass sie sich keinen netteren Mann als Ben ausgesucht hat, aber ich schätze, wir können wohl nicht unbedingt beeinflussen, in wen wir uns verlieben.

»Das klingt perfekt«, erwidert sie und gibt Rachel und mir zum Abschied Küsschen. »Vielen Dank, dass ihr alles organisiert. Ich bin ganz sicher, dass es traumhaft wird, obwohl Addison und Jade überzeugt sind, es wird ein einziges Desaster.«

Rachel und ich tauschen einen Blick, und ich weiß, dass wir gerade beide dasselbe denken: *Na vielen Dank, damit hast du uns jetzt aber richtig aufgebaut, Lily.*

Sie geht hinaus und bleibt beim Auto stehen. »Oh, ich muss euch noch was sagen«, fügt sie hinzu. »Auch wenn ich ziemlich sauer auf Ben bin, weil er mich nicht vorher gefragt hat. Ich meine, eigentlich sollte es mir egal sein, und ich habe ja schon zwei von meinen Freundinnen, und Ben hat keine Schwestern oder Cousinen … und laut Ben gehört sie praktisch zur Familie, *aber* …«

Lily seufzt, und ich mache mich auf etwas gefasst.

»Er hat Mawgan gebeten, eine meiner Brautjungfern zu sein – und sie hat zugesagt.«

25

Fünf Wochen später – Ende Mai

»Pflücke die Knospe, solange es geht«, höre ich eine Stimme hinter mir. Ich drehe mich vom Rosenstrauch neben der Hintertür des Farmhauses weg und sehe, dass Polly mich anlächelt. Das ist ein sehr gutes Zeichen, denn sie lächelt nicht mehr oft, seit sie nach Lilys Besuch letzten Monat erfahren hat, dass Mawgan eine der Brautjungfern sein wird. Es hat ganz schön gedauert, bis Polly wieder runtergekommen ist und Cal mir geglaubt hat, dass ich mir das Ganze nicht ausdenke. Ich hätte wissen müssen, dass Mawgan eine Möglichkeit finden würde, sich bei der Hochzeit in den Mittelpunkt und in Bens und Lilys Leben zu drängen … Doch in den vergangenen Wochen ist die Zeit so gerast, dass Mawgan unsere geringste Sorge war.

»Stammt das aus der Bibel?«, frage ich.

Polly verdreht die Augen. »Natürlich nicht. Das ist aus einem Gedicht. Mir fällt nicht mehr ein, wie der Typ heißt. Es geht irgendwie um die verfliegende Zeit und darum, dass man seine Chancen nutzen muss.«

Ich lasse die Rose los. »Okay.«

Polly kommt zu mir und hebt die zarte Rosenknospe an. »Cals Mutter hat diesen Rosenstrauch geliebt. Ich bin froh, dass er noch immer blüht.«

»Er riecht toll.«

»Ja …«

Polly lässt die Rose sinken. »Tja, ich kann nicht hier stehen und an Blumen riechen. Ich habe zu tun. Du hast doch die Urlauberin mit dem Paillettenrock und diesen albernen haarigen Stiefeln gesehen? Die, deren Ehemann aussieht wie *er* – ich weigere mich, seinen Namen auszusprechen.« Polly schüttelt sich.

»Ähm. Ich glaube schon …« Der Gedanke an die Urlauberin mit den Uggs und dem Donald-Trump-Double-Ehemann bringt mich zum Kichern.

Polly schnaubt angewidert. »Nun ja. *Die* passen jedenfalls gut zusammen. Sie haben sich beschwert, dass sie im Poldark Cottage nicht alle Freeview-Kanäle reinkriegen, und mich gefragt, warum sie nicht auch noch einen Fernseher im Schlafzimmer haben können, wie sie es von ihrem ›Hauptwohnsitz‹ gewohnt sind. Ich meine, wer fährt schon hierher ans Meer, um dann fernzusehen, verdammt noch mal? Und warum müssen sie auch noch im Bett fernsehen?«

Mit einem weiteren verärgerten Seufzer und ohne auf eine Antwort zu warten, stapft Polly davon, und ich reiße mich von der Rose los und eile wieder über den Hof zum Café. Ich wollte nur schnell ins Farmhaus, um mir ein frisches Poloshirt anzuziehen, nachdem ein Kleinkind beschlossen hatte, mich als Zielscheibe für sein Eis zu benutzen. Polly hat mich in den einzigen fünf Minuten erwischt, die ich für mich hatte, seit ich mich heute Morgen aus dem Bett gequält habe. Seit Ostern herrscht bei uns Dauerbetrieb. Der Mai ist wie im Flug vergangen, und das Wetter war die meiste Zeit gut und hat die frühen Camper in unsere neue Anlage gelockt. Auch für unsere Jurten und Cottages sind ständig Buchungen ins Haus geflattert. Jetzt sind sie bis September fast ständig belegt. Cals harte Arbeit an der Anlage zahlt sich aus. Nachdem wir Nina zur Stellvertretenden Café-Managerin befördert und weitere Saisonaushilfen für das Café und die Anlage eingestellt haben, können wir die zusätzliche Arbeit gerade so bewältigen.

Die Luft ist erfüllt von Vogelgezwitscher, dem Duft von frisch gemähtem Gras und dem Brummen von Cals Rasenmäher. Unsere Besucher haben ihre Fleecejacken und Stiefel ausgezogen und laufen in Shorts und T-Shirts durch die Anlage. Die neue Eistruhe im Café erfreut sich großer Beliebtheit bei den zwei- und vierbeinigen Gästen. Cal ist immer braun gebrannt und manchmal gut drauf, und Polly genießt es, die Saisonaushilfen herumzuscheuchen, und schafft es mittlerweile, an der Rezeption zu arbeiten, ohne allzu viele Gäste abzuschrecken. Wir legen uns alle ins Zeug, um unseren Besuchern einen wunderbaren Urlaub zu ermöglichen, und insgesamt erhalten wir gute Bewertungen, und unser Renommee als kleines, feines Urlaubsresort wächst langsam, aber stetig.

Rachel hat zwischen dem Windelwechseln und Stillen viele Stunden in die Hochzeitsvorbereitungen investiert, und zum Glück hat sich Freya einen guten Schlafrhythmus zugelegt, sodass Rachel ihre Aufgaben auch bewältigen konnte. Nun sind wir alle bereit für die Lieferanten, die am Donnerstag ankommen.

Nach einem weiteren anstrengenden Tag im Café lasse ich mich mit einem tiefen Seufzer auf das Sofa im Farmhaus fallen. Meine Füße bringen mich um, und ich brauche noch einen Moment, bevor ich mit Mitch seinen Abendspaziergang machen kann. Ich schließe die Augen und versuche, die kalte, feuchte Schnauze zu ignorieren, die mich in die Seite stupst.

»Demi? Demi?«

»Aua. Mitch, kannst du bitte deine Schnauze da wegnehmen?«

»Stets zu Diensten, Mylady.«

Verschwommen erkenne ich Cal, der sich mit einem großen, gepolsterten braunen Umschlag in den Händen über mich beugt. Er trägt Shorts und ein T-Shirt und grinst breit.

Ich drücke mich vom Sofa hoch, und Mitch jault hoffnungsvoll. Cal streckt mir das Päckchen entgegen.

»Das hat ein Kurier an der Rezeption abgegeben, während du geschlafen hast.«

»Ich, geschlafen? Ich hab nur kurz die Augen zugemacht.« Ich blinzele. »Bist du sicher, dass das für mich ist? Ich erwarte nichts.«

»Na ja, es ist an dich adressiert, und Polly musste dafür unterschreiben.«

Cal reicht mir den Umschlag.

Ich reiße ihn an der zugeklebten Seite auf. »Ich habe keine Ahnung, von wem das ist – oh, warte mal. Oh. Oh Gott.«

»Was?«

»Schau her. Ich kann es nicht glauben.« Vorsichtig ziehe ich die Blätter aus dem Umschlag. »Das ist die Fahne für mein Kochbuch. Da sieht man den ganzen Text und die Bilder genau so, wie sie später im fertigen Buch erscheinen. Jetzt ist es real. Ist das nicht unfassbar?«

»Es sieht toll aus. Du kannst stolz auf dich sein.«

»Es kommt mir vor, als hätte ich gar nichts gemacht. Der Ökotrophologe und der Verlag haben einen Fotografen beauftragt. Ich habe nur die Rezepte und ein paar Ideen für den Aufbau beigesteuert. Lily hat ein Vorwort geschrieben – schau mal, da ist ein Bild von ihr mit Louie, und hier ist Eva mit Betty. Betty sieht *so* süß aus und … oh, das bin ich. Ich mit Mitch.« Ich halte ihm die Blätter entgegen. »Cal, ich kann es nicht glauben.«

Cal blickt auf die Fahne und lächelt. »Das kannst du ruhig. Darauf müssen wir anstoßen.«

»Wir müssen morgen arbeiten.«

»Komm schon. Du hast es dir verdient.«

Ich kann meinen Augen immer noch nicht trauen. Während

ich die Fahne durchblättere, verschwindet Cal in der Küche und kehrt mit einer Flasche und zwei Gläsern zurück. Er reicht mir ein Glas und quetscht sich neben mich aufs Sofa.

»Ich bin kein Mann vieler Worte – oder eher: kein Mann der *richtigen* Worte –, aber ich bin so wahnsinnig stolz auf dich.« Er stößt mit mir an, und mir treten Tränen in die Augen, aber ich will nichts auf die Fahne tropfen, also reiße ich mich zusammen.

»Wuff!«

»Siehst du. Sogar Mitch ist beeindruckt«, sagt Cal.

»Nein. Er will raus.«

Mitch legt seine Schnauze auf die Fahne und hinterlässt einen großen Sabberfleck mitten auf einem Foto der Mopsdame Betty.

»Oh, Mitch!«

Cal stellt sein Glas ab. »Ich gehe mit ihm raus. Vergnüge du dich mit deinem Buch.«

»Nein, wir gehen zusammen«, sage ich und schiebe die Blätter schweren Herzens beiseite. »Aber vielleicht nehme ich die Fahne heute Nacht mit ins Bett.«

»Wenn das das Einzige ist, was zwischen uns steht, kann ich damit leben.«

Wir holen Mitchs Leine von der Veranda. »Bei uns läuft es richtig gut, was? Nach all unseren Problemen letztes Jahr und dem Chaos an Weihnachten geht das Geschäft super, und ich glaube sogar langsam, dass wir das mit dieser Hochzeit tatsächlich hinkriegen.«

Cal lächelt. »So sieht es jedenfalls aus. Komm, lass uns rausgehen. Und dann schlage ich vor, wir essen, nehmen danach den restlichen Champagner mit hinauf und gehen früh ins Bett.«

Als wir wieder im Haus sind, gönne ich mir eine weitere Durchsicht der Fahne, während Cal die Reste des Coq au Vin von gestern aufwärmt, mit Knoblauch-Kartoffeln als Beilage, dem Duft aus der Küche nach zu urteilen. Inzwischen kenne ich den Text auswendig, und der Champagner beflügelt mich. Vor uns liegen hektische Tage, aber dies ist wahrscheinlich einer der befriedigendsten Momente meines Lebens. Ich kann nicht aufhören zu lächeln. Ich überlege, Cal zu helfen, gestatte mir aber eine weitere Minute, um noch mal in der Fahne zu blättern. Vielleicht lege ich sie mir wenigstens neben das Bett, für den Fall, dass ich nachts aufwache und sie streicheln will.

Einen Moment später schaue ich auf und schnüffele. Der Geruch hat sich verändert. Es riecht nicht mehr nach Knoblauch, sondern verbrannt. Plötzlich geht der Feueralarm los, und Mitch bellt.

»Cal!« Ich springe blitzartig vom Sofa auf und renne in die Küche. Grauer Dunst erfüllt den Raum, und der Alarm piept wie verrückt. Mitch dreht durch, bellt und rast zur Küchentür. Hustend schnappe ich mir die Ofenhandschuhe und ziehe die Pfanne mit den verkohlten Überresten der Kartoffeln und die Kasserolle vom Herd.

Ich reiße die Hintertür auf und laufe mit tränenden Augen hinaus.

Cal steht mitten auf dem Hof, mit dem Rücken zu mir, und drückt sich sein Handy ans Ohr.

»Cal!«

Auf mein Rufen hin dreht er sich zu mir um, dann reißt er erschrocken den Mund auf, als er den Rauch aus der Tür strömen sieht. Er murmelt etwas ins Handy und eilt dann zu mir.

»Oh Gott, das Essen habe ich ganz vergessen! Müssen wir die Feuerwehr rufen?«

»Nein. Ich hab's gerade noch rechtzeitig gemerkt. Das Essen ist verbrannt und der Rauchmelder schrillt, aber es gibt kein Feuer.«

Cal schließt die Augen und stöhnt auf. »Tut mir schrecklich leid. Oh Gott.«

Ich trockne mir mit einem Taschentuch die Augen ab. »Was ist passiert? Wer war das am Telefon? Die Hochzeit wird doch nicht abgesagt, oder?«

»Nein. Nein. Es war Kit … Er hat wegen Esme angerufen. Er hält es für sehr wahrscheinlich, dass sie gefunden wurde.«

Nachdem wir alle Fenster und Türen im Farmhaus aufgerissen haben, damit der Rauch abziehen kann, führt Cal mich ins Wohnzimmer. Er geht im Raum auf und ab. Sein Gesicht wirkt trotz der Bräune blass.

»Ich kann es nicht fassen. Ich will glauben, dass es ihr gut geht, aber ich traue mich nicht. Und ich frage mich, was Kit mit der ganzen Sache zu tun hat.«

»Ich habe ihn gebeten, nach ihr zu suchen. Ich wusste nicht, ob es etwas bringt, aber ich dachte, dass er vielleicht noch Kontakte hat, die helfen könnten. Ich habe dir nichts davon gesagt, weil ich dir keine Hoffnung machen wollte und es für fast aussichtslos hielt. Ich hoffe, das ist okay. Was hat er gesagt?«

»Ich bin froh, dass du ihn gefragt hast. Ich bin nicht sauer, sondern … ich weiß nicht, was ich fühlen oder denken soll. Es wäre mir fast lieber, er hätte nicht angerufen, falls sich herausstellt, dass es nicht stimmt. Aber sein Kontakt ist sich zu neunundneunzig Prozent sicher, dass sie es ist. Sie muss es sein. Er schickt mir ein Foto. Jeden Moment« – er starrt auf sein Handy – »werde ich es sicher wissen.«

Ich berühre ihn am Arm. »Cal. Ich kann es nicht glauben. Und ich bin so froh, dass du nicht wütend auf mich bist. Ich dachte schon, ich mische mich zu sehr ein.«

Er sieht mich an. »Danke. Danke, dass du dich eingemischt hast.«

Sein Handy piept. Er schaut aufs Display und schluckt. »Das ist eine Mail von Kit, mit Anhang.«

»Mach sie auf.«

Er sieht mich erschrocken an. »Und wenn sie es doch nicht ist?«

»Das wirst du nur herausfinden, wenn du nachschaust.«

»Ja …«, sagt er und lässt das Handy sinken. »Aber ich muss es allein machen. Verstehst du das?«

Ich lasse ihn los und trete zur Seite. »Wie du willst, aber denk daran, dass ich da bin, egal, was passiert.«

Er nickt und verlässt leise das Zimmer. Die Dielenbretter knarren unter seinen Schritten, und die Tür zu seinem Arbeitszimmer geht mit einem Quietschen auf und mit einem leisen Klicken wieder zu. Ich lehne mich auf dem Sofa zurück, und als würde Mitch die Anspannung spüren, springt er zu mir herauf. Ich umarme ihn und drücke das Gesicht in sein Fell. Ich kann nur warten, bis Cal zurückkommt, und hoffen, dass er gute Nachrichten hat.

26

Jetzt sind schon zwanzig Minuten vergangen, seit Cal die Tür zu seinem Arbeitszimmer geschlossen hat, und ich habe weder ein Wort noch ein Geräusch von ihm gehört. Ich halte die Anspannung nicht mehr aus. Als ich gerade bei ihm hereinplatzen will, kommt er ins Wohnzimmer.

Mir schlägt das Herz bis zum Hals, und ich springe vom Sofa auf. Cal hat sein Tablet dabei und ist ganz blass. »Sie ist es«, sagt er.

»Bist du sicher?«

»Ich habe das Foto gesehen. Sie ist gewachsen, sie ist dünner, aber sie ist es. In der Mail ist auch ein Foto von ihrem Großvater und ihr.«

»Cal. Das ist fantastisch. Das sind wunderbare Neuigkeiten.« Ich stürze mich auf ihn, und endlich erwidert er meine Umarmung. Ich küsse ihn, und er drückt mich fest, und schließlich erscheint ein Lächeln auf seinem Gesicht. »Ich habe mir solche Sorgen gemacht, als du nicht aus dem Büro rausgekommen bist. Ich dachte, du hättest schlechte Nachrichten bekommen.«

»Sie ist in Sicherheit. Sie lebt ... Tut mir leid, dass ich nicht herübergekommen bin, um es dir zu sagen. Ich war nicht sicher, was ich denken sollte, und dann hab ich das Bild mit all meinen Fotos von ihr verglichen. Ich habe sie sofort erkannt, aber ich konnte es nicht glauben nach dieser langen Suche. Dann habe ich Kit und Carolyn angerufen.«

»Wie hat Kit sie gefunden? Ist sie auf der Rotkreuz-Website oder bei Facebook aufgetaucht?«

»Nein. Kit hat bei seinen Kollegen herumgefragt, die über die Entwicklungen im Nahen Osten schreiben. Eine Journalistin hat

Familien nach ihrer Flucht aus Syrien und auf dem Weg nach Europa porträtiert, sie kennt viele Leute. Sie hat intensive Nachforschungen betrieben.« Cal fährt sich mit den Fingern durch die Haare und wirkt immer noch völlig erschüttert.

»Vor ein paar Tagen hat sie mit einem Mann aus einem Lager im Norden Griechenlands geredet, der meinte, er hätte Esme und ihre Familie unterwegs getroffen. Er hatte ihren Namen auf jeden Fall schon gehört und sogar mit einigen ihrer Verwandten gesprochen. Das Mädchen, das er beschrieb, schien im richtigen Alter zu sein, und die Familienverhältnisse haben gepasst.«

»Also ist sie mit ihrer Familie zusammen? Das ist tausendmal besser, als wenn sie allein wäre.«

»Allein hätte sie wohl kaum überlebt.« Er schlingt die Arme um seinen Körper, als würde er frieren. »Kits Bekannte hat Esme und ihre Familie in Griechenland gefunden, sogar mit ihnen gesprochen, und sie haben sich an mich erinnert. Gott, Esme hat sich an *mich* erinnert.«

»Warum denn nicht? Ihr kanntet euch doch gut.«

»Ich ... Ich weiß nicht ... Jedenfalls wollte Kit die Neuigkeiten nicht weitergeben, solange er nicht ganz sicher war, aber heute hat seine Kollegin ihm das Foto gemailt. Er hat den ganzen Tag lang überlegt, was er tun soll, sich dann aber doch entschlossen zu riskieren, mich zu enttäuschen.«

Er hält mir das Tablet entgegen. »Willst du sie sehen? Ich habe eben ein paar alte Fotos von ihr und Soraya draufgezogen. Bis jetzt konnte ich mir die Bilder nie ansehen oder sie jemandem zeigen. Demi ... Ich habe versucht, alles zu vergessen und die Vergangenheit hinter mir zu lassen.«

»Das weiß ich. Es ist etwas vollkommen anderes, aber als ich von zu Hause abgehauen bin, dachte ich auch, ich könnte vor meiner Vergangenheit davonlaufen, doch das war unmöglich. Ich habe versucht, die schlechten Erinnerungen zu verdrängen und allein mit Mitch zu leben, als würden sie nicht existieren, aber das hat mir nicht geholfen. Der Abstand hat mir vielleicht kurzzeitig gutgetan, aber die Schuldgefühle und der Schmerz sind nicht verschwunden. Letztendlich haben mich meine Erinnerungen eingeholt. Darüber bin ich froh, und ich bin froh, dass du Esme gefunden hast.«

Wir sitzen nebeneinander auf dem Sofa. Cal schiebt die Hülle vom iPad und tippt auf das Foto in der E-Mail. Ein kleines Mädchen sieht mich mit großen, dunklen Augen an. Mir schlägt das Herz bis zum Hals. Man muss Esmes Geschichte nicht kennen, um zu sehen, was sie durchgemacht hat. Ihr verlorener Blick sagt alles, trotz des Lächelns.

»Sie ist so jung.«

»Jetzt ist sie neun. Sie ist ziemlich gewachsen, aber viel dünner als früher.«

»Sie lächelt.«

Auch Cal lächelt flüchtig. »Viel Anlass zur Freude hat sie wahrscheinlich trotzdem nicht, aber Kits Kollegin meint, sie besucht an ein paar Vormittagen pro Woche die Schule im Lager. Sie ist sehr gern zur Schule gegangen, bevor alles zerstört wurde. Ich erinnere mich, dass sie mir einmal ein Bild gezeigt hat, das sie im Kunstunterricht von sich und ihrer Mum und ihren Großeltern gemalt hatte.«

»Wie bist du eigentlich speziell mit dieser Familie so eng in Kontakt gekommen?«

»Ich weiß nicht. Vielleicht war mir Sorayas Mut aufgefallen, vielleicht auch Esmes. Soraya hätte schon längst aus der Stadt fliehen können, nachdem ihr Krankenhaus zerbombt worden war, aber sie wollte bleiben und ihren Leuten helfen. Wir waren sehr dankbar für ein zusätzliches Paar geübter Hände. Esme hat mir mal gesagt, sie will Krankenschwester werden wie ihre Mutter. Sogar nachdem sie mitbekommen hatte, mit was für schlimmen Dingen Soraya Tag für Tag konfrontiert wurde, wollte sie immer noch sein wie ihre Mutter.« Cal starrt auf das Foto und schweigt ein paar Momente lang, als wäre er in Gedanken wieder im Kriegsgebiet.

Ich nehme ihn in den Arm und lege den Kopf auf seine Schulter, während das Tablet in seinen Händen zittert. Er streicht mit einem Finger über Esmes Gesicht.

»Und jetzt hat sie gesagt, sie würde mich gern sehen. Ihre Familie wird in ein paar Tagen in ein anderes Lager geschickt, aber bisher hat ihnen niemand gesagt, wohin.«

»So bald schon?«

»Ja. Ich kann natürlich nicht hinfahren. Ich habe es Kits Kollegin noch nicht gesagt, aber ich kann jetzt nicht hier weg, nicht so kurz vor der Hochzeit.«

Ich weiß nicht, was ich sagen soll. Bei dem Gedanken, jetzt auf Cal verzichten zu müssen, in einem der größten Momente für Kilhallon, wird mir eiskalt. Andererseits wäre es unverzeihlich, ihn von jemandem fernzuhalten, der ihm so viel bedeutet. Das kann ich ihm nicht antun und auch Esme nicht, egal, wie sehr ich ihn brauche und bei mir haben will.

»Cal. Du *musst* hinfahren, solange du weißt, wo sie sind. Wenn du wartest, verlierst du sie vielleicht wieder aus den Augen.«

Er schüttelt sofort den Kopf. »Nein«, sagt er bestimmt. »Ich kann dich nicht allein lassen, nicht, wenn du diese Hochzeit zu managen hast.«

»Es wird noch viele andere Hochzeiten geben, aber dies könnte deine einzige Chance sein, Esme zu treffen. Du hast so lange gewartet, und sie hat nach dir gefragt, nach all dieser Zeit, all dieser Ungewissheit. Wie kannst du sie jetzt im Stich lassen?«

Er reibt sich mit der Hand übers Gesicht. »Aus zig Gründen. Du brauchst mich, das Unternehmen braucht mich …«

»Das sind nur zwei Gründe.«

Er legt den Kopf in die Hände und hebt ihn dann wieder. »Was, wenn sie mich hasst, weil ihre Mutter gestorben ist? Wenn ihre Familie mir die Schuld gibt?«

»Dann hätten sie nicht nach dir gefragt. Du musst persönlich mit ihnen sprechen. Sonst wirst du in Kilhallon nie glücklich. Wir kommen hier schon klar. Kriegst du morgen einen Flug?«

Er wiegt den Kopf hin und her. »Wohl schon. Ach, keine Ahnung. Ich hab noch gar nicht darüber nachgedacht, wie ich dort hinkomme.«

»Ich durchforste jetzt die Websites der Fluggesellschaften und du organisierst ein Treffen mit Kits Kollegin und Esmes Familie.«

»Wenn du meinst … Aber ich werde rechtzeitig zur Hochzeit zurück sein. Ich fliege gleich morgen früh hin und bin am Samstag zurück.«

»Ich bemühe mich, einen Flug zu finden. Aber, Cal, dir ist schon klar, dass du Polly und Robyn sagen musst, wo du hinfährst und warum? Du musst ihnen keine Einzelheiten erzählen, aber sie werden wissen wollen, warum du so kurz vor der Hochzeit aus Kilhallon verschwindest.«

Er stöhnt. »Shit. Daran habe ich noch gar nicht gedacht.«

»Du musst ihnen einen Teil der Geschichte anvertrauen, ich kann nicht für dich lügen. Das Geheimnis ist zu groß.«

»Du hast recht. Okay, ich rede mit Polly, und ich werde Robyn bitten, dass sie mich morgen zum Bahnhof bringt, also kann ich unterwegs mit ihr sprechen. Demi, danke. Ich weiß nicht, was ich sagen soll.«

»Du musst gar nichts sagen. Fahr einfach.«

27

Mittwoch – früher Morgen
Drei Tage vor der Hochzeit

Am nächsten Morgen um sechs schlingt Cal ein Speck-Sandwich hinunter und scrollt währenddessen durch sein Handy.

Ich umklammere meine Tasse. »Okay. Du bist für den Fünfzehn-Uhr-Flug von Bristol nach Athen und den letzten Rückflug am Freitagabend eingecheckt. Am Samstagmorgen kannst du den ersten Zug hierher nehmen, aber so hast du nur zwei Tage in Griechenland. Reicht das?«

»Es muss. Ich fahre vom Flughafen aus dann Richtung Norden zum Lager.« Cal trinkt seinen Kaffee aus. »Du wirst hier nicht allein sein. Kit kommt morgen, um zu helfen. Er hat sowieso ein paar Tage frei. Er wollte sich ausruhen, aber er meinte, er fährt gern hierher, um uns zu helfen.«

»Kit kommt her?«

»Du wirkst nicht sehr erfreut darüber. Ich kann ihm auch sagen, dass er wegbleiben soll, wenn du willst.«

»Nein. Wir brauchen jede Hilfe, die wir kriegen können, es wundert mich nur, dass du ihn hier wohnen lässt, während du weg bist.«

»Ja. Na ja. Vielleicht ist er doch nicht so schlimm, und er kann viel lernen, wenn er bei einer Promihochzeit aushilft.« Er lächelt.

»Du meinst, er wird es hassen.«

»Genau, und abgesehen davon denke ich, er ist ganz okay. Falls er Ärger macht, schmeiß ihn raus, aber das glaube ich nicht.« Sein Handy piept, und er verzieht das Gesicht. »Das ist Robyn. Sie ist draußen. Ich darf meinen Zug nicht verpassen, und sie schiebt Panik, dass wir zu spät kommen.«

Er zieht mich an sich und küsst mich. Kein ausreichend langer Kuss, aber ein warmer, inniger, der mir in Erinnerung bleiben wird. »Danke, dass es für dich okay ist, dass ich wegfahre. Ich bin so schnell zurück, dass du mich gar nicht vermissen wirst, versprochen.« Er lächelt. »Und ich schwöre dir, dass ich das nicht mache, um den Hochzeitsvorbereitungen zu entkommen.«

»Ja, schon klar.«

Er schnappt sich seine Reisetasche, drückt mir einen letzten Kuss auf die Lippen und geht. Ich folge ihm nur bis zur Tür, weil ich keine große Szene machen will vor Robyn und unseren Urlaubern, die heute packen und abreisen, bevor die Hochzeitsgäste ankommen. Wir werden gar nicht mehr wissen, wo uns der Kopf steht, während alle auschecken und die Putzhilfen herumwirbeln, aber ich bin lieber beschäftigt, als Cal hinterherzutrauern. Es sind ja nur ein paar Tage.

Er fliegt nach Griechenland, sage ich mir immer wieder: Das ist ein Urlaubsziel, kein Kriegsgebiet, und ihm wird nichts passieren. Andererseits geht er als Fremder in ein Lager … Aber ich mache mir größere Sorgen um seine emotionale Sicherheit als um seine körperliche Unversehrtheit. Was, wenn Esmes Familie ihm *doch* die Schuld an allem gibt oder ihr nicht erlaubt, ihn zu treffen? Das glaube ich zwar nicht, denn sonst hätten sie ihn wohl nicht gebeten zu kommen, aber ich denke ständig daran, was alles schiefgehen könnte. Seine Worte zum Abschied gehen mir noch einmal durch den Kopf. *»Ich bin so schnell zurück, dass du mich gar nicht vermissen wirst, versprochen.«* Das habe ich schon mal gehört.

»Cal. Komm endlich«, ruft Robyn durchs Autofenster und deutet auf ihr Handgelenk.

Er steigt ein, und der Motor heult auf. Robyn rast mit quietschenden Reifen vom Parkplatz, als würde sie ein Wettrennen fahren. Dann sind sie weg, also kehre ich in die Küche zu meinem unangerührten Speck-Sandwich zurück, und mir fällt ein, wo ich Cals Abschiedsworte schon mal gehört habe.

Na klar. Vor einer Weile hat Robyn mir erzählt, was Cal gesagt hat, bevor er zu der Hilfsmission nach Syrien aufgebrochen ist, die mit seiner Gefangenschaft endete.

»Ich bin so schnell zurück, dass du mich gar nicht vermissen wirst, versprochen.« Robyn meinte, er habe genau das zu Isla gesagt, und zu ihr ist er nie zurückgekehrt. Mir läuft ein Schauder über den Rücken.

Dann schüttele ich den Kopf. Nicht nur Robyn und Isla sind Dramaqueens. Cal wird am Samstag wie geplant zurück sein, und dann können wir endlich Lilys und Bens Happy End feiern.

28

Donnerstag – früher Morgen
Zwei Tage vor der Hochzeit

»Wuff! Wuff!«

Der Donnerstagmorgen beginnt für mich mit einer haarigen Schnauze im Gesicht und schmerzendem Trommelfell. Aber es ist gut, dass Mitch mich geweckt hat, denn ich muss den Wecker verschlafen haben – oder vielleicht habe ich vergessen, ihn überhaupt zu stellen. Gestern bin ich nach einem langen Tag fast auf allen vieren ins Bett gekrochen.

Nach Cals Abreise habe ich den restlichen Tag damit verbracht, Tausende Fragen zur Hochzeit abzuwehren und unseren Demelza's-Stammkunden zu versichern, dass wir nächsten Dienstag wie gewohnt öffnen werden. Als wir gerade die Küche geputzt haben, hat Cal mir geschrieben, er werde gleich in den Flieger nach Athen steigen. Obwohl ich beschäftigt bin, frage ich mich immer wieder, wie es ihm geht und ob er Esme und ihre Familie rechtzeitig finden wird – und wie sie alle aufeinander reagieren werden.

Mitch schläft normalerweise in der Küche, aber in der Nacht ist er in unser Schlafzimmer gekommen, und ich war zu fertig, um ihn hinunterzuscheuchen. Außerdem ist Cal nicht da, und ich war froh über die Gesellschaft. Ich werde langsam wach und setze mich auf. Mitch springt vom Bett und läuft zum Fenster, seine Krallen schaben über die Dielen. Er stützt die Pfoten auf das Sims des Schiebefensters und bellt wieder. Mittlerweile dringen auch andere Geräusche an meine Ohren: dröhnende Motoren, laute Stimmen und Warnsignale von rückwärtsfahrenden Fahrzeugen.

»Okay. Ich weiß, dass du mir was zeigen willst.«

Als ich die Vorhänge öffne, bietet sich mir ein chaotischer Anblick. Auf dem Parkplatz rangiert ein mit Toilettenhäuschen beladener Lkw zwischen etlichen Lieferwagen und einem Pick-up. Obwohl ich schon seit einer Stunde hätte wach sein sollen, schließe ich die Vorhänge wieder. Mir zieht sich der Magen zusammen, und meine Haut kribbelt. Das Gefühl kenne ich: Es ist dieselbe Mischung aus Vorfreude und nackter Angst, die ich auch am Eröffnungstag vom Demelza's gespürt habe.

»Es ist so weit, Junge«, flüstere ich Mitch in einem Ton zu, als würden wir einen Leichenschmaus veranstalten, keine Hochzeit, aber ich bin nur angespannt, weil ich will, dass alles gut geht. Ich schlüpfe in meine Jeans, ziehe mir ein T-Shirt über den Kopf und hole mir die Kapuzenjacke von dort, wo ich sie gestern Abend hingeworfen habe. Für Toast ist jetzt keine Zeit mehr, selbst wenn ich ein Frühstück runterkriegen würde. Ich muss die Lieferanten zur Campingwiese lotsen. Manche haben einen weiten Weg hinter sich und sind vor dem Morgengrauen aufgestanden, also sehnen sie sich bestimmt alle nach einer Tasse Tee. Zum Glück kann Demelza's da behilflich sein.

Eigentlich ist es auch Zeit für Mitchs Morgenspaziergang, aber für ihn ist es zu gefährlich zwischen den Fahrzeugen, also lasse ich ihn erst einmal in der Küche und eile allein auf den Parkplatz. Polly ist schon mitten im Getümmel, hat ein Klemmbrett an die Brust gedrückt und dirigiert den Lkw mit den Toilettenhäuschen in Richtung Zeltplatz. Wenigstens ist es ein trockener und windstiller Morgen, aber die Wolken sind grau und hängen tief … und da ist noch etwas – ein scharfer und nicht sehr angenehmer Geruch in der Luft, als ob Cal den Pferdestall ausmisten würde.

»Morgen«, brummt Polly, bevor sie etwas auf ihrer Liste abhakt.

»Tut mir echt leid, dass ich verschlafen habe, Polly. Ich wollte aufstehen und dir helfen.«

»Alles unter Kontrolle«, sagt sie. »Die schicken Klos sind da, und die Typen mit dem Stromgenerator bauen schon auf. Dein Dad hat angerufen und meinte, er kommt vorbei, wenn die Zelt-Leute da sind.«

»Die Klos riechen nicht sehr sauber. Rachel wollte doch die luxuriösesten nehmen, die sie finden kann. Ich hoffe, das bleibt nicht so.«

»Der Geruch kommt nicht von den Klos. Der war schon vorher da.« Polly schnuppert angestrengt. »Hmm. Ich würde meinen, er wird stärker.«

Ich atme tief ein und muss sofort würgen. »Oh Mist.«

»Volltreffer«, sagt Polly. »Auf Gwennaps Farm hinter dem Hügel haben sie wohl gedüngt.«

»Igitt. Ich weiß ja, dass die Bauern sich um ihre Felder kümmern müssen, aber ich dachte, Mr Gwennap hätte das schon längst erledigt. Hat er nicht gewusst, dass die Hochzeit bevorsteht?«

»Doch, hat er. Cal war vor zwei Wochen dort, und der Alte hat nichts davon gesagt, dass er Gülle auskippen will.«

Ich erlaube mir wieder einzuatmen und bereue es sofort. Wenn man den Gestank einmal bemerkt hat, kann man ihn nicht mehr ignorieren. Ich bin zwar ein Landei, aber so was geht wirklich gar nicht, und unsere Hochzeitsgäste werden sicher nicht begeistert sein.

»Hoffentlich geht das wieder weg. Lily kommt morgen Nachmittag an, und zwar – arghh – mit Addison und Jade.«

Polly seufzt. »Ich werde mal schauen, was los ist, aber im Moment können wir nichts dagegen tun, meine Liebe. Mal sehen, was der Wetterbericht sagt. Wir müssen einfach weitermachen, als ob nichts wäre, und hoffen, dass der Wind sich dreht.«

Sie drückt mich am Arm. *Hoffen, dass der Wind sich dreht* – ist das nicht ein Zitat aus *Mary Poppins*? Wie auch immer, ich habe mich noch nie weniger wie Mary Poppins gefühlt, verdammt noch mal. Wobei es natürlich toll wäre, wenn ich nur mit der Nase zucken müsste und in Kilhallon wäre sofort alles bereit für die Hochzeit.

»Ich gehe kurz mit Mitch raus, dann muss ich runter ins Café. Wir bieten den Lieferanten Erfrischungen an. Hoffentlich hält sie das bei Laune, trotz der ›frischen Landluft‹ in Kilhallon.«

Bis Mittag ist eine riesige Hochzeitsflotte in Kilhallon eingetroffen und hat jeden Zentimeter auf dem Haupt-Parkplatz und auch auf dem unten beim Demelza's besetzt. Cal hatte zusätzlich eine der kleineren Wiesen als Parkplatz freigegeben. Die Zelt-Leute, die schicken Klos, der Stromgeneratoren-Verleih und die Licht- und Tontechniker sind jetzt da, ebenso wie mein Dad und seine Kumpels mit ihren Elektriker-Vans. Morgen kommen auch noch die Floristin und die Event-Stylisten, und am Morgen der Hochzeit erwarten wir noch mehr Leute, die hier irgendetwas zu tun haben.

Unser mobiler Cateringstand vom Hafenlichterfest steht in der Nähe der Camping- / Hochzeitswiese, und eine unserer neuen Bedienungen versorgt alle Aufbauer mit Erfrischungen. Die offiziellen Caterer kommen heute am späteren Nachmittag an. Rachel und ich haben eine Firma aus St Trenyan empfohlen, deren Geschäftsräume von der Flut beschädigt wurden, und freuen uns, dass Lily einverstanden war, sie zu buchen.

Am späten Nachmittag steht die Leinwandkonstruktion des Zelts. Es ist größer und noch beeindruckender als das Zelt, das wir für die Hochzeitsmesse gemietet hatten, mit einem Servicebereich im hinteren Teil, wo die Caterer ihre Feldküche aufbauen können. Mein Dad hat den Leuten vom Toiletten- und Generatoren-Verleih geholfen, alles an das Stromnetz der Ferienanlage anzuschließen. Am frühen Abend soll noch eine funky Cocktailbar aufgebaut werden. Bis dahin wird der Boden des Zelts ausgelegt sein. Auf den Wegen von den Parkplätzen zum Zelt sind schon Läufer ausgerollt.

Sogar als die Sonne langsam untergeht, sind immer noch ein paar Arbeiter da, um die letzten Bretter an der Bühne anzubringen. Mein Dad steht auf einer Trittleiter und kümmert sich um ein Problem mit der Lichterkette an einer der Zeltstangen. Kit reicht ihm Werkzeug. Rachel ist nach dem Mittagessen weggefahren, um Freya von ihrer Oma abzuholen, aber sie kommt morgen wieder. Sie hat müde gewirkt, und ich frage mich, ob sie überfordert ist, aber sie meinte, es würde gehen. Nachdem ich nun sehe, wie viel Arbeit in allem steckt, ist mir noch viel klarer, dass wir diese Hochzeit ohne sie nicht bewältigen könnten. Obwohl sie von meinem Dad und ihren Eltern unterstützt wurde, ist es ein Wunder, dass sie das alles organisieren und sich nebenbei auch noch um Freya kümmern konnte.

Polly tritt zu mir in die Mitte des Zelts, und für ein paar Sekunden sind wir wie erstarrt und können beide nicht glauben, dass das hier Kilhallon ist. Jetzt, nachdem die meisten Leute Feierabend gemacht haben, hallen unsere Stimmen in dem höhlenartigen Raum: Das hier ist buchstäblich eine große, leere Leinwand, die wir mit unseren Kreationen füllen können.

»Das ist wie bei so einem Musikfestival. Jetzt brauchen wir nur noch Matsch und Leute, die komische Sachen rauchen«, bemerkt Polly und sieht sich mit großen Augen um.

»Hoffentlich bleibt uns beides erspart«, sage ich, auch wenn ich ungern pollyhafter klinge als Polly selbst.

»Es kommen bestimmt welche von diesen Möchtegern-Künstlern. Du weißt ja, wie die Londoner so sind«, sagt Polly finster. Mir liegt auf der Zunge zu erwidern, dass auch bei uns in der Gegend eine Menge alternativer »Möchtegern-Künstler« leben und ich einige davon kenne. Ich frage mich, wie die Gäste Kilhallon finden werden. Bens und Lilys enge Freunde und ihre Familien stammen aus dem Südwesten, aber es reisen Leute aus dem ganzen Land und sogar ein paar aus Amerika an.

»Wenn du Hilfe brauchst, wende dich an Kit.«

»Hmm«, brummt Polly. »Ich war ja nicht sehr begeistert, als ich erfahren habe, dass er Cals Bruder ist und sich bei uns eingeschlichen hat. Aber egal, bei der Überschwemmung hat er sich nützlich gemacht und jetzt wieder, also kann ich ihm das wohl nicht länger übel nehmen.«

»Ich glaube, er will wirklich helfen. Sogar Cal scheint ihn langsam zu akzeptieren, und Kit hat viel für ihn getan. Immerhin wissen wir jetzt, wo Esme ist.« Kit tut mir leid, weil er Pollys vernichtende Blicke ertragen muss. Sie hat ihn wirklich leiden lassen dafür, dass er bei seinem ersten Besuch nicht ehrlich zu uns war. Gott sei Dank weiß sie nicht von all seinen Vergehen: dass er versucht hat, uns zu schaden, und sich mit Mawgan Cade zusammengetan hat. Aber das ist eine andere Geschichte.

»Auch das wird böse enden. Wie konnte er nur nach Griechenland abhauen, wenn hier so viel zu tun ist? Manchmal frage ich mich, ob er noch ganz richtig im Kopf ist.«

»Es ist nicht der ideale Zeitpunkt, aber ich habe es nicht übers Herz gebracht, ihn aufzuhalten. Eigentlich wollte ich ihn auch gar nicht aufhalten. Er muss sich vergewissern, dass es Esme gut geht, und mit ihr und ihrer Familie persönlich sprechen.«

Polly schnauft. »Hmm. Das kleine Mädchen tut mir leid, und

du hast wohl recht. Cal wird nie Ruhe finden, bis er die Kleine nicht wiedersieht. Hast du schon was von ihm gehört?«

»Ich habe mitten in der Nacht eine Nachricht bekommen, aber ich bin nicht sicher, wann er sie tatsächlich abgeschickt hat. Er war unterwegs zu dem Lager, in dem Esme und ihre Familie sein sollten, in der Hoffnung, dass sie noch nicht umgesiedelt wurden.«

Sie schüttelt den Kopf. »Ich mache mir genauso große Sorgen um ihn wie du. Wie wird es ihm gehen, wenn er sie nicht findet?«

»Er hat versprochen, dass er die Sache dann ruhen lässt«, versuche ich mich selbst zu überzeugen.

»Quatsch. Das könnte er nie. Aber wir haben jetzt sowieso andere Sorgen. Addison und Jade und Lily kommen morgen an.« Sie blickt zu den Fähnchen am Zelt, die noch schlaff und traurig herunterhängen, als wären sie wegen der ganzen Sache ebenso deprimiert wie wir. »Wir brauchen diese steife Brise, die Greg Stennack uns im Radio versprochen hat.«

Es ist später Abend, bis die Arbeiter und Lieferanten alle nach Hause gegangen sind. Ich habe im Café alles Nötige erledigt.

Kit erscheint mit Mitch an der Leine.

»Danke, dass du mit ihm eine Runde gedreht hast. Hat er sich benommen?«

»Ja. Ich habe ihn im Moor von der Leine gelassen, und er ist sogar zurückgekommen, als ich ihn gerufen habe.« Kit krault Mitch an den Ohren. »Du warst ein braver Junge, was?«

Mitchs genüssliches Knurren bringt uns zum Lächeln. Auch er scheint Kit mittlerweile zu vertrauen. »Super. Eine Sorge weniger«, antworte ich.

»Hat Cal sich schon gemeldet?«

»Nur mit einer kurzen Nachricht. Er war unterwegs zum Lager. Und er hat geschrieben, wie sehr er hofft, dass Esmes Familie nicht weiterziehen musste, bevor er ankommt.«

»Das hoffe ich auch. Es wäre schlimm für ihn, wenn er sie so knapp verpassen würde.«

»Ja …«

»Also machst du dir immer noch Sorgen um ihn?«, fragt Kit.

»Es ist vor allem die Ungewissheit. Wenn er sie verpasst, wäre es furchtbar. Aber wenn er sie trifft, wer weiß, was passiert? Wenn es schiefgeht, könnte ihn das richtig fertigmachen.«

»Er ist erwachsen, er kennt das Risiko.«

Ich nicke und bin Kit dankbar für seine Bemühungen, aber kein bisschen beruhigt – wie muss es Cal dann erst gehen?

29

Freitagmorgen
Der Tag vor der Hochzeit

Es ist Freitagmorgen, und heute Nachmittag erscheint Lily mit ihrem Gefolge. Wenn ich gestern nicht so beschäftigt gewesen wäre, hätte ich wohl nicht schlafen können, aber ich war so müde, dass ich, als ich endlich im Bett war, sofort weggenickt bin. Zum Glück weckt mich der Wecker vor Mitch. Es ist sechs Uhr, und ich überlege kurz, aus dem Fenster zu steigen und abzuhauen.

In der Küche reibe ich mir den Schlaf aus den Augen und fülle den Wasserkocher in der Hoffnung, dass ein Koffeinkick mich wach macht. Das Wasser kocht noch nicht mal, als Polly mit der

Zeitung in der Hand durch die Hoftür hereinstürmt. Es ist wieder die *Daily News,* und ich bekomme augenblicklich Gänsehaut.

»Sie haben es schon wieder getan. Lies das mal.« Sie knallt die offene Zeitung vor mir auf den Tisch. Die Schlagzeile verschwimmt vor meinen Augen.

LANDLUFT IN GÜLLE UND FÜLLE
Hochzeitslocation von Promipaar Ben und Lily
stinkt zum (siebten) Himmel

Nachdem ein einheimischer Bauer seine Felder, die neben dem Veranstaltungsort von Lily Craigs und Ben Trevones Landhochzeit liegen, kräftig gedüngt hat, herrscht dicke Luft.

Der widerliche Mief, der Ansässigen zufolge »meilenweit« zu riechen ist, bringt die Pläne für die Zeremonie am Samstag in Gefahr. Der Gestank ist so abscheulich, dass Quellen aus dem Umkreis des Paars befürchten, die Feier müsse an einen anderen Ort verlegt werden.

Eine enge Freundin kommentierte: »Es wäre schrecklich, wenn die Hochzeit jetzt abgesagt werden müsste. Aber Lilys Assistentin sieht sich schon nach Alternativen um, denn der Gestank ist unerträglich.«

Die Gerüchteküche brodelt. Als möglicher Veranstaltungsort wird das Luxushotel Seagull Spa in St Trenyan genannt. Der Hotelmanager verweigerte jeglichen Kommentar auf die Frage hin, ob er die Hochzeit ausrichten würde, falls das Paar seine Pläne ändere.

»Das Seagull Spa? Gehört das nicht Mawgan?«, fragt Polly.

»Keine Ahnung. Kann sein. Wahrscheinlich, denn ihr gehört ja halb St Trenyan.«

»Ich könnte wetten, dass sie auch die genannte ›Freundin‹ ist«, sagt Polly.

Ich stöhne. »Ich wünschte, ich könnte mich einfach wegbeamen. Ich schaffe das alles nicht. Nicht ohne Cal.«

Polly legt einen Arm um mich. »Doch, du schaffst es. Sie werden jetzt nicht mehr absagen. Es ist alles schon zu weit vorangeschritten, die Zeitung will nur stänkern. Ach, übrigens habe ich bei Gwennap angerufen, aber nur seine Tochter erreicht. Der Alte hatte eine Hüftoperation und liegt im Krankenhaus. Seine Tochter hat sich für die Dünge-Aktion entschuldigt, aber angeblich wusste sie von nichts. Sie meinte, ihr Dad müsse während seiner Abwesenheit eine Firma beauftragt haben.«

Ich seufze. »Was soll's. Wir können es nicht rückgängig machen.«

Das Festnetztelefon klingelt. Ich schaue Polly an. Dann fängt mein Handy an, so heftig zu vibrieren, dass es fast vom Tisch fällt.

»Das werden die Schrecklichen Zwei sein«, sagt Polly. »Geh nicht ran.«

»Ich muss. Ich kann sie nicht ignorieren, es geht schließlich um Lily.«

»Lass mich dir eine Tasse Kaffee und ein Frühstück machen, bevor du dich ihnen aussetzt. Und was den ekligen Mief angeht: Der nationale Wetterdienst sagt voraus, dass sich der Wind dreht.«

Bevor ich meinen Mut zusammennehmen kann, um Addison und Jade zurückzurufen, schießen die beiden wenig später wie zwei Vampirfledermäuse auf das Farmhaus zu. Addison trägt allen Ernstes eine dieser japanischen Gesichtsmasken über Mund und Nase, und Jade hat sich mit einem Schal vermummt.

»Der Herr steh mir bei«, murmelt Polly und besteht darauf, mir bei dem Treffen moralische Unterstützung zu leisten, obwohl ich versucht habe, ihr klarzumachen, dass sie andere Dinge zu tun hat. »Hannibal Lecter und Draculas Braut. Was ist mit den beiden nur los?«

»Bitte bleib höflich«, kann ich nur noch flehen, dann stürmen Addison und Jade auf uns zu und drücken sich dabei ihre jeweiligen Schutzmasken ins Gesicht.

»Das ist inakzeptabel«, nuschelt Jade durch ihren Schal.

»Ein Gesundheitsrisiko«, ereifert sich Addison.

»So riecht es nun mal auf dem Land«, erklärt Polly.

»Es ist unangenehm, aber es geht vorbei, und es ist definitiv nicht gefährlich. Weiß Lily davon?«

»Wir haben es ihr bisher nicht gesagt. Sie kann nicht noch mehr Stress und Sorgen gebrauchen. Aber Ben weiß Bescheid und ist nicht gerade begeistert. Überhaupt nicht begeistert.«

»Er stammt doch aus Cornwall. Er sollte so was gewohnt sein«, sagt Polly wenig hilfreich.

Addison schiebt für einen Augenblick seine Maske weg. »Das hier macht sich nicht gut in der Presse. Es ist furchtbar.«

»Ich verstehe eure Bedenken, aber es ist schon viel besser als gestern, und der Wind dreht sich. Bis morgen ist alles verflogen«, verspreche ich.

»Wir sind eben auf dem Land«, sagt Polly. »Wenn man ein bisschen Gestank nicht aushält, hat man hier nichts verloren.«

»Aber hier soll eine Hochzeit stattfinden, und Ben und Lily sind ein *ganz* besonderes Brautpaar«, entgegnet Addison mit einem eigenartigen Näseln, weil er offensichtlich versucht, die

Nasenlöcher fest geschlossen zu halten. Ich frage mich, ob sich der Gestank wirklich allmählich verzieht oder wir uns inzwischen einfach daran gewöhnt haben.

»Es ist wirklich schon viel besser geworden.«

»Der Sturm heute Nacht wird alles wegblasen, ihr werdet schon sehen«, sagt Polly.

»Sturm?«, wiederholt Jade erschrocken.

»Es ist eine frische Brise angekündigt«, erkläre ich bestimmt.

»Greg Stennack hat gesagt, der Wind wird ordentlich pusten«, ergänzt Polly, der es anscheinend Spaß macht, den Städtern Angst einzujagen.

»Wer ist Greg Stennack?«, fragt Jade.

»Ein Radiomoderator aus der Gegend. Nicht gerade bekannt für seine korrekten Wetterprognosen. Aber Polly hat recht: Auch der nationale Wetterdienst sagt voraus, dass ein kräftiger Wind den Geruch vertreiben wird. Und für morgen ist ein schöner, sonniger, warmer Tag angekündigt. Es gibt absolut keinen Grund zur Sorge. Wir haben alles unter Kontrolle.«

»Hmm. Das hoffe ich sehr. Wenn diese Hochzeit eine solche Katastrophe wird, wie wir seit jeher befürchten, dann könnt ihr euch auf was gefasst machen.«

»Es ist alles in Ordnung. Schaut euch nur mal um. Das Zelt ist ein Traum, und die Blumen und die Stylisten kommen heute an.« Die Verzweiflung in mir kocht hoch.

»Lass uns gehen, Jade. Wir müssen bei den Presseleuten Schadensbegrenzung betreiben und *Grapevine!* versichern, dass die Location vorbereitet ist und alles hygienisch sein wird.«

Polly ist ganz rot vor Wut. »Kilhallon hat kein Hygieneproblem.«

»Das werden wir ja sehen. Wir kommen heute Nachmittag mit

Lily und ihren Leuten zurück, aber ich werde mich in *sehr regelmäßigen* Abständen bei euch melden, um Updates zu bekommen.«

»Wir müssen los, Jade. Ich habe für Lily ein Interview mit einem Modemagazin arrangiert und will dabei sein, um sicherzugehen, dass sie sich an das Skript hält.« Addison zieht Jade praktisch mit sich fort und hustet dabei dramatisch.

Polly plustert sich auf. »Solche Dummköpfe. Meine Güte, was ist der nur für ein zartes Pflänzchen, und sie gehört mal ordentlich geohrfeigt. Kilhallon ist nicht schmutzig.«

Ich sollte lachen. Polly hat recht, und am liebsten würde ich den beiden sagen, wo sie sich ihre Updates hinstecken können. Aber ich habe gleichzeitig das Gefühl, eine gewaltige Welle würde auf mich einstürzen und mich einfach von der Klippe spülen. Ich mache mir Sorgen, dass ein starker Wind das Zelt und das Stoffdach vor dem Café wegreißen könnte. Oder dass gar kein Wind weht und es stattdessen entsetzlich stinkt. Ich denke an meine Teilzeit-Hochzeitsplanerin und meine diversen Vollzeit-Anfänger-in-Sachen-Hochzeitsorganisation. An Mawgan Cade, die überall im Mittelpunkt stehen will, und an Cal, der Tausende Meilen weit weg ist und mir nicht helfen kann.

Aber Polly hat recht. Im Moment können wir nur weitermachen und hoffen, dass der Wind sich dreht.

Bis mittags ist eine neue Invasion über Kilhallon eingebrochen. Ich habe den Vormittag damit verbracht, die Tische im Demelza's passend zu Lilys Vorstellungen von einer möglichst authentischen Landhochzeit mit Stofftischdecken und Vintage-Porzellan und hübschen Marmeladengläsern mit Wildblumen zu decken. Jez und ich haben heute schon die Kuchen und Scones vorbereitet, denn morgen werden wir keine Zeit dafür haben. Zum Glück werden dann auch Shamia und unsere zwei neuen Aushilfen da sein, und Nina wird das Kommando hier führen, weil ich Rachel helfen muss. Und morgen Vormittag kommt Cal zurück. Mich auf den Ort zu konzentrieren, den ich am besten kenne und am meisten liebe, hat meinen strapazierten Nerven gutgetan, aber nun muss ich doch rasch zum Zelt hinüberlaufen, um zu sehen, wie Rachel mit der Koordination der Dekorateure und Caterer zurechtkommt.

Als ich vom Café weggehe, ziehe ich den Reißverschluss meiner Kapuzenjacke zu. Es ist ein schöner Tag, aber kühl, und ich schaue hinauf zu den Fähnchen am Zelt. Sie sind nicht mehr schlaff, sondern flattern. Ich schnuppere und merke, dass der Gestank gar nicht mehr auffällt, er ist fast weg. Dann hatte Greg Stennack wohl doch recht …

Fast hüpfend vor Erleichterung eile ich auf das Zelt zu. Ein schicker Läufer führt hinein, flankiert von zwei Reihen Hirtenstäben, an denen Blumen in Gläsern hängen. So hat das Zelt einen einfach geschmückten und doch schönen Eingang. Ich betrete den Innenraum.

Wow.

Im Café hatte ich ständig den Duft von warmen Scones und Schoko-Cupcakes in der Nase, auf dem Weg hierher die frische Meeresluft. Jetzt nehme ich andere Gerüche wahr. Liebliche, köstliche Düfte, und oh, die *Farben.*

Der Anblick vor mir treibt mir fast die Tränen in die Augen, so traumhaft sieht es aus. Die Floristin Hazel und ein Team von drei Assistenten legen gerade letzte Hand an. Die Zeltstangen sind mit Blumengirlanden in Altrosa- und Hellblautönen umwickelt. Die Tische sind mit hübschen Tischdecken ausgestattet, und darauf stehen atemberaubende Blumengestecke. Das allerschönste

Arrangement schmückt die Ehrentafel, wo Lily, Ben und ihre engsten Angehörigen sitzen werden.

»Die Kornblumen erkenne ich, aber was ist der Rest?«, frage ich, während ich die wunderbaren Düfte einatme und die Creme-, Hellrosa- und Pastellblaunuancen bewundere.

»Schwarzkümmel und Pfingstrosen – einige wachsen hier in der Gegend«, erklärt Hazel und lässt sich einen Kaffee und eine Pastete schmecken, die ich ihr aus dem Café mitgebracht habe. »Danke für die Stärkung. Manchmal wird uns bei der Arbeit nicht mal ein Glas Wasser angeboten.«

»Gerne. Ich bin froh, dass du kommen konntest. Es sieht unglaublich aus und duftet herrlich. Ich kann gar nicht glauben, dass das hier Kilhallon ist.«

»Freut mich.«

Rachel kommt mit ihrer Mum zu mir, die Freya im Kinderwagen schiebt. »Mum hat Freya mitgebracht, damit sie sieht, was hier Aufregendes passiert«, sagt sie und deutet auf ihre Mutter, die Freya aus dem Kinderwagen gehoben hat, um ihr die Girlanden zu zeigen. »Mein Dad schaut gerade, ob er Gary irgendwas helfen kann. So kann ich auch weiterarbeiten. Bist du mit allem zufrieden?«

»Zufrieden? Ich bin begeistert.«

Rachel strahlt. »Es ist immer unglaublich, einen Ort so verwandelt zu sehen. Diese Hochzeit zu organisieren ist eine Herausforderung für mich, aber ich denke, alles wird gut gehen. Wenn die Floristen fertig sind, werden die Caterer die Tische decken, und dann sind wir bereit für morgen. Hast du die Festwiese schon gesehen?«

»Nein. Ich war zu beschäftigt im Café.«

»Dann komm mit und schau dich um. Wo ist überhaupt Cal? Ich habe ihn noch gar nicht gesehen … und ich wollte nicht fragen.«

Ich hole tief Luft. »Er ist in Griechenland. Ziemlich lange Geschichte.«

Rachel mustert mich erschrocken. »Oh Gott, Demi. Ist alles in Ordnung zwischen euch?«

»Ja. Er musste dort was Dringendes erledigen.« Ich drücke die Daumen. »Er sollte morgen vor der Feier wieder da sein, heute Abend fliegt er zurück. Kann ich dir den Rest der Geschichte erzählen, wenn wir die Hochzeit hinter uns haben?«

Sie lächelt. »Klar.«

»Danke, und mach dir bitte keine Sorgen um uns. Komm, lass uns zur Lichtung gehen.«

Auf dem Weg hinüber zur Festwiese schiebe ich Freya. Die Floristen haben schon den Hochzeitsbogen aus Weidenästen aufgestellt und dekoriert, sodass der Campingplatz nun wirklich wie der perfekte Ort für eine romantische Landhochzeit aussieht, genau so, hoffe ich, wie Lily es sich vorgestellt hat.

»Ich bringe Freya gleich nach Hause, damit Gary mit der Elektronik weitermachen und ich mit dir die Braut und ihre Angehörigen begrüßen kann. Sie kommen gegen sechs, oder?«

Lily und ihre Angehörigen sind hier untergebracht. Lily wohnt im Poldark und ihre Brautjungfern, Harry und ihre Familie schlafen in den anderen Cottages. Einige Gäste haben schon die Jurten bezogen.

»Ben übernachtet mit seinem Trauzeugen, Addison und Jade in einem schicken Hotel in der Nähe. Ich bin so froh, dass sie nicht bei uns wohnen. Ich habe schon genug Ärger.«

»Was ist mit Mawgan?«, fragt Rachel.

»Sie kommt morgen allein, aber ich habe gehört, dass sie einen Chauffeur nach Penzance schickt, um Bens Eltern und seine Tante abzuholen.«

»Und Isla, reist sie direkt aus London an? Ich freue mich schon, eure berühmte Filmproduzentin kennenzulernen.«

»Das wirst du. Sie und ihr Verlobter Luke übernachten bei Robyns Vater. Sie kennen sich schon sehr lange.« Ich frage mich, was Isla wohl sagen wird, wenn sie erfährt, dass Cal nach Griechenland verschwunden ist. Er hat sie hier zurückgelassen, um in Syrien zu arbeiten, und das war der Anfang vom Ende ihrer Beziehung. Ich weiß, dass die Umstände jetzt anders sind, aber ich muss die Situationen doch miteinander vergleichen.

Nachdem Rachel nach Hause gefahren ist, gehe ich wieder ins Café. Das cremefarbene Stoffdach sieht toll aus, wie ein riesiges Segel. Wenn auch die Möbel aufgestellt sind, wird das hier ein wunderbarer Ort sein, an dem die Gäste entspannt ihren Nachmittagstee und am Abend Drinks genießen und dabei den Blick über den Ozean und die Bucht von Kilhallon schweifen lassen können.

Einer der Arbeiter lächelt mich an, als ich das Dach bewundere. »Es könnte ganz schön windig werden bei eurer Hochzeit«, bemerkt er.

»Es wird schon gehen. Die Leute können sich warm einpacken oder nach drinnen gehen«, sage ich unbekümmert. Ich bin so erleichtert, dass der schlechte Geruch weggeweht wurde und Kilhallon allmählich in seiner ganzen wilden Schönheit zur Geltung kommt, die wir hier alle kennen und lieben. Cal wird Augen machen, wenn er morgen nach Hause kommt. Ich war zwar leicht panisch, als ich gehört habe, dass er wegfährt, aber es beruhigt mich sehr zu wissen, dass ich diese Hochzeit, mithilfe aller anderen hier, auch ohne ihn über die Bühne bringen könnte. Ich lächele: Damit kann ich ihn noch monatelang, jahrelang aufziehen … wenn er zurückkommt.

Auf meinem Handy geht eine Nachricht ein. Vielleicht von Cal, der mir mitteilt, dass er Esme gefunden hat und nach Hause fährt? Nein. Es ist Polly, kurz und knapp:

Sie sind da.

In meinem Magen fängt es wieder an zu kribbeln. Egal, wie großartig ich Kilhallon finde – Lilys Meinung zählt. Ich setze ein strahlendes Lächeln auf und eile zu ihr an die Rezeption.

Lily ist so liebenswürdig und fröhlich wie immer, nur vielleicht ein wenig stiller als sonst. Jade macht dafür Krach für zehn und stöhnt über die engen Wege zum Resort. Unter anderem. *Wie kommt ein Bauer auf die Idee, seine Kühe um diese Tageszeit über die Straße zu treiben, und was soll das mit den Bussen, warum können sich die Leute nicht ein Auto kaufen, Herrgott noch mal?* Ich schalte bei ihrem ununterbrochenen Gejammer auf Durchzug, aber Polly schreitet mordlustig hinter der Rezeptionstheke auf und ab, klappert mit den Schlüsseln und versucht, Jade mit einem Blick zu versteinern.

»Kannst du Harry bitte zu seinem Cottage bringen?«, frage ich Polly, damit sie und Jade sich nicht in die Quere kommen.

Ich übernehme es, Lily in ihr Cottage zu führen. Jade begleitet uns. Mir ist ganz schlecht vor Aufregung. Wir haben unser Bestes getan, um die Unterkünfte perfekt herzurichten, aber letztendlich sind es doch nur Feriencottages, und Lily – und Jade – sind die besten Hotels der Welt gewohnt.

Allerdings haben wir uns dieses Mal schon besondere Mühe gegeben: In den Cottages stehen frische Blumen von Hazel, und der Kühlschrank ist voll mit Bio-Knabberzeug und verschiedenen Frühstücksleckereien sowie einigen Flaschen Champagner, die mehr gekostet haben, als es ein mehrgängiges Menü im edelsten Restaurant von St Trenyan für Cal und mich – und für all unsere

Mitarbeiter – tun würde. Jade hatte uns eine Liste »mit dem Nötigsten« geschickt.

Sobald wir das Cottage betreten, stürzt Jade in die Küche und lässt den Korken einer Flasche Krug knallen.

»Hmm. Krug …«, sagt sie und fährt mit einem Finger über den Rand einer Champagnerflöte. »Schampus, Lily? Er könnte etwas kühler sein, aber es geht.«

»Ich trinke lieber einen Kamillentee«, antwortet Lily und setzt sich auf die Lehne des Sessels im Wohnzimmer. »Was für ein niedliches kleines Cottage. Hast du nicht gesagt, dass hier die Zinnminenarbeiter gewohnt haben?«

Ich lächele. »Nur der Obersteiger und die Minenbeamten konnten sich ein solches Cottage leisten.«

Jade lässt sich aufs Sofa fallen und schlürft ihren Champagner. »Lily, deine Familie und die Brautjungfern kommen später. Bis dahin leiste ich dir Gesellschaft.«

»Ich komme wirklich auch allein klar, Jade.«

Jade winkt ab. »Nein, ich kann dich am Abend vor deiner Hochzeit unmöglich hier allein lassen. Vielleicht brauchst du irgendwas.«

»Wenn ja, sind genug Leute da, die mir helfen können. Mum und Dad und Thea und Fen sind bald hier. Und Harry ist im Cottage gleich nebenan, also kann mir nichts passieren. Außerdem hast du sicher eine Menge zu tun.«

Jade hickst und kichert, was ihr absolut nicht ähnlich sieht. »Huch, Entschuldigung. Die Bläschen sind mir in die Nase gestiegen. Nein, nichts ist wichtiger, als du es bist.«

»Ich hätte wirklich gern etwas Zeit für mich. Ich hetze seit Wochen nur hin und her. Es kommt mir vor, als hätte ich keinen einzigen Augenblick gehabt, um mal durchzuatmen und nachzudenken.«

Jade schnaubt und hickst wieder. Ich weiß, dass ich das nicht denken sollte, aber irgendwie erinnert sie mich an ein Schwein mit einem Dutt. »Zeit zum Nachdenken? Wozu das denn? Morgen, meine Liebe, heiratest du Ben Trevone, und ihr werdet das glamouröseste, begehrteste Paar des Showbiz sein. Du solltest feiern, nicht nachdenken.«

Ich hake ein. »Falls du hier bleibst, Jade, dann sag mir bitte Bescheid, ja? Wenn du noch mehr Champagner trinkst, sollte dich nachher jemand zurückfahren, oder?«

»Demi hat recht. Du solltest nicht trinken, wenn du noch Auto fahren musst.«

»Oder du schläfst hier?«, frage ich. »Unsere Betten sind komplett belegt, aber auf dem Fußboden im Café ist immer noch Platz für eine Luftmatratze.«

Lily kichert, und für einen Moment erkenne ich, warum sie ein so großer Star ist. Wenn sie aus echter Freude lächelt, erhellt sie den Raum. Ein bisschen so wie die Sonne, wenn sie zwischen den Wolken hervorkommt. »Das ist ausgeschlossen. Fahr doch ins Hotel, Jade, sodass ich mich ein bisschen entspannen kann. Morgen werden wir noch *genug* Zeit zusammen verbringen.«

Die Entschlossenheit in Lilys Ton überrascht mich. Jade klappt den Mund auf und wieder zu. Dann knallt sie ihr Glas auf den Couchtisch und verschüttet dabei Champagner im Wert von mindestens zwanzig Pfund.

»Wenn du darauf bestehst«, erwidert sie pikiert, »bitte sehr. Ich fahre zurück zum Hotel, um nach Ben zu schauen, aber wenn du *irgendwas* brauchst, wenn du dir wegen der geringsten Kleinigkeit Sorgen machst, weißt du ja, wo ich bin.«

Lily springt auf, umarmt sie und formt dabei mit den Lippen ein lautloses »Danke« in meine Richtung.

Als wir das Cottage verlassen und außer Lilys Sichtweite sind, wirft Jade mir einen, wie Polly sagen würde, »Todesblick« zu. Wenn es nach ihr ginge, würde ich auf der Stelle umfallen.

»Morgen geht besser *nichts* schief«, droht sie. »Und wenn doch, junge Dame, werde ich dich persönlich zur Verantwortung ziehen.«

30

Freitagnachmittag – ein Flüchtlingslager nördlich von Athen
Cal

Schweiß rinnt mir über den Rücken. Trotz meiner Sonnenbrille blendet mich das Licht, das vom Meer der weißen Zelte reflektiert wird. Ich kenne Orte wie diesen, aber ich war trotzdem nicht darauf vorbereitet, noch einmal eine solche Zeltstadt wiederzusehen.

Ich muss mir die Augen abschirmen. Staub fliegt auf und wirbelt mir um die Füße, während wir auf die Schule des Lagers zugehen. Wir bleiben beim »Sekretariat« stehen – einem Pavillon mit einem alten Tisch –, und die Krisenhelferin, die mich im Lager empfangen hat, telefoniert mit jemandem. Sie hat mich hierhergeführt, nachdem ich Esmes Familienangehörige getroffen habe, und von dieser Begegnung bin ich immer noch ganz benommen: von ihrer Großzügigkeit und Herzlichkeit mir gegenüber, von der Tatsache, dass sie mich nicht verurteilen, von ihrer Liebenswürdigkeit.

Durch die offene Plane hinter dem Pavillon kann ich einen Blick ins Innere des Zelts werfen. Es sieht aus wie in einer Schule und klingt auch so. Ich erspähe Bilder und Plakate an den Wänden, Hinterköpfe, eine Lehrerin, die auf dem Fußboden kauert und mit ein paar Kindern spricht. Die anderen Kinder malen, tauchen Pinsel in Gläser mit buntem Wasser. Manche beugen sich tief über ihre Bilder und strecken vor lauter Konzentration die Zunge heraus. Andere machen dicke Pinselstriche aufs Papier, lachen und unterhalten sich.

Es ist eine Schule, nur eben eine andere Art von Schule, eine mit Wänden aus Leinen und Plastiktischen und Schülern, die nie vorhatten, hier zu sein.

Die junge Frau steckt ihr Handy weg. »Die Kinder haben einmal pro Woche Kunsttherapie«, erklärt sie. »Das hilft ihnen, die Belastung und das Trauma zu verarbeiten, aber das weißt du sicher von deinen Einsätzen.« Sie zögert. »Willst du jetzt hineingehen?«

»Darf ich?«

Sie lächelt flüchtig. »Natürlich. Sonst hätte ich nicht gefragt.« Sie ist kaum älter als Demi, aber ihre Stimme klingt erschöpft und sie sieht noch erschöpfter aus. Doch als wir das Klassenzimmer betreten, erscheint ein liebevolles Lächeln in ihrem Gesicht. Die Kinder drehen sich um, manche grinsen uns an, andere wenden sich gleich wieder ihren Werken zu. Ein kleines Mädchen, das ich nur von hinten sehe, ist ganz auf sein Bild konzentriert, dem es voller Sorgfalt den letzten Schliff gibt. Das Mädchen bemerkt mich nicht, aber ich kenne es.

Ich erstarre. Meine Kehle wird trocken. Mein Herz scheint stillzustehen. Ich glaube, ich hatte noch nie größere Angst, größere Furcht vor dem, was kommen wird. Am liebsten würde ich davonlaufen, obwohl ich nicht weiß, warum ich mich vor diesem kleinen Mädchen fürchten sollte – oder vielleicht doch.

Zu spät. Die Lehrerin hat uns entdeckt und kommt auf uns zu. Sie legt Esme eine Hand auf die Schulter.

»Esme. Hier ist jemand, den du vielleicht kennst. Es ist Cal.«

Esme legt ihren Pinsel weg, und irgendwie zwinge ich meine bleischweren Füße, sich zu ihrem Tisch zu bewegen. Sie ist es. Hellbraunes, fast blondes Haar, zu einem Pferdeschwanz zusammengebunden, dunkelbraune Augen und ein rosa Sweatshirt mit einem Bären drauf.

»Erinnerst du dich an Cal?«, fragt die Lehrerin.

Esme nickt langsam.

»Hallo, Esme«, sage ich.

In ihrem Blick liegt kein Ärger, kein Schock: Sie sieht mich an, genau wie früher, bevor ich sie und ihre Mutter verloren habe. Als wäre nie etwas passiert.

»Hallo, Cal«, sagt sie auf Englisch.

Die Lehrerin lächelt. »Esme malt. Heute hat sie sich bei ihrem Bild besonders viel Mühe gegeben, stimmt's, Esme?« Sie stellt die Frage auf Englisch und Arabisch.

Ich betrachte die drei Gestalten auf dem Papier. Ein Mädchen, eine Frau und ein Mann, Hand in Hand zwischen zertrümmerten Gebäuden. Am Himmel strahlt die Sonne.

»Wer ist das?« Meine Stimme ist rau durch die Hitze und den Staub.

»Du. Du und ich und Mami.«

»Dein Bild ist wirklich schön geworden. Es wirkt alles so echt, ich kann fast die Hitze der Sonne spüren«, sagt ihre Lehrerin. »Du nicht auch, Cal?«

Ich kann nicht sprechen. Meine Kehle ist zugeschnürt, und meine Brust fühlt sich an, als würde sie zerspringen. Ich hätte Esme nicht hier treffen sollen, hier, vor den anderen Kindern. Ich hätte warten sollen, mich besser vorbereiten. Aber gleichzeitig denke ich, dass ich schon viel zu lange gewartet habe. Und wie sehr ich mich auch bemühe, wie sehr ich mir auch geschworen habe, auf keinen Fall zu weinen, kann ich doch die Tränen nicht zurückhalten, die mir in Strömen über die Wangen laufen und in den Staub fallen.

Die Lehrerin steht schweigend neben mir, die Kinder verstummen, und eine kleine, warme Hand legt sich in meine. »Warum weinst du?«, fragt mich Esme auf Arabisch und dann noch mal auf Englisch. »Du musst nicht weinen. Nicht mehr. Du hast mich gefunden.«

31

Freitagabend – Kilhallon
Demi

Mein Abendspaziergang mit Mitch führt mich von der Kilhallon-Bucht zurück zum Farmhaus – nach dem Zusammentreffen mit Jade brauchte auch ich etwas Zeit für mich. In Sachen Zickigkeit kann Jade Mawgan ernsthaft Konkurrenz machen. Jetzt auf dem Rückweg sind immer noch leuchtende rosa Streifen am Himmel. Es ist seltsam, sich vorzustellen, dass die Sonne anderswo immer noch scheint und anderen Leuten den Tag erhellt. Mein nächster wird viel zu schnell kommen, aber es wird endlich Lilys Hochzeitstag sein.

Ich frage mich, wie sie sich fühlt. Wie Ben sich fühlt. Wie *ich* mich fühlen würde, wenn ich Cal ein Versprechen »für immer«

geben würde. Mitch geht dicht neben mir, mit der Schnauze am Boden, und schnüffelt an den Spuren, die unbekannte Menschen und Hunde hinterlassen haben. Meine Gummistiefel sinken leicht in das taufeuchte Gras, während ich über die Festwiese laufe, wo die cremeweiße Zeltleinwand nun vom Sonnenuntergang zartrosa getönt ist.

Lampen brennen in den Cottages, und Laternen flackern vor den Jurten. Im Gemeinschaftsbereich brennt ein Lagerfeuer, und eine Gruppe von Gästen lacht und unterhält sich. Gläser klirren, und jemand klimpert leise auf einer Gitarre herum. Ich bekomme einen Kloß im Hals, als ich das alles sehe und höre. Wie weit wir es gebracht haben im letzten Jahr – Mitch, Cal und ich und alle unsere Freunde und Familien. Ich erreiche den Parkplatz neben dem Farmhaus, wo der Mobilempfang zuverlässiger ist, und hoffe, dass auf meinem Handy eine Nachricht von Cal ankommt, aber da ist nichts.

Das Farmhaus wirkt sehr groß und still ohne Cal. Mitch lässt sich im Wohnzimmer nieder, und ich gehe ins Büro, um den Anrufbeantworter abzuhören. Wir haben ein paar Reservierungsanfragen, die ich mir notiere, um sie zu beantworten, und einen Anruf von einer Zeitung, den ich lösche. Dann setze ich mich auf Cals abgewetzten ledernen Drehstuhl und beschließe, die Chance zu nutzen, früh ins Bett zu gehen, denn morgen muss ich extrem früh raus, und meine Energie muss bis in die frühen Morgenstunden reichen. Ich will gerade wieder aufstehen, als ich auf Cals Schreibtisch einen geöffneten Brief bemerke. Er geht mit seinen Dokumenten nie sehr sorgfältig um, aber ich bin nicht sicher, ob er gewollt hätte, dass ich das hier sehe. Das Schreiben ist von seinem Anwalt. Cal hat den Brief wohl vergessen, als er davongeeilt ist, um seinen Flug zu kriegen, das Datum des Briefs liegt ein paar

Tage zurück. Ich kann nicht anders, als hineinzuschauen. Aber was ich finde, lässt mich erstarren.

TESTAMENT
Hiermit bekunde ich, Calvin Ross Penwith, meinen letzten Willen.

ICH WIDERRUFE HIERMIT alle bisherigen von mir abgefassten Testamente und Testamentsnachträge und erkläre Folgendes zu meinem letzten Willen:

Mir zittern die Hände. Ich weiß, dass ich es nicht lesen sollte, aber ich kann nicht anders. Dass Cal ein Testament abgefasst hat, wundert mich nicht, aber warum hat er es vor seinem Abflug geändert? Er ist nur nach Griechenland gereist, hat sich nicht in unmittelbare Gefahr begeben, aber womöglich hat er noch ganz andere Pläne?

Am Anfang steht ein Absatz zu den Vollstreckern – Robyn und sein Anwalt – und dann eine kurze Liste von »Vermächtnissen«, die aus Geldgeschenken an Robyn und Polly bestehen. Danach folgen eine beträchtliche Spende an die Hilfsorganisation, für die Cal gearbeitet hat, sowie eine großzügige Summe für den Gemeindefonds von St Trenyan. Ich kann nicht aufhören zu lesen, obwohl ich mich schlecht fühle, in einem so privaten Dokument herumzuschnüffeln.

Ich komme zu einem Abschnitt, der »Besitz« heißt, und dann ist da einer mit dem Titel »Sonstiges Vermögen«.

»Nein. Nein, das kann er doch nicht machen.«

Noch während mir die Wörter herausrutschen, lasse ich das Testament fallen wie glühende Kohlen.

Nein. Ich *muss* mich getäuscht haben. Ich zwinge mich, den Brief wieder aufzuheben und fertig zu lesen. Dann überfliege ich ihn noch einmal – und noch einmal –, aber es *stimmt.* Cal will das Farmhaus, alle Cottages, die Anlage – und Demelza's – im Fall seines Todes mir vermachen.

»Nein. Nein, ich will das nicht. Ich will gar nichts davon«, sage ich laut in diesem leeren Raum und sehe mich schuldbewusst um. Niemand hört mich. Mein Magen dreht sich.

»Ich will nur Cal.«

Für mich ist die Vorstellung unerträglich, dass Cal eines Tages nicht mehr da sein könnte oder dass er auch nur darüber nachdenkt, nicht mehr da zu sein. Vielleicht hat er das Testament ja geändert, weil er wieder als Krisenhelfer arbeiten will? Es ist ja nicht so, als wäre er hier in Kilhallon, oder auch in Griechenland, in Gefahr, da muss etwas anderes dahinterstecken.

Mir war klar, dass die Neuigkeiten von Esme und ihrer Familie etwas bei ihm bewirken würden. Eigentlich wollte er sie nie verlassen; wenn er nicht in Gefangenschaft geraten wäre, würde er jetzt noch in Syrien arbeiten, und die Risiken wären ihm egal. Warum sollte er bei einem einzigen Menschen bleiben, wenn er so vielen Menschen so viel mehr geben kann?

Ich lasse das Testament fallen. Es landet auf dem fadenscheinigen Teppich, den Cal unbedingt behalten will, obwohl Polly sagt, er sei mottenzerfressen. Dieser Teppich gehört jetzt zu Kilhallon. Und ich auch, ich bin jetzt ein Teil von Kilhallon … Aber ohne Cal würde mir das alles hier nichts bedeuten. Ich könnte niemals allein ohne ihn weitermachen.

Mir springt fast das Herz aus der Brust, als das Festnetztelefon auf dem Schreibtisch klingelt.

»Hallo, Kilhallon Park?«

»Demi? Gott sei Dank erreiche ich dich.«

»Cal!«, stoße ich lachend hervor, weil ich so erleichtert bin, seine Stimme zu hören nach meinen albernen, düsteren Gedanken.

»Warum lachst du?«

Ich kehre dem Testament den Rücken zu. »Nur so. Ich habe gerade an dich gedacht, und dann hat das Telefon geklingelt.«

Es ist still in der Leitung, was an einer Verzögerung liegen könnte. »Bist du im Arbeitszimmer?«

»Ja. Ich habe den Anrufbeantworter abgehört, bevor ich ins Bett gehen wollte. Hast du Esme getroffen?«

Es folgt eine lange Pause, während der ich den Atem anhalte. »Ja, habe ich.«

»Und? Wie geht es ihr? Wie geht es dir?«

»Ihr geht es okay. Mehr als okay. Ich … Ich erzähle dir mehr, wenn ich zurück bin.« Ich höre ihn kaum, weil der Empfang so schlecht ist und im Hintergrund Autos hupen und Motoren dröhnen, aber ich spüre seine Freude und Erleichterung.

»Wo bist du? Vor dem Flughafen?«

»Schön wär's. Noch nicht. Ich bin in einem Taxi auf dem Weg dorthin, aber der Verkehr in Athen ist die Hölle, und ich weiß nicht, ob ich meinen Flug kriege. Ich tue mein Bestes, glaub mir, aber es kann sein, dass ich die Hochzeit verpasse, wenn ich heute Abend nicht mehr fliegen kann.«

Nach dem Tag, den ich hinter mir habe, und dem Brief des Anwalts gerade eben bin ich den Tränen nahe, aber das soll Cal nicht mitbekommen. »Oh … hoffentlich schaffst du es.«

»Ja. Ich versuche es. Warte mal …« Ich höre Hupen, Rufe, dann Cal, der den Taxifahrer fragt, ob es noch einen anderen Weg zum Flughafen gibt. Er spricht wieder mit mir. »Wir versuchen es mit einer anderen Strecke, aber es wird knapp, selbst wenn wir den

Stau umfahren können. Es tut mir leid, Demi. Ist bei dir alles in Ordnung? Läuft alles nach Plan?«

»Ja, mir geht's gut, und es läuft alles nach Plan.« Mehr oder weniger. »Kit, Polly und alle anderen Helfer haben großartige Arbeit geleistet.«

»Ich wusste, dass du auch ohne mich klarkommst«, sagt er laut.

»So habe ich das nicht gemeint. Cal, ich hoffe, du schaffst es. Ich will, dass du dabei bist, ich brauche dich ... Cal? Hörst du mich? *Cal?* Bist du noch da? Cal!«

Die Verbindung ist abgebrochen. In der heraufziehenden Finsternis warte ich neben dem Telefon für den Fall, dass er versucht zurückzurufen, und kann mich nicht rühren, bis die Dämmerung zu Dunkelheit wird und ich kaum noch die Wörter vor mir erkenne.

32

Früher Samstagmorgen – Kilhallon

Die schönste Zeit des Tages im Demelza's ist, wenn das Café gerade geöffnet hat und auf seine ersten Gäste wartet. Wenn der ganze Raum sauber und strahlend und perfekt ist und wir alle noch voll morgendlicher Begeisterung und Energie stecken.

Die Tische drinnen und draußen sind für Tee und Champagnercocktails gedeckt. Gläser glänzen im Sonnenlicht, das durch die Fenster hereinfällt. Frische Blumen aus Cornwall in Porzellanvasen schmücken die Tische und erfüllen die Luft mit ihrem Duft. Greg Stennacks *Samstags-Frühstücksshow* läuft im Radio, während wir die letzten Vorbereitungen treffen, und er erzählt uns aufgeregt, dass »Cornwalls Hochzeit des Jahres« in Kilhallon Park stattfinde, und seine Einladung wohl in der Post verloren gegangen sei.

Ich bin ganz früh aufgestanden, um Mitch auszuführen, bevor ich ihn im Tierheim abgegeben habe, wo Ninas Mum heute auf ihn aufpasst. Ihm schien das nichts auszumachen, und ich fühle mich viel besser, wenn ich weiß, dass er mit seinen Hundefreunden spielt, statt hier Ärger zu machen. Auf dem Weg zum Café habe ich noch eine Runde über die Festwiese gedreht. Die Caterer waren schon vor Ort, und die Floristen und die Dekorateure haben im Zelt und auf der Lichtung noch einmal alles überprüft.

Alles wäre perfekt, wenn ich nur etwas von Cal gehört hätte, aber er hat sich seit seinem letzten Anruf nicht mehr gemeldet. Ich habe lange wach gelegen und gewartet und auch nachts ständig mein Handy gecheckt, aber da war nichts, und so habe ich keine Ahnung, ob er seinen Flug gekriegt hat oder nicht. Er hat bestimmt alles dafür getan, an Bord zu kommen, und war zu beschäftigt, um mich anzurufen. Was er von seinem Treffen mit Esme erzählt hat, klang vielversprechend, aber trotzdem wollte – oder konnte – er nicht am Telefon in einem Taxi darüber sprechen.

Ich versuche, mich auf den Tag, der vor mir liegt, zu konzentrieren. Die Zeremonie soll um fünfzehn Uhr beginnen, was noch ewig weit weg zu sein scheint, gleichzeitig aber auch erschreckend bald ist. Tamsin kommt später am Vormittag, um mir die Nägel zu machen und mich zu schminken, auch wenn ich keine Ahnung habe, wie ich dafür Zeit finden soll. Aber ich dachte, ich sollte auch anständig aussehen. Ich habe mir sogar ein neues, eng anliegendes blaues Kleid aus einer Boutique in Truro gegönnt. Allen Widrigkeiten zum Trotz hat sich alles noch gefügt. Kilhallon sieht toll aus, und wir sind bereit.

Das Telefon im Café klingelt, und Shamia streckt den Kopf zur Tür des Personalraums herein. »Für dich, Demi.«

»Wer ist es? Cal?«

»Nein. Diese Jade. Sie klingt hysterisch.«

»Jade? Wahrscheinlich hat sie sich einen Fingernagel abgebrochen oder so was. Ich komme schon.«

In der Erwartung, von Jade eine Schimpftirade darüber zu hören, dass die Blumen nicht die richtige Schattierung Altrosa haben oder Lilys Kühlschrank dringend mit Krug aufgefüllt werden muss, greife ich nach dem Hörer und halte ihn dann sofort wieder von meinem Ohr weg. Ein langes, schrilles Geschrei lässt mein Trommelfell schmerzen.

»Was ist los? Ist alles in Ordnung?«

»Nein, ist es nicht«, keift Jade. »Ich wusste, dass ich die kleine dumme Göre nicht hätte allein lassen sollen! Ich habe sie bekniet, diese Hochzeit in London oder wenigstens an einem halbwegs zivilisierten Ort zu feiern. Ich wusste, dass am Arsch der Welt etwas schiefgehen muss!«

Ich widerstehe der Versuchung, Jade eine sehr unhöfliche Antwort zu geben, und spreche stattdessen so langsam wie mit einem Kleinkind. »Lily schien sich wohlzufühlen, als wir gestern Abend von ihr weggegangen sind. Ist alles in Ordnung mit ihr?«

»In Ordnung? Sei nicht albern! Wahrscheinlich ist sie von einer Klippe gefallen oder hat sich ins Meer gestürzt.«

Ich umklammere das Telefon, besorgt, aber auch sauer, von einer Frau »albern« genannt zu werden, für die das Wort »albern« eindeutig erfunden wurde. »Oh Gott, was ist passiert?«

»Was passiert ist? Sie ist verschwunden, das ist passiert, und daran bist nur du schuld.«

33

Nina schüttelt fassungslos den Kopf, als ich meinem Team von Lilys Verschwinden erzähle.

»Das kann unmöglich deine Schuld sein. Wie kommt diese Jade denn darauf?«

»Keine Ahnung, aber sie war vollkommen hysterisch. Angeblich war Lily nicht im Bett, als eine ihrer Brautjungfern heute Morgen mit einem Champagnercocktail in ihr Zimmer gekommen ist. Die Laken waren zerwühlt, und Louie war ebenfalls fort, also wenn ihr mich fragt, macht sie wahrscheinlich nur einen langen Spaziergang mit ihm.«

Nina verdreht die Augen. »Warum rastet Jade dann so aus?«

»Sie und die Brautjungfern haben alle versucht, Lily anzurufen, haben sie aber nicht erreicht.«

»Der Empfang ist so schlecht auf den Klippen, das heißt gar nichts.«

»Lily hatte einen Termin für Haare, Maniküre und Make-up. Die Feier beginnt erst um drei, aber es dauert, bis alle fertig sind und die Hochzeitsfotos gemacht wurden. Die Zeit wird wie im Flug vergehen. Die Haarstylistin wartet schon im Cottage.«

»Haben sie überhaupt schon nach Lily gesucht?«, fragt Nina.

»Jade ist unterwegs nach Kilhallon, und Harry ist schon losgegangen. Jade wirft ihm vor, er hätte Lily ›durchs Netz schlüpfen‹ lassen, wie sie sagt.«

Nina rümpft die Nase. »Man könnte ja meinen, Lily sollte Sozialstunden verrichten, nicht heiraten.«

»Ganz genau … Ich vermute, ihr Spaziergang ist einfach länger geworden, als sie geplant hat. Oder Louie ist abgehauen. Puh, hoffentlich nicht. Wisst ihr noch, was letzten Herbst mit Mitch passiert ist?« Mich schaudert bei der Vorstellung, der kleine Louie könnte in einen alten Zinnminenschacht stürzen. Dann stelle ich mir vor, wie Lily dasselbe passiert … Ich zwinge mich, mich zusammenzureißen: Dies ist ein schöner, strahlender Morgen, keine finstere Nacht mit dichtem Nebel.

»Ich glaube, ich mache mich auch auf die Suche, damit wir sie finden, bevor Jade ankommt. Ben weiß noch nichts. Angeblich wollen Jade und Addison ihn nicht beunruhigen. Das hat uns gerade noch gefehlt. Eine Hochzeit ohne Braut. Ich gehe runter zur Bucht, vielleicht finde ich sie dort.«

Ich habe gerade die Schürze abgelegt, als eine zarte Gestalt vor der Tür des Cafés erscheint und durch die Scheibe hereinspäht. Es ist Lily mit Louie an einer langen Leine, also eile ich zur Tür und öffne sie.

»Lily!«

»Hallo.« Sie ist ungeschminkt und trägt eine riesige Wachsjacke, die einem Mann gehört haben muss, so groß sieht sie aus. Die Jacke ist klamm, obwohl es nicht geregnet hat. Louie zögert, bleibt stehen und hebt eine Pfote. Er ist unsicher, ob er über die Schwelle dieses unbekannten Orts treten will.

»Schon okay, Louie. Hier bist du in Sicherheit. Das sind wir beide.« Sie nimmt ihn hoch, gibt ihm ein Küsschen und kommt herein.

»Ist alles in Ordnung?«, frage ich.

Sie runzelt die Stirn. »Ja. Warum denn nicht?«

»Nur so.«

Noch immer mit Louie im Arm schaut sie sich um. »Wow, das Café sieht so hübsch aus. Das Segel über der Terrasse ist auch toll. Ich habe es vorhin schon bewundert.«

»Freut mich, dass es dir gefällt.« Ich lächele sie an, während ich immer noch überlege, wie ich weiter vorgehen soll. »Hast du einen Morgenspaziergang gemacht?«

»Ja. Einen langen. Ich bin immer weiter gelaufen, über die Wiesen oben im Moor und dann durch das Farndickicht hinunter zum Meer. Das Farnkraut war ziemlich hoch und ganz nass, sodass ich Louie in meinem Mantel tragen musste. Dann sind wir an den Zinnminen vorbei zum Leuchtturm und noch weiter gegangen. Ich glaube, ich habe Land's End und einige flache Inseln am Horizont gesehen – aber vielleicht habe ich mir die auch nur eingebildet.«

»Nein, das sind die Scilly-Inseln. An einem klaren Tag wie heute kann man sie sehen, aber erst, wenn man hinter dem Leuchtturm ist, und der ist mehr als zwei Meilen entfernt. Du musst mindestens fünf Meilen zurückgelegt haben.«

»Wow, mir kam es gar nicht so weit vor, aber jetzt tun mir ein bisschen die Füße weh.« Sie hält einen Fuß hoch, und mir fallen ihre dunkelblauen Gummistiefel auf. »Die hab ich auf der Veranda in meinem Cottage gefunden, sie sind mir ein bisschen zu groß.«

»Hast du niemandem gesagt, wo du hingehst?«

»Nein … ich wollte niemanden stören. Ich bin losgegangen, bevor die anderen wach waren, und hatte nicht vor, lange wegzubleiben, aber es ist ein so schöner Morgen, und ich bin immer wieder stehen geblieben, um die Aussicht zu genießen. Louie hat in ein paar Felsentümpeln herumgeplanscht, und am liebsten hätte ich mir zwischendurch die Gummistiefel ausgezogen, um selbst ins Meer zu laufen, aber es war mir dann doch zu kalt.«

»Das Wasser ist noch kühl um diese Jahreszeit, aber an einem Tag wie heute ist es sehr hübsch da unten. Unsere Gäste lieben die Kilhallon-Bucht alle. Ich kann gut verstehen, dass du eine Weile dort geblieben bist.«

»Das Meer ist glasklar, so still und sanft, und es war kaum jemand unterwegs, nur ein paar Leute mit Hunden und ein Jogger. Als ich beim Leuchtturm auf der Landzunge jenseits der Bucht angekommen war, habe ich mich auf die Felsen gesetzt und dann die Inseln entdeckt. Ich war nicht sicher, ob sie echt sind oder nur eine Fata Morgana im morgendlichen Dunst …« Sie scheint zu träumen und kommt dann schlagartig zurück in die Realität. »Ich konnte mich kaum losreißen, aber Louie hat angefangen zu frieren. Auf dem Rückweg war er müde, obwohl ich ihn einen Teil der Strecke getragen habe, deshalb bin ich hier vorbeigekommen. Er braucht eine Pause und etwas zu trinken.«

Ich glaube, wir wissen alle, wer hier wirklich eine Pause braucht, aber ich spiele mit. »Gib mir deinen Mantel, und dann hole ich euch beiden etwas zu trinken. Hier. Komm und setz dich an die Heizung. Wir haben sie eingeschaltet, um den Raum einmal durchzuwärmen, mittlerweile ist es schon ganz angenehm. Soll ich jemanden anrufen, um Bescheid zu sagen, dass es dir gut geht?«

»Dann werde ich also schon gesucht?« Sie klingt überrascht, aber es kommt mir so vor, als wäre das nur gespielt. Sie *muss* wissen, dass alle sich gefragt haben, was mit ihr los ist.

»Na ja, Harry und Jade und Addison waren … etwas beunruhigt.«

Lily blickt auf ihre Stiefel. »Ach ja? Ich hatte keinen Empfang.«

»Ich kann sie hier vom Festnetz aus anrufen. Soll ich?«

Sie packt mich am Arm. »Bitte noch nicht.«

Ihr Blick ist flehend, und ihre Stimme hat einen verzweifelten Unterton.

»Wenn du es nicht willst, rufe ich natürlich niemanden an. Und du musst das auch nicht tun. Bist du *sicher,* dass es dir gut geht?«

»Mhm.« Sie nickt und streichelt Louie. »Aber Louie ist sehr erschöpft, stimmt's, mein Kleiner?«

»Louie kann sich in Mitchs Hundekorb legen, und ich hole ihm Wasser und ein Frühstück. Ich habe für die Hochzeit ein paar Hunde-Muffins gebacken, und er kann einen davon haben, wenn du es erlaubst. Soll ich dir einen Kamillentee und etwas zu essen holen?«

»Ich glaube, außer dem Tee kriege ich nichts runter.«

»Versuch es doch wenigstens. Das solltest du, nach einem so langen Spaziergang.«

Ich streiche über Louies seidiges Fell. Er japst fröhlich, als er meinen Geruch erkennt. »Guten Morgen, Louie.«

»Du hast so viel zu tun. Ich will dir keine Umstände machen …«

»Machst du nicht. Du bist die Braut, und dies ist der Morgen deiner Hochzeit.« Lily tut mir so leid. Sie sieht aus, als hätte sie seit einer Woche nicht geschlafen. Während wir Louie mit einem Frühstück versorgen, macht Nina Lily einen Kamillentee und eine dicke Scheibe Vollkorntoast, beträufelt mit cremigem Honig.

»Hier ist dein Tee und etwas Toast. Das Brot wird mit Bio-Mehl hier im Ort gebacken, und der Honig stammt von einem Imker nur wenige Meilen entfernt. Danach wirst du dich besser fühlen.«

Lily lächelt. »Toast mit Honig. Das hatte ich schon ewig nicht mehr; nicht, seit ich nicht mehr zu Hause wohne. Ich versuche, Kohlenhydrate zu vermeiden, aber schließlich ist heute der Tag meiner Hochzeit, und ich brauche die Energie, um es mit der Welt aufzunehmen.«

Sie knabbert am Toast und trinkt ihren Tee. Ich habe tausend Dinge zu erledigen, aber ich kann sie nicht allein lassen. Das will ich auch nicht; ich hätte nie gedacht, dass ich mir einmal Sorgen um eine reiche, verwöhnte Schauspielerin machen würde, aber so ist es. Ich will ihr nicht noch mehr zusetzen. Früher oder später sollte Harry jedoch Bescheid wissen, dass sie hier bei uns ist. Die Schrecklichen Zwei kümmern mich eigentlich nicht, und ich kann verstehen, dass Lily diesen Parasiten und dem ganzen Hochzeitsstress entkommen wollte. Eins weiß ich. Wenn ich je heiraten sollte, will ich kein großes Trara, nicht mal ein Kilhallon-mäßiges Trara. Ich würde einfach abhauen und es irgendwo spontan machen ... Wobei ich mir gerade wirklich überhaupt nicht vorstellen kann, selbst einmal zu heiraten.

Nachdem er Futter und Wasser bekommen hat, spielt Louie zufrieden mit einem Kauseil von Mitch. In Mitchs großem Hundekorb wirkt er noch kleiner als sonst. Wenigstens er ist jetzt glücklich, aber ich muss mich immer noch um Lily kümmern. Obwohl sie meinte, sie könne nichts essen, hat sie den Toast verputzt und sich einen weiteren Tee sowie eine Schüssel frische Erdbeeren mit Joghurt aus Cornwall bringen lassen. Ihre Wangen wirken etwas rosiger, aber ich mache mir immer noch Sorgen.

Während sie sich die Erdbeeren schmecken lässt, setze ich mich zu ihr. »Fühlst du dich wohl im Poldark Cottage?«, frage ich, weil mir ihr blasses Gesicht und die dunklen Augenringe gar nicht gefallen und ich sie für einen Moment in so etwas wie Normalität – Realität – zurückholen will.

»Oh, ja. Danke. Aber ich bin irgendwie nicht zur Ruhe gekommen, obwohl Louie an meinem Fußende lag. Ich bin die ganze Nacht herumgetigert.«

»Es muss komisch für dich sein, wenn du Ben nicht neben dir hast.«

»Ach, das bin ich gewohnt. Wir verbringen gar nicht so viele Nächte miteinander, wegen unserer Arbeit, und das wird sich durch die Hochzeit wohl auch nicht ändern.«

»Das war mir gar nicht klar … Ich vermisse Cal im Moment ziemlich. Noch vor einer Weile fand ich es seltsam, das Bett mit jemandem zu teilen, weil ich es so gewohnt war, an allen möglichen Orten allein zu schlafen. Jetzt schlafe ich nicht mehr gern ohne ihn.«

»Dann ist er also nicht da? Ich habe ihn nirgends gesehen und mich schon gefragt, was mit ihm los ist.« Lily steckt sich eine Erdbeere in den Mund. »Die sind übrigens total lecker.«

Ich lächele. »Cal war ein paar Tage weg, aber er kommt rechtzeitig zur Hochzeit zurück. Hoffe ich zumindest …«

Lily runzelt die Stirn. »Ist alles in Ordnung?«

»Ja. Er musste nur dringend ein paar Tage weg.«

Sie tätschelt mir den Arm, und ihre Mundwinkel gehen nach unten. »Du Arme.«

»Ach, es ist nicht so, wie es sich anhört. Ich meine, es ist nichts Schlimmes. Er ist nach Griechenland geflogen, um ein kleines Mädchen namens Esme zu suchen. Cal hat bis letztes Jahr in einem Flüchtlingslager in Syrien gearbeitet und seither versucht, Esme und ihre Familie aufzuspüren. Am Dienstag hat er erfahren, dass sie in einem Lager in Griechenland sein könnte, also ist er hingeflogen, um sie zu treffen.«

»Das ist bestimmt nicht einfach für dich. In diesem ganzen Hochzeitschaos hättest du ihn sicher lieber hier bei dir gehabt.«

»Ja. Es ist nicht einfach, und ich hätte ihn am liebsten hierbehalten, aber …«

»Warum hast du ihn dann wegfahren lassen? Ich glaube, das hätte ich nicht gemacht.«

»Du hättest Ben in so einer Situation nicht wegfahren lassen?«

»Ich hätte Cal an deiner Stelle nicht wegfahren lassen.« Sie lächelt. »Es wäre schon komisch gewesen, wenn Ben direkt vor unserer Hochzeit hätte wegfahren wollen.«

»Ja.«

»Warum hast du Cal dann gehen lassen, obwohl du ihn gerade so sehr gebraucht hättest?«

»Weil … weil er Esme treffen musste, solange er die Gelegenheit hatte. Weil er angeboten hat hierzubleiben, aber ich wusste, eigentlich will er nichts mehr, als sie zu sehen und mit ihr zu sprechen. Er hat mit ihr noch nicht abgeschlossen, und es hieß, dass die Familie vielleicht aus dem Lager weiterziehen muss, also konnte er nicht warten bis nach der Hochzeit.«

Lily atmet tief aus. »Wow. Du musst ihn aber sehr lieben.«

»Wohl schon … ich meine … ja, das muss ich wohl.« Plötzlich wird mir bewusst, dass sich der Inhalt unseres Gesprächs von ihren zu meinen Problemen verlagert hat, aber wenn sie nicht über sich sprechen, sondern lieber mir zuhören will, ist das okay, denke ich. Ich schaue mich um, aber Nina und die anderen Mitarbeiter sind alle hinter der Theke oder in der Küche beschäftigt. Niemand kriegt mit, worüber wir reden. Schon komisch, dass es oft leichter ist, mit einer quasi fremden Person über seine Ängste zu sprechen, als mit jemandem, den man wirklich gut kennt.

Lily seufzt. »Ihr habt beide sehr viel Glück, dass ihr einander habt.«

»Das hoffe ich.«

»Aber du hast trotzdem Angst?«

»Manchmal, oft sogar, frage ich mich einfach, ob Kilhallon ihm genügt.«

»Klingt, als wäre Cal zwischen zwei Leben hin- und hergerissen: zwischen dem mit dir und seiner Arbeit auf der einen Seite und dem als Krisenhelfer auf der anderen?«

Mein Magen fühlt sich schmerzlich leer an, und ich kriege Gänsehaut. Lily hat laut ausgesprochen, was schon lange an mir nagt.

Zuerst war es Isla, jetzt ist es Cals humanitäre Arbeit. Werde ich ihm je genügen? Und warum mache ich mir überhaupt Gedanken darüber? Wann bin ich so abhängig von ihm geworden?

Sie kratzt den übrigen Joghurt mit einem Löffel zusammen.

Ich wechsle das Thema. »Musst du dich nicht für die Hochzeit fertigmachen?«

»Ich habe noch jede Menge Zeit. Übrigens, das Café sieht wirklich traumhaft aus. Ich kann nicht fassen, dass das alles für mich ist. So viel Arbeit und all die Leute überall – alles für Ben und mich.«

»Ihr müsstet es doch gewohnt sein, dass ständig Leute um euch herumspringen?«

»Ja, das sind wir, und manchmal ist es auch zu viel. Deshalb habe ich mich auch heute Morgen rausgeschlichen. Ich habe einfach etwas Abstand und Zeit für mich gebraucht. Jetzt bin ich froh, hier bei dir zu sein. Schon als ich das Café zum ersten Mal betreten habe, habe ich mich wohlgefühlt. An einem solchen Ort mit weitem Himmel und Meer kommen mir meine Probleme ganz klein vor. Weißt du, was ich meine?«

»Ja, ich weiß genau, was du meinst.«

»Es fühlt sich an, als wäre Demelza's eine Art Zufluchtsort, von dem aus ich nicht mehr in mein echtes Leben zurückkehren muss … wobei ich manchmal gar nicht weiß, was mein echtes Leben ist. Ich – wir, Ben und ich, leben in einer eigenartigen Welt. Ich weiß nie, was echt ist, was Fantasie, und die Leute um uns herum tragen dazu bei.«

Louie trottet von seinem Korb herüber und legt die Pfoten auf ihre Knie. Sie hebt ihn hoch und umarmt ihn. »Wenigstens ist Louie echt, aber er kann nicht mit mir um die ganze Welt reisen. Nicht immer.«

Nina wirft mir einen Blick zu und macht ein »Du hast einen Anruf«-Zeichen. Das müssen Jade oder Addison sein, die wissen wollen, ob wir Lily gesehen haben. Ich kann sie nicht für immer ignorieren oder anlügen. Ich habe Lily schon zu lange hierbehalten. Sie drehen sicher durch, und Harry macht sich wahrscheinlich ernsthaft Sorgen …

»Lily? Gott sei Dank habe ich dich gefunden.«

Als ich Lily gerade bitten will, sich bei ihm zu melden, stürmt Harry ins Café. Er sieht irgendwie anders aus als letztes Mal. Seine Haare sind etwas länger geworden. Sie sind noch dunkler als Cals, und es steht ihm. Er trägt eine anthrazitfarbene Jeans und ein graues, langärmeliges T-Shirt, in dem seine breiten Schultern und seine Muskeln zur Geltung kommen. Wenn ich es nicht besser wüsste, würde ich sagen, dass er der Filmstar ist, nicht Ben.

Er kniet sich vor Lily. »Lily, Lily, *warum* bist du einfach so verschwunden? Ben hätte sich solche Sorgen gemacht, wenn er gewusst hätte, dass du weg warst. Jade und Addison sind ausgeflippt.« Nina hält verzweifelt das Telefon hoch, aber ich schüttele den Kopf. Jetzt spreche ich auf keinen Fall mit den Schrecklichen Zwei.

»Aber Ben *weiß* es ja nicht«, sagt Lily bestimmt. »Und ich will ja nicht unhöflich sein, aber was Jade und Addison denken, ist mir *egal*. Es ist mein Hochzeitstag und mein Leben. Ich kann machen, was ich will, und niemand – nicht mal du, Harry – kann mich davon abhalten.«

Harry schweigt verblüfft.

»Mir geht's gut. Es tut mir leid, dass du dir Sorgen gemacht hast, aber ich musste mal raus und etwas Zeit für mich haben. Für mich ganz allein.«

»Ich wusste nicht, wo du bist. Ich dachte … ich dachte …«

»Louie und ich haben einen langen Spaziergang gemacht, und danach hat sich Demi um uns gekümmert.«

Lily legt eine Hand auf seine Schulter, während Harry ebenso liebevoll zu ihr aufschaut wie Louie. Alles in allem erinnert er mich aber eher ein bisschen an Mitch: an einen großen, zotteligen, treuen Hund, der für sein Frauchen alles tun würde. Ich kenne Giles nicht, aber er muss ein sehr besonderer Mann sein, wenn Harry mit ihm zusammen ist.

Als er wieder spricht, ist seine Stimme leise und zärtlich. »Das weiß ich. Es ist dein Leben, Lils. Ich wollte dir nur sagen, dass du mir – uns – viel bedeutest. Mehr, als du dir je vorstellen kannst.«

»Ich weiß, dass ich dir etwas bedeute, und es tut mir leid, dass ich so viel Ärger verursacht habe.« Sie steht auf, und Harry erhebt sich ebenfalls, sodass er sie um fast zwei Köpfe überragt. »Ich bin jetzt bereit. Danke für das Frühstück«, ruft sie mir und den anderen im Café zu. Sie seufzt tief und wendet sich Harry zu. »Na komm, tu deine Pflicht und führe mich zurück zum Cottage. Auf geht's.«

34

Wir hören Jades Stimme schon am Gartentor des Cottages. Die Haustür ist offen, und Jade steht mit dem Rücken zu uns und schreit irgendeinen armen Menschen an, aber sobald sie uns bemerkt, eilt sie heraus und drückt Lily, bis ihr fast die Luft ausgeht.

»Du Dummchen! Wir dachten, du wärst von einer Klippe gefallen!«

»Ich nicht«, widerspricht Harry.

»Sei du bloß still! Du schimpfst dich Bodyguard? Lily hätte gekidnappt werden können oder in eins dieser Löcher fallen. Ja«, sagt sie zu mir, »ich habe gehört, dass du letzten Herbst fast gestorben wärst. Eure Assistentin hat es mir erzählt!«

Na danke, Polly, denke ich, aber Jade zetert schon weiter. »Warum hast du nicht angerufen? Warum hast du nicht Harry gebeten, dich zu begleiten, wenn du so dringend an die frische Luft musstest?«

»Ich hätte dich anrufen sollen, ich weiß, aber ich hatte keinen Empfang. Ich wollte eine Weile allein sein.«

Jade packt Lily am Arm, und ihre Stimme wird samtweich. »Ja, aber du willst doch jetzt nicht einen auf Greta Garbo machen und dich vor allen verstecken, oder, meine Liebe?«

»Lily weiß schon, was sie tut, und es geht ihr gut«, sagt Harry.

Jade stürzt sich mit vor Wut blitzenden Augen auf ihn. »Du wirst dafür bezahlt, dass sie in Sicherheit ist, nicht dafür, eine Meinung zu haben. Nach diesem Fiasko und der Aktion am Meer kannst du froh sein, dass du deinen Job noch hast. Wenn es nicht Lilys Hochzeitstag wäre, würde ich dich direkt feuern.«

»Lass Harry in Ruhe! Ich entscheide, wer für mich arbeitet, und das gilt auch für dich, Jade«, schießt Lily mit einer Leidenschaft zurück, die ich bisher nicht von ihr kannte. »Ich werde jetzt ein schönes, entspannendes Bad nehmen, und dann mache ich mich in *meinem* Tempo fertig für *meine* Hochzeit, und weder du noch sonst jemand wird mir den heutigen Tag ruinieren. Und du sprichst auch *nie* wieder so mit mir, ist das *klar?*«

Während Jade noch nach Luft schnappt wie ein Fisch auf dem Trockenen, stapft Lily nach oben. Harry eilt ihr nach, aber kommt nur bis ans untere Ende der Treppe, bevor Jade ihre Finger in seinen Arm krallt. »Lass sie. Und sowieso ist das alles deine Schuld.

Sie wäre nie so auf mich losgegangen, wenn du sie nicht hättest entkommen lassen. Sie hatte viel zu viel Zeit zum Nachdenken.«

Harry sieht Jade so angewidert an, als wäre sie eine Kakerlake. »Entkommen? Was soll das denn heißen? Du redest absoluten Schwachsinn, Jade, und das weißt du auch. Wenn jemand die Verantwortung zu tragen hat, dann du und dein Wunderknabe Addison. Nie lasst ihr sie in Ruhe, ihr gierigen Blutsauger.«

Jade reißt die Augen auf. »Okay. Das war's. Verschwinde auf der Stelle von hier. Ab jetzt passe ich auf Lily auf.«

Harry verschränkt die Arme, sodass seine massigen Muskeln hervortreten. »Ich bleibe, bis ich weiß, dass Lily in sicheren Händen ist, und deine halte ich in etwa für so vertrauenswürdig wie die von Lady Macbeth. Du und Addison, ihr seid einfach das Letzte. Ich gehe jetzt raus und briefe das Sicherheitsteam, das vor dem Cottage postiert ist, und danach werde ich Lily den Rest des Tages nicht mehr aus den Augen lassen.«

Ich würde nicht sagen, dass Harry davonstürmt, denn dafür ist er zu beherrscht, aber er schreitet schnellen Schrittes zur Tür hinaus und schließt sie sehr bestimmt. Jade blickt drein wie ein gestrandeter Goldfisch.

»Kann ich irgendwas tun, um zu helfen?«, frage ich und trete vorsichtshalber einen Schritt zurück für den Fall, dass sie vorhat, sich auf mich zu stürzen.

»In der Tat. Du kannst dich um Lilys Haarstylistin kümmern, die vollkommen in Panik ist, weil Lily noch nicht mal gebadet hat, und um ihre Freundinnen, die sich gerade mit dem kostenlosen Krug volllaufen lassen, obwohl es noch nicht mal zehn Uhr ist, und du kannst rausfinden, wo diese Mawgan Cade steckt. Ich setze mich jetzt in mein Auto, mache ein paar Achtsamkeitsübungen und finde meine innere Mitte, aber ich sage dir eins: Wenn Lily

Craig auch nur einen Fuß über die Schwelle dieses Cottages setzt, bevor es Zeit für die Zeremonie ist, werde ich dieses kleine Drecksloch in sämtlichen Reiseportalen gründlich anschwärzen.«

Damit rauscht sie davon und knallt die Cottagetür so fest zu, dass der Rahmen wackelt.

Es ist wahrscheinlich gut, dass Cal nicht da ist, denn ich glaube, er wäre in dieser Situation nicht sehr hilfreich gewesen. Wahrscheinlich hätte er Jade eigenhändig rausgeschmissen. Mich kümmern ihre Drohungen nicht; ich mache mir mehr Sorgen um Lily und Harry, weil ich sehe, wie Jade sie behandelt. Jade und Mawgan wären ein tolles Paar. Wobei – besser nicht: So viel Drama hat die Welt nicht verdient.

Ein paar Sekunden lang ist es still, und ich schöpfe wieder Atem. Dann tritt eine junge Frau mit einer großen Tasche aus der Küche. »Ist die Luft rein?«

»Ja, ich glaube schon.«

Sie atmet tief aus. »Gott sei Dank. Ich bin Carmel, Lilys Haarstylistin. Im Gegensatz zu dem, was Jade behauptet hat, bin ich nicht vollkommen in Panik, sondern habe mich nur vor ihr in Sicherheit gebracht. Wir haben noch jede Menge Zeit, um Lily fertig zu machen, ich plane immer genügend Puffer ein. Alle Bräute sind angespannt am Morgen ihrer Hochzeit, und Lily kommt sowieso immer zu spät.«

»Wirklich?« Ich bin mir nicht so sicher, dass wir noch jede Menge Zeit haben, obwohl Carmel das sagt, aber sie kennt Lily viel besser als ich.

»Wir kriegen das schon hin, es wird alles gut gehen. Allerdings glaube ich, dass Harry es dieses Mal wirklich zu weit getrieben hat.«

»Dann sind sie also schon häufiger aneinandergeraten?«

Carmel lacht. »Jade ist mit jedem schon aneinandergeraten, mit Harry mehrfach, aber ich habe Harry noch nie so kontern sehen. Da gibt es kein Zurück, aber ich kann ihn verstehen. Wenn ich Lily nicht so gern hätte, trotz all ihrer Launen, hätte ich auch schon aufgehört. Jade ist ein richtiges Miststück und eine Blutsaugerin, wie Harry sagt. Addison ist nicht ganz so schlimm, aber er ist ein Weichei und steht unter Jades Fuchtel.«

»Die arme Lily. Aber ich bin froh, dass sie sich gegen Jade gewehrt hat.«

»Ich auch«, erwidert Carmel. »Aber es gibt da vielleicht ein anderes Problem. Bisher habe ich es weder Lily noch Jade gesagt, die wäre sonst komplett ausgetickt.«

Mir wird mulmig. »Oh nein. Was denn noch?«

»Keine Panik. Es ist kein *richtiger* Weltuntergang, aber Lilys Visagistin kann nicht kommen. Sie hat sich eine Lebensmittelvergiftung eingefangen, wohl aus dem Hotel, in dem sie übernachtet. Ihre Assistentin auch. Sie haben mir geschrieben, während Jade herumgebrüllt hat.«

»Niemand zum Schminken? Kannst du das dann machen?«

»Zur Not ja. Ich bin dafür ausgebildet und kann Lily schminken und ihr die Haare machen, aber ich brauche Hilfe bei den Brautjungfern. Wir müssen schnell einen anständigen Ersatz finden, aber das wird wahrscheinlich gar nicht so einfach.«

Dafür weiß ich eine Lösung. Ich seufze erleichtert. »Dabei kann ich dir behilflich sein.«

Carmel starrt mich an. »Bist du denn eine ausgebildete Kosmetikerin?«

»Nein, aber ich kenne eine. Meine Freundin Tamsin kommt her, um Polly und mich zu schminken, aber sie kann sich bestimmt auch um die Brautjungfern kümmern. Ich rufe sie an.«

»Glaubst du, es macht ihr etwas aus?«

Endlich habe ich in diesem Chaos einen Grund zu lächeln. »Ach, ich denke, sie kommt schon klar.«

Fünf Minuten später verkünde ich Tamsin die Neuigkeit.

»Was? Wer? Ich? Ist das ein Scherz? Im Ernst? Auf jeden Fall!«

Ich kann nicht aufhören zu lächeln. »Der Haken dabei ist, dass du Mawgan in eine Feenprinzessin verwandeln musst.«

Tamsin lacht frech. »Das ist kein Haken. Schon seit wir zusammen in der Grundschule waren, warte ich darauf, endlich ihre Augenbrauen in die Finger zu kriegen.«

Gott sei Dank. Cal hat seinen Flug erwischt und sitzt im Zug nach Penzance. Als ich zum Poldark Cottage zurücklaufe, erhalte ich eine verspätete Nachricht. Mir fällt ein großer Stein vom Herzen. Jetzt ist es später Vormittag, und das Wohnzimmer ist vollgestopft mit Leuten. Die Brautjungfern und ihr Gefolge nehmen sämtlichen Platz ein, sodass ich kaum die Tür öffnen kann. Lilys Eltern strahlen, obwohl Jade gerade in ziemlich unfreundlichem Ton Anordnungen durch den Raum keift. Die Brautjungfern – einschließlich einer feixenden Mawgan – kichern und schlürfen durch silberne Strohhalme aus Mini-Flaschen Champagner.

Hinter ihnen, ausgerüstet mit ihren Paletten und Pinseln und einem Grinsen vom einen Ohr bis zum anderen, steht Tamsin. Lilys Make-up Artist hat für Lily und ihre Brautjungfern einen wunderschönen Look kreiert, den Tamsin zu meinem Erstaunen sogar bei Mawgan hinbekommen hat.

Ohne ihren Selbstbräuner schimmert Mawgans Teint jetzt in einem natürlichen, blassen Goldton. Ihre frische Gesichtsfarbe wird durch ein zartes Rouge und einen subtilen Lidschatten betont, der ihre Augenfarbe zur Geltung bringt. Irgendwie hat Tamsin es auch geschafft, bei ihren viel zu stark gezupften Augenbrauen ein Wunder zu vollbringen. Das hautenge lange Kleid in Kornblumenblau schmeichelt ihrer Figur, dazu trägt sie eine frische Blume im Haar und ein hübsches Sträußchen aus Wildblumen in Rosé, hellem Apricot und Cremetönen. Sie sieht elegant und doch natürlich aus; schick und doch unschuldig.

Das ist seltsam. Extrem seltsam … und sehr verstörend. Und irgendwie tut es einem kleinen Teil von mir ein ganz bisschen leid, dass Mawgan so ent-Mawgan-t wurde. Es ist fast grausam, als hätte man einem Tiger die Krallen herausgerissen.

»Wow. Ihr seht alle umwerfend aus.«

Der Fotograf versucht, sich in dem Gekicher Gehör zu verschaffen. »Ihr seht fan-tas-tisch aus! Jetzt bitte Achtung, Ladys, damit ihr auch auf den Fotos so perfekt rüberkommt.«

Mawgan wirft mir kurz ein zufriedenes Lächeln zu und scheint etwas sagen zu wollen. Aber plötzlich erfasst ein kollektives Luftanhalten die Brautjungfern und ihr Gefolge.

Lily steigt die schmale Treppe ins Zimmer herunter, gefolgt von ihrer Schneiderin, die die Schleppe trägt.

Jade beginnt zu hyperventilieren beim Anblick ihrer größten Geldanlage. »Oh Gott. Du siehst atemberaubend aus, Liebling.«

Ausnahmsweise stimme ich Jade zu. Lily wirkt wie nicht von dieser Welt. Sie ist eine Göttin. Ihr blassgoldenes Kleid ist schlicht, aber toll geschnitten, mit langen, engen Ärmeln, einem bestickten Oberteil und einer anliegenden Taille, die ihre zierliche Figur perfekt zur Geltung bringt. Ihre Haare sind offen und in weiche, fließende Wellen gelegt, dazu trägt sie einen Kranz aus knospenden Wildblumen. Sie sieht aus wie eine mittelalterliche Prinzessin von einem Gemälde.

Der Bann ist gebrochen, und alle applaudieren.

»Du siehst wunderschön aus«, sage ich zu ihr, als ich schließlich mit ihr sprechen kann, fürchte mich aber fast, ihr zu nahe zu kommen.

»Danke.«

»Ben kann sich glücklich schätzen.«

Jade beugt sich über meine Schulter. »Ebenso wie Lily«, wirft sie ein. »Sie haben beide großes Glück miteinander. Sie sind das perfekte Paar, nicht wahr, Lily?«

»Ja, ich habe sehr viel Glück«, wiederholt Lily.

»Brauchst du noch etwas? Irgendwas? Ich gehe jetzt zur Festwiese, um zu überprüfen, ob alles nach Plan läuft, aber wenn du mich brauchst – für was auch immer –, ruf mich bitte an.«

»Keine Sorge. Das werden wir«, sagt Jade.

Lily schenkt mir ein Lächeln. »Mir geht's gut. Ich vertraue auf dich und Kilhallon.«

Dann packt Jade sie am Ellbogen, und Lily verzieht das Gesicht. »Lily, Liebling, der Fotograf will ein paar Aufnahmen im Garten des Cottages machen.«

»Wir sehen uns auf der Lichtung«, flüstere ich, aber Jade hat Lily schon mit sich fortgerissen in das kichernde Durcheinander der Brautjungfern.

Nachdem ich mich vergewissert habe, dass bei Rachel alles glatt geht, flitze ich ins Haus, um mich umzuziehen, versuche vorher aber noch mal, Cal zu erreichen, um zu hören, wo er gerade steckt. Sein Handy schaltet direkt zur Mailbox, aber ich hinterlasse keine Nachricht, weil ich mir nichts davon verspreche. Es bringt nichts, wenn ich mich aufrege; ich muss mich auf die Feier konzentrieren und hoffen, dass er irgendwann auftaucht, aber ich bin dennoch irgendwie enttäuscht.

»Hat er sich immer noch nicht gemeldet? Bestimmt hat sein Zug Verspätung oder ist ausgefallen. Ich habe gehört, dass es in Tiverton Parkway eine Signalstörung gab.«

Mit dieser hilfreichen Information betritt Polly die Küche und wirft ihre Handtasche auf den Tisch. Sie trägt ein korallenfarbenes Etuikleid und einen kleinen schwarzen Cardigan und passenden Kopfschmuck in ihrem frisch frisierten Haar. Ihr Make-up lässt sie um Jahre jünger aussehen, aber sie ist immer noch die Polly, die ich kenne und liebe, also kann ich nicht allzu sauer auf sie sein, trotz der schlechten Nachricht.

»Er könnte es aber noch schaffen. Bestimmt versucht er alles.«

»Ich habe auf dem Weg hierher eine verspätete Nachricht bekommen. Den Zug hat er gekriegt, aber ich weiß nicht, wie es danach weitergegangen ist.«

»Drücken wir die Daumen.«

Ich zwinge mich zu einem Lächeln. »Wow, du siehst super aus. Das Kleid steht dir, und das Make-up ist toll.«

Sie schaut an sich hinunter. »Tamsin ist eine Zauberin. Ich sehe aber nicht zu aufgetakelt aus, oder?«

»Nein, du siehst spitze aus.« Ich umarme sie.

»Ich wollte Kilhallon würdig repräsentieren, und man weiß ja nie, wo die Fotos noch landen könnten. Ich kann ja nicht riskieren, dass Mawgan Cade oder sonst jemand hier sagt, ich sehe aus wie eine Lumpensammlerin.«

»Du siehst großartig aus.«

»Hmm. Jetzt bist du aber dran, Fräulein. Tamsin kommt hierher, wenn sie mit Lilys Hühnerschar fertig ist. Na los, jetzt aber dalli.«

»Ich glaube, ich habe keine Zeit mehr für große Verschönerungen. Wir sind spät dran.«

»Oh doch. Setz dich. Schau mal, da ist Tamsin schon.«

Sie tippt auf ihre Uhr, und ich sehe, dass es halb zwei ist. In neunzig Minuten beginnt die Zeremonie. Polly schenkt mir ein kaltes Getränk ein, während Tamsin mit meinen Nägeln beginnt. Sie lackiert sie mit einem extraschnell trocknenden nudefarbenen Nagellack, bevor sie mich schminkt.

Mein Handy piept.

»Das könnte Cal sein!«

»Wage es ja nicht, das Handy anzufassen, bevor deine Nägel trocken sind«, droht Tamsin.

»Warte mal.« Polly greift nach meinem Handy und zeigt mir das Display.

»Es *ist* Cal. Er schreibt, dass der Zug eine Stunde Verspätung hat, aber dass er hofft, es noch zu schaffen … Aber er muss auch noch von Penzance nach Kilhallon kommen. Was ist, wenn es keine Taxis gibt? Es ist Samstag, und sie werden von Urlaubern in Beschlag genommen sein.«

»Halt still, Süße!«, befiehlt Tamsin.

Polly hält mir ein Glas mit einem Strohhalm vor den Mund. »Wenn er es schafft, schafft er es. Wenn nicht, können wir nichts tun, und außerdem haben wir das Schlimmste sowieso schon hinter uns. Für die Hochzeit wird es nicht den geringsten Unterschied machen, ob Cal hier ist oder nicht.«

Aber für *mich* wird es einen Unterschied machen. Ich will unbedingt ganz genau wissen, wie es mit Esme gelaufen ist, und selbst sehen, wie Cal sich fühlt. Ich werde keine Ruhe finden, bis ich ihn nicht mit eigenen Augen gesehen habe, damit ich es einschätzen kann.

»Wie klang er, als du zuletzt mit ihm gesprochen hast?«, fragt mich Polly, während Tamsin mit schnellen, geübten Strichen noch eine Schicht Überlack aufträgt.

»Okay. Er hat Esme getroffen, mehr weiß ich nicht. Die Verbindung ist während unseres Gesprächs abgebrochen. Keine Ahnung. Ich hoffe, es geht ihm nicht schlechter als vorher.«

»Du kannst jetzt nichts tun, meine Liebe. Niemand von uns kann irgendwas tun.«

»Aber kannst du bitte still halten und für *eine* Minute schweigen?«, bettelt Tamsin. »Ich muss mit deinem Gesicht fertig werden, und falls du's schon vergessen hast: Wir gehen in weniger als einer Stunde auf eine Hochzeit.«

35

Nach all dem Drama, das ich heute Vormittag erlebt habe, kann ich kaum glauben, dass ich jetzt endlich fertig bin. Eine halbe Stunde vor Beginn der Zeremonie sind meine zerzausten Haare mit einer Strass-Spange gebändigt, und ich trage das neue blaue Kleid, dem ich trotz des stolzen Preises nicht widerstehen konnte. Geschminkt sehe ich nun tatsächlich aus wie ein Hochzeitsgast und nicht mehr wie, laut Polly, »eine Vogelscheuche, vor der sich selbst die Bauern noch zu Tode erschrecken«. Polly ist zu Rachel auf die Festwiese gegangen, um ihr zu helfen, die Familienmitglieder zu begrüßen und zu ihren Plätzen zu bringen und noch einmal zu überprüfen, dass alles perfekt ist. Tamsin ist zu den Brautjungfern zurückgekehrt für den Fall, dass in letzter Minute noch etwas nachgebessert werden muss. Ich nehme meine Tasche und gehe zur Treppe nach unten, als ich höre, wie jemand in die Küche kommt.

Ich eile hinunter. »Cal!«

»Nein, ich bin's.«

In der Küche steht Isla. Sie sieht elegant aus in ihrem blassgrünen Vintage-Seidenkleid, und ihre Wangen sind rosig. Ich glaube, ich habe sie noch nie schöner gesehen, und versuche, meine Enttäuschung zu verbergen.

»Die Tür war offen, also bin ich hereingekommen. Ich wollte mich bei Cal und dir bedanken, dass ihr die Hochzeit so wunderbar vorbereitet habt. Luke und ich haben uns schon umgesehen, und die Anlage ist kaum wiederzuerkennen, wenn man bedenkt, wie es hier aussah, als Cal damals zurückgekehrt ist.«

»Wir müssen dir danken, dass du Ben und Lily davon überzeugt hast, hier zu feiern.«

»Ich habe mich schon gefragt, ob ich euch allen damit nicht einen Giftbecher verabreicht habe. Es ist manchmal schwer, mit Lily und Ben zu arbeiten, und ich habe schon gehört, dass es für euch nicht immer einfach war. Aber die härtesten Brocken sind Jade und Addison. War es sehr anstrengend mit ihnen?«

Ich weiß nicht, wie ich darauf antworten soll, aber mein Gesicht sagt wohl alles.

»Hmm. Hab ich mir schon gedacht. Ihr verdient eine Medaille dafür, dass ihr euch mit ihnen herumgeschlagen habt. Aber ich hoffe, alles in allem ist die Hochzeit eine gute Sache für Kilhallon.«

»Ja. Die Aufmerksamkeit war super … insgesamt. Wir haben jede Menge neue Buchungen bekommen. Danke.«

»Hmm. Lieb von dir, dass du so taktvoll bist. Ich frage mich, ob Cal ebenso dankbar ist.«

»Das wäre er sicher, wenn er hier wäre.«

Sie zieht die Augenbrauen hoch. »Gab es in letzter Minute noch etwas zu reparieren?«

»Nicht in Kilhallon. Er war in Griechenland, um sich mit Esme zu treffen.«

»Esme? Oh … ich … ich hoffe, zwischen euch ist alles in Ordnung?« Ich könnte mir in den Hintern beißen. Mir fällt ein, dass Isla ja nichts von Cals Erlebnissen in Syrien weiß und er nur mir die ganze Geschichte anvertraut hat. Jetzt ist es zu spät. Ich muss ihr zumindest einen Teil davon erzählen.

»Ja. Esme ist ein kleines Mädchen. Er hat sie in Syrien kennengelernt, und jetzt ist er nach Griechenland geflogen, um sie in einem Flüchtlingslager wiederzutreffen. Du kennst doch Cal … Wenn er etwas tun muss, hält ihn nichts auf.«

Sie runzelt die Stirn. »Cal? Ja … Das kann man wohl sagen. Er tut manchmal, was er will, ohne dabei an die anderen zu denken … aber *jetzt* so weit wegzufliegen? Das muss schrecklich für dich gewesen sein.«

Verdammt, ich wünschte, ich hätte Isla nicht so viel erzählt, aber wie kann ich sie anlügen, wenn Polly und Robyn wissen, wo er ist? Die Wahrheit wird ans Licht kommen, auch wenn niemand außer Cal und mir je die ganze Wahrheit kennen wird. »Zusammen mit Polly, Kit und Rachel und all unseren Freunden hat es geklappt. Wir haben es geschafft, und für Cal war es wichtig, Esme zu treffen. Er hat angeboten, nicht zu fliegen, aber ich wollte ihn nicht aufhalten oder ihn zwingen, hier zu bleiben, wenn sein Herz woanders ist.«

Isla mustert mich.

»Du kennst ihn besser als ich, Demi. Du bist mit Cal mehr auf einer Wellenlänge, als ich es je war.«

»Das würde ich nicht sagen. Ich glaube nicht, dass ich ihn je ganz kennen werde.«

»Wenn wir andere Menschen ganz kennen könnten, wäre das Leben ziemlich langweilig.« Sie lächelt. »Ich werde warten, bis Cal mir mehr über dieses kleine Mädchen erzählt, falls und wenn er es will. Gerade erhole ich mich erst von dem Schock, dass Kit sein Halbbruder ist. Ich wusste ja, dass Cals Vater einiges auf dem Gewissen hatte, aber nicht, dass er tatsächlich noch einen Sohn gezeugt hat.«

»Wie hast du davon erfahren?«

»Robyn hat es mir Anfang des Jahres erzählt, und ich war genauso fassungslos wie sie. Als ich Kit letzten Herbst beim Filmdreh kennengelernt habe, hatte ich keine Ahnung. Ich will mir gar nicht ausmalen, wie Cal wohl reagiert hat, als er es erfahren hat. Ich denke die ganze Zeit darüber nach, ob die beiden sich ähneln, aber ich kann mich nicht mehr genau an Kit erinnern.«

»Wenn man es weiß, sieht man es.«

»Ich muss nachher mal mit ihm reden. Für Cal muss es schlimm gewesen sein.«

»Das kann man wohl sagen, aber langsam gewöhnen sie sich beide an die Situation. Kit hat einen Artikel über die Überschwemmung geschrieben und hier an seinem Buch gearbeitet, und jetzt ist er wiedergekommen, um uns zu helfen.«

»Ich habe so viel verpasst, während ich weg war.« Sie stützt sich mit einer Hand auf eine Stuhllehne.

»Ist alles in Ordnung?«

Sie lässt sich auf den Stuhl fallen und ist ganz blass. »Ja. Könnte ich bitte ein Glas Wasser haben? Mir ist ein bisschen schlecht.«

Oh. Ich hätte nicht gedacht, dass die Nachricht von Cal und Esme eine solche Wirkung auf Isla haben würde. Während ich ihr ein Glas Wasser einschenke, werfe ich einen Blick auf die Uhr. Fünfundzwanzig Minuten vor der Zeremonie. Immer noch kein Cal, und ich glaube auch nicht, dass er noch kommt. Es muss weitere Verspätungen gegeben haben. Es war von Anfang an nicht sehr wahrscheinlich, dass er es schaffen würde. Er wusste es und ich, wenn ich ehrlich bin, auch. Was soll's, wir kommen klar, aber es wäre so schön gewesen, ihn hier zu haben.

»Danke.« Isla trinkt einen Schluck und holt ein paarmal tief Luft.

»Geht es wieder? Ich lasse dich ungern allein, aber ich muss zur Feier. Ich kann Rachel nicht im Stich lassen, und Lily könnte mich brauchen. Soll ich Luke suchen?«

»Er müsste jeden Moment hier sein. Er ist auf dem Hof stehen geblieben, um sich mit Polly zu unterhalten … und mir geht's gut, ehrlich.« Sie schenkt mir ein schwaches Lächeln. »Ich kann es dir auch verraten. Ich bin schwanger.«

»Wow … wie schön. Herzlichen Glückwunsch.«

»Ich wollte es Cal und dir erzählen, solange wir noch ein paar Augenblicke Ruhe haben, aber ich kann es ihm auch nachher sagen, wenn er hier ist.«

»Falls er es noch schafft. Sein Zug hatte Verspätung.«

»Er wird kommen, so schnell er kann. Demi, er würde dich nie im Stich lassen.«

Dich hat er ja auch im Stich gelassen, denke ich. Er hat seinen Dienst für die gute Sache über seine Gefühle für dich gestellt, und du warst seine große Liebe. Ich erwarte keine Spezialbehandlung. Wie soll eine Normalsterbliche wie ich ihm wichtiger sein als der Rest der Welt?

»Du bist einfach perfekt für ihn.«

»Was?«

»Du und Cal. Ihr solltet mit aller Kraft an dem festhalten, was ihr euch aufgebaut habt.«

Meine Haut kribbelt unangenehm bei Islas Worten, aber ich tue sie mit einem Lachen ab. »Wir geben unser Bestes, aber Kilhallon bringt uns vielleicht noch ins Grab.«

»Ich habe nicht Kilhallon gemeint, obwohl ihr Großes geleistet habt, um die Anlage erfolgreich zu machen.« Isla nimmt meine Hand und legt ihre darauf. »Ich habe dich und Cal gemeint. Ihr solltet einander nie loslassen. Du kannst mit seinen Launen umgehen, du hast ihn von den Toten zurückgeholt – oder zumindest zurück ins Leben.«

»Ja.« Ich lache wieder, aber Isla hält meine Hand fest.

»Tut mir leid, wenn dir das unangenehm ist. Vielleicht machen mich die Hormone sentimental, aber ich wollte dir das sagen, solange wir allein sind. Du und Cal, ihr passt viel besser zusammen, als Cal und ich je zusammengepasst hätten.«

»Das mit uns läuft seit einem guten Jahr, und wir sind erst vor kurzem zusammengezogen.«

»Das spielt keine Rolle. Was zählt, ist, dass ihr zusammengehört. Du hast ihn nach Griechenland fahren lassen. Ich bin nicht sicher, ob ich in dieser Situation so verständnisvoll gewesen wäre.«

Ich lächele und denke daran, wie eifersüchtig ich früher auf Isla war; ich hätte alles getan, um an ihrer Stelle zu sein. Vielleicht hat sie recht, oder sie ist nur gefühlsduselig, keine Ahnung, aber mein Magen dreht sich, und mir schnürt sich die Kehle zu.

»Danke für deine lieben Worte, aber im Moment denke ich nicht weiter als bis zur nächsten Stunde. Ich kann es gar nicht erwarten, Cal zu sehen. Mehr will ich jetzt nicht.«

Sie lächelt und lässt meine Hand los. »Ich weiß.«

»Isla?«

Luke erscheint stirnrunzelnd in der Tür. Trotz seines nervösen Gesichtsausdrucks sieht er gut aus. Er ist braun gebrannt, hat etwas zugenommen, und beides steht ihm. Er tippt auf seine Uhr. »Wir kommen zu spät. Ist alles in Ordnung?«

»Isla fühlt sich nicht wohl«, sage ich.

Besorgt eilt er zu ihr. »Du Arme. Ist dir wieder schlecht?«

Isla gibt ihm einen Kuss. »Ja, aber es geht schon. Demi hat mir geholfen. In ein paar Minuten bin ich wieder fit, keine Sorge.«

Mein Handy piept, aber es ist nur eine Nachricht von Rachel, die mich bittet, zu ihr und dem freien Priester auf die Festwiese zu kommen. Die Falknerin ist schon da, mitsamt der Eule Boris, die bereit zum Einsatz ist und die Ringe abliefern wird.

Ich nehme meine Tasche. »Tut mir leid, ich muss jetzt los. Ihr könnt gern noch hier bleiben, solange ihr wollt, wir sehen uns dann bei der Feier.«

»Danke, dass du dich um Isla gekümmert hast«, sagt Luke, setzt sich neben sie und nimmt sie an der Hand.

»Mir geht's gleich wieder gut. Danke.«

»Gerne. Meldet euch, wenn ihr noch was braucht.«

Ich schnappe mir mein Handy, verlasse das Farmhaus und laufe zur Festwiese. Mir ist bewusst, dass dies wohl einer meiner letzten ruhigen Momente heute ist. Ich ziehe mir meinen Schal um die Schultern. Es weht eine ordentliche Brise, aber sie ist nicht so stark, dass sie das Zelt umreißen könnte.

Der Haupt-Parkplatz ist mit Vans und Pick-ups unserer Zulieferer vollgestellt, die Autos der Gäste rollen den Weg zum provisorischen Parkplatz entlang. Frauen in eleganten Kleidern halten ihre Hüte fest, während sie den Pfad zur Lichtung hinuntergehen. Ich sehe Männer in Designeranzügen, Hemden mit offenem Kragen und spitzen Schuhen; kleine Mädchen in ihren neuen Kleidern und Jungen mit Fliegen, die Haare steif vor Gel. Unterwegs versuche ich zu erkennen, wer in der Menge vielleicht Künstler oder Schauspieler ist und wer zu den Freunden und Verwandten aus der Gegend gehört. Ich stelle mir vor, wie Ben und Lily sich vor dem Moment fühlen müssen, in dem sie den »Bund der Ehe schließen«, zwar nicht rechtsgültig, doch in einem großen symbolischen Ritual.

Aber hauptsächlich denke ich an Cal, denn trotz allem, was Isla gesagt hat, weiß ich, dass sie eigentlich *ihm* ihre Neuigkeit erzählen wollte, nicht mir. Sie war über Cals Abwesenheit wahrscheinlich ebenso enttäuscht wie ich, obwohl sie mit Luke glücklich zu sein scheint und er sie auf jeden Fall anbetet.

Ich weiß nicht, wie Cal reagieren wird, wenn er hört, dass Isla schwanger ist. Wird er sich für sie freuen oder grübeln, was hätte sein können, wenn auch nur für einen Augenblick? Wird er sich fragen, wie es wäre, wenn Islas Baby sein Kind wäre? Oder wird er zu sehr mit dem Leben eines anderen Kindes, Esmes, beschäftigt sein?

Ich kenne ihn erst seit etwas über einem Jahr. Isla kennt ihn schon sein ganzes Leben lang, und obwohl sie gesagt hat, wir seien perfekt füreinander, glaube ich, keine von uns kennt ihn ganz. Und wird das wohl auch nie.

Ich schiebe diese Gedanken beiseite. Kilhallons großer Tag ist gekommen, und jetzt muss ich mich auf diesen Moment konzentrieren.

Wow.

Von oben auf der Anhöhe ist die ganze Festwiese unter mir ausgebreitet. Das Zelt ist ein Märchenschloss aus Leinen, und die Fahnen flattern festlich auf den beiden Türmchen im Wind. Die Gäste nehmen auf den bunt gestreiften Stühlen Platz. An den Hirtenstäben hängen Gläser mit Blumen, sie säumen den »Mittelgang«, der zum Weidenbogen führt.

Okay. Er sieht nicht ganz so aus, als hätten ihn die Jungs »spontan aus ein paar Zweigen zusammengebastelt«, aber er ist schlicht und schön – er steht im Mittelpunkt der Lichtung, die von zarten Frühlingsfarben und frischen Düften erfüllt ist. Der »Altar« aus Baumstämmen ist mit Blumen und Lichterketten geschmückt. Lily und Ben werden sicher begeistert sein. Cal wird auf jeden Fall staunen, wenn er kommt, *falls* er kommt.

Polly entdeckt mich und kommt zu mir hinten auf die Lichtung, wo eine Reihe Stühle für das »Personal« reserviert ist. Rachel ist bei den Brautjungfern, und mein Dad prüft noch mal, ob die Lautsprecheranlage für den Priester bereit ist. Isla und Luke kommen und nehmen ihre Plätze weiter vorne auf der Lichtung ein, neben einem Schauspieler, den ich aus *Game of Thrones* kenne und der dort ein besonders grausames Schicksal erlitten hat. Polly ist fast umgekippt, als sie ihn entdeckt hat, denn angeblich hatte er auch eine kleine Rolle in *Downton Abbey*.

Das Gemurmel gespannter Erwartung liegt in der Luft. Die Leute halten ihre Schals fest oder prüfen noch mal, ob ihr Haarschmuck richtig sitzt. Die meisten tragen Sonnenbrillen. Die Folkband spielt traditionelle Liebeslieder aus Cornwall, während die letzten Gäste ihre Plätze einnehmen. Um die Gäste herum stehen an allen Seiten Sicherheitsleute mit dunklen Brillen. Ich stelle mir vor, wie die Teams im Zelt und im Demelza's darauf warten, dass die Gäste nach der Zeremonie hungrig und durstig hereinströmen, und wie Lily und Ben später ihren ersten Tanz als verheiratetes Paar beginnen – na ja, gehandfastetes Paar.

»Nach all dem Schlamassel habe ich schon fast nicht mehr daran geglaubt, dass wir diesen Tag noch erleben würden, aber wir haben es geschafft«, sagt Polly zu mir. »Ich finde, wir können uns auf die Schulter klopfen und uns ein großes Glas Gin Tonic gönnen, wenn die Zeremonie vorbei ist.« Sie verstummt und schnalzt dann mit der Zunge. »Oh, er ist also da?«

»Dachtest du, Ben würde kneifen?«, flüstere ich Polly zu.

»Um mein Haus hätte ich jedenfalls nicht gewettet, dass er ihr heute schwört, für immer treu zu sein, so viel steht fest.«

Polly zieht die Augenbrauen hoch, als Ben und sein Trauzeuge, ein befreundeter Schauspieler, vor dem Weidenbogen ihre Plätze einnehmen. Jade huscht an der Seite der Lichtung entlang zu ihrem reservierten Platz in der ersten Reihe neben Lilys Eltern. Addison sitzt schon neben Isla und Luke. Harry steht am Rand der Lichtung und hält sich eine Hand vor den Mund, als würde er über ein Funkgerät mit den anderen Sicherheitsleuten kommunizieren.

Über uns summt es leise, und als wir aufschauen, sehen wir eine kleine Drohne über der Lichtung schweben.

»Diese Drohnen-Dinger sind mir nicht geheuer. So was gehört verboten«, grummelt Polly.

»Sie macht nur Fotos«, sage ich. »Und Kilhallon wird darauf super aussehen.«

»Mir egal. Sie sind eine verdammte Plage.«

Polly zieht eine Schnute, richtet ihre Aufmerksamkeit dann aber auf den Hochzeitsredner, einen schlanken, großen Mann in einem Cord-Jackett und Jeans, dessen grau meliertes Haar zu einem Pferdeschwanz zusammengebunden ist. »Den kenne ich, den Priester. Ist das nicht Neil Polgreen aus dem Reiki-Heilzentrum in St Trenyan, der immer nach Patschuli riecht? Ich war mit ihm in der Schule. Er hat mich mal zu einem Folkkonzert in Par eingeladen, aber dann ist der Kontakt abgebrochen. Er hat sich gut gehalten, muss ich sagen, und er hat immer noch eine Menge Haare.«

»Ich kannte seinen Namen nicht und hatte keine Ahnung, dass er freier Priester ist, aber ich kenne sein Zentrum. Einmal hab ich da im Eingang übernachtet, aber Mitch mochte den Geruch dort nicht.«

Polly drückt mich aufgeregt am Arm. »Oh, es geht los.«

Die Musik hat aufgehört, und der Priester hebt die Hand, damit Ruhe einkehrt. Alle stehen auf und drehen sich um: Lily und ihre Brautjungfern schreiten vorsichtig von den Cottages den Abhang herunter zur Lichtung.

»Oh Gott. Ist das die, für die ich sie halte?«

»Ja. Erstaunlich, was?«

»Ich würde es nicht glauben, wenn ich es nicht mit eigenen Augen sehen würde. Gruselig.« Auch ohne dass wir ihren Namen aussprechen, wissen wir beide, um wen es geht: Mawgan schreitet mit einem engelsgleichen Lächeln hinter Lily her und umklammert ihr bonbonfarbenes Sträußchen.

»Ein wahres Unschuldslamm. Nicht zu fassen.«

Polly schnaubt, und jemand wirft uns einen bösen Blick zu. Die Braut und die Brautjungfern nähern sich. Bei Lilys Anblick bekomme ich einen Kloß im Hals. Wenn man mich gefragt hätte, wer heute Nachmittag am ehesten nicht auftauchen würde, hätte ich ganz klar auf Lily getippt, aber sie freut sich offensichtlich viel mehr darauf, Ben zu heiraten, als es den Anschein hatte. Sie lächelt und wirkt glücklich.

Die Leute um mich herum schnappen hörbar nach Luft, als sie unsere Reihe erreicht und den »Mittelgang« betritt, murmeln »Oh« und »Ah«, und einige schniefen bereits in ihre Taschentücher.

»Lily sieht wunderschön aus. Kein Wunder, dass sie ein Star ist«, flüstere ich, als Lily vorbeischwebt und ihr Kleid in der Brise raschelt.

»Ja, sie ist ein sehr hübsches Mädchen. Mir will zwar beim besten Willen immer noch nicht in den Kopf, warum sie diesen Kerl heiratet, aber jedem das Seine.«

Mawgan entdeckt uns und grinst. Ich nicke höflich und lächele zurück, obwohl es mir nicht leichtfällt. Sie sieht sich um, als würde sie Cal suchen, muss sich dann aber wieder konzentrieren, um nicht über ihr Kleid zu stolpern. Es liegt mir fern, Lily den Tag zerstören zu wollen, aber lustig wäre es schon, wenn Mawgan mit dem Hintern im Gras landen würde.

Polly stupst mich an. »Übrigens habe ich von meiner Zumba-Freundin Karen gerade noch etwas erfahren. Habe ich dir erzählt, dass sie mit Mr Gwennaps Bruder verheiratet ist?«

»Ähm. Nein.«

»Also, du weißt ja, dass Mr Gwennap nicht da war, als seine Felder gedüngt wurden? Angeblich wurde seine Hüft-OP von ›einem großzügigen Gemeindemitglied‹ finanziert und privat durchgeführt. Der Alte war ganz schön baff, als er das Angebot bekam, aber er hatte die OP schon eine ganze Weile nötig, und da sagt man ja nicht Nein, oder? Karen meinte, sie habe versprochen, den Namen der ›wohltätigen Person‹ nicht zu verraten, aber sie hat mir genug Hinweise gegeben, dass ich mir denken kann, wer es war.«

Polly nickt zu Mawgan. »Außerdem – wer hat hier in der Gegend schon die Kohle, um jemandem eine OP zu bezahlen und auf einem kompletten Grundstück Gülle verteilen zu lassen?«

Wir richten beide den Blick auf Mawgan, die in ihrem Brautjungfernkleid brav und harmlos wirkt. Als könnte sie kein Wässerchen trüben. Die Drohne schwebt über ihrem Kopf, als hätte sie es speziell so arrangiert, dass von ihr eine Nahaufnahme gemacht wird.

Polly schürzt die Lippen und sagt dann laut: »Manche kommen immer mit ihrem Mist durch, was?« Dann flüstert sie wieder. »Ich kann es natürlich nicht beweisen, und weil die Landarbeiter von einer dritten Person in bar bezahlt wurden, gibt es sowieso keine Spur. Huch!«

Gerade noch rechtzeitig hält Polly ihren Kopfschmuck fest, damit er nicht mit der Brise über den Atlantik segelt. »Ach, nun ja. Ganz schön windig, was? Aber ich halte mir lieber den ganzen Tag lang den Hut fest als die Nase zu.«

Polly bringt mich zum Lächeln, aber ich bin in Gedanken längst wieder bei Cal. Fährt er jetzt gerade die Straße nach Kilhallon herauf? Trottet er müde den Weg entlang oder sitzt er in einem Bahnhofscafé? Ich kann es gar nicht erwarten zu hören, wie sein Wiedersehen mit Esme gelaufen ist. Ich versuche, mich wieder zu sammeln. Lily reicht einer Brautjungfer ihren Strauß und stellt sich neben Ben unter den Weidenbogen. Sie stehen einander gegenüber und halten sich an den Händen. Alle Augen auf der Lichtung sind auf sie gerichtet, während der Priester lächelt und mit seinem starken Cornwall-Akzent sagt: »Ein sehr herzliches Willkommen euch allen bei der Trauung von Lily und Ben an diesem wunderschönen Nachmittag.«

In jenem Moment legt sich eine Hand um meine, und eine vertraute Stimme flüstert mir ins Ohr: »Tut mir leid, dass ich ein bisschen spät dran bin.«

»Cal!«

Einige Leute drehen sich um, aber ich konnte mich nicht beherrschen. Ich möchte gleichzeitig lachen und in Tränen ausbrechen. Cal ignoriert die anderen und küsst mich. Ich schließe die Augen, und alles und alle um mich herum verschwinden für ein paar kurze Momente. Am liebsten würde ich den Mittelgang entlangtanzen und Freudenschreie ausstoßen, aber ich darf keinen

Mucks machen, denn der Priester spricht über die Verbindung zwischen Lily und Ben und irgendwas mit den Wegen der Natur … und ich habe keinen Schimmer, was sonst noch, denn ich sehe, höre, rieche und fühle nichts außer Cal.

»Sorry«, flüstert er und drückt meine Hand.

»Du hast es geschafft«, flüstere ich zurück und strahle vor Erleichterung.

Polly beugt sich herüber und wirft uns, aber vor allem Cal, einen strengen Blick zu.

Er lächelt und zuckt mit den Schultern. Sein Hemd ist zerknittert, seine Schuhe staubig. Er wirkt müde, aber die Anspannung in seinem Gesicht ist verschwunden. Was auch immer in Griechenland zwischen ihm und Esme passiert ist, es scheint ihm besser zu gehen.

Der Priester muss uns aufgefordert haben, uns wieder zu setzen, denn alle sind wieder auf ihren Plätzen, und die Folkband spielt eine eigene Version von einem von Bens und Lilys Lieblingsliedern. Während ein paar Leute mitklatschen und mitsingen, nutzt Cal seine Chance.

»Tut mir leid, dass ich dich nicht angerufen habe. Ich hatte Probleme mit dem Handy, kein Netz, und dann habe ich mich nicht getraut, weil ich dachte, du bist vielleicht schon hier bei der Zeremonie, und vor allem wollte ich dir keine falschen Hoffnungen machen, dass ich rechtzeitig zurück wäre. Als ich die Schlange am Taxistand gesehen habe, hatte ich ernste Zweifel.«

»Das spielt jetzt alles keine Rolle mehr. Was ist mit Esme? Wie geht es ihr?«

Er fängt an zu lächeln. »Ich erzähle dir später mehr, aber sie lebt, sie ist gesund, und sie hat eine liebevolle Familie um sich, die ihr hilft, den Verlust ihrer Mutter zu überwinden. Es besteht Hoffnung auf ein besseres Leben. Sie wollen in Deutschland Asyl beantragen. Esmes Tante wohnt dort, und sie hat angeboten, Esme zu adoptieren, wenn sie Asyl bekommen.«

»Das freut mich sehr. Es muss schrecklich gewesen sein, sie wieder zu verlassen.«

»Ja … aber nicht so, wie du denkst. Es war ganz anders, als ich es mir vorgestellt hatte – aua! Mann, Polly, das hat echt wehgetan!«

Cal reibt sich die Seite, wo Polly ihm einen kräftigen Stoß in die Rippen verpasst hat. Sie legt sich einen Finger auf die Lippen und sieht ihn finster an.

»Später«, flüstert er mir mit noch immer schmerzverzerrtem Gesicht zu, »versprochen, ich erzähle dir alles, sobald das hier vorbei ist.«

36

»Mit Abstand die seltsamste Hochzeit, auf der ich je war«, flüstert Polly, als sich ein Schweigen über die Lichtung legt. Gerade hat der Priester Lily und Ben aufgefordert, einander ihr Treueversprechen zu geben. Mir ist egal, wie seltsam oder merkwürdig alles ist. Ich weiß nur, dass ich gerade durch und durch glücklich bin. Die Hochzeit findet tatsächlich statt, und Cal ist zu Hause und nicht verzweifelt. Seine Finger berühren meine und lassen meine Haut köstlich kribbeln, während wir dem Priester zuhören. Ben liest seinen Treueschwur vor: wie großartig Lily ist und wie liebevoll und wunderschön. Dennoch muss ich ein Kichern unterdrücken.

»Was ist los?«, flüstert Cal, als ich mir eine Hand vor den Mund halte.

»Das ist seine Heldenstimme«, sage ich. »Genau die Stimme hat er für den Seeotter in *Ocean Furries* benutzt.«

Cal lächelt. »Du bist ein sehr böses Mädchen.«

Als der Priester Lily das Wort erteilt, beiße ich mir auf die Lippe. Leider lässt er das Mikrofon fallen, und auf den schrillen Ton der Rückkopplung folgt ein kollektiver Aufschrei, dann Lachen, als Ben das Mikro rettet und es Lily reicht. Wir warten alle, während sie sich sammelt. Und warten weiter. Sie scheint ein paarmal tief Luft zu holen, um sich zu beruhigen, aber allmählich liegt ein Hauch nervöser Spannung in der Luft.

Sekunden vergehen, in denen man nichts außer der Drohne, die wartend über dem Altar schwebt, und dem Krächzen der Krähen in den Bäumen hört.

»Ach herrje«, flüstert Polly.

»Psst.«

»Schon als ich Ben zum ersten Mal gesehen habe, beim Casting für *Desperate Poets,* wusste ich, dass ich meinen besten Freund gefunden hatte.«

Die Erleichterung des Publikums ist quasi greifbar, als Lily endlich beginnt.

»Ich muss sagen, dass unser erstes Date nicht unbedingt vielversprechend war. Ben hatte gerade einen Thriller abgedreht, trug einen schrecklichen Bürstenschnitt und war nicht besonders höflich«, fährt Lily fort.

Wieder lachen alle. »Aber trotz allem wurden wir ein Paar, und hier sind wir nun. Um für immer miteinander verbunden zu werden.«

Freudige »Ah«s erklingen auf der Lichtung. Ein paar Leute applaudieren. Louie, der auf Addisons Schoß sitzt, jault auf.

»Und ich …«

Lilys Worte werden von einem schreienden Baby übertönt. Ein kleiner Junge ruft: »Können wir jetzt ins Zelt gehen?«

Alle lachen, dann wird es wieder still, während wir darauf warten, dass Lily weiterspricht. Das Baby wird in seinem Kinderwagen weggeschoben, und der kleine Junge schweigt wieder.

»Und ich …«, wiederholt Lily, die immer noch Ben an der Hand hält.

»Sie ist Schauspielerin – wahrscheinlich soll das nur die Spannung erhöhen«, bemerkt Polly.

Von so weit hinten kann ich Lilys Gesicht nicht richtig erkennen. Ich werde nervös. Was ist, wenn …?

»Und ich …«, sagt sie mit so lauter Stimme, dass alle zusammenzucken, »ich wüsste niemanden, mit dem ich den Rest meines Lebens lieber verbringen würde.«

»Puh. Na endlich, Gott sei Dank«, flüstere ich Cal zu. »Es ist geschafft.«

»Hmm. Ganz schön spannend.«

Der Priester spricht weiter über die Bienchen und Blümchen und die Natur und die Sterne und wendet sich dann an uns alle.

»Liebe Freunde, Ben und Lily werden nun ihre ewige Liebe besiegeln, indem sie die Ringe tauschen.«

Polly schnaubt. »Die Ewigkeit ist eine lange Zeit.«

»Psst!«, zischt eine Frau neben ihr.

Cal unterdrückt ein Lachen.

»Jetzt bitten wir Boris, einen ganz besonderen Gast, Lily und Ben die Ringe zu überbringen.«

»Wer zum Teufel ist Boris?«, murmeln einige verwirrt und sehen sich verwundert an. Ich lächele, denn ich weiß, was kommt.

Cal drückt meine Hand. »Darauf habe ich mich gefreut.«

Alle drehen sich um zur Falknerin, auf deren Handschuh eine

schöne gelbbraune Eule sitzt. Die Leute schnappen erstaunt nach Luft. Sie lässt Boris los, und er fliegt mit einem kleinen Beutel an den Krallen zügig durch den Mittelgang, sodass seine goldenen Federn an den Gästen vorbeiblitzen. Ben hat sich einen Lederhandschuh übergestreift und hält den Arm steif ausgestreckt. Sogar von hier erkenne ich, dass er sich leicht duckt, während er sich auf die Landung der Eule gefasst macht. Die Drohne steigt auf und schwebt über dem Altar.

Boris fliegt direkt an Bens Arm vorbei ins Wäldchen und setzt sich in einen Baum.

Ein paar Sekunden lang herrscht Sprachlosigkeit, dann lachen alle.

»Ah. Boris möchte uns wohl noch ein Weilchen auf die Folter spannen«, sagt der Priester.

Holly, die Falknerin, joggt durch den Mittelgang und flüstert Ben, Lily und dem Priester etwas zu.

»Boris kann anscheinend ein bisschen unberechenbar sein, aber seine Besitzerin versichert uns, dass er bald zurückkommt«, sagt der Priester.

»Hat der Vogel tatsächlich die Ringe im Beutel?«, fragt mich Polly.

»Ja. Die Falknerin wollte, dass Lily falsche Ringe als Attrappen in den Beutel legt und die echten am Altar deponiert, für den Fall, dass so etwas passiert, aber Lily wollte davon nichts wissen. Sie fand, es wäre Betrug, falsche Ringe zu nehmen.«

Polly verdreht die Augen.

»Boris kommt bestimmt gleich wieder runter«, sagt Cal, aber ich spüre, dass er zittert vor Anstrengung, nicht zu lachen.

»Wenn er etwas mit seinem Namensvetter Mr Johnson gemeinsam hat, macht er sowieso, was er will«, kommentiert Polly.

Zehn Minuten später versucht die Falknerin immer noch, Boris von seinem Ausguck herunterzulocken. Die Gäste unterhalten sich laut, und die Kinder haben angefangen, im Mittelgang Fangen zu spielen. Die Falknerin versucht verzweifelt, Boris mit seinem Lieblingssnack zu ködern: rohen Kaninchenstücken. Einige Kinder haben sich schon weiter nach vorn gewagt, um die Show zu verfolgen.

Cal atmet laut aus. »Boris rührt sich wohl nicht, was?«

»Keine Ahnung.«

Rachel spricht mit der Falknerin. Jade geht ungeduldig auf und ab und funkelt Rachel an, als wäre es ihre Schuld. Ben und Lily reden miteinander. Lily scheint zu weinen. Alle starren zu ihnen.

»Mist. So sollte es nicht laufen. Ich muss sehen, ob ich was tun kann.«

Ich habe keine Ahnung, wie ich helfen kann, springe aber trotzdem auf. Cal folgt mir. Als wir beim Brautpaar ankommen, sehe ich, dass Lily in der Tat tränenüberströmt und Ben wütend ist. Er reißt sich den Handschuh herunter und schleudert ihn zu Boden. »Ich wusste, dass das eine beschissene Idee ist. Die Eule kommt so bald nicht runter. Warum hast du der Falknerin nicht falsche Ringe gegeben?«

»Boris ist ein lebendiges Tier«, wendet Lily ein, »und ich wollte, dass er die echten Ringe hat. Ich wollte, dass diese ganze Sache authentisch und natürlich und kein Fake wird, wie sonst alles in meinem Leben!«

Ben starrt sie an. »Fake? Was soll das heißen, Lily?«

Jade stürzt herbei und nimmt Lily an der Hand. »Also, meine Liebe, jetzt beruhige dich mal. Wir brauchen diese blöde Eule nicht. Wir können andere Ringe nehmen, bis wir die eigentlichen zurückbekommen. Unter den Gästen sind bestimmt ein paar Leute, die ihre entbehren können.« Ihr Blick fällt auf mich. »Du da. Besorg uns zwei Ringe, damit wir die Trauung fortsetzen können. *Sofort.*«

Rachel eilt herbei. »Die Falknerin hat Ersatzringe dabei. Sie haben ihren Großeltern gehört, und sie hat sie für den Notfall mitgebracht. Das ist nicht ideal, aber für den Moment geht es, damit wir mit dem wichtigsten Teil der Zeremonie fortfahren können.« Sie nimmt Lily in den Arm. »Na, wie klingt das?«

Ben verschränkt die Arme. »Von mir aus. Lily?«

Lily blickt zu ihm und dann langsam zu uns allen, die im Kreis um sie herumstehen. Ben, Rachel, Jade, Addison, die Falknerin, Cal und ich. Dann wendet Lily sich ab und schaut hinauf in die Bäume, wo Boris auf einem Ast sitzt und uns alle beobachtet.

»Es tut mir leid.«

»Du kannst nichts dafür. Sondern nur dieser beschissene, dumme Vogel!«

»Halt die Klappe, Jade!«

Lilys scharfer Ton lässt uns zusammenzucken, und das Gemurmel der Gespräche verstummt.

»Du bist gestresst und durcheinander. Das kann ich verstehen, nach all den Pannen, aber alles wird gut. Komm schon, nimm die Ringe und lass uns das hier durchziehen.« Jade will Lily am Arm packen, aber Lily stößt sie weg.

»Ich kann das nicht. Ich weiß, dass ihr mich alle hassen werdet, und es tut mir sehr, sehr leid, Ben, aber du weißt, dass es nicht richtig wäre. Du weißt es, Jade weiß es, und sogar Boris weiß es. Deshalb ist er auf den Baum geflogen.«

»Nein. Es war die Drohne, diese Scheiß-Drohne!«, kreischt Jade.

Neil, der Priester, stellt sich zwischen sie und Lily. »Bitte, meine Dame, das hier ist ein feierlicher Anlass.«

»Nein, ist es nicht. Es ist eine Farce. Eine verdammte Farce. Meine größten Klienten in diesem gottverlassenen Nest diesen albernen Abklatsch einer Hochzeit abhalten zu lassen war von Anfang an eine Schwachsinnsidee. Los, Lily, jetzt reiß dich zusammen und heirate Ben.«

Jade krallt sich Lily, die zurückweicht, gerade als Harry auf uns zueilt. »Hände weg von ihr«, donnert er.

Jade lässt Lily los und knöpft sich Harry vor. »*Was* hast du da gesagt?«

Alle starren zu uns. Mein Puls rast. Ben steht der Mund offen. Neil und Rachel sind wie erstarrt und sehen entsetzt zu.

»Ich habe gesagt, du sollst dich von Lily fernhalten. Wenn sie Ben nicht heiraten will, ist das ihre Entscheidung. Jeder weiß, dass du die beiden mit allen Mitteln zu dieser Sache gedrängt hast.«

Jade bläst sich auf wie ein Gift spuckender Kugelfisch. »Wie kannst du es wagen? Wie kannst du es wagen, deine Nase da reinzustecken, du widerlicher Idiot?«

»Wie ich es *wagen* kann? Weil ich Lily liebe. Weil ich sie wirklich liebe, von ganzem Herzen und ganzer Seele. Tut mir leid, Ben, aber ich weiß, dass du das nicht tust. Nicht so, wie es diese wundervolle, atemberaubende Frau verdient. Und ich werde nicht länger dulden, dass irgendjemand zwischen uns steht.«

Lily starrt ihn an. Ihr Gesicht ist so blass wie ihr Kleid. Harry scheint Lily mit seinen Worten ernsthaft schockiert zu haben.

»Jade, wie springst du eigentlich mit meiner Tochter um, du Biest?«, mischt sich jetzt, an etwas unpassender Stelle, auch Lilys Mum ein, unterstützt von ihrem Vater. Dann drängen sich Bens Eltern ebenfalls in den Kreis und fangen an, Lilys Familie zu beschimpfen.

»Jetzt beruhigt euch doch alle mal! Das hier hilft niemandem«, befiehlt Cal, aber alle ignorieren ihn.

»Moment!« Die Falknerin eilt mit Boris auf dem Arm und den Ringen in ihrer ausgestreckten Hand zu uns. »Ich habe den Vogel und die Ringe. Es wird alles gut. Die Zeremonie kann weitergehen!«

»Weitergehen?«, empört sich Ben. »Das alles hier ist ein Witz. Du hast uns zu einer Lachnummer gemacht, Lily.«

Lily starrt auf die Ringe und Ben. »Es tut mir leid, wenn ich dich in der Öffentlichkeit gedemütigt habe, aber es war zum Besten für uns beide.«

Ben schnaubt verächtlich.

»Das kannst du uns nicht antun!«, jammert Jade und macht wieder einen Schritt auf Lily zu, aber Harry stellt sich dazwischen wie ein mächtiger Granitfelsen.

»Ich habe dir gesagt, dass du sie in Ruhe lassen sollst, Jade. Und das habe ich auch so gemeint.«

Jade wirft ihm einen giftigen Blick zu, aber rührt sich nicht.

Harry dreht sich zu seiner Angebeteten um. »Lily, ich kann es nicht länger verheimlichen. Diese Sache mit den Ringen war ein Zeichen. Ein Zeichen, dass ich dir sagen soll, was ich wirklich fühle. Und ich weiß auch, was du wirklich fühlst.«

»Ach du Schande!«, spottet Ben.

Lily schaut verwirrt zu Harry und dann in alle Gesichter um sie herum. Sie nimmt Harrys große Hand in ihre und blickt zu ihm auf. »Niemand weiß, was ich wirklich fühle, Harry. Wie denn auch, wenn ich es *selbst* nicht weiß?«

Mit einem traurigen Lächeln dreht sie sich um und geht in Richtung des Wäldchens davon.

»Warte, Lily! Komm zurück!«, verlangt ihre Mum.

»Lily!« ruft Harry und macht Anstalten, ihr zu folgen.

Ich halte ihn am Arm fest. »Stopp. Lass sie gehen!«, sage ich. »Lass sie einen Moment allein. Lasst sie bitte alle allein.«

»Ich *kann* sie nicht allein lassen. Ich muss zu ihr«, sagt Harry.

»Gleich, Kumpel.« Cal legt eine Hand auf Harrys Arm. »Lass ihr etwas Ruhe. Das braucht sie mehr als alles andere.«

»Ich hau ab, bevor ich kotze«, sagt Ben zu seinem Trauzeugen. »Komm mit, Kumpel.«

»Warte, Ben!«, kreischt Jade. »Wir können alles noch retten.«

Ben schnaubt, dreht sich auf dem Absatz um und verschwindet mit seinem Trauzeugen im Schlepptau.

Jade gibt Addison einen Schubs. »Steh nicht nur so herum, du Schlappschwanz. Lauf ihm nach und bring das in Ordnung.«

Aber Addison ist wie versteinert und sieht verzweifelt zu, wie Ben und sein Promi-Kumpel abziehen. Hinter mir heulen und jammern die Mütter. Jade schimpft, und Addison versucht erfolglos, sie zu beruhigen. Lilys Brautjungfern schnattern aufgeregt durcheinander und überlegen, was sie tun sollen. Die Gäste im hinteren Teil der Lichtung bemühen sich, etwas mitzubekommen, während die weiter vorne schon ihre Handys herausgeholt haben und den Klatsch per Twitter und WhatsApp in die Welt verschicken. Rachel greift sich völlig fassungslos an den Kopf, und Ben und sein Trauzeuge sind fast verschwunden. Der *Grapevine!*-Fotograf läuft ihnen knipsend hinterher.

Louie hat angefangen, wütend zu kläffen. Er springt aus den Armen von Lilys Mutter und läuft zu Harry.

Rachel kommt zu Cal und mir, während Jade und Addison mit den beiden streitenden Familien herumdiskutieren. »Ach du Schande. Ich habe ja mit allen möglichen Problemen gerechnet, aber *so etwas* hätte ich nicht erwartet. Am besten informiere ich die Caterer und die anderen Helfer, was passiert ist«, stöhnt sie. »Und währenddessen überlege ich mir, was wir als Nächstes tun.«

»Ich gehe gleich Lily suchen«, sage ich. »Kannst du versuchen, die Eltern zu beruhigen und ihnen klarzumachen, dass sie etwas Zeit für sich braucht?«

Rachel schaut entsetzt zu den zankenden Familien. »Ich gebe mein Bestes.«

»Warte lieber noch ein paar Minuten, bis die Emotionen nicht mehr ganz so hochkochen«, sagt Cal.

Rachel nickt. »Gute Idee. Ich gehe zuerst zu den Caterern.«

Sie eilt zum Zelt. Cal umarmt mich.

»Oh Gott. Gab es schon mal eine katastrophalere Hochzeit unter allen katastrophalen Hochzeiten der Welt?«

»Du kannst nichts dafür«, sagt Cal. »Ausnahmsweise sind weder wir noch Kilhallon schuld … aber das wird auf jeden Fall Schlagzeilen geben, so viel steht fest. Ich wette, Mawgan hüpft vor Freude.«

»Bisher war sie sehr ruhig. Wo ist sie überhaupt?«

Wir schauen auf die Plätze der Brautjungfern. Lilys sogenannte Freundinnen telefonieren, aber Mawgan ist nirgends zu sehen. Man könnte meinen, sie wäre vom Erdboden verschluckt.

»Gott, ich wusste, dass sie etwas im Schilde führt«, sagt Cal.

Harry sitzt auf einem Baumstamm und hält Louie in den Armen, der ihm übers Gesicht leckt. Alle anderen haben ihn vergessen.

Ich schließe die Augen und hole tief Luft. »Ich suche Lily und rede mit Harry. Er wirkt völlig verloren, auch wenn Louie offensichtlich schon weiß, wen er sich für Lily wünscht.«

»Ich suche Ben«, sagt Cal.

Polly kommt zu uns und stemmt die Hände in die Hüften. »Na,

das ist ja mal eine unerwartete Wendung. Ich dachte, du hättest gesagt, dass Harry einen Freund hat? Na ja, wahrscheinlich ist es besser so. Dieser Ben hat mir nie gefallen. Aber was mich jetzt interessiert: Was machen wir mit dem ganzen Essen?«

37

Nina hätte mir nicht schreiben müssen, wo Lily ist. Ich habe es zuerst im Poldark Cottage versucht, aber an dem Gezeter, das nach draußen drang, erkannte ich schnell, dass Jade dort schon nachgesehen und Lily nicht gefunden hatte. Ich bin wirklich ganz kurz davor, die Frau vom Grundstück Kilhallon abführen zu lassen. Bevor ich weggegangen bin, habe ich noch mitbekommen, wie sogar Lilys Eltern Jade vorwarfen, sie habe Lily unter Druck gesetzt.

Ich hebe mein Kleid an und laufe hinunter zum Demelza's. Zu meiner großen Erleichterung sitzt Lily dort auf einem Hocker in der Personalküche, noch immer in ihrem Hochzeitskleid, und trinkt Wasser aus einer Flasche. Nina zieht hinter ihrem Rücken verzweifelt die Schultern hoch und lässt uns dann allein.

Lilys erste Worte sind: »Wo ist Louie? Ich wünschte, ich hätte ihn mitgenommen, aber ich konnte nicht klar denken.«

»Entspann dich. Harry passt auf ihn auf.«

Sie seufzt tief. »Gott sei Dank. Es tut mir so leid, dass ich mit meinen ganzen Sorgen ausgerechnet bei dir aufkreuze, aber Demelza's war der einzige Ort, den ich für sicher hielt. Oh Gott, ich wünschte, ich könnte mich einfach in Luft auflösen. Ich habe Ben und meine Eltern so sehr verletzt und meine Verwandten und Freunde total blamiert.«

»Du hast getan, was du tun musstest. Es wäre nicht richtig gewesen, weiterzumachen, wenn es sich so falsch angefühlt hat. Damit hättest du Ben nur noch mehr verletzt.«

»Ich hoffe, er kommt klar. Er wusste, wie ich mich fühle, glaube ich. Ich wusste jedenfalls, wie es ihm geht, und er wollte das Ganze auch nicht.«

»Warum wolltet ihr es dann machen? Haben Jade und Addison euch gezwungen?«

»Ja. Nein. *Nein*, das wäre eine faule Ausrede. Jade *hat* uns beide ziemlich unter Druck gesetzt, das stimmt. Als wir zusammengekommen sind, hat sie ihre Chance gewittert, uns als Traumpaar in den Medien zu inszenieren. Sie wusste, dass wir als Paar noch mehr Publicity bekommen würden als allein. Ich mag Ben, er kann witzig sein, und er sieht gut aus und … er mag mich, und wir hatten viel Spaß zusammen, aber ich bin nicht sicher, ob es je Liebe war. Eigentlich weiß ich, dass es das nicht war. Ich weiß, was Liebe ist, und für Ben fühle ich so etwas nicht.«

»Fühlst du es für Harry?«

»Ja. Ja, ich denke schon, aber vor allem bin ich gerade ziemlich durcheinander. Ich halte meine Gefühle schon so lange geheim, vor allen um mich herum und vor ihm und mir selbst, dass ich nicht mehr sicher bin, was ich überhaupt empfinde. Der ganze Hochzeitstrubel hat mich erschöpft, genau wie der Versuch, mir einzureden, ich würde das alles wollen. Ich hätte das mit Ben schon lange beenden und es nicht bis zur letzten Minute aufschieben sollen. Es war demütigend für ihn. Ich muss mit ihm reden, aber jetzt kann ich das nicht. Kannst du nachschauen, wie es ihm geht? Und mir dann Bescheid geben?«

»Cal ist ihn suchen gegangen. Soll ich deinen Eltern sagen, dass du in Sicherheit bist?«

»Gleich. Lass mir noch ein bisschen Zeit, dann rede ich mit ihnen.«

»Und Harry?«, frage ich.

»Den möchte ich zuerst sprechen. Weißt du, mir war die ganze Zeit klar, dass er nicht schwul ist. Giles ist schwul, und er ist Harrys bester Freund, nicht sein Lebenspartner. Sie waren zusammen in Afghanistan im Einsatz. Giles wurde aus gesundheitlichen Gründen entlassen, weil er eine posttraumatische Belastungsstörung hat. Harry hat ihm angeboten, mit ihm eine WG zu gründen, und weil nie Freundinnen zu sehen waren, haben die Leute sich einfach etwas zusammengereimt. Die Leute reimen sich viel zusammen, wenn sie keine Ahnung haben, was tatsächlich los ist. Sie wissen aber nicht, was hinter den Kulissen passiert. Für mich war es einfacher, Ben und Jade glauben zu lassen, dass Harry schwul wäre. So hatte er seine Ruhe. Ich habe geahnt, dass er sich in mich verliebt hatte – und tief in mir drinnen gespürt, dass ich auch Gefühle für ihn habe.«

»Lily!«

Die Hintertür des Cafés fliegt auf, und Harry stürmt mit Louie herein.

Nina hält verzweifelt die Hände hoch. »Tut mir leid, ich konnte ihn nicht abwimmeln!«

Louie springt aus Harrys Armen in Lilys, die ihn auffängt. Er bellt freudig und fängt an, ihr überschwänglich das Gesicht abzulecken. Harry weicht zurück, offenbar unsicher, was er tun soll.

»Lily? Wirst du mir je verzeihen, was ich gerade getan habe?«

»Was denn verzeihen? Ich bin diejenige, die die Hochzeit hat platzen lassen.«

»Und darüber bin ich sehr froh. Ich hätte nicht vor allen lautstark verkünden sollen, was ich fühle, aber du hast sicher längst erraten« – er kniet vor ihr nieder –, »was ich auch jetzt noch für dich empfinde.«

Lily schiebt den zappelnden Louie von ihrem Gesicht weg. »Ich hatte einen Verdacht, aber ich wollte es nicht wahrhaben. Und ich war überfordert damit, mich mit meinen Gefühlen – meinen fehlenden Gefühlen – für Ben zu beschäftigen. Der arme Ben, aber ich musste es beenden, uns allen zuliebe.«

»Dann bist du also nicht wütend auf mich? Als du weggelaufen bist, dachte ich, du würdest mich nie wieder sehen wollen.«

Lily tätschelt ihm den Kopf, als wäre er eine große, struppige Version von Louie. »Ich könnte nie wütend auf dich sein, aber ich weiß nicht, ob ich schon bereit bin, eine neue Beziehung zu beginnen. Ich möchte richtig mit dir reden, aber zuerst muss ich hier weg, ich brauche etwas Zeit für mich.«

»Das verstehe ich. Ich kann warten. Ich warte schon so lange.« Harry steht auf. »Für dich würde ich alles tun.«

Lily dreht sich zu mir. »Können wir irgendwie unauffällig von hier verschwinden?«

»Über das Moor?«, schlägt Harry vor. »Ich kann jemanden mit dem Auto ans Ende des Wegs bei Gwennaps Farm kommen lassen. Über den Küstenpfad und durch die Heide kommen wir an einen alten Reitweg, der in seinen Hof führt.«

»Stimmt«, sage ich. »Ich gehe dort manchmal mit Mitch spazieren.«

»Ich habe mir die ganze Gegend vor der Hochzeit angesehen, ich kenne mich aus«, fährt Harry fort. »Aber mit diesem Kleid erregst du zu viel Aufmerksamkeit. Verzeihung.« Er wendet sich an mich. »Kannst du ihr vielleicht irgendwas leihen?«

»Ich habe noch eine Ersatz-Uniform im Umkleideraum. Würde das gehen?«

»Perfekt«, sagt Harry. »Wir müssen jetzt los, bevor dich jemand findet, Lily. Es ist nur eine Frage der Zeit.«

Im Personalraum zieht sich Lily ihr Hochzeitskleid aus und reicht es mir. »Hier, verschenk es, gib es in gute Hände.«

»Das kann ich nicht machen. Es gehört dir und war wahrscheinlich irre teuer.«

»Ich will nicht an den heutigen Tag erinnert werden. Versteigere es für einen guten Zweck, wenn du es nicht selbst haben willst. Jetzt wird es das Zehnfache wert sein.«

»Danke.«

Sie zieht sich eine Kochuniform und eine Demelza's-Schürze an und versteckt ihre Haare unter einer von Jez' Kochmützen. Dann nimmt sie sich etwas Reinigungsgel und wischt sich das Make-up aus dem Gesicht. Man könnte fast meinen, sie wäre eine Normalsterbliche.

»Die Schuhe muss ich anlassen«, sagt sie und deutet auf ihre Satinpumps, »aber ich glaube, die werden niemandem auffallen.«

»Damit schaffst du es niemals durchs Moor. Hier, nimm diese. Sie werden dir ein bisschen zu groß sein, aber sie sind besser als deine Pumps.«

Ich ziehe mir meine Ballerinas aus und reiche sie ihr.

»Danke, Demi. Für die wundervolle Hochzeit, obwohl sie nicht stattgefunden hat. Weil du so nett bist und mir hier Zuflucht geboten hast. Und weil ich durch dich verstanden habe, dass ich Ben nicht genug liebe, um den Rest meines Lebens mit ihm zu verbringen, und dass es falsch war, auch nur zu denken, ich könnte das. Und weil du mir gezeigt hast, dass ich meine Träume verfolgen muss, koste es, was es wolle.«

»Aber ich wollte mich nie in dein Leben einmischen …«, protestiere ich.

Harry spricht in sein Funkgerät und wendet sich dann an uns. »Lily. Wir müssen los. Das Auto wartet.«

Lily umarmt mich. »Ich weiß, aber mach dir deswegen keine Gedanken. Es ist falsch von mir, so abzuhauen, aber ich kann noch nicht mit allen reden. Ich verspreche dir, dass ich meine Eltern anrufe, sobald wir fort sind aus Kilhallon, und ich rede auch mit Ben, wenn er mir zuhören will. Bitte sag mir Bescheid, wie es ihm geht.«

»Ich versuch's, aber ich werde ihm wohl besser nicht verraten, dass ich dir geholfen habe.«

»Nein, das solltest du nicht. Könnt ihr, du und deine Mitarbeiter, einfach so tun, als hättet ihr mich nicht gesehen? Dafür wäre ich euch ewig dankbar«, bittet sie.

»Das kriegen wir hin. Viel Glück.«

Harry schaut sich vor der Hintertür um, und sie schlüpfen hinaus. »Geh bis zum Maschinenhaus«, sagt er. »Und dann beim Schild nach rechts. Ich bleibe ganz in deiner Nähe.«

Und weg sind sie. Vorn auf der Terrasse des Cafés sitzen ein paar Hochzeitsgäste mit ihren Kindern. Eine der neuen Bedienungen serviert ihnen Nachmittagstee, während sie sich über die Hochzeit unterhalten, die es nicht gab. Ich schließe die Tür. Das übrige Personal starrt mich an und wartet auf eine Erklärung. Jez knallt einen Lappen auf die Theke. »Kann uns jetzt bitte mal jemand verraten, was zum Teufel hier los ist?«

38

Cal

Ja, ich habe Demi versprochen, Ben Trevone zu suchen, aber ich bin mir ziemlich sicher, dass er mittlerweile über alle Berge ist. In dem Tempo, in dem er von der Festwiese abgehauen ist, muss er Kilhallon schon weit hinter sich gelassen haben, und das kann ich verstehen. Ich mag den Typen zwar nicht – er ist ein Vollidiot und hätte Lily Craig niemals verdient –, aber von der Verlobten vor dem Altar abserviert zu werden ist schon hart. Erst recht, wenn es so aussieht, als könnte sie mit einem Typen zusammenkommen, den man für seinen Freund hielt – oder der, in Bens Fall, der eigene Angestellte ist.

Mit Isla habe ich etwas Ähnliches erlebt wie Ben heute. Zum Glück bin ich mit ihr nicht tatsächlich vor dem Altar gelandet, aber ich weiß, wie es sich anfühlt, wenn die Frau, die man liebt – oder zu lieben glaubt –, sich für einen anderen entscheidet.

Jetzt weiß ich, dass es gut so war, denn sonst hätte ich Demi nie kennengelernt, und inzwischen glaube ich, ich wäre niemals der Mann geworden, der ich heute bin, wenn ich Isla geheiratet hätte. Vielleicht wäre ich immer rastlos und unerfüllt geblieben und hätte mich gefragt, was es sonst noch gibt auf der Welt. Demi hat mir gezeigt, dass ich für das kämpfen muss, woran ich glaube.

Ich hoffe, sie hat Lily gefunden und kann sich um sie kümmern.

Die meisten Gäste sind unten auf der Lichtung geblieben und trösten sich mit dem Champagner, den Rachel von den Caterern hat servieren lassen. Einige sind zu ihren Autos zurückgegangen, aber die meisten haben beschlossen, wegen der kostenlosen Drinks und des spannenden Klatschs noch zu bleiben.

Aber Moment mal ... das *ist* eine unerwartete Wendung, wie Polly sagen würde. Trevone ist doch noch da – oder zumindest sein Auto. Ich erkenne seinen BMW-SUV hinter dem Farmhaus, neben einer Mercedes-Limousine, die den Cades gehört. Demi hat mir erzählt, dass Mawgan Bens Eltern hat abholen lassen.

Als ich mich dem Farmhaus nähere, höre ich Stimmen: Bens Transatlantik-Cornwall-Genäsel und Mawgan Cade, aber ich bekomme nur Bruchstücke des Gesprächs mit. Was zur Hölle machen sie im Farmhaus?

Die Hoftür steht einen Spaltbreit offen. Ben und Mawgan reden in der Küche.

Oder eher: Mawgan redet. Ben sagt nicht viel. Ich spähe zur Tür hinein und lausche.

»Ben. Das muss ein solcher Schock für dich gewesen sein. Wie konnte Lily so grausam sein? Du bist sicher am Boden zerstört.« Typisch Mawgan. Was hätte ich auch anderes erwarten sollen?

»Es geht.«

»Du brauchst jemanden, der dich zu schätzen weiß. Lily hat den Verstand verloren.«

»Ja, kann sein«, grummelt Ben. »Andererseits hat sie mir auch einen Gefallen getan. Blöd nur, dass es vor all diesen Leuten war, aber im Grunde ist es besser so.«

»Du bist so tapfer, Ben ... Meinst du damit, du wolltest Lily nicht heiraten?«

»Ja und nein. Shit, Mawgan, keine Ahnung, aber je mehr ich darüber nachdenke, umso mehr habe ich das Gefühl, dass sie mir mein Leben zurückgegeben hat. Jetzt kann ich tun und lassen, was ich will. Du bist doch auch frei und ungebunden, Mawgs. Du verstehst doch sicher, wie ich mich fühle?«

»Ja. Und wie. Ich verstehe ganz genau, wie du dich fühlst. Ach,

Ben, ich wusste vom ersten Moment an, als ich dich in Kilhallon gesehen habe, dass wir füreinander bestimmt sind.«

Noch bevor ich denken kann: *Gott, habe ich da gerade richtig gehört, dass Mawgan Ben anmacht, nur Minuten nachdem er vor dem Altar sitzen gelassen wurde?*, ertönt auch schon ein erstickter Schrei, gefolgt vom schrillen Schaben eines Stuhls und einem gewaltigen Krach.

»Lass mich los!«

Ich reiße die Tür auf. Ein Stuhl liegt in einem Haufen zerbrochenem Geschirr auf dem Fußboden. Ben steht mit dem Rücken an der Tür zur Speisekammer, und Mawgan knutscht ihn mit Leib und Seele. Er streckt die Hände in der Luft, dann legt er sie auf ihre Arme.

»Genau das willst du doch«, schnurrt sie.

Ben schnappt nach Luft. »Mawgs. Nein, du hast das falsch verstanden. Ich mag dich als gute Freundin. Wir hatten immer viel Spaß, und ich danke dir für dein Mitgefühl, aber *das* will ich nicht.«

»Was zur Hölle ist hier los?«

Mawgan dreht sich um. Bens Schultern sacken nach unten. Seine Erleichterung ist förmlich greifbar. Er nutzt die Chance, um an Mawgan vorbeizuschlüpfen.

Ihre Blicke durchbohren mich. »Was machst du denn hier?«

»Das hier ist mein Haus, falls es dir nicht aufgefallen ist.«

»Na und? Du hast einen intimen Moment unterbrochen.«

»Nein, hast du nicht«, sagt Ben und weicht weiter zurück. Er ist ganz bleich im Gesicht und hält in panischer Angst die Hände hoch, als Mawgan, die gut einen Kopf kleiner ist als er, ihn wütend anfunkelt. Das ist also der große, mutige Held aus *Knife Edge*, was? Ich weiß gar nicht, wer mir mehr leidtut, er oder sie. Aber ich schätze, sie nehmen sich nicht viel.

»Ich glaube, das war ein Missverständnis, Mawgs. Ich will niemanden. Ich …«

Mawgan ist kurz davor, sich entweder auf Ben oder mich zu stürzen und uns beide in Stücke zu reißen – oder zu weinen. Mit Ersterem würde ich besser klarkommen, ehrlich gesagt.

»Das findest du wohl witzig, was?«, fragt sie, aber ich bin nicht sicher, wen von uns sie meint.

»Für mich war der heutige Tag nicht sehr lustig«, antworte ich.

Ben macht einen Schritt vorwärts. Gewagt. Aua. »Mawgan, warte … lass uns Freunde bleiben. Nur nicht … mehr.«

Sie kneift die Augen zusammen. Ben wird sich die Finger verbrennen, wenn er tatsächlich versucht, sie zu berühren.

»Ich dachte … Du hast mich getäuscht. Du hast mich glauben lassen, dass ich etwas Besonderes für dich wäre. Du hast mich gebeten, Brautjungfer zu werden, und du bist mit mir Champagner trinken gegangen und hast mir gesagt, ich soll es Lily nicht verraten. Du hast gesagt, ich kann dich, wann immer ich will, in Hollywood besuchen kommen.«

»Ja, als eine Freundin. Du hast aber nicht geglaubt, dass ich tatsächlich Interesse an dir habe, oder? Ich meine, du bist eine attraktive Frau, wenn du dir ein bisschen Mühe gibst, aber du bist keine Lily, oder? Und ich bin Ben Trevone … und, na ja, den Rest kannst du dir selbst ausrechnen.« Er zuckt die Achseln.

»Ein bisschen Mühe?« Mawgan tritt näher. »Ich hätte dich ruinieren können. Ich hätte Lily verraten können, was du getan hast. Ich hätte einen Paparazzo mitnehmen oder den Zeitungen davon erzählen können, aber das habe ich nicht, weil … weil …«

Weil du es auf den Hauptgewinn abgesehen hattest, denke ich.

Ben drückt sich gegen den Geschirrschrank. »Shit. Ich wollte dich nicht verärgern, Mawgs. Es war nur ein harmloser Spaß. Das musst du doch verstehen.«

»Ein *Spaß?*«, zischt Mawgan. »Du hast mich getäuscht. Du bist ein rückgratloser Schleimer und vor allem ein miserabler Schauspieler.«

Mawgan macht noch einen Schritt vorwärts. Ben schiebt sich hinter mich. »Es gibt keinen Grund auszurasten!«, jammert er.

Gott. Ich kann nur den Kopf schütteln über seine unfassbare Dummheit. »Es passiert mir selten, dass ich Mawgan recht gebe, aber du bist ein ganz schöner Arsch, weißt du das eigentlich?«

»Ich brauche keine Hilfe von dir. Ich fechte meine Kämpfe selbst aus.« Mawgan schnappt sich ihre Tasche vom Tisch, marschiert zu Ben und stellt sich direkt vor ihn. »Du hast ja keine Ahnung, wozu ich fähig bin. *Keine* Ahnung.«

»Da hat sie recht«, sage ich. Ben wird noch blasser. »Du wartest wohl besser im Wohnzimmer.« Das lässt er sich nicht zweimal sagen. Er verschwindet durch die Tür, sodass ich mit Mawgan allein bleibe.

»Geh mir aus dem Weg«, sagt sie.

»Gerne, aber vorher muss ich noch etwas loswerden.«

Sie lacht schnaubend auf, aber ihre Augen glänzen. »Was denn? Du willst dich über mich lustig machen, stimmt's? Ich weiß schon, dass du und Demi den restlichen Tag damit verbringen werdet, euch über mich schlapp zu lachen.«

»Ich muss sagen, dass du in unserem Leben selten für Ausgelassenheit sorgst, Mawgan, aber in den seltenen Fällen, wenn doch, ist es allein deine Schuld. Als ich hier reingekommen bin, habe ich mir vor allem Sorgen um Ben gemacht, und einen Moment lang hatte ich sogar Mitleid mit dir. Aber ich glaube, das hast du nicht im Mindesten verdient.«

Mawgan lacht hämisch. »Du kannst mich mal, Cal.«

»Schön, aber bevor du gehst, solltest du wissen, dass deine Mutter hier ist.«

Mawgan klappt der Mund auf, dann spuckt sie aus: »Du lügst. Das sagst du nur, um mich von diesem erbärmlichen Waschlappen wegzulocken.«

»Nein. Robyn sucht dich schon. Deine Mum ist unterwegs nach Kilhallon. Andi hat sie vor einer Stunde in Newquay abgeholt, und sie wollten direkt hierherfahren. Sie wäre noch früher gekommen, aber ihr Flug nach Heathrow hatte Verspätung.«

»Meine Mutter ist unterwegs *hierher?* Warum?«

»Sie wollte mit Andi und Robyn ihre Verlobung feiern und dich bei Bens und Lilys Hochzeit als Brautjungfer sehen. Sie wollte euch beide überraschen.«

Mawgan sackt vor meinen Augen in sich zusammen. »Was soll das heißen? Andis und Robyns *Verlobung?* Ich verstehe nicht. Sie haben mir nichts gesagt.« Ihre Stimme wird schriller. »Sie können nicht heiraten. Alle heiraten, nur ich nicht. Das lasse ich nicht zu!«

Ach, die Ärmste, mir kommen gleich die Tränen. Mawgan hat sich das alles selbst zuzuschreiben. »Bevor du gehst, sag mir eins. Hast du den Typen mit der Drohne bezahlt, damit er Boris ablenkt, wenn er die Ringe abliefern soll?«

Mawgan starrt mich an. »Ja. Ja, hab ich, aber …« Sie lässt sich völlig verblüfft auf einen Küchenstuhl fallen. »Ich kann nicht fassen, dass sie so weit geflogen ist, nur um uns zu überraschen«, sagt sie leise.

»Ich bin hier, Liebes.«

Eine große, braun gebrannte Frau mit einem Bob steht in der Tür. Mawgan starrt ihre Mutter an, als wäre gerade ein Alien in die Küche gekommen.

»Hallo, Cal«, sagt Mrs Cade, bevor sie ihre Aufmerksamkeit Mawgan zuwendet, die sich fassungslos die Hände vor den Mund hält.

»Mum, ich hatte ja keine Ahnung, dass du kommen würdest.« Mawgan steht auf, als ihre Mutter auf sie zugeht.

»Das war die Idee dahinter«, sagt Mrs Cade mit ihrem australischen Akzent. »Ich habe Andi auch erst Bescheid gesagt, als ich gelandet bin. Ich wollte dich als Brautjungfer sehen und die Verlobung der Mädchen feiern. Nachdem ihr mich an Weihnachten besucht habt und wir eine so schöne Zeit miteinander hatten, dachte ich, ich komme zu euch und verbringe noch mehr Zeit mit euch. Wie ich gehört habe, gab es bei dieser Hochzeit ein Problem.« Mrs Cade sieht Mawgan direkt in die Augen. »Ich hoffe, es hat nichts mit dir zu tun? Du hast mir an Weihnachten versprochen, dass du dich änderst, Mawgan. Ich habe gehofft, dass das stimmt.«

Mawgan schüttelt abwehrend den Kopf. »Problem? Nein, nein, das hat nichts mit mir zu tun. Warum denn?«

»Hmm. Das werden wir noch sehen, denn wenn ich herausfinde, dass du Ärger gemacht hast, werde ich möglicherweise direkt wieder in den Flieger steigen und nach Hause verschwinden.« Ihre Mutter geht auf sie zu. »Also. Willst du mich denn gar nicht richtig umarmen?«

Mawgan wirft mir einen halb hasserfüllten, halb leidenden Blick zu. Sie kann es nicht ertragen, Gefühle oder Schwäche zu zeigen, aber es ist zu spät. Ganz offensichtlich liebt sie ihre Mutter über alles, und sie fallen sich in die Arme. »Liebling. Ich freue mich so, dich zu sehen. Du siehst wunderschön aus, meine Große. Ich hatte solche Sorgen, dass ich es nicht rechtzeitig schaffen würde, um dich heute zu bewundern …«

Mawgan unterdrückt einen Schluchzer. Sie hat sich wieder in ein kleines Mädchen verwandelt, und das ist einfach seltsam. Ich glaube, ich halte heute nicht noch mehr Dramen aus.

»Ich lasse euch mal allein«, murmele ich und schleiche mich an ihnen vorbei aus der Küche.

Im Wohnzimmer steht Ben mit einem Kristallglas voller bernsteinfarbener Flüssigkeit in der Hand vor dem Kamin.

»Ich hoffe, es war okay, dass ich mich bedient habe«, sagt er und nickt zu der Karaffe und dem Tablett auf der Anrichte. »Kein schlechter Tropfen.«

»Der hat meinem Dad gehört«, sage ich grimmig und schaue auf den wenigen Rest in der Flasche.

»Er hatte einen guten Geschmack. Sorry, dass ich mich hierher geflüchtet habe, Cal, und wegen der Szene mit Mawgan. Ich musste einfach weg von den ganzen Leuten. Vor allem von Jade und Addison, aber ich hätte nie gedacht, dass Mawgs sich so auf mich stürzen würde.«

»Wo ist dein Trauzeuge?«, frage ich immer noch wütend.

»Organisiert eine Notfall-Exfiltration.« Er grinst. »Wenn du verstehst, was ich meine.«

Das verstehe ich in der Tat, denn ich stand selbst schon im Mittelpunkt einer Notfall-Exfiltration, allerdings unter etwas gefährlicheren Umständen. Irgendetwas sagt mir, dass Ben keine Ahnung hat, wie es ist, wenn man von Spezialeinsatzkräften gerettet werden muss, um nicht von Aufständischen hingerichtet zu werden. Aber die Erfahrung könnte ihm vielleicht guttun …

»Hast du übrigens diesen Dreckskerl Harry gesehen, oder hat Lily ihn schon in den Wind geschossen?«

»Ich weiß nicht, was die beiden vorhaben«, antworte ich und überlege, ob Demi wohl einen von ihnen aufspüren konnte. »Und ich hoffe, du nimmst es mir nicht übel, wenn ich das sage, aber du wirkst nicht gerade todunglücklich über das, was passiert ist.«

Er kippt Dads Whisky runter, als wäre es Limonade. »Bin ich auch nicht. Okay. Ich bin sauer, weil Lily es in der Öffentlichkeit gemacht hat, aber letztendlich ist es besser so. Ich mag Lily. Sie ist hübsch und nett, und ich schätze, ich war in sie verliebt. Ich mag sie immer noch, aber eher als gute Freundin. Ich hatte nie vor, sie zu heiraten, aber Jade und Addison haben behauptet, das wäre super für uns beide. Sie meinten, wir könnten uns ja in ein paar Jahren scheiden lassen. Ich hab ihnen gesagt, dass ich Lily das nicht antun kann.« Er trinkt aus.

»Aber du hättest es doch gemacht?«

»Ja. Nein. Ich … Lily ist mutiger als ich. Sie ist ein viel besserer Mensch und verdient einen besseren Kerl.«

Da hat er recht. Absolut recht. Und ich muss mich sehr beherrschen, um ihn nicht hochkant rauszuschmeißen.

»Was sollen wir mit dem Essen machen, mit der Band? Die Gäste werden jetzt im Zelt bewirtet, aber es war ja noch die Party für den Abend geplant.«

»Macht einfach weiter, wenn die Leute bleiben wollen. Ich kann mich darum jetzt nicht kümmern. Ich will das Mitleid nicht. Und die arme Lily, sie wird als Verliererin aus der Sache hervorgehen. Jade und Addison werden sich auf meine Seite schlagen, wenn ich das will. Mein Marktwert ist zurzeit höher als der von Lily.« Sein Handy klingelt. »Da muss ich rangehen. Das ist mein Trauzeuge.«

Er murmelt ein paar Worte ins Telefon und sagt dann: »Draußen wartet ein Auto auf mich. Ich werd mich irgendwo volllaufen lassen, wo mich keiner findet. Wenn ich bereit bin, kümmere ich mich um alles, aber das könnte noch dauern. Jetzt gerade will ich einfach nur weg.«

Er schenkt sich den Rest des Whiskys ein, ext ihn und stellt das Glas aufs Kaminsims.

»Du weißt bestimmt, was ich meine. Wolltest du nie deine Sachen packen und den ganzen Dreck hinter dir lassen? Alles und jeden vergessen und abhauen, um dich nur um dich selbst zu kümmern? Tun, was *du* willst, und auf die Konsequenzen scheißen?«

»Ja. Ja, das kenne ich.« Das habe ich schon gemacht. Abhauen und auf die Konsequenzen scheißen. Ich habe getan, was ich wollte und was ich für richtig hielt, ohne an die anderen zu denken, an Isla oder meinen Vater. Ich habe Waffen transportiert, statt Nein zu sagen, und ich habe Soraya da reingezogen …

Ben seufzt. »Also, danke, dass ihr die Hochzeit organisiert habt – auch an Demi. Ich hätte nie gedacht, dass ihr so was auf die Beine stellen könntet, aber Hut ab. Es ist alles bezahlt, also an deiner Stelle würde ich meine Kumpels anrufen, mich mit ihnen besaufen und die Party auf unsere Kosten genießen.«

»Danke«, stoße ich zähneknirschend hervor. »Was ist mit deinen Eltern? Was soll ich ihnen sagen?«

»Ich rufe sie an, wenn ich weit genug weg bin. Also, vielleicht sehen wir uns noch mal?«, fügt er hinzu.

»Ja. Vielleicht.«

Und weg ist er. Ich habe kein bisschen Mitleid mit ihm, außer wegen der Tatsache, dass er ein absoluter Volltrottel ist und es dagegen kein Mittel gibt. Garantiert werden diese Blutsauger Jade und Addison ihn als den Geschädigten darstellen, auch wenn jede Publicity wohl auch Lily zugutekommt. Und was Harry angeht – den beneide ich wirklich nicht dafür, dass er jetzt so im Fokus der Öffentlichkeit steht. Ein ruhiges Leben hat eine Menge Vorteile … ich wünschte, ich würde das endlich mal hinbekommen.

Betrübt schaue ich auf meine geleerte Whiskyflasche und gehe in die verwüstete Küche. Mawgan und ihre Mutter haben das Haus verlassen, und ich atme tief Kilhallon-Luft ein und versuche, alle Ereignisse der letzten Stunden und Tage in meinem Kopf zu ordnen. Ich hebe den Stuhl auf und sammele das zerbrochene Geschirr in einer Zeitung – darunter sind auch Demis Lieblings-Frühstücksschüssel und eine Il-Divo-Tasse, die sie Polly zu Weihnachten geschenkt hat. Das lässt sich alles ersetzen.

»Call!«

Demis Stimme durchbricht die Stille und dringt zum Fenster herein. Ich sehe sie in ihrem engen Kleid über den Hof kommen, das ihr so gut steht. Ihr Haar hat sich aus der Spange gelöst und weht wild im Wind.

Wir treffen uns auf der Veranda, und sie schlingt die Arme um mich. »Warum?«, fragt sie. »Warum zieht Kilhallon das Drama magisch an?«

Ihre Wangen sind gerötet vom Laufen, und sie trägt die Sicherheitsschuhe, die sie sonst bei der Arbeit anhat. Mir stockt der Atem. Sie sieht unglaublich sexy und cool aus, und ich weiß gar nicht mehr, was ich tun oder denken soll.

Oder vielleicht doch, und zwar ganz genau.

»Keine Ahnung, aber es scheint etwas mit einer gewissen Person zu tun zu haben, deren Name mit D beginnt und mit I aufhört. Lass uns Rachel anrufen und uns um das Chaos auf der Festwiese kümmern, und dann will ich mit dir reden.«

39

Demi

Nachdem wir Rachel angerufen und sie gebeten haben, die verbleibenden Gäste zu informieren, dass die Party – ohne Braut und Bräutigam – trotzdem steigt, zieht Cal einen Stuhl für mich heran. Bis eben war ich ganz und gar auf das Gespräch mit Rachel konzentriert, und mein Puls geht hoch, als ich Cals ernsten Gesichtsausdruck sehe.

»Setz dich, ich möchte mit dir reden, wenn wir jetzt endlich fünf Minuten Ruhe haben.«

Ich setze mich und hole tief Luft. »Hat es was damit zu tun, was in Griechenland passiert ist?«

Cal setzt sich neben mich. »Ja, und mit anderen Dingen, auch mit Lily und Ben und damit, was heute passiert ist. Es ist alles auf eine seltsame Weise miteinander verbunden, also hab bitte etwas Geduld.« Er holt Luft, bevor er fortfährt. »Ich habe endlich erfahren, wie Esme aus dem Haus ihrer Mutter entkommen konnte. Eine Tochter der Nachbarn hat sie bei Sorayas Leiche gefunden, kurz bevor ich dort war, und sie buchstäblich weggezerrt, während um sie herum die Hölle losbrach.«

Außer zuzuhören kann ich nichts für ihn tun, aber ich weiß, wie schwer das hier für ihn sein muss.

»Während ich bei ihrer Mutter war und Esme gesucht habe, konnten die Mädchen mit jemandem aus der Stadt hinausfahren. Den Nachbarn ist es zu verdanken, dass Esme nichts Schlimmeres passiert ist, und ein paar Wochen später konnten sie sie zu ihren Großeltern und Cousins bringen. Irgendwie haben sie es durch die Türkei geschafft und die Fahrt übers Meer zu den griechischen

Inseln überlebt, und seither wohnen sie in verschiedenen Lagern, während ihr Asylantrag für Deutschland läuft.«

»Glaubst du, sie kriegen Asyl?«, frage ich, als er eine Pause macht.

»Es ist nicht sicher, aber Esme hat schon eine Tante und einen Onkel in Frankfurt, und weil sie jetzt keine Eltern mehr hat, hoffen wir, dass sie und ihre Großeltern bald dorthin ziehen dürfen. Es ist ein Wunder, dass Esme überlebt und ihre Familie gefunden hat. Wenn man bedenkt, was ihrer Mutter passiert ist und was ihr hätte passieren können, wenn sie allein unterwegs gewesen wäre, ist dies mit Abstand der bestmögliche Ausgang der ganzen Sache.«

Ich drücke seine Hand. »Ich bin so froh. Ich bin erleichtert, dass du sie gefunden hast und hier bist.«

»Ihre Familie war so verständnisvoll. Ich habe ihnen alles erzählt, und sie geben mir keine Schuld. Sorayas Cousins meinten, sie hätte gewollt, dass ich so helfe, wie ich es getan habe. Ich kann mir selbst vielleicht nie ganz verzeihen, aber ich werde mit aller Kraft versuchen, den Rat zu befolgen, den sie mir gegeben haben.«

»Und was war ihr Rat?«

»Sie haben mir gesagt, dass ich mit Esme und Soraya abschließen soll, mit meinen Schuldgefühlen – mit allem, was passiert ist. Wenn man jemanden verliert – wie ich meine Eltern und Soraya verloren habe –, lebt man mit größerer Angst weiter, aber auch mit größerer Entschlossenheit, die Dinge anzupacken, die man tun will. Ich habe versucht, etwas wiedergutzumachen, wofür es keine Wiedergutmachung gibt. Esmes Familie hat mich daran erinnert, dass ich die Uhr nicht zurückdrehen und keine Wunder vollbringen kann. Ich werde Soraya nie vergessen und mit Esme und ihrer Familie in Kontakt bleiben und mein Möglichstes tun, um ihnen zu helfen.« Er steht auf, als könnte er es gerade nicht ertragen, stillzuhalten.

»Es wäre falsch, wenn ich behaupten würde, dass jetzt alles in Ordnung und okay ist, weil ich akzeptiert habe, was geschehen ist. Ich – niemand von uns – kann ignorieren, was Menschen wie Esme und ihrer Familie passiert, aber ich will auch tun, was sie mir geraten haben: mein Leben mit dir in Kilhallon leben.«

»Du hast ihnen von mir erzählt?«, frage ich, erstaunt, dass er Zeit hatte, uns zu erwähnen.

»Natürlich. Sie wollten hören, wie es mir geht; wie ich entkommen bin und was seither passiert ist. Esme wollte wissen, wie du aussiehst und was du gern machst. Ich habe ihr gesagt, dass du gern kochst und bäckst und dass du einen Hund hast. Und ich habe ihr ein Foto von mir mit dir und Mitch gezeigt.«

»Oh, Cal … Bevor du weitersprichst, muss ich dir etwas gestehen. Ich habe, als du in Griechenland warst, im Arbeitszimmer dein Testament gefunden. Und darin steht, dass du mir Kilhallon hinterlässt. Es hat mir solche Angst gemacht. Ich wollte das nicht, ich wollte nichts anderes, als dass du nach Hause kommst.« Mir wird jetzt noch kalt, wenn ich daran denke, aber Cal schmunzelt.

»Warum hast du Angst? Wir müssen alle einmal ins Gras beißen.«

»Mach keine Scherze darüber. Das ist nicht lustig.«

»Warum regt es dich so auf, dass ich dir die Anlage einmal hinterlassen möchte? Weil sie eine Last für dich wäre? Ich kann sie stattdessen auch Mitch vermachen, wenn du willst. Komm her.« Er umarmt mich und streicht mir über die Haare.

»Nein. Lass das. Ich dachte … Ich dachte, das bedeutet, du willst wieder aufbrechen und im Nahen Osten arbeiten und dich in Gefahr begeben. Ich dachte, vielleicht kommst du nie zurück.«

»Das habe ich alles hinter mir und will es nicht noch mal erleben. Ich hatte natürlich vor zurückzukommen, aber ich wollte einfach meine Angelegenheiten regeln. Das hatte ich vorher nicht gemacht, weil ich direkt nach meiner Rückkehr aus Syrien nicht bereit dafür war und keine Ahnung hatte, wem ich einen wertlosen Trümmerhaufen wie Kilhallon hätte hinterlassen sollen. Jetzt, nachdem wir die Anlage zu dem gemacht haben, was sie ist, ist es etwas anderes. Nenn es ein Zeichen, dass ich Fortschritte mache und mich den Dingen jetzt stellen kann, nenn es etwas, was Erwachsene eben tun. Das Leben ist unvorhersehbar: Ich wollte nur dafür sorgen, dass Kilhallon und die Dinge, die mir wichtig sind, an die Menschen gehen, die mir wichtig sind, wenn etwas passiert.«

»Aber warum an mich? Ich verdiene das alles nicht, ganz abgesehen davon, dass ich mir nie vorstellen könnte, die Anlage ohne dich zu führen.«

Er legt die Hände um meine Taille. »Wer sollte sie sonst bekommen, wenn nicht du? Aber ich muss sowieso ein neues Testament machen, weil sich die Dinge zwischen uns ändern werden.«

»Was soll das heißen, die ›Dinge zwischen uns werden sich ändern‹? Ich will nicht, dass sich etwas ändert.«

Cals Lächeln verschwindet. Er lässt mich los. »Nicht?«

»Nein. Mir gefällt es so, wie es ist, und überhaupt, wenn du nicht vorhast wegzugehen, was meinst du dann damit? Soll ich aus dem Farmhaus ausziehen? Findest du, es läuft nicht gut zwischen uns?«

Er stöhnt und fährt sich mit den Händen durch die Haare. »Demi, du hast mich völlig falsch verstanden.«

»Warum soll sich dann etwas ändern? Ich will nicht noch mehr Veränderungen. Ich hatte im letzten Jahr schon genug davon. Ich glaube, noch mehr ertrage ich nicht. Ich habe meinen Job verloren, einen neuen gefunden, dich kennengelernt, Ärger mit Mawgan gehabt, das Café eröffnet, Mitch fast verloren, Dad wiedergesehen, eine Sturmflut überlebt und Freya kennengelernt, ein Buch geschrieben und bin hierher umgezogen. Ich komme kaum noch mit. Bitte. Alles hat seine Grenzen. Können wir nicht einfach ein paar langweilige Monate haben, in denen nichts passiert?«

Er macht einen Schritt zurück. Streicht sich mit der Hand über den Mund, wie immer, wenn er besorgt und gestresst ist. Habe ich etwas so Falsches gesagt? Verdammt.

»Kannst du wirklich absolut gar keine Aufregungen oder Veränderungen mehr verkraften?«, fragt er leise. »Ich will dich nicht unter Druck setzen. Dann tue ich nicht, was ich vorhatte.«

»Herrgott noch mal, was hattest du denn vor?«, schreie ich frustriert.

»Na ja, ich … ich weiß nicht, ob ich es jetzt noch sagen soll. Aber … Ben meinte, wir sollen das Festessen mit den übrigen Gästen machen und die Party genießen.«

Ich bin kurz davor, mir vor Anspannung die Haare auszureißen. »Ja, und Lily hat das auch gesagt. Was hat das denn mit deinen mysteriösen Plänen zu tun?«

»Also, wollen wir das?«, fragt Cal. »Trotzdem feiern? Ich glaube, die Gäste werden jetzt schon bewirtet. Rachel hat den Caterern gesagt, sie sollen weitermachen, weil alle kurz vorm Verhungern waren.«

»Wie es sich anhört, steigt die Party sowieso, ob wir es wollen oder nicht. Es ist nur seltsam ohne eine Zeremonie und ein Brautpaar.«

»Ja, genau.« Er wirkt nachdenklich. Unsicher. »Was für eine Verschwendung.«

»Robyn und Andi sind doch verlobt – vielleicht haben sie Lust auf eine kostenlose Hochzeit.«

Cal runzelt die Stirn. »Robyn und Andi?«

»Und Isla und Luke wollten auch bald heiraten. Vielleicht wollen sie Lilys und Bens Platz einnehmen? Wenn Isla sich gut genug fühlt, natürlich. Oh …«

»Wenn Isla sich gut genug fühlt? Was meinst du damit?« Plötzlich legt er besorgt die Stirn in Falten.

»Ich hätte es Isla überlassen sollen, dir das zu sagen, aber jetzt muss ich es wohl tun: Sie ist schwanger. Sie ist vor der Hochzeit, die keine war, hierher ins Haus gekommen und wollte mit dir sprechen.«

Cal sieht mich erstaunt an. »*Schwanger?* Isla?« Ich habe den Eindruck, dass er schockiert ist und anscheinend nicht weiß, was er sagen soll. Die Nachricht muss ein schwerer Schlag für ihn sein. Bestimmt denkt er daran, dass er und Isla Kinder hätten haben können; dass ihr Baby von ihm hätte sein können.

»Sie wollte es mir nicht vor dir sagen, aber ihr war ein bisschen unwohl, und damit ich mir nicht allzu große Sorgen mache, hat sie es mir verraten. Das muss ein Schock für dich sein.« Ich hatte mich auf seine Reaktion gefasst gemacht; er scheint sogar noch schockierter zu sein, als ich erwartet hatte – oder eher befürchtet.

»Ein Schock? Nein, ich freue mich für Isla und Luke.«

»Wirklich?«

Er runzelt die Stirn. Wow, er meint es ernst. »Warum denn nicht?«

»Ich … ich weiß nicht. Eure gemeinsame Geschichte.«

»Ja, genau. Es ist *Geschichte.* Ich freue mich, dass Isla glücklich ist. Sie wird bestimmt eine tolle Mutter. Die Vergangenheit interessiert mich nicht mehr. Ich interessiere mich nur noch für das Jetzt und die Zukunft.« Er nimmt meine beiden Hände. Ich werde kribbelig. Gleich sagt er etwas – etwas Bedeutendes und gleichzeitig Beängstigendes.

»Ach Cal, spuck's endlich aus. Quäl mich nicht mehr so.«

»Okay. Ich werde nicht Robyn und Andi oder Isla und Luke fragen, ob sie diese Hochzeit – die keine ist – fortsetzen wollen, weil ich möchte, dass du und ich das tun.«

»Oh.«

Die Welt steht still. Habe ich richtig gehört? Oder hat dieser ganze surreale Wahnsinnstag mich endgültig in ein Paralleluniversum befördert?

»Auch wenn die Trauung heute mit Neil als Priester nicht rechtsgültig oder verbindlich sein wird, möchte ich es trotzdem machen. Ich will all diesen Leuten – Fremden, Freunden und Verwandten – sagen, dass ich mit dir in Kilhallon bleiben will, bis wir alt und grau sind und zu Staub zerfallen.«

Meine Knie zittern. Ich kann nicht glauben, was ich da höre, aber es ist eine schöne Art von Schock. Davon will ich mehr.

»Ich habe mitbekommen, wie du zu Rachel gesagt hast, eher würde die Hölle zufrieren, als dass du eine solche Verbindung eingehst, also wirst du mir wohl einen Korb geben, aber wenn mich das vergangene Jahr eins gelehrt hat, dann, dass das Leben kostbar und zerbrechlich ist, und wenn man etwas will, etwas wirklich will, dann muss man es anpacken und darf nicht warten, bis die Gezeiten wechseln oder der Wind sich dreht«, fährt Cal fort, er plappert wie ein Wasserfall, was ganz untypisch für ihn ist. »Also, du weißt, dass ich nicht perfekt bin und das Leben mit mir holprig sein kann, und mir ist klar, dass du jung bist und ganz andere Kerle haben könntest, aber, na ja.«

Er schweigt und sieht mich gequält an.

»Moment mal. Nur um sicherzugehen … Machst du mir gerade einen Heiratsantrag?«

Er lächelt. »Ja. Ich schätze schon. Ich weiß, heute heiraten viele Leute gar nicht mehr, aber vielleicht probierst du es doch mit mir. Wir können das Ganze auch amtlich machen, *wenn* du das willst. Ich bin bereit, aber ich verstehe es, wenn du noch Zeit brauchst.«

»Im Gegensatz zu Lily weiß ich, was ich fühle, und das mit der zufrierenden Hölle hab ich nicht so gemeint. Okay, *doch*, aber ich hab das nur gesagt, weil … weil …«

»Was?«

»Weil ich dachte, die Hölle würde eher zufrieren, als dass *du* eine solche Verbindung eingehen willst. Nach allem, was du durchgemacht hast … Ich wollte mich nur schützen. Und ich habe nie ernsthaft daran gedacht zu heiraten, aber ich weiß ganz sicher, dass ich Kilhallon und dich niemals verlassen will. Das kann ich mir nicht mehr vorstellen, obwohl ich dich erst seit etwas über einem Jahr kenne.«

Er streicht mir sanft über die Arme. »Du zitterst. Ist dir kalt?«

»Nein. Mir ist nicht kalt, ich weiß nur nicht, was ich sagen soll.«

»Sag Ja und lass uns feiern. Lass es uns tun. Die Band steht bereit, und wir haben uns solche Mühe gegeben mit den Blumen und dem verdammten Weidenbogen. Lass uns zusehen, wie Polly die Kinnlade bis auf den Fußboden klappt, und dafür sorgen, dass Neil nicht umsonst hergekommen ist. Wollen wir nicht sicherstellen, dass er seinen großen Moment doch noch bekommt? Wo ist er überhaupt? Wenn wir das hier durchziehen, muss ich ihn suchen.«

»Vorhin hat er sich mit Polly unterhalten …« Ich kichere, ein Teil von mir schwebt irgendwo über Kilhallon, und die andere Hälfte kann nicht aufhören zu lachen. Cal muss mir keinen Heiratsantrag machen, damit mein Leben komplett wird – ganz sicher nicht –, aber ich kann nicht leugnen, wie glücklich es mich gerade macht. So glücklich, dass ich über den Wolken fliege.

»Also. Ist das jetzt ein Ja?« Er sieht mir nervös in die Augen.

»Ja. Ich muss verrückt sein, aber ja. Na los.«

Im nächsten Moment trennt uns nichts mehr. Wir küssen uns sanft, und er umfängt mein Gesicht mit den Händen. Seine Bartstoppeln kratzen mir über die Haut, und ich denke daran, dass er immer noch die Sachen anhat, in denen er die ganze Nacht über unterwegs war. Nichts hat sich verändert. Er ist immer noch der raue, unberechenbare Cal; er trägt immer noch einiges mit sich herum und geht leicht an die Decke, wenn ihm etwas nicht passt. Und ich bin immer noch ich, bereit, mich voll einzubringen, ob die Leute damit klarkommen oder nicht. Immer noch erst zweiundzwanzig und doch bereit, mich auf diesen Ort und Cal mit all seinen Launen einzulassen.

Es ist ein großes Risiko, aber ich weiß, dass ich mir nie etwas anderes wünschen werde.

»Ich habe in meinem Leben schon einige schlechte Entscheidungen getroffen und einige egoistische Dinge getan, weil ich dachte, das, was für mich richtig ist, ist es für andere Leute auch«, sagt er mit glänzenden Augen. »Ich werde nicht aufhören, falsche Entscheidungen zu treffen, ich werde wahrscheinlich weiter Fehler machen und wiederholen, aber mit dir zusammen zu sein ist eindeutig eine richtige Entscheidung, und ich weiß, dass ich sie nie bereuen werde. Wenn du mit meinen Macken leben kannst, bin ich zufrieden.«

»Damit kann ich leben.«

Ein Grinsen breitet sich auf seinem Gesicht aus, und wir küssen uns, als gäbe es kein Morgen.

»Na dann komm mit. Wir müssen eine Hochzeit organisieren. Vielleicht klappt's ja diesmal, was?«

40

Cal und ich rennen fast auf dem Weg hinunter zur Festwiese, ich noch in meinen Sicherheitsschuhen und er in seinen zerknitterten Reiseklamotten. Ich fühle mich wie ein Glas Champagner, jeden Moment kurz vor dem Überschäumen.

Ein paar Leute, die augenscheinlich immer noch baff sind, weil das Brautpaar verschwunden ist, gehen an uns vorbei, aber der Lautstärke im Zelt nach zu urteilen sind die meisten noch drinnen und genießen den Empfang mit Kanapees und Cocktails. Lilys und Bens engere Angehörige sind natürlich nach Hause gefahren, aber die Brautjungfern sind noch da.

Neil, der Hochzeitsredner, hat ein Glas Bier in der Hand und unterhält sich an einem Tisch vor dem Zelt mit Polly. Ich kann es gar nicht erwarten, Dad und Rachel von unseren Plänen zu erzählen, aber zuerst müssen wir uns vergewissern, dass Neil einverstanden ist, statt Ben und Lily uns zu »verheiraten«.

Wir bleiben ein paar Schritte vor ihnen stehen, und Cal nimmt mich an der Hand. »Bereit?«, flüstert er.

Ich hole tief Luft. »Nein, aber machen wir's trotzdem.«

Wir haben die Neuigkeit kaum ausgesprochen, als Pollys Glas schon von Tisch fliegt und Neil einen Schuss teuren Schampus abbekommt. »*Was?* Ihr zwei? Unter die Haube? Oh Gott, das tut mir leid, Neil!«

Sie nimmt schnell eine Serviette und fängt an, an Neils Hose herumzutupfen, während sie uns mit Fragen löchert wie ein Maschinengewehr. »Heiraten? Heute? Könnt ihr das so einfach? Wird es rechtsgültig sein? Warum jetzt?«

Cal hebt ihr Champagnerglas aus dem Gras auf. »Ja zu den ersten drei Fragen, und nein, es wäre nicht rechtsgültig, und jetzt, weil wir es beide wollen. Den offiziellen Teil holen wir so bald wie möglich nach.«

Polly starrt uns schwer atmend an. »Ich bin fassungslos. Geht das denn?« Dann wendet sie sich an Neil, der auf den unglücklichen Fleck auf seiner Hose schaut. »Geht das einfach so, Neil?«

»Ich bin noch nie auf eine Feier gekommen, um ein Paar zu trauen, und habe dann ein anderes getraut, aber ich sehe keinen Grund, weshalb das nicht möglich sein sollte. Es ist sowieso keine standesamtliche Trauung, wie Cal sagt, auch wenn das den meisten Gästen bei solchen Zeremonien gar nicht bewusst ist.« Er blickt zwischen uns hin und her. »Aber wenn ihr beide sicher seid und die Verpflichtung, die ihr eingeht, ernst meint und wenn ihr es euch lange und gründlich überlegt habt, sehe ich keinen Grund, weshalb nicht.«

»Sind wir«, sagt Cal.

»Ich bin sicher«, bestätige ich und beschließe, das mit »lange und gründlich überlegt« zu ignorieren.

»Wirklich?«, fragt Polly.

»Ich weiß, was ich tue.«

Neil lächelt. »Dann – warum nicht? Mir tut es sowieso leid, dass ich die Zeremonie nicht zu Ende führen konnte, also warum probieren wir es nicht einfach noch mal? Ich bin dabei.«

»Also. Also …« Polly schaut von Cal zu mir und wieder zurück. Er legt einen Arm um mich. Es fühlt sich gut an, warm und richtig. So, als wäre er schon immer da gewesen und sollte auch für immer da bleiben.

»Ihr zwei. Ich gebe gern zu, dass ich nicht gerade begeistert war, als er dich hierher nach Kilhallon gebracht hat. Ich dachte, du würdest das Eine wollen und er würde das Andere wollen, und am Ende käme nichts Gutes dabei raus. Und das habe ich auch bis vor Kurzem noch gedacht.«

Cal lacht. »Wenigstens bist du ehrlich.«

»Das versuche ich. Auch wenn ich mir schon einige Male auf die Zunge beißen musste.« Sie sieht mich streng an. »Weißt du auch sicher, was du dir da aufhalst, Demi?«

»Natürlich«, protestiert Cal.

Polly schnaubt. »Nicht du. *Demi.* Ist sie sicher?«

»Ich war noch nie sicherer.«

Polly schüttelt den Kopf und stemmt die Hände in die Hüften. »Tja, meine Liebe, du hältst schon die ganze Zeit zu ihm und Kilhallon und uns allen, du hast einiges durchgemacht, also sollst du auch das Leben genießen dürfen.« Ihre Augen glänzen und ihre Stimme bricht. »Ich schätze, ihr gebt ein gutes Paar ab. Jedenfalls steht euch Glück zu, euch beiden.«

Sie drückt mich, bis ich kaum noch Luft kriege und fast weinen muss, und dann drückt sie Cal, der ihr liebevoll auf den Rücken klopft, als ihr eine Träne über die Wange rinnt. »Deine Mum und dein Dad würden sich für dich freuen. Vor allem deine Mum, das weiß ich.«

»Sie würde meinen, dass ich bei der Sache am besten wegkomme«, bemerkt Cal.

»Ja, das kann man wohl so sagen.« Polly putzt sich geräuschvoll die Nase. »Also, dann lasst uns mal loslegen, wenn du einverstanden bist, Neil?«

»Wir müssen den Gästen im Café und im Zelt Bescheid geben, damit sie sich überlegen können, ob sie bleiben wollen. Es ist schon komisch, dass es nicht unsere Gäste sind, aber es war sowieso ein sehr komischer Tag, also, was soll's?«, sage ich.

Polly lächelt. »Neil und ich reden mit den Caterern und der Band und sagen allen, dass sie den Rest des Tages noch gebraucht werden. Ich weiß, dass manche gehofft haben, sie könnten nach dem Essen abbauen und nach Hause gehen, aber es wird schon gehen.«

»Wie viel Zeit braucht ihr, bis wir mit der Zeremonie beginnen können?«, fragt Neil.

»Wir müssen erst noch mit ein paar engen Freunden und Verwandten sprechen. Kannst du danach eine Durchsage machen? Jeder, der bei unserer Feier und der Party dabei sein will, ist herzlich willkommen. Also wie wär's, wenn wir so gegen sieben anfangen, solange auf der Lichtung noch die Sonne scheint?«

»Klingt perfekt. Demi?«

In der Aufregung, in der ich mich befinde, würde ich wahrscheinlich zu allem Ja sagen. »Ja, ja … sieben Uhr. Wo ist Tamsin? Vielleicht kann sie mich noch ein bisschen zurechtmachen.«

Polly verdreht die Augen. »Frag mich nicht. Ich hab sie schon eine Weile nicht gesehen.«

»Und Kit?«, frage ich.

»Der hat sich auch kaum blicken lassen. Oh, warte mal, sind sie nicht dort drüben?« Polly schirmt sich die Augen ab und deutet an den Rand der Lichtung.

Kit und Tamsin sitzen mit einer Flasche Wein auf einer Decke unter einem Baum, lachen und unterhalten sich.

»Ich will sie nicht stören«, sage ich.

Cal grinst. »Dann nicht. Sie werden unsere Neuigkeiten noch früh genug mitkriegen. Komm, lass uns zu deinem Dad und Rachel gehen.«

»Herzlichen Glückwunsch, Liebes.« Dad umarmt mich und schüttelt Cal die Hand. »Und dir auch, Cal. Was für eine Überraschung.«

»Ich wünschte, Kyle wäre hier«, sage ich zu Dad.

Insgeheim wünschte ich auch, dass meine Mum hier sein könnte, aber ich will Rachel nicht verletzen oder diesen Tag ruinieren, indem ich das erwähne. Vielleicht schaut Mum mir ja von da oben aus zu. Mit diesem Gedanken genieße ich die freudige Aufregung um mich herum.

»Ja, ich weiß, aber das Ganze ist nun mal spontan. Vielleicht können wir später noch was organisieren, wenn er wieder Urlaub hat.«

Auch Rachel umarmt mich. »Wow. Schon wieder eine Planänderung, die ich nicht einkalkuliert hatte.«

»Wir auch nicht. Zumindest Demi nicht. Ich habe schon mal über eine Hochzeit nachgedacht, zumindest darauf gehofft«, sagt Cal und lächelt mich an. »Aber nicht unbedingt heute. Jetzt finde ich, es ist der perfekte Moment. Warum warten? Das Leben ist zu kurz.«

»Ganz richtig. Glückwunsch noch mal.«

»Ihr wirkt gar nicht so schockiert, wie ich dachte«, sage ich.

Mein Dad lacht. »Wir sind nicht schockiert. Nur überrascht, dass es jetzt passiert, aber es ergibt Sinn. Und es spart euch Geld – und mir auch.«

»Gary!« Rachel gibt ihm im Spaß einen Klaps auf den Arm, aber ich lache.

»Wir hätten sowieso nicht erwartet, dass du es bezahlst.«

»Ich weiß, aber ich hätte gern einen Beitrag geleistet.«

Rachel lächelt. »Lasst uns einfach die Party genießen. Es ist für alles gesorgt. Und wann kriegen wir sonst schon noch mal so teuren Champagner?«

Dad nickt. »Stimmt. Und abgesehen davon: Warum sollten wir schockiert sein? Du warst mit Cal zusammen, als wir dir wieder begegnet sind. Ihr habt uns in euer Haus eingeladen, und ihr geht schon eine Weile zusammen durch dick und dünn, wie Polly uns erzählt hat. Seit wir alle wieder zusammengekommen sind, kennen wir euch als Paar, dich und Cal, und wir sehen, wie viel er dir bedeutet und du ihm. Die Tatsache, dass ihr beide zusammenbleiben wollt, ist die geringste Überraschung an diesem Tag.«

Mein Dad umarmt mich noch mal kurz und schüttelt Cal wieder kräftig die Hand.

»Freya sollte auch dabei sein«, sage ich.

»Oh, sie muss kommen! Du hast recht. Wie wär's, wenn ich meine Eltern anrufe und sie bitte, sie herzubringen?«, schlägt Rachel vor.

»Das wäre schön! Wird es sie zu sehr aus dem Rhythmus bringen?«

»Rhythmus? Welcher Rhythmus?« Rachel lacht. »Ich glaube, heute ist das schon okay. Man sieht ja nicht jeden Tag seine große Schwester heiraten, auch wenn sich Freya später an die Einzelheiten wohl nicht erinnern wird.«

Isla und Luke sitzen mit ihren Getränken in der Abendsonne auf der Terrasse des Cafés. Ich hatte vorgeschlagen, dass Cal ihnen die Neuigkeit allein überbringt, aber er besteht darauf, dass wir es zusammen machen. Inzwischen haben wir ja schon fast Routine. Fast. Die Anspannung in diesem Sekundenbruchteil, wenn wir die Worte »Wir haben gute Nachrichten: Wir heiraten« gerade ausgesprochen haben und auf die Reaktion unseres Gegenübers warten, bringt mich jedes Mal fast um.

Isla hat jetzt mehr Farbe im Gesicht als vorhin und trinkt Tee aus einer Porzellantasse. Am anderen Ende der Tischreihe sitzen ein paar Leute, aber einen privateren Ort werden wir heute nicht finden.

Wir halten uns ganz selbstverständlich an den Händen, als wir auf die beiden zugehen. Sie lächeln.

»Cal. Hallo. Schön, dass du wieder gut zu Hause angekommen bist.« Cal gibt Isla einen Kuss auf die Wange.

Luke schüttelt ihm herzlich die Hand. »Hallo, Kumpel. Freut mich, dass du es noch rechtzeitig geschafft hast.«

Ich bin erleichtert, dass Cal sich mit Luke wieder gut versteht, obwohl Luke zu uns allen ziemlich fies war, solange er von den Cades unter Druck gesetzt wurde. Vielleicht hat Cal seinem besten Freund mittlerweile vergeben, auch wenn er bestimmt nicht vergessen kann.

»Fühlst du dich besser?«, fragt Cal Isla.

»Ja, besser als vorhin …« Sie schaut zu mir. »Hat Demi dir meine Neuigkeiten erzählt?«

»Ja. Wie ich höre, ist es angebracht zu gratulieren.« Er beugt sich hinunter und umarmt sie fest und mit Liebe – der Liebe eines alten Freundes.

»In der wievielten Woche bist du?«, fragt er.

»In der dreizehnten.«

»Morgens ist es am schlimmsten«, sagt Luke und verzieht das Gesicht.

»Für uns beide«, ergänzt Isla lächelnd. »Aber Luke ist schon ziemlich gut darin, mir die Haare aus dem Gesicht zu halten, während ich mich übergebe … Und tut mir übrigens leid, dass die

Hochzeit so eine Katastrophe war. Ich hätte nie geglaubt, dass Ben und Lily in letzter Minute hinschmeißen würden. Sie können launisch und unberechenbar sein, aber ich dachte wirklich, sie wären ineinander verliebt.«

»Ich glaube, sie *waren* verliebt«, sage ich.

»Früher einmal«, fügt Cal hinzu. »Aber nicht genug, um eine lebenslange Bindung einzugehen. Eigentlich nicht mal genug für eine zeitweilige Bindung, in Lilys Fall. Ich habe mit Ben geredet, und er nimmt das Ganze ziemlich locker.« Cal schüttelt den Kopf. »Er hat zugegeben, dass es feige von ihm war, dass er die ganze Aktion nicht früher gestoppt hat, und da stimme ich ihm zu.«

»Auch wenn die Trennung für Lily und Ben das Beste ist, tut es mir trotzdem leid, dass ihr beide mit dem ganzen Chaos und Ärger klarkommen musstet«, sagt Isla.

Cal zuckt die Achseln. »Die Publicity wird nicht schlecht sein für Kilhallon, und wir können immer noch eine tolle Party feiern.«

»Trotzdem ist es schade, dass eure ganze Arbeit vergeblich war und die Gäste umsonst gekommen sind. Man kann eine Hochzeit ohne viel Drumherum veranstalten, aber nicht ohne das glückliche Paar.«

Cal und ich tauschen einen Blick und warten, dass der jeweils andere spricht, aber wir wissen beide, dass er derjenige sein muss, der Isla und Luke diese Nachricht überbringt. Ich verspüre weder Triumph noch Genugtuung, sondern einfach Glück. Ein tiefes, stilles Glück, weil für einen Augenblick, genau jetzt, das Leben vollkommen perfekt ist.

Cal legt den Arm um meine Taille und zieht mich enger an sich. »Die Party kann trotzdem steigen, denn Demi und ich haben da etwas ausgeheckt …«

»Jetzt müssen wir es nur noch unseren Mitarbeitern im Café erzählen«, sage ich, nachdem wir Isla und Luke unsere Neuigkeiten mitgeteilt haben. »Ich hätte nicht gedacht, dass es so anstrengend ist, den Leuten zu sagen, dass wir heiraten. Hoffentlich habe ich noch genug Energie für die eigentliche Trauung.« Ich scherze, aber inzwischen ist es fast sechs, und die Sonne lässt schon nach. Das Licht wird weicher, und der Sonnenuntergang, den man vom Café aus sieht, ist bestimmt unglaublich.

»Hauptsache, du sparst dir noch genügend Energie für den *wirklich* wichtigen Teil danach«, sagt Cal, bevor er mich auf dem Weg ins Café an sich zieht und mir einen langen, leidenschaftlichen Kuss direkt vor den Augen der Gäste auf der Café-Terrasse gibt.

Wir betreten das Café. Jez hat die Augen geschlossen und hört Musik auf seinem Handy. Die Mädchen unterhalten sich bei einer Tasse Tee. Sobald wir hereinkommen, springt Nina auf.

»Was ist los? Wie geht's Ben? Ist er sehr wütend? Sollen wir weiter Cocktails machen?«

»Ben wird eine Weile abtauchen. Er schien ganz okay«, antwortet Cal.

»Und ja, die Party geht trotzdem weiter wie geplant – bis auf eine kleine Änderung.«

»Was denn noch?« Jez nimmt sich die Stöpsel aus den Ohren und verschränkt die Arme.

»Wir haben ein neues Brautpaar.«

»Was?«, ruft Nina.

Shamia hält die Hände hoch. »Wer?«

»Ähm. Wir. Cal und ich.«

»Cal und du ... was?«

»Wir übernehmen von Ben und Lily. Wir lassen uns trauen – na ja, verbinden. Handfasten.«

Jez schüttelt ungläubig den Kopf, lächelt aber. Nina und Shamia starren uns an wie Goldfische, und auch die übrigen Mitarbeiter sehen ziemlich verwirrt aus. Dann fangen sie alle an zu klatschen, und wir werden mit Umarmungen und Küsschen und Fragen bestürmt, bis mir die Ohren klingeln und mein Kopf sich dreht.

»Respekt, Kumpel«, sagt Jez und klopft Cal auf die Schulter.

Nina lacht und umarmt mich. »Wurde auch Zeit.«

»Ihr seid ein absolutes Traumpaar!«, ruft Shamia und hüpft fast vor Freude.

»Und jetzt«, sagt Cal, als wir uns endlich vor den Glückwünschen im Demelza's retten können, »müssen wir es nur noch den Gästen verkünden. Bist du bereit? Dann gibt es wirklich kein Zurück mehr. Höchstens Boris kann uns noch den Moment ruinieren, wenn er wieder davonfliegt.«

Ich lache. »Ich glaube, dieses Mal lassen wir Boris besser aus dem Spiel.«

41

Die Sonne geht langsam unter, während wir oben an der Festwiese stehen und auf Neils Stichwort warten. Cal drückt meine Hand. Ich habe immer noch mein neues blaues Kleid an, aber statt der Sicherheitsschuhe ein Paar glitzernde Ballerinas. Tamsin hat mein Make-up aufgefrischt, und ich trage den Strauß Wildblumen. Hazel hat mir mit Tamsin zusammen noch ein paar Blumen in den Haaren festgesteckt. Und auch Cal hat sich fein gemacht. Er trägt ein frisches weißes Hemd und seine schwarze Jeans, und darüber ein lässiges Jackett mit einem passenden Ansteckstäußchen.

»Calvin und Demelza, möchtet ihr für die Zeremonie zu mir kommen?«, fragt Neil mit dröhnender Stimme. Cals Mundwinkel zucken, als Neil unsere vollen Namen so feierlich ausspricht, und ich fürchte, ich kriege einen Kicheranfall. Auch wenn es nichts Rechtsgültiges ist, so ist es doch ein ernstes Versprechen, und danach fühlt es sich auch an, aber ich sprudele über vor einer albernen, unwirklichen Freude, die ich nicht verbergen kann.

»Bist du bereit?«, flüstert Cal.

»Na los jetzt.« Ich schaue über meine Schulter. »Komm schon, Junge.«

Mitch springt auf und wedelt mit dem Schwanz. Er denkt bestimmt, er darf jetzt einen langen Spaziergang machen, also ist er hoffentlich nicht enttäuscht, wenn er gleich neben Nina Platz nehmen muss, solange Cal und ich beschäftigt sind.

Es ertönen viele »Ahs« und »Ohs«, und ich sehe Handydisplays leuchten, während wir den »Mittelgang« zum Altar entlangschreiten, aber die meisten gelten sicher Mitch, der sehr adrett aussieht mit seinem Smoking-Halstuch, wie Lily es geplant hatte.

Überraschend viele von Bens und Lilys Gästen sind geblieben, um uns den Bund der Ehe schließen zu sehen, und alle lächeln mir zu. Es ist fast zu viel. Zu viel Aufmerksamkeit. Zu viel Glück. Zu viel Gefühl. Wenn ich auch nur eine Sekunde lang an die Menschen denke, die fehlen, an meine Mum zum Beispiel, werde ich die Zeremonie nicht durchstehen.

Cal zieht mich an sich. »Schau mal.«

»Oh. Oh wow. Ist das Sheila? Und Beverley, die Pfarrerin – und Max und einige der Familien, die während der Überschwemmung bei uns gewohnt haben? Wo kommen die denn her?«

»Polly hat sie angerufen. Sie haben sich nicht lang bitten lassen.«

Jetzt erreichen wir die vorderen Reihen, wo Polly, Rachel und ihre Eltern, mein Dad und Robyn und Andi sitzen, mit Freya, mucksmäuschenstill in ihrem Kinderwagen. Aber sie schläft nicht. Ich sehe, wie sie ihre winzige Hand in die Luft streckt, als würde sie nach den funkelnden Lichtern greifen wollen, die über den Altar gespannt sind. Es ist natürlich noch hell, aber die Lichterketten leuchten schon. Auf der anderen Seite lächeln uns Tamsin, Isla und Luke zu.

»Wo ist Kit?«, frage ich.

»Hier.«

Kit tritt aus dem Schatten des Weidenbogens hervor.

»Ich bin der Trauzeuge«, sagt er. Ich schaue erstaunt von Cal zu Kit. Er klopft sich auf die Tasche. »Ich habe die Ringe.«

»Was für Ringe?«, frage ich.

Cal zwinkert. »Mach dir keine großen Hoffnungen.«

Dafür ist es schon zu spät, denke ich.

»Seid ihr jetzt *bereit?*«, fragt Neil leise und leicht ungeduldig.

Cal nimmt meine Hand, und wir tauschen einen letzten Blick. Er lächelt, und wir antworten beide einstimmig: »Wir sind bereit.«

»Also, liebe Freunde, wir haben uns – wieder – versammelt, um an diesem wunderschönen Abend hier in Cornwall die Trauung von Calvin und Demelza zu feiern.«

Lichterketten strahlen in den Bäumen, und die Klänge von Instrumenten und Gesang dringen aus dem Zelt, das wie eine riesige Laterne leuchtet, als die Dämmerung über Kilhallon hereinbricht. Lilys und Bens Gäste und unsere feiern immer noch darin. Wir haben uns zu einem Eröffnungstanz überreden lassen und sind noch eine Weile geblieben, um mit unseren Freunden und Verwandten die Party zu genießen. Jetzt sind wir in die Dämmerung hinausgeschlüpft. Insekten schwirren im Licht des Zelts, und die

Luft duftet nach Hochzeitsblumen und taufeuchtem Gras und frischen Frühlingsblättern.

»Sollen wir runter zum Café gehen und den Leuten dort Gute Nacht sagen?«, fragt Cal, der neben mir steht und die Märchengrotte vor uns betrachtet.

»Gute Nacht? Es ist noch nicht mal ganz dunkel.«

Seine Stimme klingt tief. »Ja, aber der heiße Vampir kann es gar nicht erwarten, dich wieder in seine Gemächer einzuschließen.«

»Ist das eine Drohung oder ein Versprechen?«

Cals Hand schmiegt sich leicht um meinen Po in dem eng anliegenden Kleid. »Beides«, antwortet er und küsst mich dann. Ich kriege Gänsehaut auf meinen nackten Armen, aber nicht die kühle Abendluft lässt mich zittern.

Hand in Hand laufen wir durch die Dämmerung hinunter zum Café, das von Lampions erleuchtet vor dem Abendhimmel strahlt. Ganz im Westen ist der Himmel immer noch orange, pink und lila getönt, obwohl die Sonne schon lange untergegangen ist. Eine Handvoll Gäste, Freunde und Fremde, trinkt Cocktails, und einige Paare tanzen auf der Terrasse zu den Klängen der fernen Band.

Tamsin lehnt den Kopf an Kits Schulter, und er beugt sich mit geschlossenen Augen zu ihr. Neil hat die Arme um Pollys Taille gelegt und redet mit ihr, während sie zur Musik schunkeln. Sie lacht über etwas, was er sagt, und ruft dann: »Was fällt dir ein?«, bevor sie wieder lacht. Isla und Luke sitzen an einem Tisch bei der Tür des Cafés. Luke legt Isla einen Schal um die Schultern, während eine unserer Bedienungen ihr eine Tasse Tee bringt. Sie haben heute so viel gearbeitet, meine wunderbaren Mitarbeiter. Ich bekomme einen Kloß im Hals, wenn ich daran denke, was ich ihnen und unseren Freunden alles verdanke.

Die Tänzer nicken und lächeln, als wir uns zu ihnen gesellen, einander umarmen und uns langsam zur Musik bewegen, die über die Terrasse weht. Im Hintergrund der leisen Gespräche und der fernen Musik höre ich das Rauschen der Wellen, die sich an den Felsen unter dem Café brechen.

»Na, Demelza, wie fühlt man sich als gehandfastete Frau?«

»Ich hätte nicht gedacht, dass ich mich anders fühlen würde als eine nicht gehandfastete. Aber ich fühle mich schon anders.«

»Wie denn?«

»Komisch. Als wäre ich in einem anderen Universum. Als wäre alles, von dem Moment an, als du Sheilas Café betreten hast, ein surrealer Traum und als würde ich bald in einem Ladeneingang aufwachen und feststellen, dass nichts davon je passiert ist.«

»Ich glaube, so was passiert nur bei *Dallas*«, sagt er. »Und wir haben uns tatsächlich verändert. Unsere Ringe beweisen es.«

Er hält seine linke Hand hoch, an der ein silberner Ring mit einem Totenkopf, gekreuzten Knochen und rubinroten Augen steckt, die im Schein der Lichterketten glänzen.

Ich muss wieder kichern wie in dem Moment, als ich seinen Ring auf dem Kissen sah, das Kit uns präsentierte. Dann kamen mir die Tränen, als ich meinen Ring erblickte.

Ich drehe an dem schlichten Goldring. »Ich kann nicht fassen, dass du den Ehering meiner Mutter aufgetrieben hast.«

»Ich habe deinen Dad gefragt, ob es irgendetwas ›Altes‹ gibt, was du heute vielleicht gern hättest, und er hat ihn aus dem Cottage mitgebracht, als er Freya abgeholt hat. Er sagte, du hättest ihn früher zu Hause in deinem Zimmer aufbewahrt, hättest ihn aber zurückgelassen, als du ausgezogen bist.«

»Es hat mir das Herz gebrochen, ihn zurückzulassen, aber ich wusste, dass meine Zukunft unsicher sein würde und ich ihn womöglich nicht sicher verwahren könnte.«

»Er ist dir ein bisschen zu groß, oder? Wir können ihn verkleinern lassen, oder du kannst einen neuen haben, ganz wie du willst. Falls der Ring deiner Mum dich vielleicht traurig macht.«

»Nein, ich will diesen hier. Und du solltest deinen auch behalten. Woher hast du ihn?«

»Von Robyn natürlich. Es ist einer der Bestseller in ihrem Online-Shop.«

Er lacht, und unsere Freunde schauen zu uns.

»Und was jetzt?«, frage ich ihn.

»Ich schätze, wir machen weiter wie bisher und tun alles dafür, dass Kilhallon und das Café erfolgreich bleiben. Für uns kann es nur bergauf gehen, nach all der harten Arbeit im letzten Jahr. Hoffe ich ... Und ich habe auch über Esme nachgedacht. Wenn du einverstanden bist, könnten wir versuchen, ihr und Kindern wie ihr zu helfen, direkt hier bei uns und in der Ferne. Ich möchte sie in Zukunft so viel wie möglich unterstützen, wenn ihre Familie nichts dagegen hat.«

»Ich will auch helfen. Wir könnten zum Beispiel Spendenveranstaltungen im Café abhalten. Es klingt zwar unbedeutend im Verhältnis zu all den schrecklichen Dingen, die um uns herum passieren. Wir leben hier in unserer kleinen, friedlichen Gemeinde und mit Backen werden wir wohl kaum die Welt retten. Aber wir können es versuchen.«

Cal küsst mich. »Meine Mutter hat immer gesagt, alles, was aus gutem Willen geschieht, kann einen kleinen Unterschied machen. Den ganzen Abscheulichkeiten, die auf der Welt passieren, müssen wir so viel Liebe entgegensetzen, wie wir nur können. Apropos.« Er zieht die Augenbrauen hoch. »Es war ein sehr langer Tag, und ich glaube, es ist Zeit, dass wir ins Bett gehen.«

Ich täusche ein Gähnen vor, obwohl Schlaf das Letzte ist, woran ich denke, und mein ganzer Körper kribbelt und prickelt in freudiger Erwartung. »Kannst du noch ein bisschen wach bleiben?«, necke ich Cal.

»Ich gebe mir Mühe. Schließlich ist es sozusagen unsere Hochzeitsnacht, und vielleicht haben wir bald auch noch eine richtige Hochzeitsnacht und, wer weiß, möglicherweise eine eigene kleine Familie.«

Ich schnappe nach Luft. »Wow. Ich habe Freya sehr lieb, aber ich bin nicht *ganz* bereit für ein eigenes Baby. *Noch* nicht.«

Cal zieht mich an sich. »Lass dir Zeit, so viel du willst«, sagt er leise. »Aber je eher wir anfangen zu üben, desto besser.« Die letzten rötlichen Wolken am Horizont verblassen. Wir stehen unter dem Vordach des Cafés und ich sehe alles, was ich mir je gewünscht habe – und mir je wünschen werde – in seinen Augen.

ENDE

Danksagung

Manchmal ist ein Buch für den Autor fast eine genauso lange Reise wie für die Hauptfiguren. Als ich mit dieser Reihe begann, hatte ich keine Ahnung, wohin sie mich führen würde. Ich danke Elley Westbrook und Elaine Lawson von der Hilfsorganisation *People in Motion*, dass sie mich über die mögliche Reise von Esme und ihrer Familie aufgeklärt haben. Ohne ihren Rat hätte ich diesen Roman niemals schreiben können. Außerdem hat sich Hazel Shaw, eine fantastische Floristin, ein Riesen-*Poldark*-Fan und die Kreativdirektorin von *Eden Blooms* als Ratgeberin von unschätzbarem Wert erwiesen, nicht nur in Sachen Blumen, sondern auch in Sachen allgemeiner Hochzeitsplanung.

Ich hatte das Glück, in den verschiedenen Phasen der Entstehung dieses Buchs nicht nur von einer, sondern gleich drei brillanten Lektorinnen bei Avon unterstützt zu werden. Deshalb danke ich Eloise Wood, Natasha Harding und Rachel Faulkner-Willcocks für ihre großartige Hilfe während der ganzen »Café-am-Meer«-Reihe. Es war ein Privileg und eine Freude, mit ihnen und dem gesamten Avon-Team, einschließlich Helen Huthwaite, Helena Sheffield, Louis Patel, Phoebe Morgan und Joanne Gledhill, zusammenzuarbeiten.

Meine Agentin Broo Doherty inspiriert und unterstützt mich jetzt schon seit mehr als zehn Jahren, und ein Ende ist nicht absehbar. Vielen Dank, liebe Broo.

Auch ohne meine Schriftsteller-Freundinnen Nell Dixon und

Liz Hanbury sowie meine beste Freundin Janice Hume, die zufällig auch eine hervorragende Buchhändlerin ist, hätte ich nicht so lange den Kurs halten können.

Meine Familie ist in guten wie in schlechten Zeiten mein Fels in der Brandung, dafür gilt mein liebevoller Dank meinen Eltern, Charles und der Jugend, Charlotte und James.

Schließlich widme ich dieses Buch meinem Ehemann John. Wir haben im April unseren dreißigsten Hochzeitstag gefeiert, und er taucht immer noch in der Danksagung auf. Ich glaube, das ist eine ganz gute Leistung. Steve Ovett hat es Olympia 1980 in Moskau für seine Freundin in die Luft gezeichnet und ich sage es dir jetzt: ILY!

Demis Rezeptbuch

In diesem Buch kommen Cocktails vor, deshalb beginnen wir mit einigen unseren Lieblingsdrinks, die sich sowohl zum Feiern als auch zum Trösten eignen.

Pousse Rapière (wörtlich »Dolchstoß«)

Dies ist wohl der beliebteste Cocktail in unserem Haus. Wir kennen ihn von unseren Freunden Duncan und Claire, die ihn wiederum von ihren Freunden in Frankreich kennen. Ich vermute, er heißt »Dolchstoß«, weil dieser Cocktail einem buchstäblich den Gnadenstoß versetzt – normalerweise reicht einer, aber man will immer mehr.

Zutaten:
1 x 25 ml Armagnac
1 x 25 ml Orangensirup
(Es muss Orangensirup sein, nicht -saft. Die konzentrierte Süße des Sirups ist wichtig. Früher bekam man den nur in französischen Supermärkten in diesen seltsamen dosenartigen Flaschen, aber jetzt findet man ihn in den meisten Café-Ketten und auch in einigen Supermärkten – zum Beispiel von Monin. Wir kaufen unseren bei Caffè Nero.)

Gekühlter Schaumwein – Prosecco, Cava, Sekt
(Filmstars nehmen natürlich den erlesensten Champagner.)

Zubereitung:
Orangensirup, dann Armagnac in eine Sektflöte gießen. Mit Schaumwein auffüllen. *Voilà!*

Sea Breeze

Alkohol ist nie gesund, aber der gesündeste Cocktail ist ganz sicher der Sea Breeze. Er geht fast als Portion Obst durch. Wenn man den Wodka durch Ginger Beer ersetzt, wird er zu einem erfrischenden alkoholfreien Drink.

Zutaten:
25 ml Wodka
50 ml Cranberrysaft
50 ml Grapefruitsaft
Limettenspalte
Eiswürfel

Zubereitung:
Wodka und Säfte in einem Tumblerglas vermischen, Eis und Limettenspalte hinzugeben. Prost.

Lemon Pots

Lily hatte ja gesagt, sie wünscht sich leckeres und vor allem gesundes Essen bei der Hochzeit, aber Demi ist da nicht ganz so streng. Diese Nascherei ist lecker, aber definitiv nicht gesund. Ich habe das Rezept von Veronica Henry, einer Kollegin, und es ist der schnellste, einfachste Nachtisch, den man sich vorstellen kann. Man braucht nicht viel davon, also serviert man ihn am besten in kleinen Schüsseln oder Auflaufförmchen mit den hübschesten Keksen, die man finden kann.

Zutaten:
Saft und geriebene Schale von drei Zitronen
600 ml Schlagsahne
150 g feiner Zucker
Edle Kekse zur Dekoration
(Zum Beispiel französische Langues de chat; bei Waitrose gibt es auch sehr hübsches herzförmiges Shortbread mit Lavendelgeschmack, wenn man sich etwas Besonderes gönnen will.)
Ein paar Himbeeren oder Blaubeeren als gesunde Zugabe

Zubereitung:
Zucker, Zitronenschale und Sahne in einen Topf geben und bei schwacher Hitze aufkochen. Ein paar Minuten weiterrühren, bis die Masse dick wird. Dann den Topf vom Herd nehmen und kurz auskühlen lassen. Den Zitronensaft in die lauwarme Sahne-Zucker-Mischung einrühren. Die Zitronencreme in die Schälchen gießen und ein paar Stunden oder, wenn möglich, über Nacht in den Kühlschrank stellen. Mit den Keksen und auf Wunsch ein paar Beeren servieren.

Limetten-Mascarpone-Käsekuchen ohne Backen

Dieses einfache Rezept ist sehr beliebt bei der Familie einer Freundin von mir. Danke an Caroline! Man kann den Käsekuchen in einer Springform machen, aber er sieht auch toll aus in mehreren einzelnen Auflaufförmchen.

Zutaten:
2 x 250 g Mascarpone
200 g Ingwerkekse
50 g Butter
40 g Puderzucker
2 Limetten – Saft und geriebene Schale
Dunkle Schokolade oder *Cadbury-Flake*-Riegel

Zubereitung:
Die Ingwerkekse zerdrücken, Butter schmelzen lassen und beides miteinander verrühren. Die Butter-Keks-Masse auf den Boden einer großen Form oder mehrerer kleiner Auflaufförmchen drücken und etwa dreißig Minuten kühlen. Mascarpone mit Puderzucker, Limettenschale und -saft in einer Schüssel verrühren und leicht aufschlagen. Anschließend den gekühlten Keksboden mit der Limetten-Mascarpone-Mischung bestreichen. Die Form sollte je etwa drei viertel voll sein. Den Käsekuchen (bzw. die einzelnen Küchlein) vor dem Servieren mindestens 30 Minuten kühlen. Zum Schluss kann der Kuchen nach Lust und Laune dekoriert werden, z. B. mit geraspelter Schokolade, Schokoladenröllchen oder einem zerdrückten *Cadbury-Flake*-Riegel. (Den Rest vom Riegel kann man aufessen!)